D

Kees van Beijnum

De vrouw die alles had

2002
DE BEZIGE BIJ
AMSTERDAM

Eerste druk (gebonden) oktober 2002
Tweede druk (paperback) oktober 2002
Omslag Studio Jan de Boer
Omslagillustratie Photonica / Image Store
Auteursfoto Serge Ligtenberg
Zetwerk CeevanWee, Amsterdam
Druk Hooiberg, Epe
ISBN 90 234 1044 0
NUR 301

Voor Zelda, Allard en Tatjana

1

ZE HAD EEN OSCAR, een man, twee kleine kinderen (plus een Foster Parents-dochtertje), een hond, een vrijstaande villa (1250 m^3), een onder architectuur aangelegde tuin (2500 m^2), een werkster, een tuinman, een Alfa Spider, een Gazelle met acht versnellingen, een gaaf gezicht, een platte buik, maat 38, een minnaar, nog meer minnaars (er zat géén tennisleraar bij), drie creditcards – en voldoende tijd om hun armslag op de proef te stellen.

Dit in gedachten opsommen, de catalogisering van haar materiële verleden, is een gewoonte van de laatste dagen. Een mantra om de slapeloze uren door te komen, en, wellicht belangrijker, haar werkzaamheden uit te stellen. Gereduceerd tot deze catalogus heeft haar leven wel iets weg van een countryplaat. Als je Tammy Wynette achterstevoren afspeelt, krijgt ze ook alles terug: haar man, haar kinderen, haar hond, haar huis, haar oude banksaldo.

Ze brengt haar hand naar haar hoofd en betast de gevoelige plek. Heeft ze een klap gehad? Ze kan zich ook gestoten hebben, niet onwaarschijnlijk in deze onbekende kamer, waar ze de weg niet kent en het bovendien aardedonker is. Duisternis en angst: een hecht, effectief koppel. Zie Edgar Allan Poe, Alfred Hitchcock. De vrees dat iemand je naar het leven staat, de aloude paniek van het witgesokte meisje dat door het schemerige bos naar huis rent, klein, zwak, zieltogend. Zij heeft nooit iemand omgebracht, nóg niet. Behalve op papier, natuurlijk. Een stuk of zes staan er inmiddels op haar naam. *Schreibtischmörderin*, van professie.

De lichten springen plotseling weer aan, wat op een tijdelijke stroomstoring wijst. Ze is, ziet ze nu, aan de rechterzijde uit het bed gestommeld en na twee, drie pasjes tegen het raam gebotst. Er hangt een gordijn voor van grijze, synthetische stof in vlinderplooien. Ze had aan de linkerkant uit bed moeten stappen, maar gewoontegetrouw was ze rechtsaf geslagen, blindelings onderweg naar de deur, de gang, de badkamer van vroeger.

Langs de muur staat een zijtafel met daarop een laptop en stapels paperassen, op de bijpassende stoel en op de vloer liggen kledingstukken, slordig naast en over elkaar heen, alsof ze uit een rijdende auto zijn geworpen, of, aannemelijker, afgestroopt door iemand die nog nauwelijks op zijn (lees: haar) benen kon staan. Háár laptop, háár kleding. Die verdronken roze vlinder daar op de vloerbedekking is onloochenbaar het leren jasje dat zij vorige week in een bij nader inzien spijtige opwelling heeft gekocht. 'Dragen vrouwen van jouw leeftijd dit tegenwoordig?' had haar zoon Bas gevraagd.

Aardig gegeven: *vrouw wordt wakker in een haar onbekende kamer; alles is vreemd, de voorwerpen, de kleding (háár nieuwe leren jasje hangt niet over de stoel). Als ze opstaat treft ze in de keuken drie kinderen en een man rond de ontbijttafel aan. Zij heeft geen idee wie ze zijn, maar de man en de kinderen schijnen haar te kennen. Zo goed dat niemand bijzondere aandacht aan haar schenkt. De vrouw neemt plaats aan de ontbijttafel en besluit te kijken wat ervan komt.*

Als dít een verhaal was, had zij tot nu toe iedereen kunnen zijn: een verliefde leerling-verpleegster in het bed van echtbreker dokter Bouquet, of een haakneuzig medium dat morgen in de plaatselijke veilinghal de kreupelen zal laten dansen, of, waarom niet, een verbijsterde Emma Bovary, die buiten narratieve speeltijd, achter de rug van Flaubert en die van de lezers om, alsnog met de gewelddadige kant van haar dorpsdokter kennismaakt: een klap tegen haar hoofd...

Dat heeft het licht weer als nadeel ten opzichte van de duisternis: de lampen gaan aan en bij beroering door de eerste de beste lichtstraal maken de interessantste mogelijkheden zich uit de voeten. Zij zijn het lafst, nemen als eerste de wijk, en dan mag je het met wat overblijft zelf uitzoeken.

Op het nachtkastje staat een glas rode wijn. Dat rekent ze tot het goede nieuws. Een welkome aanwezigheid in de uitgelichte werkelijkheid, al maakt zo'n bodempje van, wat is het, hooguit anderhalve slok haar ook overbewust van de toekomst. Minibar, is het woord dat bij haar opkomt.

Nee, dit is dus niet haar oude huis. Dit is Zuid-Frankrijk, de Ariège, het Ibis-hotel, 15 kilometer onder Pamiers. Achter die grijze gordijnplooien ligt een parkeerplaats, en weer iets verder is de weg naar de autoroute. Het is maandagnacht: Vera wacht.

VERA ZIT NAAST ROGIER in de auto als ze over de gekromde oprijlaan van château De la Serre aan komen rijden. De weerspiegeling van herfstbladeren en donkere takken in de voorruit. Het geluid van die karakteristieke Indiase muziek met trommels en belletjes, dat tot leven komt, ondersteund door een hortend, monotoon gezang van geëxalteerde stemmen. Aan de rand van haar gezichtsveld bewegen gehurkte figuurtjes in lange, witte gewaden die in de moestuin werken. Op het gazon van De la Serre staat een gestreepte tent, met ordelijk opgestelde houten banken en stoelen ervoor. Daarachter verrijst het kasteeltje zelf, dat ze kent van de foto die haar dochter Marieke haar een paar maanden eerder stuurde, tezamen met een ingetogen briefje. Op die foto scheert een warm ochtendlicht langs het okerkleurige pleisterwerk, maar nu, op deze herfstmiddag, is het licht grauw en getemperd.

Het liefst zou ze het nu laten regenen, maar gezien de niet onaanzienlijke overschrijdingen van het productiebudget ziet ze daarvan af. Een dergelijke knieval viel nog altijd te verkiezen boven de zelfkastijding in de vorm van Johans veto achteraf: 'Die regen kun je uiteraard wel vergeten, Claire.' Met de sleutel van de schatkist op zak was Johans wil wet.

Als Vera en Rogier uitstappen, klinken er de portieren die dichtslaan, twee doffe, kort op elkaar volgende slagen, als de aankondiging van wat hun te wachten staat. Over het dak van de wagen nemen ze elkaar even op. De muziek en de stemmen zwellen aan. Bij de tent lopen een stuk of wat toegewijden, jongens met kaalgeschoren hoofden en meisjes in sari's, lange oosterse jurken, die muziek maken en zingen. Er stopt nog een auto op de parkeerplaats. Een echtpaar van ongeveer dezelfde leeftijd als Vera en Rogier, midden veertig, stapt uit. Even schuchter, op het beschaamde af, als zij juist deden. De vrouw groet Vera met een aarzelend knikje. Ze knikt terug: lotgenoten.

Twee dagen heeft ze om Vera en Rogier vanaf het moment dat ze zijn uitgestapt naar de slotscène te leiden, naar de bevrijdende woorden FADE-OUT die de finishlijn van het script en de noodzakelijkheid van haar eenzame opsluiting in cel 341 van het Ibis markeren.

'Denk je dat je het redt, Claire?' had Johan haar vorige week door de telefoon met zijn wakkere, klinische producentenstem gevraagd.

'Ik denk het wel,' was haar antwoord. *Redden.* Nadat ze opgehangen had, dacht ze huiverend nog een poosje over dat woord na.

HET IS EEN KLEIN, achttiende-eeuws kasteel, aangetast door achterstallig onderhoud. Rechts ervan bevindt zich een bijgebouw met een doorgezakt leien dak waarin haardhout ligt te...

Dat doet nu niet terzake, of het kasteel een neoclassicistisch poortgebouw heeft of een gotische hoektoren, net als het gegeven dat Vera een donkerblauwe wollen rok met zwarte instappers draagt, of Rogier een geruite broek van katoen. Hoe graag ze zich ook in die details zou verliezen – ze heeft ze allemaal paraat –, ze zijn niet aan de orde, onbelangrijk. Waar het nu om gaat, is: wat *doen* Vera en Rogier, nadat ze in één ruk van Nederland naar de Pyreneeën zijn gereden en als vermoeide drenkelingen uit de auto zijn geklommen?

Ze schuifelen langs de deur een schaars verlichte hal binnen. Centraal, onder een smeedijzeren schouw die als een duistere vliegende schotel in de ruimte hangt, brandt een houtvuur. Het vuur, weet Vera uit de brieven van haar dochter, dat 24 uur per etmaal brandend moet worden gehouden. Een jonge vrouw, een zijden doek bedekt haar hoofd en schouders, veegt met een bezem as en houtresten bij elkaar. Ze werpt een blik in Vera's richting en informeert nog vóór Vera iets heeft kunnen zeggen in het Engels of ze voor de ceremonie komen. Ze knikken. Het meisje schenkt hun de verrukte glimlach waarmee ze door hun dochter vertrouwd zijn geraakt, een plooiing van het gelaat die zij – en zij niet alleen – wantrouwen, want voor onecht houden. Of die conclusie door wijsheid of jaloezie wordt ingegeven, is ook voor Vera zelf niet helemaal duidelijk. Welbeschouwd lijkt hij niet onechter dan de glimlach van de meeste anderen.

Ze zeggen dat ze voor hun dochter komen, voor Marieke. Die naam herkent het meisje aan haar gezichtsuitdrukking te oordelen niet. 'Tarunya,' zegt Vera zacht, gevolgd door een snelle, zijdelingse blik op Leen. Uit haar mond klinken die drie exotische lettergrepen als een nederlaag.

'You're the parents of Tarunya?'

Ze knikken. Even verdwijnt die hemelse glimlach van haar gelaat.

'Srila Manjari is in the library, that way.'

Vera en Rogier lopen in de aangegeven richting...

Nee, dat duurt haar te lang. Beter meteen door naar Srila Manjari's geschoren, even onbewogen als zelfvoldane hoofd. In de bibliotheek, waar Vera en Rogier van de Amerikaanse leider, Sam is zijn officiële naam, van de groep te horen krijgen dat zijn pupil/ hun dochter (in die volgorde, laat dat maar aan Sam over) is verdwenen.

Ze hebben 'een goeie' gecast voor Sam, vertelde regieassistent Pieter nadat hij haar gistermiddag in Toulouse van het vliegveld had gehaald. Een Amerikaanse acteur die in Parijs woont. Ze houdt haar hart vast, de Amerikanen die in een Europese film hun opwachting maken zijn doorgaans te Amerikaans, karikaturen van hun culturele en sociologische identiteit. Ze vergroten de details die de Europeaan als kenmerkend beschouwt tot groteske proporties uit, en in plaats van een automonteur uit Vermont, of een sekteleider die in Boston medicijnen heeft gestudeerd en nu in een Frans kasteel twee verontruste en door de lange autorit gedesoriënteerde ouders te woord moet staan, zie je slechts 'een Amerikaan', of liever, het idee van een Amerikaan.

Een jaar of achttien geleden, toen hij drie was, liep haar zoon Bas soms dagenlang op handen en voeten door het huis en in de tuin. Hij weigerde alle voedsel en drinken behalve dat wat hij met het exclusieve gebruik van tong en tanden uit een schaaltje op de vloer naar binnen kon werken. Hij deed op het aandoenlijke af zijn best, té veel, het was een en al grommen, blaffen en likken. En daardoor kwam hij niet toe aan de essentie. Wat hem overigens niet belette zijn spel met voorbeeldige ernst op te voeren. 's Avonds weigerde hij in zijn bed te slapen en trok hij eigenhandig het matrasje en het dekbed op het linoleum, hij ging zelfs zover de menselijke taal taboe te verklaren. Het enige verstaanbare dat hij voortbracht, uit nood geboren omdat op alle gebaren en dierlijke keelklanken de gewenste reactie uitbleef, was: 'Ik ben toch een ho-o-nd', daarmee verklarend dat hij niet kon antwoorden op de vragen of beantwoorden aan de verwachtingen hem gesteld. Hij drukte zijn gezicht tegen haar been, ten teken dat zij hem moest aaien. 'Braaf hondje,' zei ze. 'Bas is een braaf hondje.'

In die tijd dacht ze dat hij later misschien acteur zou worden. Ze heeft ook gedacht dat hij bioloog zou worden, gitarist, dichter, archeoloog, zakenman. En hoewel ze bij het gejank van iedere verre sirene voor zijn leven vreesde, meende ze in een bepaald soort gemoedstoestand zelfs dat hij onsterfelijk zou zijn. Maar dat was allemaal...

In de bibliotheek zitten Vera en Rogier met Sam te wachten. De planken van de boekenkasten buigen licht door onder het gewicht van de werken over yoga en bezinning, over wonderdoeners en profeten, over 'Atman', het goddelijke in de mens, dat in tegenstelling tot het lichaam onsterfelijk is. We zien de ingelijste zwartwit-foto van een wegkijkende Sai Rupa, de boodschapper van de vrede. De afbeelding hangt recht boven de gepolijste schedel van Sam, en bevat precies de juiste mengeling van soevereiniteit en mysterie. Als Sam na een lange stilte zal spreken, bestaat er dan ook geen twijfel over op wiens gezag hij dat meent te doen. Maar op dit moment wrijft Sam nog met twee vingers langzaam over zijn lippen en maakt hij geen aanstalten iets te zeggen. Zij, de leken, de ouders, hebben geen andere keuze dan af te wachten. Twee onvrijwillige toeschouwers van de opvoering van een sterk staaltje sereniteit, het uithangbord van de westerse mysticus.

Vera zit zonder moed of woorden voor zich uit te staren, maar Rogier is nu juist op zijn best. Hij is een man die zich gestimuleerd voelt door de uitdaging die Sam vertegenwoordigt, de kracht van het conflict dat hij biedt.

'Ze is gisternacht verdwenen en sindsdien hebben zij en Widjai niets meer van zich laten horen,' zegt Sam eindelijk.

'Widjai?' vraagt Rogier.

'De Zwitserse volgeling met wie ze in het huwelijk zou treden. Het ziet ernaar uit dat Tarunya en hij samen de ashram hebben verlaten.'

Er valt een stilte. Dan zegt Sam: 'Het busje waarin ze zijn vertrokken, is door de gendarmerie leeg teruggevonden in Agnouède. Dat is het laatste nieuws.'

Minibar. De rode wijn is op, dus stelt ze zich tevreden met twee flesjes Entre-Deux-Mers, genoeg om een longdrinkglas tot de rand te vullen, plus, als bonus, een slok uit het laatste flesje voor op de terugweg naar de springbox. Ze zou, meent ze, in haar plicht en wellevendheid tekortschieten als ze de mogelijkheden die het Ibis haar bood niet ten volle benutte. Ze verschanst zich weer in bed, laptop en aantekeningen op de sprei, sigaretten en het glas voor het grijpen op het nachtkastje. Wat je niet in bed kunt doen, is de moeite niet waard: dat is ze eens met Groucho Marx. Lezen, schrijven, televisiekijken, vrijen, roken, drinken; en slapen. Ze neemt een slok, luistert naar de geluiden op de parkeerplaats. Stemmen, gevolgd door een motor die aanspringt. Vakantiegangers in de nacht, denkt ze, die de autoroute als eersten voor zich opeisen. Snelheid maken op de invoegstrook en dan de lange, lege weg naar het beloofde land.

Als ze na een poos van haar scherm opkijkt beziet ze zichzelf in de spiegel. Niet uit eigendunk maar uit onachtzaamheid, een vergissing. Voor een vrouw van haar leeftijd heeft ze aardig vat op het verval weten te krijgen, vindt ze zelf. Ze kijkt zo min mogelijk in de spiegel en als ze het doet, dan alleen zonder lenzen. Ze weet genoeg van rimpels en zelfmedelijden om zichzelf niet bloot te stellen aan haar grootste critica. Maar nu, in gedachten verzonken en uit haar doen door de onvertrouwdheid van het decor, komen haar ogen de gemaakte afspraken niet na. Het geblondeerde haar dat in pieken en kronkels op haar hoofd staat, de brandende filtersigaret die in haar mondhoek bungelt, het halfronde leesbrilletje op haar neus, de mascara rond de bloeddoorlopen ogen. Vijfenveertig.

Heel even ontwaart ze niet de afzonderlijke delen, maar het geheel. Het totaalbeeld dat Bas gezien moet hebben, drie dagen terug, toen hij 's ochtends voor haar deur stond. Niet de moeder, maar de uitgebluste alcoholiste ziet ze door zijn ogen.

Hij staat in de deuropening en neemt haar op, voorbereid op het ergste, zo lijkt het. Hij heeft een nylon sporttas in zijn hand. Bijna zes maanden heeft ze hem niet gezien, zijn gezicht lijkt veel bleker, opgeblazen. Het beeld van zijn uitstekende, zongebruinde schouders van vroeger dringt zich aan haar op, de frisse, doorbloede wangen van een kind dat in bomen klom, met tien vingers tegelijk in de vochtige aarde wroette, overal botten en knieën, gebleekte platina haartjes op zijn onderarmen.

'Hai ma.'

'Hai.'

'Ben ik te vroeg?'

'Nee, nee. Ik heb vannacht doorgewerkt, een spoedklus.' Ze staat op blote voeten, en heeft geen idee hoe laat het is. 'Kom binnen.' Met één hand houdt ze haar ochtendjas dicht.

'Zal ik over een uurtje terugkomen?'

'Nee, echt. Dat is niet nodig.'

Bas lijkt nog iets te willen zeggen, maar vindt de woorden niet. Hij buigt voorover om haar te kussen, maar ze stapt al opzij.

'Kom binnen, kom binnen,' zegt ze. 'Het is een grote rotzooi.' Hij volgt haar naar de woonkamer, nog steeds met zijn tas in de hand, gereed voor een onverwijlde aftocht.

'Dat jij hier woont,' zegt hij. Kennelijk heeft hij zich haar nooit zo, in een dergelijke omgeving, kunnen voorstellen. Zij ook niet. Nog steeds niet.

Zijn blik verplaatst zich sprongsgewijs door de kamer vol onvoltooide intenties. Van het wijnglas en de bijna lege fles op tafel naar de borden met broodkruimels en etensresten, de asbak vol peuken, de lege blikjes, en de muur van dozen vol winkeldochters uit haar vorige leven, hún leven, afgedekt met een laagje gordijnen, jassen en verkreukeld wasgoed.

Niet bepaald een opgeruimd huis ter ere van de zoon die voor het eerst bij zijn moeder komt logeren, ze hoort het hem denken. Maar zeggen doet hij het niet. Die rustige beleefdheid is altijd een van zijn sterkste punten geweest.

'Zet je tas toch neer,' zegt ze.

Van de bank verwijdert ze de kranten, de beha en de cellofaanverpakking van iets dat ze klaarblijkelijk opgegeten heeft. 'Ik heb tot halfvijf aan een script gewerkt dat over een paar dagen af moet zijn.'

'Je hebt het druk.'

'Onverwacht.' Alles wat ze zegt klinkt als een slap excuus.

Ze was wakker geschrokken van zijn aanbellen, een geluid waar ze nooit aan heeft hoeven wennen. Vroeger in B. kwam iedereen via de achterdeur. Haar kinderen, twintig, dertig keer per dag in en uit, hun vrienden en vriendinnetjes – is Bas er? Is Ellen er? – de kinderen van de buren, vrienden, kennissen, familie, de werkster, de glazenwasser. Zelfs Sinterklaas, geïnstrueerd als hij was, kwam achterom. Het sporadisch opklinkende geluid van de bel betekende een vreemde, ontketende een aanhoudend geblaf van de hond, die zomin als zij die intimiderende ding-dong kon waarderen.

Nu, in haar appartement in de stad twee hoog aan de gracht, stelt ze het zonder achterom. Beneden is een voordeur met een rij koperkleurige bellen, maar die van haar wordt niet gebruikt. Daar is ook geen reden toe, ze heeft er persoonlijk voor gezorgd dat die boodschap in brede kring is overgekomen. De mensen met wie ze tegenwoordig omgaat, sporadisch en uitsluitend in het café, interesseren zich niet voor adressen en bellen. Visite is een woord waar ze meewarig om glimlachen. En die enkele keer dat ze zich in een zwakke bui tot in haar domein laat escorteren voor wat acrobatische ontspanning zorgt ze ervoor, als dat al niet vanzelf spreekt, dat een vervolgbezoek uitblijft.

Het aantal malen dat er bij haar werd aangebeld sinds ze hier ruim een jaar geleden introk, is op een hand te tellen. En meestal was het geen goed nieuws dat erop volgde. De adjudant was de eerste die zich meldde. Ze heeft zijn kaartje nog ergens liggen: adjudant C. Vileers, bureau Ernstige Delicten. Een man van in de vijftig, zilvergrijs haar en baardje. De huid onder zijn jukbeenderen vertoonde een spoor van acné-littekens. Hij droeg kunststof schoenen, dat herinnert ze zich heel precies. Nog voor hij een woord had gezegd, begreep ze dat het over haar zoon ging.

Hij zag er niet zorgelijk uit, Vileers, ernstig, maar niet zorgelijk; hij had ongetwijfeld vaker slecht nieuws aangezegd, misschien was dat wel zijn specialiteit, van negen tot vijf onheilstijdingen brengen, en als de werkdag erop zat met lijn 13 naar huis.

'Is hij dood?' vroeg ze.

'Daar gaan we niet van uit. Heeft u nog iets van hem gehoord?'

Hij zat op de bank, handen op zijn knieën, en monsterde haar, als om vast te stellen in hoeverre hij van haar op aankon.

'Nee.'

'Hij wordt gezocht.'

'Dat werd hij toch al?'

'Er is gisteren een officieel opsporingsbevel uitgegaan, een bevel tot aanhouding. Hij is verdachte.'

Zo lang hij leefde had ze allerlei angsten gekend. Als hij te laat thuiskwam van judo omdat hij bij 'het lange poeltje' geprobeerd had kikkervisjes te vangen, zag ze hem al in de berm liggen, zijn fiets tien meter verder op de grond. In haar neurotische verbeelding vol gevaren was hij altijd het slachtoffer geweest. Nooit, nooit had ze hem gezien als een dader.

'Verdachte waarvan?' vroeg ze.

2

ROGIER EN VERA ZIJN na hun audiëntie bij Sam onderweg naar het negentien kilometer verder gelegen Agnouède, waar het busje is gevonden. Rogier rijdt, Vera leest kaart en geeft aanwijzingen, waarbij ze haar vingers naar haar lippen brengt, een gewoonte wanneer ze zich diep concentreert. Het lijkt een vertrouwd tafereel: een doorsnee Nederlands echtpaar op vakantie in Zuid-Frankrijk. Zelfs nog, of misschien wel juist, wanneer ze een afslag missen en Rogier de auto zuchtend aan de kant zet. Hij neemt de kaart uit haar handen en bestudeert hem. Aan zijn gezicht is de ingehouden ergernis te zien; er verschijnen diepe lijnen in zijn voorhoofd. Nog steeds verloopt alles volgens het boekje, ook als hij zegt: 'We hadden bij de vórige kruising rechtsaf gemoeten.' Twee mensen die uit ervaring weten hoe je elkaar met minimale middelen effectief kunt bestrijden, en intussen de echtelijke verknochtheid naar een hoger plan tillen.

Rogier begint de auto te draaien en een vrachtauto dendert claxonnerend langs. In de stilte die op zijn noodstop volgt, vloekt Rogier zachtjes.

'Sommige dingen blijven altijd hetzelfde, vrees ik.' Vera zegt het kalm. 'Ik breng er nog steeds niets van terecht.'

Rogier kijkt haar aan met een vermoeide, begripvolle glimlach om zijn lippen.

Zou ze dat zeggen, Vera, op dit moment? Of is het slechts een doorzichtig handigheidje om te verwijzen naar twintig jaar huwelijk, naar dat gemeenschappelijk verleden van gebrekkig kaartlezen en jammerlijk gemiste zijwegen? Ze heeft een hekel aan die scenaristentrucjes, maar dat maakt het nog niet eenvoudig ze te vermijden.

Goed, ze bereiken de plek, vinden het wandelpad, staan oog in oog met de uitgestrektheid van het landschap, bergen en rotsen, modder en naaldbomen. Het strijdtoneel waarop hun dochter verdwenen is en waarop zij zich nu moeten wagen.

Rogier haalt de rug van zijn hand over zijn gezicht. Ze turen slechts, zwijgend. Op hun leeftijd blijven de grote woorden uit. Jong, op zijn minst overmoedig moet je zijn om de stilte van een crisis met zinledigheid te vullen.

Het nabijgelegen Luz-St.-Saveur telt twee hotels, een comfortabele, middelgrote zaak met alle faciliteiten, die wegens verbouwing gesloten is, en een kleiner, aanzienlijk eenvoudiger familiehotel met twaalf kamers, alle op één na bezet door een groep natuurliefhebbers uit Parijs die hier in eensgezinde schutkleuren is neergestreken.

'Twee eenpersoonskamers,' vraagt Rogier aan de eigenaar van de laatste zaak.

'Ik heb nog één kamer voor u,' zegt de eigenaar. 'De allerlaatste.'

'Is er nog een ander hotel in de omgeving?'

'In Burct, maar ik betwijfel of ze rond deze tijd in het jaar open zijn.'

Vera en haar man die de hotelkamer binnenstappen. Eenvoudige inrichting, gebloemd behang op het plafond, een wat zware houten stoel en een ijzeren bed met strak ingestopte dekens. Een twijfelaar.

'Ik slaap vannacht wel op de grond,' zegt Rogier. 'Morgen zoeken we wat anders.'

Hier is ze wel tevreden over. Even iets te drinken pakken, denkt ze, en dan opschrijven, snel, want het moment waarop haar geest de associatieve fase verlaat om zich enthousiast voorbij de taal te slempen is niet meer ver.

ALS ZE GEDOUCHT EN aangekleed uit de badkamer komt ligt Bas op de bank te slapen, zijn jas nog aan, de weekendtas naast hem: gestrande reiziger op de luchthaven, de langdradigheid van het wachten, de verpakte broodjes en de onverbiddelijke monitoren beu.

Het is een tijd geleden dat ze met iemand in één huis leefde. Dat zal een aangepaste vorm van bewustzijn vergen, een verhoogde staat van paraatheid. Ze overdenkt haar eigenaardigheden die de aanwezigheid van een ander niet verdragen. In de kleine open keuken maakt ze toost en koffie terwijl ze hem bespiedt, op zoek naar een glimp van iets dat ze kent, van iets waarin ze – al is het maar voor even – durft te geloven. Hij moet een hele poos onderweg zijn geweest, eerst de lange reis met de trein naar Amsterdam, daarna met de tram. Nee, waarschijnlijk is hij van het Centraal Station naar haar huis gelopen. Hij had het al nooit zo op trams, en zeker na al die maanden van binnen zitten zal hij de buitenlucht verkozen hebben, de stadsgeluiden en de tintelende wind op zijn wangen.

Als hij vier jaar is, geeft ze hem een klap in zijn gezicht, voor de eerste en laatste keer. Ze ziet hem aan de overzijde staan van de bochtige racebaan die het bos opdeelt in hun kant en de andere kant, de oever van haar grootste angst. Hij zwaait met een tak naar haar, schuldig, onzeker. 'Blijf staan,' roept ze hem toe. Er is niet veel verkeer op dit uur, maar slechts een enkele auto volstaat om haar maag te doen krimpen. Ze lijnt de hond aan, steekt met Ellen in de kinderwagen snel over en geeft hem een klap in zijn gezicht. Het is een koelbloedige klap, niet ingegeven door de angst en hitte van het moment, maar door een nuchtere afweging in het verleden. De weloverwogen fysieke afstraffing, achter de hand gehouden voor het geval dat; de uitzondering die hem moet heugen.

Hij staat er als verdoofd bij, wrijft met zijn hand over de rode plek op zijn wang. Dan springen de tranen in zijn ogen, maar hij huilt niet, nog niet.

'Ik wilde naar de bomen.'

'Je mag nooit meer alleen oversteken, je mag dit nooit meer doen,' zegt ze.

'Jij ook niet,' zegt hij.

Ze doet er het zwijgen toe, maar daar neemt hij geen genoegen mee.

'Jij ook niet, zeg het dan!'

'Goed,' zegt ze.

Ze loopt met hem door het bos naar het laantje met de kastanjebomen. Een middag in oktober, de geur van paddestoelen, het geritsel in een vergeeld esdoornbosje. Het heeft gestormd, afgerukte takken op het zandpad en een onregelmatig geelbruine dwarreling boven hun hoofden. 'Waarom moeten de bomen kapot?' vraagt hij.

'Ze moeten niet kapot,' zegt zij. 'De wind blaast de takken en bladeren eraf, ze gáán kapot.'

In het laantje bukt hij zich, gretig rapen zijn handen de kastanjes. Ze gaat op een bankje zitten, zich bewust van de vochtige kou die haar lichaam binnensluipt. Het cerebrale van de klap tegen zijn gezicht staat haar plotseling tegen. Machteloze boosheid als impuls was haar liever geweest. In haar jaszak vindt ze een mandarijn. Ze pelt de vrucht en als hij met een muts vol kastanjes naar haar toe komt, stopt ze een partje in zijn mond. Hij bijt op het vruchtvlees, veegt een druppeltje van zijn lip. Dan stopt hij een modderige vinger in zijn mond en begint erop te zuigen.

Niet doen, wil ze zeggen, maar ze slikt de woorden op tijd weer in. Op zijn wang schemert de afdruk van haar hand.

VERA LIGT IN DE Franse twijfelaar en volgt Rogier met haar ogen terwijl hij zijn bed op de vloer in gereedheid brengt. Hij draagt een onderhemd zonder mouwen en een boxershort. Als hij merkt dat Vera naar zijn buik kijkt, maakt hem dat zichtbaar onzeker.

Ze bespreken het plan voor de volgende dag, vroeg op en met een gids het wandelpad af. Hij strekt zich uit.

'Er is iets ergs gebeurd,' zegt Vera.

'Zolang we niets weten, is er niets gebeurd.'

'Ik voel het.'

Dan riedelt zijn gsm. Hij stapt uit bed en vist zijn telefoontje uit zijn jaszak.

'Hai, ja sorry, ik was nog van plan om te bellen, maar er is geen nieuws meer sinds vanmiddag. Ik ben bij de gendarmerie geweest, maar die weten niets. Het interesseert ze ook nauwelijks, heb ik de indruk.'

Hij wendt zich nu iets van Vera af.

'Een hotelletje in het dorp. Niets bijzonders. Ja ja, natuurlijk.' ... 'Morgen ga ik met een gids op pad.' ... 'Ja, jij ook.' ... 'Wat? Niets, nee echt, alles in orde.' ... 'Slaap lekker. Ik bel je morgen aan het eind van de dag.'

'Maggie,' zegt hij als hij weer is gaan liggen.

'Hoe zou ze het vinden als ze wist dat we samen een kamer delen?'

Hij haalt zijn schouders op.

'Zou ze denken: oude liefde; of zou ze denken: wat geweest is, is geweest?'

'Het zou haar niet veel uitmaken.'

'Denk je?'

Hij knikt in stilte.

'Het zou mij wel uitgemaakt hebben. In het begin.'

'Alleen maar in het begin?' vraagt hij.

'Later wilde ik de boel niet in de steek laten.'

'Was dat alles?'

'Voor jou toch ook?'
'Voor mij?'
'Heb je er bezwaar tegen als ik nog een sigaret rook?'

Nee, dat zegt ze niet, Vera. Zonder iets te zeggen haalt ze een laatste sigaret uit haar pakje en verfrommelt het. Ze steekt hem op en blaast de rook naar het plafond, dan draait ze zich op haar zij en ondersteunt met haar hand haar kin.

'Gaan jullie niet trouwen?'

'Nee.'

'Ze lijkt me echt een vrouw om te trouwen. Iemand die om vastigheid geeft. Levensverzekeringen, contracten, keukenapparatuur met vijfentwintig jaar garantie.'

'Trouwen is niet aan de orde.'

Hij staat op en loopt naar het raam om het te openen, maar het zit muurvast. Als hij weer wil gaan liggen, zegt ze: 'Je wordt dik, Ro. Je moet meer fietsen.'

Rogier bezit een bewonderenswaardig hoge tolerantie voor haar malicieuze provocaties, maar de tussen zijn wenkbrauwen geëtste huidkronkel is een aanwijzing dat de drempel weldra bereikt zal worden. Vooralsnog kruipt hij zonder op haar uitdaging in te gaan onder het dekbed. Het is een lange, vermoeiende dag geweest, hij heeft zijn fysieke en geestelijke reserves danig aangesproken. Het laatste waar hij zin in heeft, is een scène die zijn nachtrust zal verstoren.

'Sorry,' zegt Vera, 'ik ben bang, ik ben zo bang dat er iets ergs met haar...'

'Nee!' zegt hij. 'Alsjeblieft, probeer te slapen, Veer, het wordt een zware dag morgen.'

Wat ze een zeer plezierige eigenschap vond van Leen – Bas' vader, haar voormalige echtgenoot – was dat hij bijna nooit over zijn werk sprak. Hij had een eigen bedrijf, touroperator met ruim honderd man personeel in dienst en drie keer per jaar een nieuwe kleurengids met alle mogelijke bestemmingen in een oplage van 200.000 exemplaren – er was genoeg om haar het leven mee zuur te maken, zo hij gewild had. Zijn werk beheerste zijn diepste wezen, nog steeds, en ze wist dat hij er bijna ieder uur van de dag, ook 's avonds, in het weekeinde of op vakantie aan dacht. Maar de drang om erover te praten ontbrak. Of misschien had zij hem dat onbewust afgeleerd, was zijn geestdrift verzand in haar verveling.

In de loop van een carrière die zich over twintig jaar uitstrekte had hij een eenmanszaakje doen uitgroeien tot een bedrijf met landelijke bekendheid en een omzet van enige honderden miljoenen. Het was begonnen met alternatieve, door hemzelf uitgestippelde en begeleide reisjes in de toen nog niet door het massatoerisme ontdekte gebieden: Nepal, Indonesië, Argentinië, Peru. Maar inmiddels was negenennegentig procent van zijn omzet afkomstig van de reizen naar populaire bestemmingen. De ironie ontging hem zelf ook niet: dat hij geëindigd was waar hij onder geen enkele voorwaarde had willen beginnen, bij het sun & show-pakket van drie weken halfpension in Mar Azul. Zijn huidige succes was zijn nachtmerrie van weleer.

Ook zij zei nooit iets over haar werk. De eerste vijftien jaar was dat omdat er niets te vertellen viel, en daarna, toen ze wel iets te melden had, deed ze er alles aan haar activiteiten geheim te houden.

Haar start was zo veelbelovend geweest, aanzienlijk kansrijker en succesvoller dan die van haar man met zijn onrendabel gerommel in de marge van de reisbranche. Nadat haar eindexamenfilm *Gravers* werd bekroond met een Oscar voor beste studentenfilm, stroomden de verzoeken voor interviews en aanbiedingen voor 'projecten' binnen. Ze ging in op het voorstel van een gerenommeerde producent die haar een remake, als speelfilm, van *Gravers* wilde laten regisseren. Het script zou ze zelf aanpassen, waartoe haar een voorschot van zevenduizend gulden werd toegezegd, en zodra de financiering rond was kon ze met de opnamen beginnen.

Het grootste deel van het script schreef ze onderweg in Peru en Chili, in plaatsjes als San Pedro de Atacama en Valdivia of tijdens de lange busreizen over de Pan American Highway. Het verbaasde haar dat een paar uur schrijven in een hobbelende bus volstond om iemand gelukkig te maken, zelfs háár, die altijd dacht dat ze vrienden, studiegenoten en – vóór alles – een vaste, veilige plek nodig had. En wanneer ze 's avonds in het Residencial Chile in Tocopilla bij een scheef hangend wasbakje haar tanden poetste, zag ze een stralend visioen van de toekomst.

Het beddengoed was teruggeslagen en Leen, naakt, lag achterover op een elleboog op het smoezelige laken. Het kaarslicht gaf zijn lichaam een warme glans. Met een nadenkende frons die zijn voorhoofd rimpelde las hij Hermann Hesse. Niets voor hem, wist ze: te weinig 'concreet'. Aandoenlijk, hij werkte zich door de stugge, stekelige tekst omdat zij hem mooi vond. Met haar vingers beroerde ze de geëmailleerde oorbelletjes die hij op straat bij een indiaanse vrouw voor haar had gekocht.

Ze had Leen ontmoet in het café van Kriterion na afloop van de vertoning van de eindexamenfilms, waaronder die van haarzelf. Het was een warme zomeravond. In het café en de hal van de bioscoop en buiten voor de deur stonden groepjes docenten, studenten, familieleden, vrienden en kennissen gewichtig dan wel manisch opgetogen met elkaar de producties te bespreken.

Toen ze aan de bar iets te drinken ging halen voor haar gezelschap, sprak hij haar aan.

'Wat vond jij de beste?'

'Moeilijk,' zei ze.

'De derde vond ik er met kop en schouders boven uitsteken.' Hij draaide zich even om en keek achter zich. 'Ik moet oppassen want de knaap met wie ik mijn etage deel, heeft er ook een geregisseerd. Die over die twee in aluminiumfolie gewikkelde mannen die de godganse tijd achter elkaar aan rennen over een dijk.'

'Jeff?'

'Ik heb nog steeds geen idee waar het over ging, eerlijk. Laatst ben ik met hem mee geweest naar Utrecht voor een festival van de Sovjetfilm. Het waren stuk voor stuk slaapverwekkende films in het genre van *boy meets tractor*, maar hij vond ze allemaal even "intrigerend". Ik blijf nog even uit zijn buurt, want hij wil natuurlijk weten wat ik van zijn film vond. Hij is overgevoelig op dat punt, hij gelooft werkelijk dat hij sinds Fellini Gods grootste geschenk aan de cinema is.'

Ze zou nooit meer aan Leen gedacht hebben als hij niet een paar uur later, het was inmiddels nacht, voor een tweede keer in haar gezichtsveld was opgedoken, in een nachtcafé aan de Nieuwmarkt, bestierd door een hysterische Amsterdamse die haar klanten met de blote vuist en onnavolgbare scheldkanonnades tegemoet trad. In die dagen was haar zaak een favoriete doorzakplek voor alles wat voor bohémien doorging, zo ook voor studenten van de Filmacademie. In zijn groene T-shirt en jeans zat hij aan een tafeltje naast Jeff, die zich als een bronstige pauw, met dwingende, theatrale gesticulatie, tot twee, onder zijn verbaal vertoon wegsukkelende meisjes richtte. Jeffs weelderige bos Jimi Hendrix-krullen waarover op de academie het gerucht de ronde deed dat er ooit een halve portie gado-gado in was gesignaleerd, deinde vertraagd mee op het ritme van zijn gebaren. Leendert zat erbij alsof hij weer naar zo'n Sovjetfilm keek, hij vormde het levende bewijs dat een beroerde avond niet onvermijdelijk is, maar louter een gevolg van de domme pech je etage met de verkeerde figuur te moeten delen.

Toen ze weer met elkaar in gesprek raakten, onthulde ze dat zij de maakster was van *Gravers*, de derde film. Hij nam haar eerdere verzwijging daarvan vrolijk op en bestelde iets te drinken voor haar. Met zijn levenslustig gezicht, goede bouw, misschien iets aan de kleine kant zonder te klein te zijn, gave tanden, stevig haar, mocht hij op een zekere aantrekkingskracht rekenen, maar niet die van haar.

Wat er vanaf de allereerste minuut ontbrak aan hun relatie

was dat instinctieve van lichaam tot lichaam, het gevoel dat tegen de hersenen fluistert: maak dat je wegkomt, jullie krijgen vanavond vrijaf. Er was een andere jongen die deze 'dierlijke lust', zoals ze dat zelf toen zag, wel bij haar had weten op te roepen, voor het eerst in haar leven, maar hij bevond zich op dat moment duizenden kilometers verderop, in een klein plaatsje aan een Canadees meer waar hij een zomercursus cinematografie volgde. Na ieder intercontinentaal telefoongesprek dat ze met hem voerde leek de afstand nog iets groter geworden, leek de herinnering aan de klamme lakens, zijn lichaam, en het nauwelijks van pijn te onderscheiden genot te vervluchtigen tot een onnauwkeurige fantasie. Ze wist niet wat ze ermee aan moest. In die tijd was ze nog een beginneling op de liefdesbeurs geweest, onbekend met de fijne kneepjes van aandelen en opties, kopen en verkopen, toeslaan op het dieptepunt van de koersen en dumpen als de winstprognoses afnamen.

Leendert vertelde haar dat hij aan de faculteit Sociale Wetenschappen studeerde maar na de zomer voor een halfjaar naar Zuid-Amerika zou vertrekken. In zijn eentje.

'Waarom?' wilde ze weten.

'Om rond te kijken.' Hij had zijn handen in zijn zakken, de duimen gekromd over de gebleekte spijkerstof. In het café werd een nummer van Stealers Wheel gedraaid. 'Late Again'. Ze vond het toen en nog steeds verbazingwekkend moedig als mensen onbekommerd alleen op reis gingen. Voornamelijk omdat ze het zelf nooit zou durven.

'Waarom ga je niet mee?' vroeg hij.

'Ik?'

'Ja jij. Chili is het mooiste land ter wereld. De Andes, duizenden kilometers ongerepte kust. Woestijnen in het noorden, ijsbergen in het zuiden, alles wat er te vinden is op aarde ondergebracht in één land.'

'En Pinochet?' vroeg ze.

'Die ook,' zei hij.

Een halfuur later liepen ze samen door de stad. De straat

kreeg een rosse gloed in de opkomende zon. Hij vertelde over zijn werk als nachtportier in een hotel, waarmee hij de benodigde som geld voor zijn reis bij elkaar spaarde. De straatlantaarns waren nog aan, de eerste fietsers reden naar hun werk. Hij liep met haar mee naar de Jordaan, waar ze toen nog woonde. Hoe hij het voor elkaar kreeg heeft ze nooit begrepen, maar met iedere stap die hij zette en ieder woord dat hij sprak leek hij in haar ogen meer kleur en gewicht op te doen. Bij haar huis aangekomen had hij prachtig haar en een welgevormde mond. Toch namen ze afscheid zonder te kussen.

Een week later vond ze een envelop met daarin een krantenknipsel onder aan haar trap. Ze kende het artikel, dat uit *de Volkskrant* was geknipt. Minstens dertig keer moest ze het reeds gelezen en herlezen hebben, met name de alinea's die in het knipsel onderstreept waren. '... de grote verrassing van deze lichting is zonder twijfel Claire Laatop, die met haar gloedvolle *Gravers* niet alleen aantoont dat ze in staat is een indrukwekkend verhaal te vertellen, maar daarbij ook blijk geeft van het talent om het beste uit acteurs te halen.'

Er zat ook nog een briefje in de envelop. 'Zie je nou,' stond erop, 'de derde was verreweg de beste. Hartelijke groet, Leen.' Met als PS: 'In Chili wordt het lente wanneer hier de herfst invalt.'

Hoe ging het ook alweer, dat nummer van Stealers Wheel?

'I know that I, can show some respect/ especially when I'm wrong...'

Wat daarna komt wil haar niet te binnen schieten. Ze rekt zich uit, rolt met haar schouders en steekt een sigaret op. Even slapen zou nu niet gek zijn, om over een uur of twee weer verder te gaan, frisser, niet gehinderd door dat aanhoudende gegons in haar hoofd, dat als een steeds hevigere ruis tussen haar denkkracht en de beelden en woorden komt te staan. Maar gáán slapen is een hele opgave voor iemand die de kunst ervan niet verstaat, die slechts onverwacht en voor korte tijd wegzakt. Toch ziet ze slapeloosheid niet als haar probleem, ze is ermee vertrouwd geraakt – zelfs drank ziet ze niet als een probleem, wat anderen ook mogen beweren; het probleem dat alle andere in de schaduw stelt is tijd. Twee dagen om de scènes die in de Pyreneeën spelen te herschrijven. En nu ze bij scène 56 is aanbeland, Vera en Rogier in de hotelkamer, een van de scènes die met drie sterretjes is gemarkeerd ten teken dat hij volledig herschreven dient te worden, voelt ze dat ze vastloopt. De kwestie is: kruipt Rogier in de loop van de nacht bij Vera in bed, zoals Geert voorstelt, of nodigt Vera hem daartoe uit omdat ze zich zo ellendig voelt? Zij zelf ziet sowieso niet in waarom die twee nu al het bed zouden delen, maar volgens Geert, en hij beweert ook namens Edna en Coen, de acteurs, te spreken, vertoont het script op deze plek een 'dip' en zou een erotische verkenning van Vera en Rogier, nadat ze elkaar twee jaar niet aangeraakt hebben, de verhaallijn naar grotere hoogte kunnen voeren.

'Waarom?' had ze gevraagd.

'Wat is er dramatischer dan twee ex-echtgenoten in een te klein bed?'

'Daar zal ik niet tegen ingaan, Geert,' had ze gezegd, 'ik heb het zelf bedacht, weet je nog. Alleen, waarom dán al, waarom niet, zoals ik heb geschreven, tijdens de tweede nacht?'

'Te laat. Veel te laat.'

Tijd. Achteraf gezien is dat het grootste verschil met vroeger. Zeeën van tijd had ze, lange reeksen van onafgebroken monotone, grijze, stille dagen waarin het jarenlang februari of november was en dan zonder enige overgang 'zomer', wanneer Bas en Ellen naar school waren en ze op haar hardhouten stretcher met een boek op haar buik lag, in de beslotenheid van haar schaduwrijke tuin. Het leven leek eindeloos, vormde lange, trage, uitgerekte vergezichten.

Ze stapt uit bed en schuift het gordijn een stukje open. Vrijwel alle vakken van de parkeerplaats van het Ibis zijn gevuld.

Ze wil het gordijn alweer sluiten als ze in een auto die dicht bij haar raam staat twee bewegende gedaanten achter de beslagen ramen ontdekt.

Minnaars die het op de parkeerplaats voor een motel in de auto doen, denkt ze, *ze kunnen geen kamer meer krijgen en zoeken hun toevlucht binnen de beperkte afmetingen van zijn auto.* Of: *een getrouwd stel dat wél een kamer heeft, maar voor de auto op de parkeerplaats kiest omdat de kinderen bij hen op de kamer slapen.* Is al beter, maar ze ziet er nog geen drama in. Zomin als ze gelooft in de toenadering van Vera en Rogier, die eerste avond in het hotel in Luz-St.-Saveur.

De man wurmt zich weer op de bestuurdersstoel, zij fatsoeneert haar kleren en brengt haar opgestoken haar in model. Even kijkt ze onderzoekend om zich heen, dan springt de motor aan en rijden ze weg.

Vertel me je geheimen, denkt ze. Kom terug en vertel me hoe je in die auto terecht bent gekomen, wat je van je leven verwacht en waar je nu heen rijdt. Ze stelt zich voor dat de vrouw haar ook gezien heeft, achter het verlichte raam, het gordijn in haar hand. Zou de vrouw gedacht hebben dat ze hier alleen was, zou ze vermoed hebben dat ze op het nulpunt zat, in kamer 341 van het Ibis-hotel, met een lege minibar en ernstige averij aan het eind van scène 56?

3

ZE IS ZICH BEWUST van Bas' blik als ze aan tafel zitten te eten. Vroeger kon hij met weerzin naar zijn vader kijken als die het zich liet smaken. Hij verfoeit ongeïnteresseerde gulzigheid, hij verfoeit vlees en botten, weet ze. Maar dit is tamelijk onschuldige toost met jam en koffie, haar kauwende en slikkende aanwezigheid lijkt hem niet te ergeren.

Na de lange, vrijwel slapeloze nacht is ze moe en nauwelijks in staat om iets als een gesprek op gang te brengen. Ze heeft trek in een sigaret, maar weet dat hij er niet van houdt als ze rookt.

'Wat voor film wordt het,' vraagt hij, 'iets voor televisie?'

'Een speelfilm,' zegt ze.

'Doe je die soap nog?'

'Niet meer.' Ze had kunnen zeggen: ontslagen, wegens het herhaaldelijk overschrijden van de deadlines, wegens het in kennelijke staat een vergadering binnen struikelen. Maar dat zegt ze niet.

Vervolgens vervallen ze in een langdurige stilte. Zijn zwijgen drukt zwaar, plaatst haar in een vacuüm. Hij moet er minder moeite mee hebben, hij heeft inmiddels de stilte tot in alle uithoeken verkend.

Vroeger, als zij naar hem keek wanneer hij sliep of met iets bezig was, zag ze in zijn gezicht de getuigenissen van zijn afkomst, de hoogblonde, vrijwel rechte wenkbrauwen van haar moeder, de geprononceerde oogleden van haar man, de lach van haar oudste broer. Hij lijkt op jou, werd soms beweerd. Dat zag ze niet, het lukte haar niet om iets van zichzelf in hem te herkennen. Noch in zijn langwerpige, nadenkende gezicht, noch in de ranke ledematen, die voor graven en klimmen leken geschapen.

'Bas?' zegt ze terwijl ze toch een sigaret opsteekt, met kleine zorgvuldige handelingen, in de hoop zo zijn afkeer te beperken.

'Ja?'

Anderhalf jaar geleden zou hij haar verbeterd hebben met: 'Thirta!' En zij zou gezegd hebben: 'Zo heet je niet. Je héét Bastiaan.' 'Ik heb nooit Bastiaan geheten. Ik was niet Bastiaan. Ik ben altijd al Thirta geweest.' Door de terechtwijzende ernst van zijn stem zou ze zich in verlegenheid gebracht hebben gevoeld.

Identiteit als onderdeel van een naam, over die mogelijkheid heeft ze regelmatig gepeinsd. *Een man denkt dat hij iemand anders is. Alle aanwijzingen spreken die gedachte tegen, maar hij houdt voet bij stuk en beetje bij beetje bewijst hij zijn gelijk. Hij wordt wie hij zegt te zijn, enkel en alleen door stug vol te houden.*

Ze zegt: 'Ik moet zo een paar boodschappen doen. Misschien kunnen we even samen naar de markt gaan, als dat je iets lijkt.'

Hij lijkt over haar aanbod na te denken. Zij rookt haar sigaret en kijkt naar buiten, waar de zon nog laag staat en in de nevels verdwijnt, alsof hij het nu al voor gezien houdt. Ook de zon heeft recht op een slechte dag.

'Hoe ben je eigenlijk aan dit huis gekomen?' vraagt hij dan, zijn blik gericht op de lege vogelkooi op een van de verhuisdozen.

'Het is van een vriendin, ik huur het van haar.'

'Ken ik haar?'

'Nee, ze is een vriendin van vroeger, nog van de Filmacademie.'

'Ik heb iets raars gedroomd,' zegt hij.

'Nu net?' Er dwarrelt as van haar sigaret naar haar badslippers.

'Dacht je dat ik sliep?'

Ze kijkt nauwlettend naar zijn gezicht, in een poging een aanwijzing te vinden voor het juiste antwoord.

'Het was een paar dagen geleden. Ik bevond me in een vreemd, leeg huis. Ik opende een deur en kwam in een kamer met langs de muur een enorme vitrinekast waarin licht brandde. In die kast lagen keurig gesorteerd allemaal voorwerpen. De Chinese bel die ze in het fietsenhok van mijn stuur hadden geschroefd, de tomahawk die buurman Jonkers voor me had gemaakt en die later in het bos zoek raakte, het baseballjack van de New York Yankees dat pa voor me uit Amerika had meegenomen en tijdens het schoolreisje op Ameland was achtergebleven, de fles met scheepspapieren die ik aan het strand had gevonden en die later spoorloos was... Alle dingen die ik kwijt was geraakt lagen in die kast, keurig naast elkaar. Alsof iemand ze al die jaren voor me bewaard had.'

'Snoopy ook?'

'Snoopy?'

'De knuffel waar je tot je zesde mee in bed sliep. Die zijn we tijdens een fietstocht verloren. Je hebt er vreselijk om gehuild, en je vader en ik hebben tot 's avonds laat met zaklantaarns in de duinen gezocht. Hij had kleertjes aan, die had ik voor hem gemaakt, een spijkerbroek en een gestreepte trui.'

'Nee, Snoopy was er niet bij.'

In B. hadden ze een royale, ommuurde tuin, met roodborstjes, vinken, en eekhoorns die uit haar hand aten. Achterin stond een bijna honderd jaar oude eik met een dubbele stam die zich vanaf de grond vertakte, als een surrealistisch op zijn kop staand benenpaar. In die schaduwrijke v nestelde zijn boomhut. De eik was zíjn boom. Doordat het ene deel ervan langzaam afstierf en in de richting van het huis begon te hellen was kappen onafwendbaar. Avond na avond probeerden zij en Leen Bas te doordringen van het waarom, maar hij bleef doof voor hun argumenten. Nadat de boomchirurg met behulp van een kraan en een kettingzaag zijn amputatie had verricht, begon hij haar te mijden. Steeds langer bleef hij buiten. Op zijn fietsje reed hij uren door het modderige bos, tot in de schemering. Zonder dat hij het merkte hield ze hem soms van een afstand in de gaten. Hij fietste of zat met zijn armen langs zijn lichaam op een bankje, meer niet. Het strafbankje. Zijn bankje, háár straf.

Ze lieten een nieuwe hut voor hem bouwen, een grotere, mooiere, langs de overgebleven stam, maar hij gunde hem geen blik waardig, laat staan dat hij erin klom. Nog langer begon hij weg te blijven, zonder te vertellen wat hij uitspookte. Maar op een dag was het over en zat hij, alsof er niets gebeurd was, weer achter zijn Mickey Mouse-beker met chocolademelk bij haar aan de keukentafel. Met opgetrokken wenkbrauwen en samengeknepen mond volgde hij het lieveheersbeestje dat over zijn duim liep. Haar boetedoening zat erop.

Hij staat voor de vogelkooi en laat zijn vingers langs de tralies glijden met een metaalachtig gezoem ten gevolg, muziek van vroeger. In plaats van naar Gogol, zijn dwergpapegaai, te informeren, wil hij weten of er nieuws over de onderzeeër is. Zij heeft geen idee wat hij bedoelt. Op zijn verzoek doet ze de televisie aan. Terwijl hij met een ernstig kuiltje tussen zijn wenkbrauwen de zenders afzoekt, sorteert ze haar aantekeningen voor het herschrijven van haar script. Ze was van plan geweest er deze laatste twee dagen voor haar vertrek naar Frankrijk hard aan te werken, te meer omdat ze in de voorafgaande dagen niet veel verder was gekomen dan halfhartig uitstel, maar van dat voornemen kan ze nu niet veel meer verwachten.

Ik heb de nachten, denkt ze, en de vlucht naar Toulouse, ruim tweeënhalf uur met overstappen, plus als het een beetje meezit nog wat vertraging, daarna twee dagen in het Ibis. Eens even rekenen, een scène of twintig herschrijven, wat modderworstelen met de producent en de regisseur, nog een keer herschrijven, dan het geklaag van de acteurs, nóg een keer herschrijven, volgt de paniek vlak voor het draaien, een paar laatste dialogen omgooien en het is allemaal achter de rug.

Had ze in haar agenda gekeken, dan zou ze geweten hebben dat hij dit weekeinde zou komen, en niet het daaropvolgende. Maar agenda's zijn niet haar fort. Data, tijden, afspraken... 's Avonds met een gevuld glas in haar hand is ze te ontspannen om zich druk te maken over de verplichtingen van de volgende dag, en 's ochtends is ze zo gebroken dat ze wel iets anders aan haar hoofd heeft dan op zoek te gaan naar haar agenda.

Hij kijkt naar CNN, onderwaterbeelden, admiraals in opgetuigde uniformen, apathische mensen met zware jassen aan die in een naargeestige decor van grauw licht op de kade van een havenstad staan.

In staccato praat hij haar bij, verbaasd over haar onwetendheid. 116 man opgesloten in een atoomonderzeeër op de bodem van de zee. 'Ze weten niet zeker of ze nog leven, er is een explosie aan boord geweest.' Even herkent ze iets in zijn stem, een geluid van vroeger, de jongensachtige manier om rampen en verschrikkingen op een uitgelaten toon te verslaan.

'Hoe zou het zijn,' zegt ze, 'als je daar opgesloten zit en je kunt geen kant op?'

'Kun je je daar echt niets bij voorstellen?' zegt hij, zonder zijn blik van de televisie los te maken.

Op zijn vijfde sloopt hij het verjaarscadeau van zijn buurmeisje, een pratende pop met blonde krullen en verleidelijke wimpers. Hij heeft hem gedemonteerd, kleertjes, armen, benen, alles, tot en met het hoofdje, heeft hij losgetrokken. Ze schaamt zich voor zijn gedrag, gaat met hem naar huis, het jarige buurmeisje in tranen op haar partijtje achterlatend. Op straat vraagt ze hem wanhopig: 'Waarom doe je dat nou?' En hij zegt: 'Ik wilde weten waar dat *mama* zat. Ik probeerde het te vinden.'

De markt vindt hij te druk, ze kiezen een andere richting, weg van het gekrioel. Ze doet haar best een gesprek gaande te houden, maar midden in zinnen wendt hij zich af en staart op een gebeeldhouwde, tijdloze manier naar deuren, duiven, of fietsen. Op zijn verzoek gaan ze een reformwinkel binnen. Hij neemt een appel in zijn hand en houdt hem lang vast. Hij ruikt eraan, drukt hem tegen zijn neus.

'Dat mis ik wel,' zegt hij.

'Je krijgt toch wel fruit daar?'

'Allemaal bespoten troep.'

'Het verschil is nauwelijks meetbaar, de onderzoeken tonen het aan.'

'Misschien,' zegt hij.

'Het gaat om het idee?'

'Waarschijnlijk.'

Vroeger schilde ze zijn – bespoten – appels, scheidde ze de schil in een lange ononderbroken guirlande van het vruchtvlees. Toen het een keer mislukte was hij ontroostbaar. Dat zou ze nu tegen hem willen zeggen. 'Weet je nog, jongen?' Maar natuurlijk zou hij het niet meer weten.

Haar voorstel om ergens een kopje koffie te drinken slaat hij zonder aarzeling af. Hoe gaat ze deze twee dagen doorkomen? Ze kan hem niet, zoals vroeger, naar de tennistraining brengen, niet naar school, niet door de duinen naar Zeezicht fietsen. Dan heeft ze een inval: ze houdt een taxi aan en rijdt met hem naar de hortus botanicus. Bomen, planten, kalmte.

Met zijn handen in zijn zakken volgt hij haar in een nietaflatende geur van bloei en zomer.

'Hoe bevalt het je, alleen?' vraagt hij.

'Goed,' zegt ze.

'Mis je niets?'

Mist ze niets? 'Jawel, maar het zijn dezelfde dingen als altijd. En jij?'

'O,' zegt hij. 'Dat ligt nogal voor de hand, lijkt me.'

'Natuurlijk,' zegt ze.

Er valt een stilte, als om die buitengewone stomheid van haar vraag te onderstrepen.

'Hoe doet iedereen het? Weet jij het?' vraagt hij.

'Wat?'

'Leven.'

Ze doen alsof ze hebben wat ze willen hebben, denkt ze. De een met meer succes dan de ander. Ze zegt: 'Ze zoeken het aardige, dat wat de moeite waard is.'

'Wat vind jij de moeite waard?'

Ze blijven staan, zij laat haar blik over de planten en bloemen glijden. Dit is een lastige, nu is ze op haar hoede. Ontspannen blijven, denkt ze, rustig nadenken en niet te ernstig kijken. Glimlach, kan me niet schelen waar je het vandaan haalt.

Thuis eten ze het zuurdesembrood en de biologische geitenkaas die hij in de reformwinkel heeft uitgezocht. Het voedsel is massief, over de smaak is het moeilijker een steekhoudende uitspraak te doen. In elk geval wekt het in haar een onvoorziene hunkering naar rode wijn.

Na de lunch kijkt hij weer naar het nieuws over de onderzeeër. Het is een fascinerend gegeven dat ook haar aangrijpt, moet ze erkennen. Klassiek bijna. 116 mannen opgesloten in een capsule op de bodem van de Barentsz-zee, met nog voor hooguit een paar dagen zuurstof. De reddingswerkers proberen met man en macht de ongelukkigen te ontzetten, maar al hun inspanningen ten spijt wil het luik niet open. In de boot, met de verstikkingsdood voor ogen, worden de lafaards van de helden gescheiden. Afscheidsbrieven, opoffering, rantsoenering, tegen de achtergrond van een mogelijke nucleaire ramp. Naar het drama hoef je hier niet te zoeken.

Ze overweegt om, terwijl hij tv kijkt, Geerts opmerkingen over het script door te nemen, maar verwerpt dat als ongepast. Ter compensatie schenkt ze zichzelf in de keuken een glas wijn in. Ze neemt een slok, het lijkt erop dat hij niets gezien heeft.

'Wat vind jij de moeite waard?'

Ze zag een vlinder landen op een roze bloem ter grootte van een vuist, aanvaardde dat als een teken, een hulpvaardige vingerwijzing van de voorzienigheid.

'Dat bijvoorbeeld,' zei ze.

Hij keek naar de vlinder. 'Dat is mooi,' zei hij, 'maar niet genoeg.'

4

TWEEËNTWINTIG WAS ZE, nog maar een paar maanden eerder afgestudeerd aan de academie, toen ze een telefoontje kreeg van een oud-docent: 'Hou je vast, je hebt een Oscar gewonnen. We hebben net het bericht binnengekregen.'

In plaats van in vliegende vaart naar de academie te fietsen, wat haar oud-docent voorstelde, of naar een van haar oud-studiegenoten, wat haar bonzende hart haar ingaf, of haar moeder te bellen, wat haar verstand van haar verlangde, in plaats van dat alles deed ze niets. Er kwam een gewijd soort loomheid over haar. Ze staarde een poosje uit het raam en trok toen haar jas aan. Uren en uren liep ze over straat. Door de Jordaan, langs de grachten, aanvankelijk slenterend, maar allengs sneller, steeds gejaagder, tot ze ten slotte buiten adem het IJ achter het Centraal Station bereikte. Daar ging ze aan het eind van de pier zitten, haar benen bungelend boven het water. Diep in haar hart was ze altijd een beetje bang voor de stad gebleven. In het eerste jaar was ze er ook erg eenzaam geweest. Haar jeugd in het overzichtelijke, sluimerende plaatsje onder de rook van Utrecht had weliswaar haar verlangen naar het 'echte leven' in de grommende, onverschillige hoofdstad opgewekt, maar haar er tevens niet bijster goed op voorbereid.

Het was een winderige dag met stapelwolken. Onder haar klonk het rustgevende gedruis van de golfjes langs de palen van de pier. Ze keek naar de pont die welbehaaglijk een witte streep in het donkere water van het IJ trok, de meeuwen die tegen de wind in klauwden. Aan de overkant, in Noord, had tot twee maanden daarvóór Erik gewoond. Daar, op negenhoog in de ascetische, naar vuil wasgoed en roereieren geurende studentenflat, had zij voor het eerst de werkelijke behoeften van haar lichaam leren kennen.

Behalve haar minnaar was Erik ook haar cameraman geweest. Zijn inbreng had zich niet beperkt tot het inventieve, stijlvolle camerawerk waarvoor hij met een credit bij de begin- en eindtitels was gehonoreerd. Talloze ideeën waren haar door hem aan de hand gedaan, voor het script, de locaties, de spelaanwijzingen. Tijdens het draaien had het gevoel dat hij alles wat zij deed er zonder mankeren bij had kunnen doen, haar geen ogenblik verlaten. *Gravers*, erkende ze, was minstens net zoveel het resultaat van Eriks inspanningen en talent als van die van haar.

Erik bleef in Canada, kon in Toronto na de zomercursus iets doen voor de televisie. 'Waarom kom je ook niet?' had hij door de telefoon gezegd. 'Er gebeurt hier veel meer dan daar. Als je films wilt maken kun je beter hier zitten.' Hij was niet bang voor andere plaatsen en andere mensen, hij was niet bang voor de toekomst en risico's. Haar idee van een risico nemen was uit het glas van iemand anders drinken. Maar wat haar er vóór alles van weerhield zijn suggestie zelfs maar in overweging te nemen, was het groeiende besef dat zij minder bijzonder voor hem was dan hij voor haar. Zijn uitnodiging, als dat het al was, had een vriendschappelijk karakter gehad, collegiaal; de toon van oprecht gemis had er niet in doorgeklonken.

En nu? Ze had de academie verlaten, ze had een Oscar gewonnen, ze zou films gaan maken, ze zou de vrouw worden die ze als meisje wilde zijn. Tot dit moment had ze er rekening mee gehouden dat haar eenzelfde roemloos lot beschoren zou zijn als de meesten van haar jaargenoten: afstuderen, gevolgd door een jaar van vreugdeloos gedraaf met kabels en koffie op diverse sets en dan tot het onvermijdelijke inzicht komen dat je carrière in de filmwereld al achter je lag. Zij niet, zij was de uitzondering.

De rest van de dag zwierf ze nog door de stad, in wijken waar ze nooit eerder een voet had gezet, en alle gewone dingen boden een vreemde aanblik. De huizen, de bomen, de auto's, alles lag er als verdoofd bij. Ik niet, zei ze. Ik niet, ik niet, ik niet.

'sAvonds belde ze, in de greep van een onbestemde melancholie, naar Toronto. Al na eenmaal overgaan nam hij de telefoon op. Het was een slechte lijn, vol ruis en echo.

'Kun je me nu verstaan?' zei Erik.

'Ja,' zei ze.

'Die klotelijn... Waar het dus op neerkomt is dat ik een contract krijg voor vier afleveringen als assistent, en daarna, als ik geen brokken maak, mag ik een aflevering zelf doen. Ze draaien twee maanden achter elkaar, voornamelijk in de studio en wij worden daar in de buurt in speciale *cabins* voor de crew ondergebracht. Dat is het enige waar ik van flip, maar Carol heeft aangeboden dat ze me op komt zoeken als ik vrij ben. Ze kan de auto van haar ouders lenen, zo'n slagschip met hout op de deuren...'

'Erik?' zei ze.

'Ik kan je heel slecht verstaan, Hansje. Echt heel slecht. Hoe is het met ma, is ze al weer wat opgeknapt?'

'Ik ben het, Claire.'

Hij viel stil en het enige wat ze nog hoorde waren vreemde hoge tonen, die haar aan de out-of-space-geluiden van 'Space Oddity' deden denken.

'Claire, ben jij het?'

'Ja.'

Op negenhoog in studentenflat de Zilverberg, een kleine kamer met een bed, een bureau en een Lenco-L75-platenspeler. De lakens klam van het zweet. Zijn pezige onverschillige lichaam dat haar alle kanten tegelijk op doet worstelen. De stem van Bowie: *Ground control to Major Tom: Your circuit's dead, there's something wrong.*

Het was tussen haar en Erik in deemoed geëindigd, inmiddels bijna vergeten, maar toch was het gebeurd, lang, bijna 23 jaar geleden. Ook dat maakte deel uit van haar leven.

Can you hear me, major Tom,
can you hear me, major Tom...

Aan de vooravond van hun verhuizing van Amsterdam naar B. hadden ze de driekameretage waar ze sinds de geboorte van Bas gewoond hadden ontruimd. Hun oude bank en stoelen, kleding die ze niet meer droegen, incompleet servies, affiches waarvoor ze zich mettertijd een beetje waren gaan schamen, en nog een hele sortering andere spullen stond op en naast elkaar langs de stoeprand. Het gore kleed dat bij Bas in de kamer de kale planken had bedekt, lag er opgerold en met een stuk touw bijeengehouden bovenop, als de stam van een gevelde boom. Toen het al donker was stond hij in zijn pyjamaatje een hele poos voor het raam naar dat massief van grotere en kleinere afdankers te staren. Zonder iets te zeggen pakte hij een schaar van een van de verhuisdozen en ging naar beneden. Vanuit de erker in de kamer kon ze hem zien, in het licht van een straatlantaarn, geknield bij zijn oude kleed. Hij was nog zo klein. De wind deed zijn haar opwaaien, terwijl hij met twee handen een hoekje van het kleed knipte. 'Dit moet mee,' zei hij toen hij even later weer in de kamer stond.

Een paar uur later diezelfde avond, hun laatste in de stad van de grote verwachtingen, sjouwde zij een met paperassen gevuld sinaasappelkistje omlaag. Tot dat moment had ze getwijfeld of ze het zou doen, maar nu, zeker en onzeker tegelijk, plaatste ze het kistje boven op de andere spullen. Het was gevuld met alle vijf de versies van het scenario van *Gravers*, alle schriftjes met aantekeningen, het storyboard dat ze zelf had getekend, de scènelijsten. Ze zette het kistje neer en liep terug naar de deur. Zonder nog een keer achterom te kijken ging ze weer naar binnen.

HET IS MIDDEN IN de nacht. In de Zuid-Franse hotelkamer staart Vera naar het gebloemde behang op het plafond. Ze draait zich om op de twijfelaar en kijkt naar de schemerige contouren van Rogier, weggedoken onder het donsdek op zijn matras op de vloer. Wakkere heuvel op zoek naar dromen. Ze weet dat hij niet slaapt, ze weet hoe dat aan hem knaagt omdat hij morgen fit wil zijn, ze weet ook dat zij het voor hem er niet beter op maakt wanneer ze de schijn van de slaap verstoort. Middernachtelijke gesprekken zijn hem altijd een gruwel geweest. Haar ook, maar soms is het alternatief nog minder verkieslijk.

'Ro,' zegt ze. 'Ik kan niet slapen.'

'Hm.'

'Weet je nog, Residencial Ramirez, die dekens die zo stonken?'

'Ramirez?'

'Chili, ergens in de buurt van Osorno. We konden niet slapen van de stank en het raampje kon niet open.'

'Zeven gulden vijftig voor een overnachting zonder gasmasker.'

'De eigenaar was zo'n mannetje dat op glimmende rijlaarzen rondliep. Toen we de volgende dag iets van die dekens zeiden, schold hij ons uit. Uitbreiding van de woordenlijst.'

'Dat je dat nog allemaal weet.'

'Ik zie tegen morgen op, Ro. Ik zie er zo vreselijk tegenop.'

'Ja,' zegt hij.

'Zeg niet: alles komt goed. Zeg dat niet.'

'Dat was ik niet van plan.'

'Jawel, ik ken je. Soms kómt het niet goed. Het is een kwestie van geluk, de hoeveelheid tijd die je is toebedeeld. Twintig jaar is het goed gegaan, twintig jaar heeft ze al gehad.'

'Een gemiddeld mens heeft 75 jaar. Waarom bekijk je het niet op die manier?'

'Het hare had al op kunnen zijn toen ze drie was.'

Rogier vouwt zijn handen onder zijn hoofd en doet er het zwijgen toe.

'Het zou heel goed gekund hebben,' gaat ze door.

Rogier zucht nu diep in de duisternis, nog steeds zonder te reageren.

'Met wie belde je?'

'Vera!'

'Met wie, ik wil het weten, ik heb het altijd willen weten. Met wie belde je toen, toen Marieke in het speelbadje in de tuin zat?'

'Dat weet ik niet meer, het is zo lang geleden.'

'Was het die vrouw van het restaurant? Ik weet niet hoe ze heette, je hebt het me nooit verteld. *Misstap* noemde je haar, geloof ik.'

'Ik weet het niet meer.'

'Was zij het?'

'Wat maakt het nog uit?'

'Voor mij veel, en al heel lang. Ik had je op het hart gedrukt Marieke geen seconde uit het oog te verliezen. Ik moest even naar het dorp om fotorolletjes weg te brengen. Toen ik terugkwam...'

'Vera, alsjeblieft.'

'Toen ik terugkwam, stond je in je werkkamer. Ik zag je in de erker met de telefoon in je hand. Jij stond boven te bellen, je babbelde, en Marieke zat in het speelbadje achter het huis. Je kon haar niet zien. Waarom? Dat heb ik me altijd afgevraagd. Voor wie was jij bereid zelfs dát risico te nemen. Was het voor háár?'

Hij knikt.

'Klootzak.'

'Het is zeventien jaar geleden.'

'Sommige dingen verjaren niet.' Ze begraaft haar gezicht in haar kussen.

'Het spijt me,' zegt hij.

'Wat? Dat je een waardeloze leugenaar bent?'

'Dat ik niet beter in elkaar zit.'

'Ro?'

'Ja.'

'Kom bij me liggen.'

Het duurt nog even, maar dan staat hij op en stapt bij haar in bed. Hij slaat zijn armen om haar heen, zij draait zich naar hem toe en...

Gaat ze zich hun liefdesspel in detail voorstellen? Zeker niet. De strelingen, schouderbladen en verschuivende onderjurken laat ze graag aan Geert en Edna en Coen over. Nee, ook niet. Nu ze er nog eens rustig over nadenkt, besluit ze Rogier terug naar zijn plek op de grond te sturen, terug naar het moment voor hij opstond. Eerst wil ze wel eens weten waarom Vera hem vraagt om bij haar te komen liggen. Is dat omdat ze zo radeloos is dat ze vastgehouden wil worden, maakt niet uit door wie? Of ligt er een ander verlangen in haar vraag besloten en ontdekt ze tijdens hun samenzijn dat ze Rogier wil, terug wil?

Misschien wil ze helemaal niet dat Rogier bij haar komt liggen, misschien is op dit moment haar diepste verlangen een reusachtige zak paprikachips in bed leeg te eten.

Altijd die aarzeling, dat niet durven kiezen of handelen, het is een van de redenen waarom ze als regisseur mislukt is. Hoe luidde dat academiegrapje ook al weer? Iedereen die een potlood kan vasthouden is een scenarioschrijver, iedereen die kan lopen én praten tegelijk een acteur, iedereen die overal een mening over heeft een producent, en iedereen die de baas durft te spelen een regisseur.

OP DE DAG DAT de opnamen van *Gravers* begonnen, de remake, de speelfilm met een budget van anderhalf miljoen, in die dagen, zeker voor een beginnend regisseur van 23, een vermogen, was zij de baas. Op diezelfde dag veranderde zij van talent in mislukkeling.

Het hele proces voltrok zich in minder dan vijf uur. Toen ze 's ochtends in alle vroegte de karavaan vrachtauto's met licht en rails en camera's, rook- en regenmachines en communicatiemiddelen, en verrijdbare kleedkamers en rekken met kostuums en kisten vol props zag naderen, voelde ze het bloed uit haar gezicht wegtrekken.

Ze had een routinier als cameraman toegewezen gekregen. Haar producent meende er goed aan te doen haar, de debutante, te omringen met oude rotten, opdat ze, indien nodig, terug zou kunnen vallen op hun ervaring. De gang van zaken op een set is druk en verwarrend en de eigenmachtige impulsen van muiterij en sabotage hebben er meer dan waar ook vrij spel, was haar tijdens haar studie op het hart gedrukt. Maar dat was onschuldige theorie geweest, nu moest ze de praktijk het hoofd bieden. Te beginnen met de cameraman, die van meet af aan probeerde te bewijzen dat ze een trutje was dat er niets van kon. Tijdens het doornemen van de eerste camerastandpunten ontweek hij haar blik. Zonder te reageren op wat zij zei, zonder zelfs maar de indruk te wekken dat hij naar haar luisterde, ging hij door met zijn bezigheden, tot hij met een afgemeten, peinzende, kwaadaardige blik zijn ogen van zijn lichtmeter opsloeg en zei, op een zalvende, gevaarlijke toon, luid, zodat de hele crew het goed kon horen: 'Misschien kun je mij en iedereen even uitleggen wat je van dat achterlijk lage standpunt verwacht, behalve dat we hier op onze knietjes moeten zitten.'

'Ik wil dat de huizen en bomen boven ze uittorenen, dat je tegen ze opkijkt als ze met elkaar praten.' Ze frunnikte aan haar spijkerjack.

'Ja, dat begrijp ik. Maar waaróm? Heb je soms op de academie geleerd dat dat ar-tis-tiek is?!'

De leden van de crew en de acteurs die zich op de betreffende scène voorbereidden, keken nu allemaal in haar richting. Het was plotseling volmaakt stil om haar heen. Ze hoorde hoe haar stem zich als een ongeleid projectiel die geluidloosheid inboorde. Stamelend, zwetend en misselijk bovendien – ze was elf weken zwanger – probeerde ze uiteen te zetten dat ze de gesprekken van de twee hoofdpersonen enigszins vervreemd, vervormd wilde weergeven, als afspiegeling van hun gemoedstoestand; ze vertelde over hun onthechte karakters, over de spanning waaraan ze op dat moment blootstonden, de ene onzinnige mededeling op de andere stapelend. En toen ze klaar was met haar betoog, of liever, toen haar tong het verder verdomde haar van dienst te zijn, begreep ze dat ze haar opponent alleen maar in de kaart had gespeeld.

Haar antwoord had natuurlijk moeten zijn: 'Waarom? Omdat ik dat wil. Zorgt u maar dat het er goed op staat, dan zorg ik voor de rest.'

Honderden keren heeft ze dat tegen hem gezegd, onder de douche, in bed, op straat. Nee, ze heeft het niet op zich laten zitten. Later.

Maar toen liep ze binnen een week al drie dagen achter op het draaischema. Ze twijfelde aan alles: aan het script, aan het spel van de acteurs, het licht, de kleding. Er gaapte een zwart gat in haar brein, groot genoeg om alles wat ze wist, alles wat ze geleerd had in te laten verdwijnen. Een voor een keerden de oude rotten zich tegen haar. Ze gaven haar het gevoel dat elk van hen haar met één blik kon vernietigen. Toen ook de acteurs openlijk hun vertrouwen in haar opzegden sloot ze zich, een totale zenuwinstorting nabij, op in het busje van de catering.

Aan het eind van de middag werd ze – terecht – door de producent 'van de film gehaald'; 'bevrijd' is misschien beter uitgedrukt, het is een kwestie van perspectief. Een andere regisseur, uiteraard een oude rot, nam het van haar over.

Ze was mislukt. Misschien was het van meet af aan onvermijdelijk geweest. Als je altijd al geplaagd werd door de angst te zullen falen, moesten je daden op een bepaald moment wel samenvallen met die gedachte.

Als een poes met een dood vogeltje in haar bek sluipt ze met het resultaat van haar werk door de gangen van het Ibis, de slaapfabriek, de overnachtingsmachine. Al die deurknoppen en hokjes met bedden en slapende mensen, gedraaide lakens en tastende handen, levenswegen die elkaar naamloos kruisen en zich onaangedaan weer vervolgen. Ze schuift de velletjes met de herschreven scènes onder de deur van Geerts kamer en gaat op zoek naar de nachtportier. Ze treft hem in de receptie, comfortabel achteroverleunend in het schemerduister. Een zwarte, beleefde jongeman die, terwijl hij het sportkatern van *Le Figaro* doorneemt, met één slaperig oog op een monitor gericht het parkeerterrein bewaakt. Aan flesjes voor de minibar kan hij haar om onbegrijpelijke redenen van organisatorische aard niet helpen, maar een fles rode wijn behoort tot de mogelijkheden. Met de goedkoopste bordeaux op de kaart keert ze terug naar kamer 341.

Ze drinkt. Ze zou willen dat ze slapen kon, zich ertoe kon zetten, maar daar je best voor doen is even zinloos als jezelf opdragen over iets of iemand te dromen. Ze heeft niet veel slaap nodig. Overdag doet ze regelmatig dutjes. Niet zoals Churchill dat placht te doen, het complete ritueel met pyjama en gesloten gordijnen voor een zestig minuten durende onderbreking van oorlogsvoering, maar korter, informeler – minder gedecideerd vooral.

In B. heeft ze – haar man naar zijn werk, de kinderen naar school – heel wat uren in sluimertoestand doorgebracht, op het hardhouten ligbed met de comfortabele kussens. Het geruis in de reusachtige bomen die zich kromden over het huis en het gazon, met de jaren steeds meer een glinsterende koepel van twijgen en bladeren vormend. Vaag herinnert ze zich het gevoel van kalmte, van rust, tijdens momenten dat ze helemaal alleen thuis was, de ogen gesloten, het geritsel van een merel tussen de planten.

Het was een vrijstaand huis en ondanks de grootte 'charmant', zoals makelaars het zo wervend kunnen omschrijven. Roodbruine baksteen met een rieten dak en houten raamluiken, diverse zijvleugels, organisch gegroeid uit een hele reeks kleinere en grotere verbouwingen. De wensen van al haar voorgangsters, grotere keukens, bijkeukens, serres, erkers, tweede badkamers, doorgebroken slaapkamers, hielden elkaar op wonderlijke wijze in evenwicht.

Hoezeer het haar er op het laatst ook benauwde, ze heeft zeker genoten van dat huis, de eenzaamheid, de rust, het ontbreken van actie en – tussen halfnegen en drie – conventies; van al die dingen waarmee ze nadien korte metten maakte. Afzondering leert je bepaalde dingen begrijpen, biedt je de kans iets over jezelf te ontdekken. Zou het niet geweldig zijn als dat eens waar was?

Aan de andere kant van de tuinmuur stond een bescheidener versie van hun huis, waar een bejaard echtpaar woonde. Ze zag of hoorde hen nooit, en als ze hen niet zo één keer per maand op het voetpad naar het bos was tegengekomen zou ze niet eens geweten hebben of ze er nog wel woonden.

Buiten de tuin was een overzichtelijke, gereserveerde wereld, waar zij redelijk uit de voeten kon. Grote huizen, hoge muren, stille lanen. Aanvankelijk moest ze wennen aan de standvastige heldere stemmen die de rozegeschorte meisjes van de bakker in het dorp toespraken. Dit was het domein van het geld, van het eclatante succes, van opdrachten die geen tegenspraak dulden; labradors, kleurenbijlagen, hockey.

De mensen beschikten over een elementaire vorm van zelfbewustzijn, ze konden het zich permitteren glimlachend aan hun rozenstruiken te ruiken ook als er niets te glimlachen viel.

De rijken zijn anders dan wij, zou Scott Fitzgerald gezegd hebben. En Hemingway had geantwoord: 'Ja Scotty, ze hebben meer geld.'

Die oneliner van Hemingway heeft het gesprek eeuwigheidswaarde verleend, maar liever dan de gevatheid van Hemingway had ze vernomen wat Scott Fitzgerald er nog aan toe te voegen had. Misschien iets over die benijdenswaardige houding van gedecideerd voorwaarts gaan; iets over de opgeheven kin die zonverwarmde luchtstromen in open two-seaters doorklieft; de overtuiging als eerste aanspraak te kunnen maken op gezondheid, liefde en respect.

Haar gesprekken met een moeder van school of met de hondenmensen in het bos waren risicoloos, zowel wat inhoud als consequenties betrof. Conversatie, hoe minzaam ook, leek er eerst en vooral op gericht de ander op afstand te houden. Binnendringen in een leven, in de kleuren en geluiden van een ander gezin, in de pijnscheuten en vreugdekreten ervan, bleef beperkt tot de met militaire precisie georganiseerde logistieke operaties rondom kinderpartijtjes. De kans dat ze op visite gevraagd werd was klein, behalve als zij iemand als eerste uitnodigde, maar dat deed ze niet, omdat ze wist dat de ander haar dan terug zou moeten vragen.

De kinderen wilden een hond, maar het was van begin af aan háár hond geweest en zo is het altijd gebleven. De eerste keer dat ze met haar, een pup toen nog, in het bos kwam, drukten de hondenmensen haar op het hart dat ze haar aanwinst grondig en met toewijding moest laten *socialiseren*: 'Ze moet veel met andere honden spelen, anders wordt ze schuw of vals.'

Ze spraken een gemeenschappelijke hondenmensentaal, 'af' en 'volg' en 'blijf' en 'consequent' en 'corrigeren' en 'belonen', afkomstig uit Martin Gaus' instructieboek *Uw hond gehoorzaam in tien lessen*. Later ontdekte ze dat ze stuk voor stuk in staat waren de opgetekende wijsheden van hun leidsman van voor tot achter uit het blote hoofd te citeren. Nog weer later hoorde ze zichzelf tegen nieuwkomers in het bos verkondigen: 'Je moet ze op jonge leeftijd laten socialiseren.'

Heeft ze dat werkelijk gezegd? Ja, dat heeft ze gezegd.

Ze beschikte over een dozijn jaarabonnementen – concertgebouw, Stopera, Rijksmuseum, Stedelijk Museum, Toneelfabriek, Filmhuis – die zij en haar man bij aanvang van ieder seizoen braaf betaalden, vol goede voornemens én in de bedenkelijke zekerheid dat hun Filippijnse werkster en haar man de kastanjes uit het vuur zouden halen.

'How was the ballet, Ophie?'

'Good, good.'

'Did you like it?'

'They jump!'

Ze gingen regelmatig op vakantie, wekelijks uit eten, aanvankelijk met de kinderen, later meestal met zijn tweetjes. Begrotelijke restaurants te kust en te keur in de onmiddellijke omgeving van B. Wanneer ze na een lange reeks van zintuiglijke ervaringen bij kaarslicht geen damast meer konden velen, namen ze in een even overmoedige als dienstbare bui Ophie en haar man het vuile werk uit handen.

Etentjes, exposities, vakanties.

'Kijk toch eens hoe schitterend de tuin erbij staat,' zei Leen toen ze van Rhodos terugkeerden. 'Moet je dat gipskruid zien, helemaal uitgelopen, en de hortensia's bloeien nog steeds.' Ze stonden nog met hun koffers voor de deur en hij nam al een voorschot op de gelukzaligheid van het oude vertrouwde leven. En zij? Zij dacht: O jee, nu begint het allemaal weer van voren af aan.

5

'IK KAN ME VERGISSEN,' zegt ze, 'maar dit is volgens mij niet de tekst die ik vanochtend onder je deur door heb geschoven.'

'Ik heb er een beetje aan gesleuteld,' zegt Geert kalm.

'Daar lijkt het wel op.'

'Ik had liever eerst alles uitvoerig met je overlegd, maar we hebben weinig tijd, Claire.'

De overhoring – dit soort bijeenkomsten wordt altijd gepresenteerd als een 'gesprek', maar het zíjn overhoringen en niet anders – vindt plaats op het terras van het hotel. Uitzicht op rozen en een felkleurig klimtoestel om de kinderen zoet te houden. Op de achtergrond het verre, bestendige gezoem van de autoroute. Ze zitten in de zon – een idee van Geert, die zijn huid op kleur wil houden, wat haar behalve irriteert ook verbaast, want zelfs nu, hartje zomer, draagt Geert een tot aan de kin reikende coltrui die zijn overtollige keelhuid moet maskeren.

Het is voor het eerst in vijftien uur dat ze daglicht ziet, ze voelt hoe achter haar donkere bril het zweet zich in haar wenkbrauwen ophoopt. Haar hoofdhuid prikt, ze is duizelig. *'De drinkebroer is een levend graf.'* Was dat niet van Vondel? Haar suggestie om naar een tafeltje met parasol te verkassen is aan zijn nonchalante zelfzucht niet besteed. 'Het duurt niet lang, ik moet over drie kwartier weer op de set zijn. Daarna kun jij zo lang als je wilt in de schaduw zitten.'

Het is 23 jaar later, maar hij is weer haar leraar van de academie, zij zijn leerling die maar te luisteren heeft. Geef de keizer wat de keizer toekomt. Zweet en zwijg.

Ze leest de veranderingen nog eens door, de letters dansen over het papier.

'Laat ik vooropstellen dat ik heel blij ben met je aanpassingen,' zegt Geert. 'Ik heb het idee dat we de boel samen vlot kunnen trekken. Vooral die scène in het ziekenhuis heb je heel geraffineerd aangepakt. Chapeau!'

Dit kent ze, eerst een beetje paaien en dan met de bulldozer eroverheen. 'Maar op de rest was zo te zien nogal wat aan te merken,' zegt ze. Niet toegeven! Ze staat voor wat ze denkt, voor wat ze weet. Het is haar script, háár verhaal, dit hoort háár toe.

'Kleine dingetjes.'

'In de dialogen vind ik bijna geen woord van mezelf meer terug.'

'Ik heb alles vanochtend vroeg met Coen en Edna doorgesproken en hier zijn we op uitgekomen. Zíj moeten het uit hun mond kunnen krijgen. Als je me het op de man af vraagt, vind ik in de meeste gevallen die van jou beter, subtieler, maar ik heb geen tijd meer om ze met hen te repeteren, en je weet hoe ze kunnen dwarsliggen.' Hij rekt zich uit en baadt zijn gezicht in de gloed van de zon, de ogen gesloten.

'Ik geloof geen barst van die scène in de hotelkamer. Ze komen binnen en voor je het weet liggen ze met elkaar in bed. Dat is toch uitgesloten.'

'Laten we eens kijken. Ze komen binnen, Vera stort in, begint te huilen, Rogier troost haar en van het een komt het ander. Lijkt me niet geheel onwaarschijnlijk.'

'Ze zijn anderhalf jaar uit elkaar, hun dochter is spoorloos verdwenen, en wat doen ze zodra ze de hotelkamer binnenkomen?'

'Ik begrijp je probleem. Je leest het nu voor het eerst. Het is anders dan je bedacht had, dat doet altijd even pijn, maar vertrouw me, ik denk dat ik er zo mee wegkom.'

'Mee wegkom?'

'Ja, ik denk dat ik er een overtuigende scène uit kan slepen.

Luister Claire, we hebben dit een paar dagen geleden allemaal telefonisch besproken. Ik heb je uitgelegd wat ik ervan vond en jij hebt beloofd dat je erover zou nadenken.'

Liever had ze ook dit gesprek over de telefoon gevoerd, desnoods vanaf haar kamer. Ze had een goede telefoonstem, zo goed dat ze in levenden lijve alleen maar kon tegenvallen, dat wist ze. Ze was niet alleen veel knapper, maar ook zakelijker, zelfverzekerder en overtuigender door de telefoon.

'Ik héb erover nagedacht.'

'En alles gelaten zoals het was.' Hij zucht. 'In godsnaam, ga nou geen problemen maken.'

Ze kan wel vermoeden wat er nu door hem heen gaat: toen je van de academie kwam lag de rode loper voor je uitgerold, voor jou, en niet voor mij, die zoveel meer in zijn mars had maar veroordeeld was tot lesgeven aan een stelletje talentloze, karakterzwakke lummels. Eerst *Gravers* verknallen, gevolgd door vijftien jaar kniezen, dan die trash voor soaps schrijven, het zelfs in díe wereld tot persona non grata schoppen, een hele kunst... Mooie cv om praatjes te hebben. Dan geef ik je omdat je een oud-leerling bent een kans, een allerlaatste kans – als je die verknoeit blijft er niets anders over dan voor TROS *Triviant* vragen uit de Winkler Prins te jatten – en wat doe je?

Ver weg schakelt een vrachtauto terug en geeft daarna gas voor de lange klim naar de autoroute. 'Ik dacht,' zegt ze, 'dat je je méning wilde geven over die scène. Ik had niet begrepen dat het een oekaze van de tsaar was.'

'Alles ligt al drie dagen plat, Claire. Vanmiddag gaan we weer draaien en morgen moeten we aan die hotelscènes beginnen. Daarvoor ben je hier, om te zorgen dat dat gaat lukken. Schrijf die scène nou.'

'Ik had een ander idee, een beter idee, maar dat wilde ik eerst met je doornemen.'

Hij neemt haar argwanend op, al op voorhand vermoeid door haar stem.

'We laten ze de volgende ochtend elkaar beloeren en dan vrijen ze in de auto.' Ze heeft geen idee waarom ze dit zegt.

'Een nummertje in de auto?'

'Ja.'

'Waar?'

'Bij het pad, terwijl ze op de gids wachten.'

Het bloed stijgt naar haar hoofd, ze is niet helder, ze kan zich moeilijk concentreren. Vluchtgedrag, denkt ze. Dit is de verkeerde instelling, maar de weg terug lijkt afgesneden, of eigenlijk te lastig. Het kan haar ook niet schelen. Ze wil hier doorheen, dat is het enige dat haar nu bezighoudt: hoe doorstaat zij dit halfuur in het afschuwelijk hete licht. Voor het overige kan ze niet wachten om met haar staart tussen haar benen naar kamer 341 terug te kruipen, met een beetje geluk is de voorraad in de minibar weer aangevuld.

'Het is misschien wel spannend,' zegt hij. 'Probeer het maar, schrijf het maar uit. Maar ik beloof niets.'

Als het voorbij is loopt ze terug naar de ingang. Aan beide kanten van haar neus stromen straaltjes zweet, als troebele tranen. Toen ze gisteravond aan kwam rijden waren de voorgevel van het Ibis en het tegenoverliggende Formule-1-motel door schijnwerpers verlicht. De felle neon tegen de donkerende hemel, de groen geschilderde parkeerplaats met de in rotten opgestelde personenwagens, de gegalvaniseerde hekwerken die dat alles ongenaakbaar hoekig omheinden, het kwam haar voor als een wonderbaarlijke vereniging van kunstlicht en geometrie. Een olieplatform, een kerncentrale, het decor van *Close Encounters of the Third Kind*. Maar nu, in het daglicht, ontdekt ze slechts vakantiegangers die met bagage naar auto's zeulen. De economie van het stouwen. Olievlekken op lege parkeerplaatsen.

In de lobby slepen enkele leden van de crew met zilverkleurige koffers. Jonge mannen van 24, 25 jaar met hippe T-shirts en mobiele telefoons aan de riem om hun jeans. Op locatie voelt ze zich altijd oud, want iedereen die iets met de film te maken heeft is jong – ook degenen die ouder zijn dan zij.

In het voorbijgaan vangt ze een glimp van ogen op, een glinstering van lippen en tanden. Ze loopt snel door tot ze op Edna stuit, de actrice die Vera speelt. Edna is slechts een paar jaar jonger dan zijzelf, maar dat valt niet op, het verschil in leeftijd tussen hen lijkt decennia te zijn. Edna mag zich verheugen in een bovenmatige bewondering van toneel- en filmregisseurs van boven de vijftig. Hun belangstelling, veelal van fysieke aard, is een voorrecht dat gedijdt op het gevaar van uitgerangeerd te raken, omdat haar bewonderaars een voor een door de jonge generatie worden verdrongen.

Edna graaft met twee handen in haar tas. Haar maniertjes zijn op een bijna botte, overtuigende manier verleidelijk, ontdaan van koketterie, zeer effectief. Daar is kennelijk flink aan geschaafd. 'Ik heb het gelezen,' zegt Edna. 'Stukken beter zo.'

'Ja,' zegt ze. 'Jij en Coen hebben mooi werk afgeleverd.'

Haar stem klinkt geforceerd, wanhopig op zoek naar aandacht. Edna stopt met dat gegraaf en kijkt haar niet-begrijpend aan.

'De dialogen,' zegt ze.

'O, daar hebben we nog nauwelijks iets aan hoeven doen. Geert had ze al aangepast.'

'Een genie,' zegt ze. 'Als hij ook nog kon regisseren.'

Edna's porseleinblauwe ogen onder de lange, opkrullende wimpers verraden heel even twijfel, maar beginnen dan te stralen en het volgende ogenblik valt haar een overstelpende, medeplichtigheid aanvaardende blik ten deel. Het sein dat ze nu samen mogen lachen. Zij wordt geacht gevoel voor humor te hebben, dat hoort bij het vak van scenarioschrijver. En een beetje excentriek zijn, een beetje gek, maakt ook onderdeel uit van het streefimago. Maar niet zo gek dat ze niet mee zou kunnen gniffelen om de fiasco's van een ander. Daar doen ze allemaal aan mee, dat is de conditio sine qua non van hun beroepsuitoefening: elkaar beschadigen, devalueren. De karakterverbranding, denkt ze, waar de ovens 24 uur per etmaal loeien, carrières tot aan de grond toe afbranden, as. Het vuur van de afgunst, dat zegeviert over reputaties, over goede wil, over integriteit.

Als ze haar kamer betreedt blijkt het bed opgemaakt, de badkamer opgeruimd, haar kleren liggen opgevouwen in de kast. Ze pakt twee flesjes wit, schenkt ze kalm uit, sluit de gordijnen. Een nummertje in de auto, denkt ze. Waarom heeft ze dat in godsnaam gezegd? Dan gaat ze op de stoel aan de zijtafel zitten en doet een hele poos haar best de afmetingen van de kamer te schatten; zich de ruimte voor te stellen met een vriendelijke Algerijnse schoonmaakster in stofzuigerstand.

'Is er één club die jou niet heeft uitgekotst, Claire?' zegt ze tegen de gordijnen.

'Voorzover ik weet kan ik morgen zó abonnee van *Reader's Digest* worden, Geert.'

Aardige dialoog, jammer dat ze hem niet kan gebruiken, denkt ze. Dan heft ze haar glas en begint te drinken.

NA HET ETEN ZIT ze met Bas op de bank naar de televisie te kijken. Opnieuw is het een reportage over de onderzeeër. Sinds vanochtend zijn er geen klopsignalen meer vernomen. Klopsignalen, dat woord doet haar denken aan spiritisme, seances, mensen die met de stem van een overleden buffeljager praten.

De gezagvoerder van een Nederlandse onderzeeër, veilig afgemeerd in de haven van Den Helder, geeft technische achtergrondinformatie: diepten, kubieke meters, atmosferen. In een andere context, zonder kennis van het drama op de bodem van de Barentsz-zee, zou het een monter instructiefilmpje kunnen zijn, schooltelevisie: 'Kijk, jongens en meisjes, en dan zit hier een luik...'

Bas heeft gekookt, een gerecht van zilvervliesrijst, wortels, dadels, cashewnoten en yoghurt. Ze had geen honger, maar de inzet en het plezier waarmee hij voor hun beiden een maaltijd samenstelde, deed bij haar een onvoorziene eetlust ontstaan. Daarbij smaakte het haar beter dan ze had durven hopen.

Geduldig en zeker van zijn zaak had hij het voedsel bereid. Schoonmaken, fijnsnijden, kruiden, koken, bakken. Hij is een toegewijd kok, denkt ze. Nee, een toegewijd mens. Ze kan een hele lijst van goede eigenschappen bedenken. Als kind was hij gezeglijk. Lange tijd deed hij helemaal uit zichzelf zijn huiswerk, hij interesseerde zich zeer voor de natuur, fauna én flora, hij was trouw aan zijn vrienden, geduldig met zijn zusje, hij speelde tennis op het hoogste niveau, gebruikte geen drugs en had, voorzover zij wist, zelfs nooit een sigaret gerookt. Hij rende liever in trainingspak met de hond langs het strand dan dat hij in een café zat, hij was nadenkend, stelde vragen, liet anderen de ruimte. Hij was *zachtaardig.*

Zo aaneengeschakeld ontwikkelt het verhaal zich nagenoeg zonder schaduwzijden. Een jongensleven in al zijn zorgeloze eenvoud. Ze zou er heel wat voor overhebben als dit het complete verhaal was. Maar er is nóg een lijst – die is er altijd –, de andere lijst, die, achteraf, leest als de opmaat van onheil.

De gezagvoerder op de televisie vermoedt dat ze, daar op honderd meter diepte, rustig naast elkaar liggen, zonder te praten, zonder te bewegen, om zo veel mogelijk zuurstof te sparen.

Klopsignalen. SOS. *Save Our Souls.* Goeie titel voor een Hollywoodverfilming, denkt ze. Net zoiets als: *Tot de laatste ademtocht.*

'Ze redden het niet,' zegt haar zoon. Hij houdt zijn vingers tegen zijn slapen. 'Het is te laat.'

'Jawel,' reageert ze. 'Het kan nog.'

Als ze haar ogen sluit ziet ze honderdzestien mannen in blauw-wit gestreepte hemden naast elkaar op de vloer liggen. Roerloos, armen langs het lichaam. Wachtend op redding.

DE EERSTE JAREN IN B. bevatten de gelukkigste momenten van haar leven. Samen met Ellen en Bas in het bos, Bas naast haar dribbelend op zijn rubberlaarsjes, of voor haar uit rennend om zich te verstoppen achter een van de majestueuze beuken. Soms fietsen ze samen door de duinen naar het strand. Vanaf zijn kinderzitje spoort hij haar aan tot snellere afdalingen. Harder! Harder mam!

Ze nemen een rugzak met broodjes en pakjes sap mee. Duwend en hijgend het laatste stukje langs het pad omhoog in het diepe, rulle zand. En dan wind, water en een grauwe onbestemde hemel. Wanneer er niet te veel wind staat, zitten ze naast elkaar op het hoge, droge deel langs de duinrand te eten. Zij kijkt naar het af- en aanrollen van de golven in het grijze licht, hij kruipt rond en peutert krabschilden en schelpen los.

'Morgen mag je bij Jasper spelen.'

'Hm.'

'Meteen na school, je rijdt met de mama van Jasper mee.'

'En wat doe jij dan?'

'Ik weet het niet. Ik ben gewoon thuis, denk ik.'

'Ik blijf bij jou.'

'Jasper heeft een racebaan voor zijn verjaardag gekregen. Die vind je vast heel leuk.'

'Ik blijf bij jou.'

Met een rugzak vol schelpen, krabschilden en verweerde stukken touw rijden ze terug door de duinen. De hemel nu loodgrijs, de belofte van regen en kletsnatte kleren op de valreep.

Thuis stalt hij zijn buit op de keukentafel uit terwijl zij voorbereidingen voor het avondmaal treft. Hij neemt een schelp in zijn hand, brengt hem naar zijn gezicht en snuift eraan als een jachthond. Een vertederende dunne pees trekt een rechte lijn in de huid van zijn onderarm.

'Moet je voelen, ma,' zegt hij, en geeft haar de schelp.

'Wat?'

'De ribbeltjes.'

Tussen hen bestaat een contact zonder woorden, een lijst van specifieke blikken en gebaren, die zij als enigen begrijpen. Ook als hij dingen doet waar zij buiten staat, met zijn vader een effectbal oefenen achter in de tuin, schuurt zijn blik langs die van haar en weet ze zich verzekerd van hun geheime bondgenootschap. Ze kent al zijn gezichtsuitdrukkingen, zijn manier van lopen, ze weet hoe zijn stem verandert wanneer een aanvaring op school hem parten heeft gespeeld of wanneer er aan de horizon van zijn gedachtewereld een nieuw, verblindend verlangen verschijnt.

Zij en haar jonge kinderen aan het strand, zij en Bas, die elkaar verstaan zonder woorden. Soms valt het niet mee de echte herinneringen te onderscheiden van de gefictionaliseerde herinneringen aan het geluk, aan de tijd dat ze een gezin waren, op vakantie gingen, de open haard 's avonds aanstaken. Een deel ervan is ongetwijfeld echt, een ander deel valt in de categorie secuur gemonteerde homevideomythologie.

Wanneer, vraagt ze zich nu af, begon het sluimeren in de tuin haar tegen te staan? Wanneer begon haar man verdacht gedrag te vertonen? Wanneer begon zij overdag te drinken? Wanneer begonnen de hondenmensen in het bos over beursnoteringen te praten? Wanneer begon haar slapeloosheid ernstige vormen aan te nemen?

'Je moet naar de dokter,' zei Leen.

De huisarts schreef haar homeopathische druppels voor, daarna inslapers, en toen die niet meer hielpen doorslapers. Als lijdend voorwerp van zijn zoektocht naar het juiste middel raakte ze vertrouwd met het farmaceutische jargon: barbituraten, benzodiazepines, hypnotica. Hypnos was de god van de slaap, had ze op school geleerd, zijn broer Thanatos de god van de dood. Slaap en dood, kinderen van één ouderpaar. Was ze bang om dood te gaan en durfde ze daarom niet te slapen, zoals de farao aan wie het orakel had voorspeld dat hij nog maar twee jaar te leven had? Oorzaak en gevolg, net als in de film... waarom diende voor haar alles altijd verklaarbaar te zijn? De meeste gebeurtenissen maakten deel uit van een genadeloos onverschillige volgorde en leidden bovendien nergens toe. Levensloop: de som van de losse eindjes. Alleen had ze het niet zo begrepen op losse eindjes.

De huisarts verwees haar naar een slaaptherapeut in H.. Na het intakegesprek kreeg ze een formulier mee naar huis, de checklist voor slapelozen. 'Is je ambitie op het werk ingeperkt?' las ze. Dat begon al goed. 'Lopen je relaties op rolletjes? Krijg je voldoende lichaamsbeweging; voldoende daglicht? Snurk je?' Zij niet, zij sliep immers niet, haar man was degene die snurkte, met een alleszins draaglijk volume overigens.

'Ben je 's ochtends klaarwakker of een trage starter? Wat is je instelling tegenover het leven?' Aha, de vragen werden filosofischer van aard. Ze sloeg de rest over en begon aan de *tips*: 'Probeer stresssituaties te vermijden.' Dat was vertrouwd terrein, haar tweede natuur, durfde ze wel te stellen. 'Gebruik voor het slapengaan geen alcohol, neem wel een warm bad. Seks kan een goede uitwerking hebben op de nachtrust, indien bevredigend.'

Ze besloot dat haar slaaptherapie zijn langste tijd gehad had.

Nadat ze haar verzet gestaakt had, ontdekte ze de keerzijde van haar 'probleem'. De zonnige kant van de nacht, noemde ze het zelf. In de woonkamer, in haar eentje met een goed boek en het schijnsel van een lamp over haar schouder, of languit op de bank met een oude Dustin Hoffman-film op televisie. Als enige nog wakker in het stille, donkere huis. Niemand in het hele universum die haar stoorde of iets van haar verlangde, niemand die haar op haar vingers keek als ze de fles tot aan de laatste druppel uitschonk. Met de hond in haar kielzog sjokte ze, zwart als een schaduw, naar het schuurtje om de lege flessen geluidloos achter de stellingkast vandaan te vissen en naar de flessenbak te smokkelen.

Soms, als ze zich plotseling loom begon te voelen, klom ze de trap omhoog en in plaats van terug te keren naar haar eigen slaapkamer, naar haar eigen helft van de kolossale Auping, glipte ze Bas' kamer binnen en klapte de slaapbank uit.

Kort na zijn negende verjaardag was hij, haar zoon, wie nooit iets mankeerde, door een nimmer geïdentificeerd virus geveld. Er volgden twee weken van hoge koorts, verwijde pupillen, glinsterende slapen van het zweet. Angstige nachten tijdens welke ze bij hem op de kamer sliep, als een zuster die naar zijn zware ademhaling luisterde en zijn gloeiende hand vasthield.

Vanaf die tijd ging ze af en toe, meestal in een weemoedige stemming, onder het mom van het snurken van haar man, bij hem op zijn kamer logeren.

Maar dan, tijdens zo'n nacht, hij is twaalf, dertien hooguit. Op blote voeten schuift ze zijn kamer binnen, het is er aardedonker, ze maakt het bankbed gereed, ze wil gaan liggen. Onverwacht hoort ze zijn stem, vinnig: 'Ga weg, ma!'

'Wat?'

'Ga weg!'

Ze laat de deken los, draait zich om en verlaat zijn kamer.

6

ZE WAS ALLEEN IN huis, haar nieuwe onderkomen, waar ze nog maar enkele weken woonde. Haar eerste bezoeker was juist vertrokken, een man van middelbare leeftijd met grijs haar en schoenen van kunststof. Een sympathieke man, eerder het type van legerpredikant dan iemand die met een kaartje van bureau Ernstige Delicten op zak rondliep.

Door het raam keek ze uit over de gracht, waar de mensen zich sneller en doelgerichter bewogen dan in haar herinnering. Ze was terug in de stad na wat een heel leven leek in B., maar het viel nog niet mee dat 'terug' te ervaren, gescheiden, in een ander huis, voor het eerst sinds tijden weer alleen. Ze wist al dat alles veranderd was, maar pas een uur eerder was ze erachter gekomen wat échte verandering betekende.

Verdachte: een woord als een val die dichtklapt. De laatste weken was in haar de ongerustheid over Bas gegroeid, en het verlangen naar hem, en god mocht weten wat al niet meer. Veel, heel veel had ze aan hem gedacht, misschien wel meer dan in het gehele jaar ervoor. Eigenlijk weer net zo frequent als vroeger, toen hij klein was en vrijwel iedere gedachtegang bij hem ontsprong dan wel uitmondde. Op het moment dat Vileers in de deuropening verscheen had ze weer heel nauwkeurig ervaren hoe het ooit geweest was, die afhankelijkheid van zijn welbevinden.

Hij was haar zoon. Ze hield van hem. Ze wilde dat hij leefde, meer dan wat ook hoopte ze dat hij in orde was.

Ze begon een verhuisdoos uit te pakken. Boeken, ordners,

fotoalbums, ze schoof ze een voor een in de boekenkast. Op de bodem van de doos trof ze een rolletje plakband en een matzwarte nietmachine aan. Ze verbaasde zich over de aanwezigheid van deze onbenulligheden die kennelijk goed genoeg bevonden waren ook in haar nieuwe leven een rol te spelen. Schoenen, stoelen, kasten, zelfs schilderijen waar ze in zekere mate op gesteld was, waren verkocht, vergeven of als grofvuil afgedankt, maar deze figuranten met hun emotionele en financiële waarde van nul komma nul hadden de selectie gehaald.

Met haar blik gefixeerd op een rolletje plakband en een nietmachine voelde ze iets anders, iets dat ze niet kende, en waar ze zich nimmer op had voorbereid. Haar lichaam beefde, ofschoon ze het niet koud had. Ze schonk zichzelf iets te drinken in en werkte met twee handen aan het glas de inhoud naar binnen. Hij was niet dood. Hij was verdachte. Een scherpe steek in haar middenrif, de pijn van de twijfel: het willen geloven, de verbeten poging om te geloven dat wat gebeurd is niet kán gebeuren, alleen iemand anders kan overkomen. Ze wankelde en hield zich aan de tafel vast. Ze schoof het visitekaartje naar zich toe om het nummer van bureau Elandsgracht te lezen.

De telefoon was nog niet aangesloten, de batterij van haar gsm bleek leeg. Met het kaartje in haar hand ging ze de straat op. Ze belde hem vanuit het café om de hoek.

'U spreekt met mevrouw Laatop, de moeder van Bas. U was vanochtend bij me.'

'Ik weet het,' zei hij. 'Mevrouw Laatop.'

Op de achtergrond hoorde ze mannenstemmen, gelach, het geluid van telefoons die overgingen.

'Waar is ze eigenlijk gevonden?'

'Onder de grond.'

'Dat had u me niet verteld.'

'U vroeg er niet naar.'

'Ik was vanochtend nogal overvallen door uw komst.'

'Die indruk had ik al,' zei hij.

Ze was even stil. Dacht aan het halfvolle wijnglas op tafel bij zijn binnenkomst, aan haar adem.

'Ze was begraven,' zei hij.

'O.'

Achter haar liep een ober met een blad vol broodjes en cappuccino's langs. Ze kon de koffie ruiken.

'Een paar wandelaars hebben de plek gevonden, of eigenlijk hun hond. Zij hebben toen de plaatselijke politie geïnformeerd.'

'Bedankt,' zei ze.

'Ik had het u wel verteld, maar er zijn mensen die niets willen weten, vandaar.'

'Ik begrijp het. Meneer Vileers?'

'Ja?'

'Hoe is ze..?'

'Zuurstoftekort.'

'Gewurgd?'

'Meer kan ik u er op dit moment niet over zeggen.'

De klanten in het café zaten aan de moderne rechthoekige tafeltjes als modellen op een foto in een glossy tijdschrift, hun hoofden en de bewegingen ervan verdubbeld in de spiegelwand achter hen. Ze aten en dronken, sommigen lazen een krant, anderen voerden een gesprek.

Ze weten niet half wat een geluksvogels ze zijn, dacht ze.

'Mevrouw Laatop? Hallo? Bent u er nog?'

'Ja, ik ben er nog. Waarom denkt u dat mijn zoon het is geweest?'

'Voorlopig is hij de enige die in aanmerking komt.'

'Dank u wel,' zei ze, en hing op.

Er ontstond een groeiende stroom krantenstukken over de zaak, aanvankelijk korte en zakelijke berichten over hoe en waar het meisje gevonden was en over de verdwijning van Bas – de 'voortvluchtige', 'verdachte' of, op zijn gunstigst, 'voorralsnog getuige'. Een groot aantal artikelen bevindt zich nog steeds ergens in haar huis. Leen had een knipseldienst opdracht gegeven alles wat er over Bas gepubliceerd werd onder zijn aandacht te brengen. Hij wilde volledig op de hoogte blijven. Voor hem, vermoedde ze, was dat de enige manier om nog enigszins het gevoel te hebben dat hij de omstandigheden beheerste. Hij was eraan gewend geraakt om tegenslag als het noodlot van anderen te beschouwen, en zijn eigen leven als een toernooiveld voor louter overwinningen.

Voor haar liet hij kopieën maken van de knipsels, die in enveloppen met het logo van zijn bedrijf bijna dagelijks bij haar binnendruppelden. Tot ze hem verzocht om haar dat informatie-infuus te onthouden. 'Waarom?' vroeg hij.

'Ik lees ze niet meer.'

Ze was ermee opgehouden omdat ze zich steeds ellendiger begon te voelen naarmate de artikelen uitvoeriger, sensationeler en persoonlijker van toon werden. Die door vreemden opgetekende woorden begonnen haar illusies te ondermijnen en een mens heeft niet alleen recht op zijn illusies, maar dient er ook zuinig mee om te springen. En er was nóg een reden: de ruime selectiecriteria van de betreffende knipseldienst, een bureautje in Bilthoven, waardoor niet alleen stukken over de zaak zelf haar bereikten, maar ook allerlei andere publicaties waarin, al was het maar in een bijzin, 'hun' zaak figureerde.

Waarom zou zij een stuk moet lezen over het gebruik van DNA-onderzoek bij justitiële opsporingsmethoden, of een belabberd geschreven aflevering van een kookrubriek waarin het beperkte reukvermogen van de mens met dat van een hond werd vergeleken? ('Zoals onlangs weer eens werd aangetoond toen de hond van twee wandelaars...')

Om de eerste tv-uitzending kon ze niet heen, als ze dat al gewild had. Wederom was het Leen die haar erop attendeerde. Ze keek in haar eentje, gezeten op de bank, met haar armen strak om haar opgetrokken benen geslagen. Wat de meeste indruk op haar maakte waren de van een regionale zender overgenomen beelden: de omgewoelde plek waar het meisje had gelegen, omspannen met politielint. Twee bonkige rechercheurs keken verstoord in de richting van de camera. Een wat oudere man zat gehurkt, pakte iets op en maakte het voorzichtig schoon. Op de achtergrond schemerde een groengeel waas van wintergras, de zon scheen, zo op het eerste gezicht leek het een lieflijke, veilige plek. Voor haar geestesoog verscheen haar zoon terwijl hij het graf dichtgooide. Met zijn handen? Met zijn schoenen? Ze zag hem zich langzaam oprichten en naar omlaag kijken, naar de verse zwarte aarde.

Direct na de uitzending ging haar telefoon, ze nam niet op, ze bleef stil zitten, deed haar ogen dicht en legde haar hoofd op haar knieën. Ze begon zachtjes op en neer te wiegen terwijl ze luisterde. Als hij na nog drie keer overgaan stopt, dacht ze, dan is het niet gebeurd. Een, twee, drie: hij stopte. Maar enige seconden later werd het weggestorven geluid als een gesmoord kreetje in haar gsm weer tot leven gewekt.

'Waar zit je?' vroeg Leen toen ze opnam.

'Thuis.'

'Heb je gekeken?'

'Ja.'

'Hoe komen ze aan die foto van hem?'

'Geen idee.'

'Ik kende hem niet.'

'Ik ook niet. Het is een recente foto, dat zag je aan zijn haar. Misschien is hij daar gemaakt.'

'Ze hebben hem verdomme al veroordeeld in die uitzending. Ik laat morgen mijn advocaat nagaan of dat allemaal zomaar kan.'

'Ik ben blij dat Ellen in Maine zit,' zei ze. 'Dat ze dit niet hoeft te zien.'

'Moet ik naar je toe komen?'

'Nee.'

'Echt niet?'

'Echt niet.'

'Bel me als er iets is, beloof je dat?'

Ze hing op. Moordenaar. Het woord was nog niet gevallen, in de krantenpublicaties noch in de tv-uitzending, maar door de nadrukkelijk vermijding ervan was het juist dat woord dat nu in haar gedachten kristalliseerde. Moordenaar. Een hard woord, als een rotspunt boven de golven, scherp en donker, angstaanjagend.

Ook van het meisje hadden ze een foto laten zien, gezeten op een houten bankje in een tuin. Een ernstig gezicht omkranst door halflang donkerblond haar. Fanny Fahnenschreiber heette ze, afkomstig uit Rheinbach, een plaatsje in de buurt van Bonn. Claire kon zich haar nauwelijks voorstellen als iemand die daadwerkelijk geleefd had, die de oudste dochter van twee andere mensen was, een voormalig studente psychologie. Twintig jaar was ze geweest, tweeënhalf jaar ouder dan Ellen.

De schaamte, ze voelde het, diende zich aan. Een wanhopig gevoel, dat alleen maar van zijn ongelijk wilde worden overtuigd. Haar zoon. Haar kind. Ze sloot de mogelijkheid niet langer uit dat hij in diepste wezen geen zachtaardige zwever was, maar een onberekenbare geweldenaar, dat achter zijn compassie en ernst een verwarde zieke geest schuilging, het hart van iemand die in staat was tot doden. Misschien was haar psychoanalytisch raamwerk tot dan toe ontoereikend geweest, en moest ze zich openstellen voor een uitgebreider model van de menselijke geest.

Plotseling schoot haar te binnen wat hij op zijn vierde aan haar vroeg, aan de keukentafel, met bungelende benen, korstjes op zijn knieën, zomaar, zonder aanleiding: 'Mam, waar stopt de wereld?'

Leen had haar nooit geslagen, geen enkele keer. Tot kwaadaardige woede leek hij niet in staat. Hij zette zijn frustraties of verdriet nooit om in razernij of scènes. Hij was zachtaardig van nature, hoffelijk, hielp haar bij het verlaten van restaurants in haar jas, hield het portier van de auto voor haar open. Nooit viel hij haar af in gezelschap, waar mogelijk nam hij haar de vervelende klusjes uit handen. Hij maakte zelfs geen neerbuigende opmerkingen over haar abominabele rijstijl. Doorgaans was hij goed gehumeurd en had hij geduld met haar en met de kinderen. 's Avonds, als hij thuiskwam, verwisselde hij zijn donkere kostuums voor spijkerbroeken en truien. Met afgetrapte kalfsleren mocassins aan zijn voeten stookte hij houtblokken in de open haard. In de winter hielp hij de kinderen met het maken van een sneeuwpop, inclusief neus, ogen en hoge hoed. En om kwart voor twaalf op oudejaarsavond kleedden zij samen hun jonge, bedwarme zoon en dochter aan, want hij stond erop dat ze het vuurwerk niet zouden missen. Ook al betekende dat voor Leen dat hij na het spektakel en de oliebollen verbannen zou worden naar de logeerkamer, omdat de kinderen het feestje bij mama in bed wilden voortzetten.

Haar buik was in die vroegere dagen plat alsof ze nooit kinderen had gekregen, alsof ze niet de moeder van een dochter van drie en een zoon van vijf was. Ze zal niet ontkennen dat ze zich destijds soms als een koelie veroordeeld voelde tot de monotone verplichtingen die het gezinsleven haar oplegde, maar nu kijkt ze er met heimwee op terug, op die goede dagen. Bas op tijd naar school brengen, Ellen met vetkrijt aan het oude bureau installeren, bedden opmaken, ontbijtresten opruimen, kleren op hun vaste plaats leggen. Ze kende ieder plekje in huis, ieder voorwerp. Ongeacht waar ze haar oog op liet rusten, altijd was er een zichtbare noodzaak van haar aanwezigheid, zij die de orde op iedere vierkante centimeter had geschapen en in stand hield.

Ze herinnert zich de weekeinden dat ze met de kinderen erop uit trokken. Windjacks, dassen, mutsen. Hun dampende adem, helder herfstlicht en aan weerszijden van het bospad afgevallen takken en bruine bladeren. Spiegelende regenplassen naast hun laarzen. Ze zwaaiden Bas over zo'n poeltje van wolken en twijgen. Wanneer ze het bos achter zich lieten, klommen ze omhoog naar de duinen. Achter hen de dennentoppen boven een zachte nevel van dichtopeenstaande, kale duindoorn, aan de andere kant de onverstoorbare zee. Bas was op zijn vaders schouders geklommen. Hij tuurde naar de vogels die over de golven scheerden. Er waren geen andere mensen behalve zij vieren, onder die heldere, blauwe herfsthemel.

Dan de dag waarop ze plotseling begrijpt dat haar man een verhouding heeft. Al een poosje is ze zich vaag bewust van een aanwezigheid die zich aan haar waarneming onttrekt. Zoals het onzichtbare hemellichaam waarvan de astronoom het bestaan slechts aannemelijk kan maken door de gedragingen van omringende hemellichamen. Onzichtbaar aanwezig. Een kaartje van een hotel in Friesland in zijn nieuwe kostuum, een haarspeld op de mat van zijn auto, een avondvergadering te veel, de open haard die weken vuurloos blijft. De keten van gebeurtenissen die hen naar het dramatisch dieptepunt van hun gezamenlijk leven voert is van een genadeloze alledaagsheid.

Ze komt terug van een boodschap in het dorp. Vanaf de andere kant van het tuinhek ziet ze hem op de bovenverdieping in zijn werkkamer een telefoongesprek voeren. Ze haast zich in de richting van de achterkant van het huis en kijkt schuin omhoog. Hij ziet haar niet. Zij kan hem niet verstaan. Hij praat lang en intens. Ellen, denkt, ze, waar is Ellen? In het voorbijgaan ziet ze hem door de glazen ruit van de erker met zijn hand door zijn haar gaan, ze ziet hem lachen, en dan voelt ze de pijn in haar middenrif. Dwars door de ongerustheid om Ellen heen. Het doet zo'n pijn dat ze ineens begrijpt wat er gaande is. Zo legt ze de laatste meters naar de hoek van het huis af, hollend, haar handen voor haar buik, haar platte buik.

'Ellen!' schreeuwt ze.

Als hij ligt te slapen spelt ze zijn agenda, bladzijde voor bladzijde, uur na uur, en dan weet ze genoeg: minstens drie maanden al.

Hij ontkent niet. Een misstap noemt hij het, geen verhouding, beslist geen verhouding. De kamer is op orde, het parket glanst, de werkster heeft zich naar behoren van haar taak gekweten. Buiten in de tuin schommelen hun kinderen onder de eikenboom.

Hij betuigt spijt en belooft beterschap, maar op een toon die haar zo mogelijk nog meer verontrust, de toon, zo vermoedt ze, waarop hij een aandeelhoudersvergadering voorzit, evenwichtig, kalm: 'We komen er wel uit.'

Hij volgt haar naar de keuken. Het is niet uitgesloten dat ze huilt. Hij houdt haar vast en klopt haar op haar schouder. Een gewoonte die haar altijd al heeft tegengestaan. Het trommelen van een specht. Onbeholpen misschien, goedbedoeld ongetwijfeld, hoe dan ook, het is haar te mechanisch. Te veel 'kop op, zand erover'. Zij voelt haar eigen radeloosheid, waar is die van hem?

Ze duwt hem ruw van zich af. 'Waarom?' vraagt ze hem.

Hij haalt zijn schouders op.

Zoals bij iedere kwestie van belang vallen de antwoorden in het niet bij de vragen.

'Ben je verliefd?'

'Nee.'

'Wat sneu nou.'

Ze hoort de kinderlijke, gekwetste woede in haar eigen stem, maar doet niets om die te verhullen. Ze richt haar blik op de muur met de hagelnieuw getimmerde keukenkastjes, de inbouwoven, de magnetron, de gelakte planken met vrolijk gekleurde glazen potten. Alles voldoet even nadrukkelijk aan de normen van haar smaak. Verstikkend maatcomfort dat de spot lijkt te drijven met haar en haar leven. Ze zou het hele zaakje in brand willen steken. Met haar ogen duwt ze de potten van de planken, versplintert ze de kastjes, brengt ze de oven tot ontploffing. Scherven, scheuren, schade.

'Ik maak het goed,' zegt hij. 'Ik beloof je dat ik alles goedmaak.'

Hij meende wat hij zei, geloofde er voor de volle honderd procent in. Hij had vastomlijnde ideeën over de wereld. Hij zag altijd een oplossing. Misschien zag hij nooit iets anders.

De weken gaan voorbij en in haar gist de haat, om wat hij kapot heeft gemaakt en, vooral, om haar eigen angst die haar plotseling terneerdrukt. Als de kinderen naar bed zijn drinkt ze in hoog tempo rode wijn. Voor haar, een alcoholische beginneling in die tijd, was het nog een experiment, voor hem toen al alarmfase 1. Hij wacht op de verwijten, de dreigementen, de scène van de avond. Hij gooit blokken in het haardvuur, zet het spatscherm met nauwlettende zorgvuldigheid terug op zijn plaats. Een en al hoop dat zij zich niet zal laten gaan, dat hij er deze keer met een laatste waarschuwing van afkomt, desnoods met een fikse bekeuring.

Meestal is ze stil, zegt ze niets. Uiteindelijk is het altijd een woordenstrijd, weet ze nu, zoveel jaar later, de woorden waarmee je elkaar bevecht: aanvallen en pareren, kwetsen en slikken. Of de woorden die je elkaar onthoudt, zwijgende stilte als een verfijnde wurgtechniek.

In bed trekt hij haar naar zich toe. Met zijn armen om haar heen begint ze als een kind te huilen. Hij kust haar. Een onverwachte opwelling van begeerte. 'Liefje,' fluistert hij. 'Claire.' Dit is niet het schouderklopje van de specht. Dit is waar ze, voelt ze, al dagen naar hunkert. Nooit heeft ze een lichaam voor hem willen zijn, altijd meer dan dat. Louter lichaam, dat kende ze: in haar studententijd midden in de nacht door een onbekende man een portiek ingetrokken worden, zijn koude handen die onder haar kleding graaien, doelgericht, zelfzuchtig, derend. Voor Leen wilde ze iets anders zijn, wilde ze ook het laatste boek zijn dat ze had gelezen, de fietstocht in de duinen, de ontroering na *Dood in Venetië*. Maar nu, huilend in zijn armen, offert ze dat graag allemaal op om een lichaam voor hem te zijn, niets meer en niets minder. Mond, borsten, billen; een kut. Ze wil hem boven op haar, in haar. Maar wat ze doet is dit:

ze werkt ze zich uit zijn greep en draait zich op haar zij. Starend naar de muur ziet ze zichzelf over een jaar of tien, een haarscherp visioen, een onwelgevallig voorschot op de toekomst: uitgezakt, met rimpels rond haar ogen, op waterdichte wandelschoenen en met een oude waxcoat om haar vlezige schouders.

Hij praat tegen haar. Zij hoort hem niet. Je liep me achterna, denkt ze, en ik ging met je mee naar Chili. Ik verhuisde met je naar B. Ik vergezelde je naar recepties, diners, borrels. Ik zat naast je in de auto, in het vliegtuig. Ik volgde je naar je ouders, je zakenvriendjes, naar het zwembad, naar de slaapkamer.

Na de haat volgt een kille, kribbige leegte, die ze opvult met sporenonderzoek en daderanalyse. Niet een secretaresse, niet een oude liefde, maar de eigenaresse van een restaurant is het geweest. Nauwelijks jonger dan zij, dat spreekt in zijn voordeel, kort zwart haar, donkere, vrolijke ogen, goed figuur en een profiel van marmeren, klassieke eenvoud. Dus zo zag een misstap eruit, een avontuurtje. Leen heeft gezworen dat hij alle contact heeft verbroken, maar haar wantrouwen groeit en groeit, een kathedraal die ze eigenhandig optrekt, steen na steen, zucht na zucht. Tot ze de spits van de toren heeft bereikt en begint terug te verlangen naar het gewone, geruststellende patroon van haar vorige leven.

De bezigheden waarmee de tijd zich voorheen liet temmen krijgen assistentie van enkele nieuwe. Tennis, lamsbout, kleurspoeling. Ze zet zich ertoe kennissen van vroeger uit te nodigen, grootse kinderpartijtjes in de tuin te organiseren. Voor het eerst sinds jaren gaat ze weer uit eten met Thea, haar oude vriendin van de Filmacademie.

'Jouw probleem is dat je er alles aan gedaan hebt om in die val te stappen, met open ogen. Relatie, kinderen en dan ook nog zo stom zijn om te verhuizen naar B.' Uit Thea's mond klinkt die plaatsnaam alsof hij een week of wat in de wasmand heeft gelegen. 'Zolang alles goed gaat,' vervolgt ze, 'is er geen reden tot klagen, maar er hoeft maar één dingetje tegen te zitten en pats! Dat is wat je op dit moment voelt, niet dat vreemdgaan van hem, nee, wat jij voelt is de val.'

Ze is naar het prozaïsche Turkse restaurant in de Pijp gekomen om haar hart te luchten. Hoe had ze kunnen vergeten dat Thea niet over een begripvol luisterend oor beschikt, maar over een hoofd vol levensvisies en aanbevelingen, die ze al tijdens het voorgerecht begint uit te venten? Thea laat haar korte bontjasje van haar schouders laat glijden, de volle majesteit en pracht van haar auberginekleurige leren broek en haar baseball-hemd met nummer 24 ontsluierend. Haar spierwit geverfde haar is kort en weerbarstig geknipt. Haar gehele look is van een misdadige nonchalance, die commentaar lijkt te leveren op de voor deze gelegenheid niet kinderachtig aangebrachte make-up op haar eigen gezicht en, eerst en vooral, op de spijkerbroek die ze draagt, waarover ze toen ze van huis reed nog dik tevreden was – casual, zeker niet truttig – maar waarvan ze nu voelt dat hij zo uit de mode is dat Thea er nog niet dood in aangetroffen zou willen worden. Thea blijkt nog steeds als first-assistant en productieleidster op sets rond te draven, als er al werk voor haar is. Het stelt weinig voor wat ze presteert, maar dat deert haar niet of nauwelijks. De levensweg die zij bewandelt vereist dat je stevig in je schoenen staat, dat je over een geest beschikt die tegen een stootje kan. Volgens haar, die zelf net de afscheidsperikelen van haar jongste relatie – nummer zeven, met een Senegalese balletdanser – zo op het eerste gezicht zonder kleerscheuren verwerkt heeft, moet ze de positieve kant van haar situatie proberen in te zien.

'Welke positieve kant?'

Thea prikt een stukje gegrild vlees aan haar vork. 'Je bent weer wakker. Kijk om je heen. Stel jezelf vragen.'

'Zoals?'

'Of je leven wel geworden is wat je ervan verwacht hebt. Het heeft mij eerlijk gezegd altijd verbaasd dat jij zo...'

'Zo'n trut bent geworden?'

'Ja,' zegt Thea, terwijl ze naar het stukje vlees kijkt alsof het haar voor een klein maar intrigerend raadsel stelt. Het moest heerlijk zijn, denkt Claire, zo'n imago van promiscue bitch, je kon je zo hufterig gedragen als je maar wilde. 'De meeste mensen,' vervolgt Thea, 'zie je geleidelijk in een ander soort bestaan terechtkomen, stapje voor stapje. Maar bij jou was het wel heel erg van de ene op de andere dag.'

Aan het eind van de avond loopt ze, net als vroeger maar toch anders, samen met haar vriendin door Amsterdam naar de plaats waar zij haar Spider heeft geparkeerd. Als een braaf meisje, dankbaar dat ze niet wordt uitgeleverd aan de antiburgerlijkheidspolitie, luistert ze naar de als goede raad verpakte stoutmoedige provocaties van Thea.

'In zekere zin leven we allemaal in een val, niets bijzonders en zolang je de pijn niet voelt is er weinig reden tot klagen. Wat ik probeer duidelijk te maken is dat het geen kwaad kan zo nu en dan door de ogen van een ander naar je leven te kijken.'

Onderweg naar huis strekt de snelweg zich onder een heldere, maanverlichte hemel uit. Als een onzeker vogeltje fladdert 'Riders on the Storm' van The Doors rond in haar hoofd, een nummer dat lang niets van zich heeft laten horen. Ze spant zich in om door de ogen van haar vriendin haar eigen bestaan te bezien. Haar kinderen, haar droomkeuken, haar zomerbruine benen onder een tennisrokje. Maar het ontbreekt de beelden aan zeggingskracht, aan persoonlijke overtuiging.

Ze parkeert haar auto achter die van haar man op de oprit en blijft met het portier in haar hand staan. In het duister kruipt een pad over de vochtige stenen langs de garagemuur. De villa rijst voor haar op tegen de hemel waarin het licht van de maan en de sterren vaag blijft hangen. Een groot, door donkere bomen en struiken omzoomd wezen, een en al taaie wilskracht die het zadelvormige dak verheft en stut. Achter het venster van de woonkamer zit Leen op de bank televisie te kijken.

Dit huis. Deze man. Dit leven. Nog steeds door haar eigen ogen. Wachten tot het water kookt, de postbus legen, een teek uit een hondenoor verwijderen. Ook dat is leven. Ze slaat haar ogen op naar de hemel. Maar in plaats van beelden komen er woorden: behoudend, voorkomend, teruggetrokken.

Ze sluit het portier van de auto en loopt over het pad het prentenboek in. Binnengekomen snelt ze in één keer door naar de kinderkamers. Ellen ligt zoals gewoonlijk half bloot, Bas heeft in zijn bed geplast. Ze verschoont de lakens, wast zijn billen. In het blauwachtige licht van zijn globe knielt ze aan zijn bed en kust hem op zijn voorhoofd.

'Rusland is groter dan Canada, hè mam?'

Hun schaduwen glippen vervagend de hoeken in als ze zich langzaam weer opricht.

'Ja,' zegt ze. 'Ga maar weer lekker slapen.'

Aan het eind van de middag gaat ze even de straat op om sigaretten te kopen. Als ze terugkomt staat Bas blootsvoets op een stoel. Hij rommelt, zijn armen gestrekt langs zijn hoofd, aan een elektriciteitsdraad die uit het plafond steekt.

'Wat doe je?' vraagt ze.

'Hij dééd het toch niet? De gloeilamp is in orde, het zijn de draden, die zitten niet vast in het kroonsteentje. Je hebt zeker geen schroevendraaier in huis, hè?'

Ze schudt haar hoofd.

'Misschien lukt het me met dit aardappelmesje.'

Na enige tijd stapt hij van de stoel omlaag om het resultaat van zijn inspanningen te controleren. Hij drukt op het schakelknopje aan de muur, de lamp springt aan.

'Dankjewel,' zegt ze.

'Hij is zeker dood, hè?' Met het mesje nog in zijn hand wijst hij naar de lege kooi op de dozen.

'Ja. Ik dacht dat ze heel oud werden, dwergpapegaaien.'

'We hebben nooit geweten hoe oud hij al was toen hij bij ons de tuin in vloog.'

'Op een ochtend lag hij in zijn kooi. Ik durfde hem niet op te pakken, de man die hier het trappenhuis schoonmaakt heeft het voor me gedaan. Levend durfde ik hem ook niet aan te raken, trouwens. Hij beet.'

'Dat was spelen.

'Ja met jóu, maar ons beet hij.'

'Gogol, het gevederde, groene monster.'

'De werkster werd gek van dat beest, hij bevuilde je hele kamer.'

'Jij mocht hem ook niet.'

'Hij mocht míj niet.'

Hij lacht. Een opening, denkt ze, een kans. Ze voelt hem in de glinstering van zijn tanden, in het schijnsel van de lamp.

'Hij wist het gewoon als je bang voor hem was,' zegt hij.

'En genoot ervan.'

'Dat is waar, hij genoot ervan.'

'Wat ik nooit heb begrepen,' zegt ze, 'is hoe jij naar muziek kon luisteren of op je gitaar spelen terwijl dat beest naast je zat te krijsen. Als hij het deed wanneer ik beneden naar iets luisterde, dan werd ik er stapelgek van, dan zette ik ten slotte de muziek maar af.'

'Met míjn muziek krijste hij méé. Hij was geen vogel voor Bach en Mahler, ma.'

'Denk je?'

'Dat deprimeerde hem.'

'Ik heb getwijfeld of ik het je meteen moest vertellen toen hij dood was, maar ik dacht: wat schiet je ermee op.'

'Niets,' zegt hij. 'Ik wist trouwens niet eens dat jij hem had.'

Hij loopt naar de keuken om het aardappelmesje terug te leggen. Ze kijkt naar zijn blote voeten. Trappelende, roze voetjes, denkt ze. De geur van babypoeder, ze kan het bijna ruiken. Ze herinnert zich het *bonkebonkebonk* van zijn voeten in de gang, volgend op zijn naalddunne schreeuwen in het holst van de nacht, wanneer hij wakker werd in doorweekte lakens, beducht voor de monsters achter de gordijnen. Mamaaaa! Ze veerde overeind en holde op blote voeten door de gang. Hij schreeuwde en zij schoot omhoog, altijd weer. Mamaaaa! In hun slaapkamer schoof hij als een schip de veilige haven binnen tussen haar en Leen in, zijn kleine koude tenen wriemelend tussen haar dijen. Hij zuchtte en viel met een onverstaanbaar gefluister op zijn lippen in slaap.

TIJDENS HET ETENTJE HEEFT ze Thea uitgenodigd om langs te komen, maar Thea zegt af vanwege 'twee extra draaidagen in de Ardennen'. Ze belooft in het weekeinde terug te bellen, wat ze niet doet. Zomin de oude kennissen na die ene keer dat ze op herhaling zijn geweest nóg eens terugkeren.

Ze overdenkt de mogelijke redenen. Waren ze te ver uit elkaar gegroeid? Waren ze nooit goede kennissen geweest? Of was hun leven voor buitenstaanders, zij die door andere ogen keken, onverdraaglijk. Zoveel gekapitaliseerd gezinsgeluk, zoveel overgefinancierde schoonheid en weelde, zoveel – ogenschijnlijke – orde, zonder één bladderende daklijst en dan ook nog die permanente aanvoer van gezonde zeelucht?

Ze herinnert zich het zoeken naar locaties voor haar eindexamenfilm in Aerdenhout, een gelijksoortige lodenjassen en Range Rovers-enclave als waar ze nu zelf woonde. Eensgezind hadden zij en Erik zich vergaapt aan de kasten van huizen, de parkachtige tuinen met hun in dierenfiguren gesnoeide buxussen. Het leek alsof ze die dag overal, in iedere laan, op ieder kruispunt, achter iedere heg, hetzelfde gemanicuurde en gecoiffeerde, niet uit de plooi te krijgen Bonneteriedametje tegenkwamen, te voet, op de fiets, in de auto. Knap hoor, had Erik gezegd, hoe ze dat flikt. Gelachen hadden ze erom: wat een mensen, wat een saaiheid, wat een afschrikwekkend beeld.

Misschien had ze in plaats van met Leen mee te gaan naar Chili, naar Erik in Canada moeten vliegen. Dat had ze kunnen doen. Voor een keer die schroom afleggen en gewoon naar hem toe gaan. 'Hier ben ik,' had ze kunnen zeggen. De strijd aangaan. Waarom niet? Wil je leven iets voorstellen, dan moet je de mogelijkheid van een vreselijke gloeiende spijt riskeren.

Misschien zou hij toch voor haar gekozen hebben, in plaats van voor die meid in een stationcar met hout op de portieren. Ze zou er, net als hij, werk gevonden hebben, speelfilms gedraaid hebben, televisieseries desnoods. In die tijd beschikte ze nog over indrukwekkende geloofsbrieven, met haar studenten-Oscar op zak. Haar hele leven zou anders gelopen zijn. In de Rocky Mountains skiën, in Lake Ontario zwemmen, in een houten huis wonen met een man die de sleutel bezat tot haar lichamelijk genot. Ze zou een andere vrouw geworden zijn. Aan Leens zijde leek ze weifelachtig en futloos. Hoe kon het anders, hij was nooit in paniek, twijfelde niet aan wat hij deed, had aan vijf uur slaap genoeg om vanaf het moment dat hij uit bed stapte alle hindernissen, zowel van zakelijke als persoonlijke aard, stormenderhand te nemen. Bij een man met minder zelfbewustzijn en energie, gepaard aan wat meer onevenwichtigheid, zou een bepaalde kant van haar die nu nooit aan bod was gekomen de ruimte hebben gekregen. Andere grapjes, andere wachtwoorden, andere lichaamsgeuren, andere ruzies, beschuldigingen. En ook: ander geluk, verraad, verdriet.

Misschien. Maar het was niet uitgesloten dat ze, zij het langs een andere route, op hetzelfde punt in haar leven uitgekomen was. Twee kinderen, een retriever en een misstappende man. Een ander huwelijk, dezelfde uitkomst: zij drinkt te veel, hij praat te weinig, de wekker gaat om halfacht.

7

HET IS ALTIJD ZO geweest en het zal altijd zou blijven: ze heeft iemand aan de telefoon en hangt op zonder te zeggen wat ze op haar lever heeft, ze staat op de set en vlucht het busje van de catering in, ze verschijnt in de deuropening en draait zich snel om, nog voor de anderen hun ogen opslaan. Het zit in haar bloed, in haar weefsel.

In het bos liep een hondenvrouw die niet getrouwd was. Ze had lange magere benen en woonde, zoals uit haar verhalen op te maken was in een bescheiden flat in H. Iedere dag kwam ze naar het hondenbos fietsen om er haar bastaardterriër uit te laten, tegen of over wie ze sprak alsof het een mens was. 'En Noes kijkt me aan alsof hij zeggen wil: nou dat is ook wat, het is toch zeker míjn verjaardag, dan mag ik toch zelf zeggen wat ik eten wil.'

Ze nam hem mee in een mandje als ze fietste, 's avonds lag hij naast haar op de bank, ze gingen samen kamperen op Terschelling. Hij was haar man en kind tegelijk. Kennelijk vervulde Noes die dubbelrol met verve, want de vrouw met de lange, magere benen leek volmaakt tevreden met haar bestaan.

Kijk, hier heb je een vrouw, dacht Claire, zonder kinderen, zonder man, zonder de meest exclusieve, waardevaste 2500 vierkante meter grond. Ze moet het doen met de zesde etage, stelten van benen, een norse terriër zonder stamboom. Toch gaat ze in shorts en vrolijk fietsend door het leven. Als het niet tegen alle regels was geweest zou ze haar wanneer ze samen opliepen zeker gevraagd hebben hoe ze dat klaarspeelde, wat haar geheim was.

Het duurt maanden, bijna een halfjaar, maar dan pikken ze hun oude bestaan weer op. Ze zijn voorkomend en uiterst voorzichtig met elkaar, een en al kalmte en beheersing, de gewapende vrede. Soms deelt de herinnering onverwacht een speldenprik uit en dan zetten ze zich schrap voor het ritueel van zwijgen en verwijten. Gebaren van steun en afkeer. Naar bed en opnieuw beginnen. Voorspelbare cycli. Vermoeiend, denkt ze, met een gelatenheid die ze nog niet eerder heeft gevoeld.

Een huwelijk, een ingewikkeld weefsel van loyaliteit en geschonden afspraken; van pijn die niemand anders je kon aandoen en troost die niemand anders je kon bieden. Maar ook een even beschermende als angstaanjagende vertrouwdheid, variaties op steeds meer van hetzelfde, als het vrachtautootje, dat ene vrachtautootje dat eeuwig en altijd weer opduikt in iedere Nederlandse film die in de jaren vijftig speelt. Want er is niks anders en het moet op een koopje. *Laten we bidden dat niemand het merkt.*

Ze ziet hem in de erker, telefonerend net als toen, ofschoon onschuldig nu. Als verdoofd staart ze naar hem en voor het eerst denkt ze aan iets anders, aan de glazenwasser die deze maand niet geweest is, aan het pak theezakjes dat op de band van de supermarkt is blijven liggen.

De crisis bedwongen, denkt ze. Nog één zo'n overwinning en we gaan naar de haaien.

Verminkte affectie. Het leven op de waakvlam, net genoeg om de vorst buiten te houden. Ze zou het graag achter zich laten, dat afgemetene, die zuinigheid met woorden en gevoelens. Maar ergens binnen in haar op een donkere plek is er iets aangesnoerd tot een keiharde, onontwarbare knoop. Niemand merkt het, zijzelf meestal ook niet. En Bas, hoe zit het dan met hem? Waarom plast hij iedere avond in zijn bed? Daar had je het weer, dat eeuwige zoeken naar oorzaak en gevolg, beredeneren, alles willen verklaren. Waarom niet, voor één keer: *de roos bloeit omdat zij bloeit en kent geen waarom.*

En dan gebeurt het toch nog, onverwacht. Op de middag dat ze samen met Ellen Bas van school heeft gehaald. De kinderen trekken hun jasjes uit, ze zijn met zijn drieën in de keuken, die wordt gevuld met hondengekwispel en het opbeurende geluid van hun stemmetjes. Bas heeft een bruine ribfluwelen broek aan en een geblokt flanellen hemd, Ellen draagt een donkerblauw fluwelen jurkje, stuk voor stuk schandalig dure spullen, door haar uitgezocht, gewassen, aangetrokken. Hun gezonde gezichten door de buitenlucht, hun haren glanzend in het binnenvallende winterlicht. Twee welgevormde kinderen, A-merk-kinderen uit B., háár kinderen. Ze ziet het hele tafereeltje door de kritische ogen van Thea. De Italiaanse, handgemaakte schoentjes op het marmer, het kookeiland met beukenhouten werkblad, waarop de twee bekers melk klaar staan, de koelkastdeur, die zorgvuldig is volgeplakt met huiselijke kiekjes en kindertekeningen.

Ze ziet het heel precies tot en met het vooruitzicht op de grijze, natte zekerheid van nog een te overwinnen winter in het bos. Maar het maakt haar niet uit, ze heeft er opeens vrede mee. Dit is haar leven, haar raison d'être, ze zou met niemand willen ruilen. Wat Thea vindt of denkt, doet haar niets. Het kan haar domweg niet meer schelen.

ZE SCHRIJFT EEN KORT verhaal, losjes geïnspireerd op een gedicht dat Erik ooit voor haar had vertaald uit het Zweeds, de taal van zijn moeder. Het dwarrelde op een gelinieerd velletje naar haar voeten omlaag toen ze zonder speciale reden Jack Karouacs *On The Road*, een cadeau van Erik, uit de boekenkast pakte en openslaat. Ze raapte het op, verbleekte versregels in een sierlijk handschrift. Over een meisje dat in de tuin van haar grootvader grote zwarte honden ziet, eerst één en daarna steeds meer.

Zo stilletjes kwamen zij dat ik de volwassenen
nooit dorst te vragen of zij echt bestonden
wellicht slechts mijn eigen honden waren,
die gekomen waren om mij te halen, niemand anders,
een klein meisje met duistere donkere ogen,
dat gedwee onder het iepenlover zat en
hen aan zag komen; iedere herfst met meer.

De regels brachten de herinnering boven aan een voorval van enige maanden eerder. Het was avond en ze keek door een kier langs de deur Bas zijn kamer in. Het licht van de overloop tekende zich in een lange streep af op de vloer. Zijn bed was leeg. Hij zat in het midden van de kamer op het linoleum. Ze legde haar hand op de deurklink en wilde naar binnen stappen.

'Wacht mam, niet binnenkomen.'

Ze bleef op de overloop staan. 'Waarom?'

'Het is gevaarlijk.'

'Ben je een hond?' vroeg ze.

'Er is hier iets, hier binnen.'

'Niet bang zijn,' zei ze en duwde de deur verder open.

'Nee! Doe dicht!'

Ze trok de deur weer iets naar zich toe. 'Wat is er dan?'

'Voor jou is het gevaarlijk, voor mij niet.'

Ze bleef nog even staan, hij zat doodstil op de vloer, klein, ernstig, verontrust. Een schaduw in het midden van de kamer.

'Als het weg is, roep ik je,' zei hij.

'En jij?'

'Mij doet het niets.'

Na enige aarzeling ging ze naar de badkamer. Zonder het licht aan te steken waste ze haar handen en bleef toen een poosje doodstil staan. Ze keek naar buiten, waar onzichtbare regendruppels omlaag daalden, een tikkend geluid op de dakpannen maakten. Daarna keerde ze terug naar zijn deur. Hij zat nog steeds op dezelfde plek op de vloer, zijn handen rustend op zijn knieën.

'Bas?'

'Kom maar,' zei hij. 'Het is weg.'

Ze stapte naar binnen, ging naast hem zitten. Hij rilde, door de stof van zijn pyjama voelde ze de kou.

'Wat was het, een leeuw, een monster?'

'Het is weg,' zei hij kalm, zijn blik gericht op het raam schuin boven hem, waar het licht van de buitenlamp door het rolgordijn filterde. Ze hielp hem overeind en stopte hem in bed. Ze bleef bij hem zitten tot ze aan het geluid van zijn ademhaling kon opmaken dat hij in slaap gevallen was. Toen ze de deur achter zich wilde sluiten zag ze een schaduw achter het rolgordijn glijden.

Weken achtereen werkt ze aan het verhaal dat gaat over 'iets wat er waarschijnlijk niet is', overdag als de kinderen naar school zijn, 's avonds als ze slapen. Het schrijven, de ideeën, de woorden, ze maken haar energiek en moedig. Soms verliest ze zich, zonder enig benul van wat ze probeert te zeggen, urenlang in een enkele zin. Soms weet ze precies wat ze zoekt – en vindt het bovendien.

Zodra hij begrijpt dat ze klaar is, vraagt Leen of hij het mag lezen. Hij doet dat op een zondagmiddag in de tuin, zij houdt hem door het glas van de terrasdeuren in de gaten. Als hij klaar is, staart hij naar de struiken, een moeilijk in te schatten uitdrukking op zijn gezicht. Is hij aangedaan door wat hij gelezen heeft, of overpeinst hij de reorganisatie van de afdeling verkoop?

'Mooi,' zegt hij haar als ze met bonzend hart bij hem komt zitten. 'Maar waarom is het zo triest?'

'Het is fictie.'

'Wat brengt je ertoe zulke zwarte, deprimerende dingen te schrijven?'

'Het is gewoon een verhaal,' zegt ze.

'Je kunt prachtig schrijven, dat wel.'

Ze overweegt het naar een literair tijdschrift te sturen. Het adres heeft ze reeds op een envelop geschreven die op haar bureau ligt en daar de dingen die komen gaan afwacht. Het is slechts een kwestie van een simpele daad, een paar seconden van extra moed. De vraag is: waar is haar lef gebleven?

'Stuur het op,' zegt haar man. 'Doe het nou.'

'Misschien.'

'Jij weet niet wat je wilt.'

Dat is waar. Ze weet niet wat ze wil. Voor de viroloog is het leven een epidemie, voor de touroperator een vliegtuigstoel, voor haar een niet verstuurd verhaal.

8

HET VOORJAAR BREEKT AAN, het gras drijft het mos terug naar de achterste regionen van de tuin. Ze legt een kussen op het hardhouten zonnebed en strekt zich uit. Ze ligt weer achter het huis te lezen. Dromerig, op een matte manier tevreden. De triomf van het nodeloze.

'Waarom ben je weggelopen, waarom heb je niet doorgezet?' had Thea haar in het Turkse restaurant gevraagd.

De steeds weer terugkerende vraag. Waarom ze had opgegeven, waarom ze zich van de set had laten jagen en nooit meer een poging had gewaagd? Sommige kennissen en vrienden van vroeger meenden dat ze iets moest schrijven, of regisseren. Ze hadden geprobeerd haar te stimuleren, maar die goede bedoelingen hadden haar tegengestaan, en ze liet alle contacten doodbloeden, een voor een, tot er niemand meer over was. Dáárom bleef iedereen weg. Het zou niet goed geweest zijn als ze op de set was gebleven, of als ze daarna alles op alles had gezet een tweede kans af te dwingen. Het zou gewoon niet goed zijn geweest, voor háár.

Ze laat zich drijven, alleen maar drijven, ze laat zich meevoeren door het soelaas haar door andermans fantasie geboden. Verhalen, intriges, personages, ze komt in de buurt van het punt dat ze in derde persoon over zichzelf begint te denken. *Zij* is. Vraag: Wat is *zij?* Antwoord: Een bijkomstigheid. Iemand die op niets groots kon bogen, iemand die de markeerstift van de roem vlak boven haar hoofd langs heeft horen scheren.

'*Immer höher muss ich steigen, immer weiter muss ich schauen.*' Mensen als Goethe en haar man zijn, ieder op zijn eigen manier, geobsedeerd door de gedachte verder te reiken, plannen ten uitvoer te leggen. Haar gave is het om met heel, heel weinig tevreden te zijn.

Soms, als ze opkijkt van haar boek, weet ze even niet meer waar ze is, in welke tuin, in welke plaats, of wat ze daar doet. De tijd is een lange, trage, elastische tussenruimte in geglipt, wat haar ongewoon bewust maakt van haar omgeving. Knoppen van bloemen, oneffenheden in het hout van de leuningen, warmtetrillingen boven het gras. Ze raakt er bedreven in zo'n tijdsspanne te rekken tot het punt waar ze langs haar angst schuurt, een grens, een niet-weten, een huivering.

Ze leest veel, ontzagwekkende hoeveelheden, maar zonder gretigheid, zonder zich vol te proppen. Er stilletjes van overtuigd dat ze iemand zonder roeping is, heeft ze er een gevonden. Liggend in de tuin, met een boek in haar hand. Tolstoj, Scott Fitzgerald, Modiano, Bordewijk, Brontë, Sagan. Stemmen, levensgezellen, kleine, gestructureerde werelden. En dan heeft ze ook nog haar kinderen, als altijd in staat haar humeur op te vrolijken wanneer nodig. Met een zak oud brood naar de kinderboerderij, op een heldere zomerdag scheppen aan het strand, naar een ransuil in de schemering wijzen. Badjes vullen, pyjama's aantrekken, verhaaltjes voorlezen.

Wat kan er mooier zijn, denkt ze. Nog steeds.

Ze loopt op platte schoenen, draagt zeiljacks, gaat regelmatig naar de kapper. Meer en meer begint ze op de andere moeders op het schoolplein te lijken, met dit verschil dat er iets kleurloos in haar verschijning is. In de badkamer kleedt ze zich uit en stapt voor de spiegel. Wat is het? Ze weet het niet. Ze neemt een lok van haar gespoelde haar tussen haar vingers. '*Alle kleur is meteen uit Dido's lichaam geweken, het leven verdween in de winden.*'

Maar zij is niet dood, en Aeneas heeft haar niet verlaten. Als ze uitgaat met haar man, geeft ze zich moeite de fletsheid te bestrijden. Mascara, lipstick, hakken. Maar het heeft iets gespeelds, er ontbreekt iets aan. Ze kan het niet echt vóelen. Het is als met verkleumde vingers schaatsveters vastmaken.

De ochtend – voorheen haar sterkste punt, haar minst dromerige dagdeel – wordt steeds taaier en taaier. Te weinig slaap, te veel rode wijn. De kinderen moeten gewassen, aangekleed, naar school gebracht. Rugzakken met broodtrommeltjes erin en kastanjes mee voor het herfstwerkstuk, niets vergeten. Vanaf het moment dat de wekker gaat tot het moment waarop ze zichzelf met een tandenborstel in haar mond bij de spiegel aantreft, lijkt een eeuwigheid verstreken. De trap omlaag, er komt geen eind aan, een tree, nog een tree, en nog een, ze kan het niet, ze moet zichzelf naar beneden praten. Toe nou, Claire! De hond die op haar afkomt om zijn rechtmatige dosis affectie op te eisen. Ze duwt hem van zich af: nu niet, later. In de keuken volbrengt ze wat er van haar verwacht wordt, zonder een woord te veel. De melkvlek op tafel, de lege pot jam, de boter die te hard is, alles brengt haar in een staat van wanhoop, alsof het voorboden zijn van een naderend, groter onheil. Haar man en de kinderen werpen een vluchtige blik op haar als ze binnenkomen, en richten hun aandacht op het brood, het beleg, de mokken met thee. Het komt niet eens zo slecht uit om onzichtbaar te zijn, denkt ze.

Op dinsdag en donderdag dribbelt Ophie, haar Filippijnse werkster, strijdlustig het pad op.

Ze zou niet weten hoe ze de week door moest komen zonder Ophie, niet zozeer vanwege haar huishoudelijke daadkracht die in zes uur tijd korte metten maakt met stof en vuil, als wel om haar verhalend repertoire. Haar man werkt op een platform in de Noordzee en Ophie, die geen verblijfsvergunning heeft, leidt het bestaan van een onderduikster. Ze wonen in Amsterdam-Oost, op een zolder die ze delen met een ander Filippijns echtpaar. Ze heeft twee kinderen, Ophie, een jongen en een meisje, net als zij. Ze kent hun namen, hun gezichten van foto's. Ophie heeft haar kinderen, sinds ze zes jaar geleden illegaal Nederland binnenkwam, niet meer gezien. Haar man gaat eenmaal per jaar terug naar huis om de kinderen en de familie te bezoeken. Zonder Ophie, want het risico dat ze Nederland niet meer inkomt, durven ze niet te nemen.

Het heeft haar twee jaar van gedoseerd en toegewijd aandringen gekost voor Ophie haar hartsgeheimen prijsgaf. Soms is ze aangeslagen door het leven van haar werkster en soms is ze er vreemd jaloers op, op de strijd, het drama. Zij en haar man wisten tenminste waarvoor ze het deden, de opleiding van de kinderen, de verzorging van hun ouders. Het lijden, zo mocht je het toch wel noemen, diende een doel. Ze hunkert naar de verhalen over afgewezen visumaanvragen waardoor Ophies kinderen weer niet naar Nederland kunnen komen; over verminkte mannenhanden op het platform; over treiterijen op die steenkoude zolderverdieping. Ze lijdt een beetje mee met Ophie wanneer haar man voor de jaarlijkse hereniging met de kinderen naar de Filippijnen is vertrokken, en zij met haar hartzeer achterblijft. Drama, wie had er niet een beetje van nodig in zijn leven? Tot de dag waarop het met zijn volle gewicht op je neerstortte, dan wist je weer dat het wel allerlaatste was wat je kon gebruiken.

'Ben je gelukkig?' heeft ze aan Ophie gevraagd.

'Ik ben gelovig,' was haar antwoord.

Wanneer ze vermoeid en futloos Ophies komst afwacht, houdt ze zichzelf voor dat haar eigen tamelijk aangename bestaan, haar redelijk minzame man, haar bovengemiddelde huisvrouwenstatus, de troostprijzen zijn voor een leven zonder risico's, zonder lijden.

Ook al deed ze haar best, Leen had redenen genoeg om niet tevreden te zijn. Er waren vrouwen, ze schenen echt te bestaan, die niet alleen wisten hoe je zucchine gratinate maakte maar ook hoe je het ongeschonden uit de ovenschaal kreeg en vervolgens op de juiste temperatuur serveerde; die tussen een partijtje tennis en het oppikken van de kinderen zijden ondergoed kochten; die met evenveel succes op het recept van mousse au chocolat varieerden als op dat van echtelijke fellatio.

En zij, die sof waar hij mee getrouwd was, lag in de tuin haar leven te verbeuzelen, al langzaam verleppend waardoor haar aard nu ook van buiten zichtbaar werd; ze zocht met rode vlekken in haar hals naar paspoorten en tickets bij de incheckbalie; ze liet lamsbouten verkolen omdat het branden van het lampje haar was ontgaan omdat ze haar bril niet op had omdat ze die nergens kon vinden omdat hij onder de bank lag omdat... Zij, die miskoop van hem, stak de door hem in zijn professionele bestaan zo verfoeide ambtenarij naar de kroon in besluiteloosheid en algehele laksheid, schoof zo veel mogelijk op de lange baan, in de hoop dat er iets tussen zou komen of dat het vanzelf wel over zou waaien.

Wanneer die overdonderende, ofschoon verre van volledige lijst van falen als een schaduw over haar heen valt, raakt ze bevangen door een gevoel van berouw, zo sterk dat ze er niet eens om kan lachen. Haar gedachten zoeken manisch naar nog meer voorbeelden van missers, tekortkomingen, naar bewijzen van haar schuld en daarmee zijn onschuld. Ze cirkelen rond het hardhouten ligbed, haar platte schoenen, het roodgloeiende lampje van de oven. Hij hield van haar toen ze naar Chili gingen, hij adoreerde haar, en dat zou zo gebleven zijn als ze het er niet naar gemaakt had.

'Je hebt het zelf verpest, Claire.'

Hij was zichzelf gebleven, verantwoordelijk, consequent, lankmoedig; voortdenderend in een turbulente wolk van doelbewustheid en energie maakte hij waar wat hij beloofde. (Al bleef het een rotstreek dat hij haar bedrogen had.) Ze herhaalde keer op keer voor zichzelf alle cadeaus die hij haar geschonken had, de hoffelijke attenties die hij haar was blijven bewijzen, de buitenlandse reisjes waarop hij haar verrast had, in ieder geval een poging daartoe had gedaan.

Ze verlangde plotseling hevig naar hem, naar zijn hand in haar nek, zijn stem. Ze belde hem, hij was in vergadering.

'Is het dringend?' vroeg zijn secretaresse.

'Nee hoor,' zei ze.

Het hielp niet Ophie van haar werk te houden, wat ze vervolgens toch deed. Ophie luisterde naar haar verhaal gewapend met roze rubberen handschoenen en glimmende tanden. Het was zinloos. Een vergeten paspoort, platte schoenen, de zucchine gratinate die niet van de bodem los wilde komen. Het klonk allemaal zo onbeduidend, en vooral zo vol zelfmedelijden.

'You need a rest,' zei Ophie. 'Lay down for a while.'

Als verdoofd liep ze naar de terrasdeuren en stapte de geurende tuin in. Het kussen lag nog op het hardhouten ligbed.

9

ZE STAAT IN DE keuken, maakt iets te eten. De terrasdeuren staan open en de geluiden en geuren van de vroege avond zweven naar binnen, het rauwe koor van de vogels, de bloei van de hortensia's, een vleug versgemaaid gras.

Boven klinken de steeds terugkerende gitaarrifjes die Bas op zijn kamer oefent. Ellen is, hoopt ze, verdiept in haar grammatica Engels, *bend, bent, bent,* en Leen zit, onderweg naar huis, vast in de file. Ieder zijn eigen territorium, zijn eigen verschansing. Onderduikers in tijden van vrede, hoopvol wachtten ze het begin van de oorlog af.

Ze zet een pan op het vuur, schenkt zich een glas witte wijn in, controleert de inhoud van de fles. Het laatste glas voor het eten, maant ze zich. Ze heeft een dag van beperkte bezigheden en onbeperkte laatste glazen achter de rug. Het begon al 's ochtends aan het strand, op het terras in de zon. Na een lange wandeling met de hond toen het nog aangenaam rustig was. Drie glazen campari-jus d'orange. In een van de strandtenten werkt een jongen naar wie ze graag kijkt. Lang donkerbruin haar, gebleekte jeans, schouders. Hij doet haar aan Erik denken, met name als hij glimlachend haar drankje voor haar neerzet. Ze zat eerste rij aan een rond wit tafeltje met uitzicht op zee. Achter haar op de plankiers bewoog een gestage stroom van badgasten, hun stemmen verwaaiend op het briesje. Ze had haar lege glas bij haar elleboog staan, keek hoe hij met zijn dienblad van tafel tot tafel ging. Soepel, met verwaaid haar en onverschillige armen. Ze had haar zonnebril op, kon dus ongestoord blijven kijken, dromend achter de donkere glazen, tussen de parasols van Cinzano, proberend aan niets te denken, nergens aan mee te doen, ofschoon ze nog steeds niet precies wist hoe dat moest. Toen was hij bij haar tafel en zette het glas voor haar neer. Zij schoof hem het geld toe, hij glimlachte naar haar ter afsluiting van deze even simpele als opwindende transactie. Als ze er behoefte aan had een stille, zinloze verliefdheid op te vatten, leek hij nog niet zo'n slechte keuze.

Aan het strand gingen de golven door met breken, sissen en terugwijken, een voortdurende onderdompeling van sporen, waar zij dacht aan de voetstappen die níet gezet zijn.

Voor het eerst sinds jaren voelde ze de aanvechting om te vertellen over haar Oscar voor *Gravers.* Aan hem, zomaar.

Toen hij dat glas voor haar neerzette en een glimlach zijn welgevormde mond plooide wilde ze, voor één keer, zeggen: 'Ik heb een Oscar gewonnen, wist je dat? De beste studentenfilm van het jaar. En de remake was ook een groot succes, wist je dat? Bejubeld door de pers om zijn nuances en fijnzinnigheid; anderhalf miljoen betalende bezoekers, een absoluut record in 1981.'

Voor haar smadelijke vlucht van de set bood deze dagdroom geen plaats. En hoe het voelde om – zij het kortstondig – semiberoemd te worden met iets wat je zelf verafschuwde, vereenzelvigd te worden met iets wat je vreemd was, daar zou ze het ook niet over hebben. Voor één keer zou ze alle waardering voor *Gravers*, haar eigen versie én de verminkte remake, zonder voorbehoud aanvaarden, gebruiken in haar voordeel. 'Zeg, wist je dat ik...'

Ze zet een andere pan op het vuur, giet iets af. Met de stoom rond haar hoofd voelt ze plotseling het verlangen naar een script, een idee desnoods, iets dat een uitdaging zou zijn voor alles wat ze ooit geleerd heeft, alles wat ze in haar mars heeft. Ze verlangt ernaar om weer ambities te hebben. Even wil ze terug naar 1979 en helemaal opnieuw beginnen.

Stuiptrekkingen, stuiptrekkingen van de hoop. Ze haat dat huilerige toontje in zichzelf. Haar glas is leeg, de fles staat nog op het werkblad. Vanavond moet ze Ellen overhoren en daarvoor is het raadzaam nog enigszins bij zinnen zijn. Ze schenkt zich opnieuw in, een paar slokjes maar, sust haar geweten met de wankelmoedige belofte van onthouding tijdens het eten. Alles onder controle, niks aan het handje. De spaghetti bijna gaar, de kinderen op hun kamer, haar mans leven voor twee miljoen verzekerd.

Ze gaat aan de keukentafel zitten en rekent uit dat ze al weer meer dan zes weken schadevrij rijdt, ook zoiets. Daar staat de reeks van onvoldoendes die Ellen de afgelopen weken heeft gehaald tegenover. Zorgwekkend: dat is ze, gelooft ze, wel met haar man eens. Ellen zelf lijkt er niet erg onder te lijden. Ze beweert dat ze haar huiswerk heeft gedaan en haalt een drie. Toch houdt ze staande dat ze zich goed voorbereid heeft. Wat zij als een tegenslag beschouwen, maakt op hun dochter niet de minste indruk. Met een dampende lach in de koele, nevelige ochtendlucht fietst ze de volgende ochtend achter haar vriendinnen aan naar school.

'Omdat we haar te veel verwend hebben,' zegt Leen. Hij bedoelt: omdat jíj haar te veel verwend hebt. Misschien heeft hij gelijk, ze nam en neemt de kinderen altijd in bescherming. Er waren redenen, excuses. En zo is het ook. Wie dat niet begrijpt, begrijpt niets.

'Het maakt haar niet uit,' zegt hij, 'of ze het verknoeit. Het komt niet eens bij haar op dat blijven zitten iets ergs zou kunnen zijn.' Maar bij hem kwam het niet op dat de meeste mensen niet efficiënt, niet voor de volle honderd procent toegerust ter wereld waren gekomen. Dat anderen niet alles van nature even makkelijk afging; dat een meisje van dertien in de eerste klas van de middelbare school genoeg, zoveel aan haar hoofd kon hebben dat er voor een proefwerk domweg geen ruimte over was.

Hun dochter was een zorgeloos kind, uitbundig, middelpunt van haar vriendinnen. Dat leek het belangrijkste doel in haar leven, in het centrum van de aandacht staan, en niet alleen in haar klas, op het partijtje of in de kleedkamer. Ook op onbekend terrein, aan het zwembad, in de supermarkt, tot en met in de trein maakte ze er werk van dat anderen haar opmerkten – én aardig vonden, dat ook.

Als meisje van vier vroeg ze, zodra ze andere kinderen in het oog kreeg, of ze de hondenriem mocht vasthouden. En dan promeneerde ze vier, vijf keer langs het groepje, net zo lang tot een van de kinderen de hond aaide of vroeg hoe hij heette. Gebeurde dat niet, dan was zij degene die het contact legde: 'Dit is mijn hond, ze heet Kyra.'

Nu, dertien jaar oud, stond ze langdurig voor de spiegel in de kleren die ze zelf had uitgezocht, met minder nam ze geen genoegen. Ze knipte foto's uit popmuziekbladen, de bekende dromen en fantasieën. Lippenstift, filmsterren, menstruatiepijnen. Of ze lag op bed met de walkman op, de dreun van house in plaats van die van *bend, bent, bent.*

Ze was een lastige baby geweest, Ellen, met haar stevige wangetjes en heldere ogen. Veel huilen, veel vragen om aandacht, aanzienlijk moeilijker te troosten dan Bas toen hij haar leeftijd had. Als peuter kuierde ze zonder zichtbare angst voor de gevolgen op het drukke strand of in de speeltuin bij hen weg, op zoek naar een strategische alliantie met andere eenheden. Claire en haar man hielden van een afstandje in de gaten hoe ze zich bij een wildvreemd gezin aansloot, stelden het moment van ingrijpen zo lang mogelijk uit om hun dochter de kans te geven uit eigen beweging terug te keren of verschrikt om zich heen te kijken, haar blik zoekend naar papa en mama. Maar ze hadden haar bij die andere papa's en mama's en broertjes en zusjes kunnen achterlaten, leek het. Volkomen ontspannen zat ze, de ideale vondeling, tussen hen in, brabbelend, lachend, spelend, partjes mandarijn uit die andere mama's hand etend. Tot Claire of haar man de grenzen van hun laisser fairebenadering bereikt hadden en haar met iets van schaamte in hun lopen terughaalden.

Zij was heel anders dan Bas, die altijd in hun nabijheid was gebleven, op wie ze nooit hadden hoeven letten omdat hij er wel voor zorgde dat hij hen niet uit het oog verloor. Ellen had niet graag bij hen op schoot gezeten, of, zoals haar broer, dicht tegen hen aan in bed gelegen om zich aan hun lichamen te warmen. Ze had hen, daar kwam het waarschijnlijk op neer, minder nodig. Nog steeds deed ze dingen bij voorkeur zonder haar ouders. Ze ging in haar eentje naar de hockeyclub, kleren kopen, zwemmen in het duinmeer, organiseerde zelf haar verjaardagsfeestje en week geen duimbreed als Claire probeerde invloed uit te oefenen.

Terwijl Bas, twee jaar ouder dan zijn zus, tot voor kort nog vier keer per week door mama naar het lamlendige tennispark in de polder werd gereden, waar hij, samen met de andere uitverkoren talentjes van zijn leeftijd, meetrainde met de jeugdselectie van Noord-Holland.

Soms wachtte ze langs de baan, meestal in de auto, met een boek, tot hij met zijn tas over zijn schouder bij de auto terugkeerde.

Op een dag, toen ze onderweg naar huis waren, had hij volkomen onverwacht gezegd: 'Dit was de laatste keer.'

'Waarom?' vroeg ze.

'Ik heb er geen zin meer in.'

'Is er iets gebeurd?'

'Nee, niets. Ik heb er gewoon geen zin meer in.'

Ze informeerde bij zijn trainer of er iets voorgevallen was, maar hij verzekerde haar van niet. Hij bleek net zo verbaasd als zij over het voornemen van zijn pupil.

Het had haar altijd tegen gestaan hem naar die uithoek te moeten rijden en daar anderhalf uur achter de beslagen ramen van de auto te wachten. Toch probeerde ze hem over te halen op zijn besluit terug te komen. Wat hij weigerde.

'Maar waarom dan? Leg me dan uit waarom.'

'Het is zinloos.'

'En wanneer heb je dat bedacht?'

'De laatste training. Ik sloeg een bal, een backhand. Hij was uit.'

'Je hebt honderden, duizenden ballen uit geslagen.'

'Ik had hem makkelijk binnen kunnen slaan, maar ik sloeg hem uit.'

'Nou en?'

'Het maakte geen verschil, begrijp je? Ik voelde dat het geen enkel verschil maakte of ik de bal nu in- of uitsloeg.'

'Let op mijn woorden,' zei Leen later, 'die jongen gaat niets afmaken als je hem niet achter zijn vodden zit.'

En nu volgde die jongen een schriftelijke cursus gitaarspelen en zat hij uur na uur op zijn bed. Met een aandoenlijk ernstige frons op zijn voorhoofd, spande hij zich in zijn onwillige vingers de grepen op te leggen. Als hij een stukje speelde, nam hij het op om het daarna te kunnen afluisteren. Soms, als ze met zijn tweeën in huis waren en hij voldoende zelfvertrouwen had, speelde hij iets voor haar in de woonkamer en vroeg wat zij ervan vond.

'Dat is iets van de Beatles, hè?'

'*Daytripper*, herken je het?'

'Nou en of! Je gaat vooruit, wist je dat.'

'Echt?'

'Eerlijk.'

Ellen vond het belangrijk wat ánderen van haar dachten, het oordeel van haar moeder liet haar koud. Maar hij vond het belangrijk wat zíj dacht. Hij vond het belangrijk te weten wie hij voor haar was.

De dwergpapegaai die hij twee jaar geleden in de tuin ving en die sinds die zwarte dag in onbeperkte vrijheid zijn kamer bevuilde, overschreeuwde de gitaargeluiden. Zoals er uit zijn amelodieuze vingeroefeningen plotseling een liedje tot leven wordt gewekt, veranderde het gekrijs van de vogel zo nu en dan in iets dat op taal leek, een stuk of wat verstaanbare syllaben: 'Ben je boven?' – een zinnetje dat zij, uitgerekend zij die dat lawaaiige beest niet kan uitstaan, hem ongewild bijgebracht moest hebben door de talloze keren dat ze het, hoofd in de nek, in het trapgat heeft geroepen.

Soms als ze alleen in huis was, kon ze Gogol horen schreeuwen. In de keuken, in de woonkamer, in de slaapkamers, overal achtervolgde zijn geluid haar. En daar zat ze dan, de niet bijster matineuze moeder, die het ritueel van haren kammen en brood smeren voor de zoveelste keer ternauwernood had doorstaan: achter een kop koffie aan de keukentafel, starend, verdoofd, niet in staat om maar een spier te bewegen omdat ze dan in een zwart gat zou storten. Terwijl ze op een blijde tijding wachtte, van welke aard dan ook, klonk in het lege huis een metaalachtige parodie op haar eigen stemgeluid: 'Ben je boven? Ben je boven? Ben je boven?'

Tijdens het eten drinkt ze nog anderhalf glas wijn. Daarna overhoort ze Ellen op haar kamer. Ze voltooit de vervoegingen van de lijst met werkwoorden, het duurt langer dan ze dacht.

'Die stomme rijtjes,' zegt Ellen.

'Ja,' zegt ze.

Ze zou ze nóg een keer met haar dochter moeten doorlopen nu, dat zou haar helpen, de vervoegingen die haar tijdens de eerste ronde niet goed afgingen samen herhalen, geduldig en precies voorkauwen. Het verschil tussen een voldoende en een onvoldoende, denkt ze. Maar ze wil ervan af, ze wil naar de keuken, terug naar beneden voor Leen thuiskomt. Nog even een kwartiertje voor haar en de fles samen. Aan iets anders kan ze nu niet denken. Een drukkend gevoel op haar borst, heet zweet in het holletje onder haar borstbeen.

'Goed,' zegt ze. 'Lees het nog een keer door en dan is het in orde, volgens mij.' Ze staat op van het bankje, het panterachtig motief danst voor haar ogen. Ze wankelt. Ellen kijkt haar aan, met een blik die zegt: ik weet het, doe maar niet alsof, ik heb je toch wel door. Ze deugt nergens voor, ze geeft het toe. Meer en meer betrapt ze zich er op dat ze denkt: ga nou naar je kamer, ga nou naar buiten, ga nou naar kantoor, ga nou naar school, ga nou, volmaaktheid der volmaaktheden, allemaal in godsnaam naar bed. Alsjeblieft laat me alleen. Gun me dat beetje geluk, die warmte in mijn lichaam. Meer vraag ik niet. Alleen maar een beetje oceanische vrede op zijn tijd en je zult van mij geen last hebben.

'Is er iets, ma?' vraagt haar dochter.

'Niets lieverd,' zegt ze.

En zo is het, er is niets, maar het vervelende is dat je het voortdurend voelt.

Ze gaat naar beneden, slaat het halve glas wijn dat er nog staat achterover. Ze maakt een nieuwe fles open, schenkt haar glas vol, loopt met de lege fles naar het schuurtje, wurmt hem in de doos achter de stellingkast, dekt de doos af met de gestreepte stoelkussens, loopt terug naar het huis, gaat naar binnen.

En dan: een zalmroze keuken, een vrouw, een vrijwel volle fles Mâcon, een gevuld glas op tafel, geen ander spoor van wat voorafging dan de rode lijntjes in haar oogwit en de slome tong in haar mond.

Buiten op de oprit klinkt het dichtslaan van een portier. Ze schuift een lok haar van haar voorhoofd. Kom maar op, denkt ze.

10

OM IN HET ZEVEN keer per week, driemaal daags terugkerende avontuur van de hond uitlaten enige afwisseling te brengen, wandelt ze op verschillende locaties. Het bos bij haar huis, het strand tussen B. en IJ., en het bos van landgoed Groot Hemborn. Van een systeem hierbij is zij zich niet bewust, haar keuze wordt ingegeven door het weer of door haar humeur, dat op zijn beurt weer voor een groot deel wordt bepaald door de hoeveelheid drank die ze zich ontzegd heeft.

Ze loopt in het bos van Groot Hemborn. In de aangrenzende tuin zijn een stuk of vijf hoveniers in groene tuinbroeken aan het werk. Een van hen snoeit de sparren die de uitgestrekte tuin van het wandelgebied scheiden. Zomers is de begroeiing zo dicht dat je slechts de punt van het dak kunt zien, maar door haar wandelingen in de winter heeft ze toch een vrij aardig beeld van het landhuis en de tuin gekregen, zo overweldigend kolossaal dat je je nauwelijks kunt voorstellen dat er echt mensen wonen. De achtertuin biedt plaats voor twee tennisbanen en een zwembad van olympische afmetingen. En dan is er nog steeds genoeg ruimte over om een stuk of wat voetbalvelden aan te leggen, als dat niet al aan de andere, voor haar onzichtbare voorzijde van het huis is gebeurd.

Een zware tak valt omlaag. In de opening die ontstaat ziet ze hem op het terras zitten. Ontspannen achteroverleunend in een tuinstoel leest hij de krant, een dalmatiër aan zijn voeten. Hij lijkt zich volstrekt onbewust van de hoveniers om hem heen, laat staan dat hij een bezwaarde indruk maakt te midden van hun zweterig zwoegen. Zijn helblauwe hemd staat open, dat kan ze van deze afstand zien.

Verleden zomer heeft ze hem een keer bespied door de struiken, nadat ze hem luidkeels had horen meezingen met 'Paint It Black' van The Stones. Zeer ongebruikelijk voor deze omgeving, waar luide muziek en meezingers net zo dun gezaaid zijn als huursubsidie en Hell's Angels. Hij stond aan de rand van zijn zwembad in een zwembroek met korte pijpen, terwijl zijn duet met Jagger over het gazon galmde.

Mercedes, skybox, garnalencocktail, schatte ze.

Hij had een bruine huid en stevige bovenarmen en dijen. Het zwarte haar groeide in de vorm van een driehoek vanaf zijn borst, de onderste hoek ging over in een steeds dunner wordende lijn die in zijn zwembroek verdween. Hij had een geprononceerde, maar stevige buik. Het lichaam van een autosloper, dacht ze, een houthakker, een bierdrinker.

Later zou ze erachter komen dat hij eigenaar van een muziekuitgeverij was. In plaats van hout te hakken volgde hij de beurskoersen, en verder legde hij een uitgesproken voorkeur voor gekoelde chablis aan de dag.

Er gaan twee, drie weken voorbij. Het waait en is uitgesproken fris als ze weer langs zijn tuin wandelt. Plotseling duikt zijn dalmatiër voor haar op, in het midden van het pad. Langzaam en dreigend nadert hij op stijve poten haar hond, de staart gekruld over zijn rug. Rond zijn rechteroog ziet ze een gitzwarte vlek, die op een ooglap lijkt. De dieren draaien om elkaar heen, snuffelen, alert de blik op elkaar gericht. Het is nog onduidelijk of ze het met elkaar aan de stok zullen krijgen.

Van achter de sparren klinkt zijn stem. 'Rover!'

De honden kwispelen even en beginnen tegelijkertijd te rennen, waardoor het lijkt alsof een startschot heeft geklonken. Met eigenzinnig gestrekte nekken verdwijnen ze tussen de bomen.

Ergens aan zijn kant van de afscheiding moet een hekje zijn, want plotseling ziet ze hem door het lover verschijnen. Hij draagt een lammycoat en rode laklaarsjes met zware gespen. Kennelijk is Rovers baasje een *persoonlijkheid.* Zonder te spreken blijven ze even staan kijken naar hun honden die elkaar vrolijk opjagen. Nadat hij de dalmatiër heeft terruggeroepen en aangelijnd knikt hij even naar haar en verdwijnt vervolgens weer achter de groene wal van zijn domein.

In het dorp ziet ze hem uit de wijnhandel komen en naar een Mercedes cabriolet lopen, een volle doos voor zijn buik. Chablis: ze heeft haar lenzen in. Over het linnen dak van de auto ontmoeten haar ogen die van hem. Herkent hij haar? Ze meent van wel. Hij glimlacht tenminste naar haar als hij instapt.

Een paar dagen later slentert ze door de druilerige stilte van de namiddag. Het heeft geregend, het pad is drassig onder haar schoenen. Niet bepaald een dag waarop je Eros tussen de bomen verwacht. Ze is zo afwezig dat ze hem pas opmerkt nadat de hond met het ooglapje als een pijl voor haar langs suist.

'Loop je hier iedere dag?' Hij heeft een glimmend trainingspak aan, daaronder felkleurige sportschoenen. Stijlvast, denkt ze.

'Nee, één, twee keer per week. Het is een mooie wandeling,' antwoordt ze.

'Ik woon hier,' zegt hij en knikt met zijn hoofd naar de sparren, waarboven zich de punt van het dak aftekent.

'Niet gek,' zegt ze.

'Dat kun je wel zeggen.'

Geen man voor valse bescheidenheid. Ook geen man voor valium.

'Wil je het zien?' Hij neemt haar ongegeneerd uitdagend op.

Ze aarzelt even en ontwijkt die blik. Toch gaat ze mee.

Sokloos en in ruisende sportnylon gaat hij haar voor. Het is niet iets wat haar aantrekt, met deze wildvreemde man meelopen. Ze doet het omdat ze bereid is het uit te proberen, in zekere zin omdat het juist het laatste is wat ze zou doen.

Ze betreden de tuin, de honden rennen blaffend over het gazon, bijten elkaar spelend in de nek.

'Berlage heeft het ontworpen voor een baron, het hele wandelgebied hoorde er toen ook nog bij. Maar ik vind het zo groot genoeg.'

Ze lopen om het huis heen terwijl hij vertelt over de ingrijpende renovatie die hij heeft laten uitvoeren toen hij het 'hele spulletje' vijf jaar geleden aankocht. Ze verbaast zich over de energieke, lenige mond, die zijn werk doet in een rauw staccato van vrolijke opsnijderij.

'Het zag er vreselijk uit, net een ziek hondje. Ik houd van dingen opknappen, mooi maken.'

In de keuken maakt hij een fles chablis open. Uit zijn bewegingen, zijn stem, zijn oogopslag, zelfs zijn zwijgen spreekt de manifeste autoriteit van een man die zich verheven voelt boven wat anderen van hem vinden. Met hun glas in de hand dwalen ze door het huis en komen in de ruime hal. Vanaf het Engelse marmer op de vloer draait een glanzende mahoniehouten trap omhoog naar een koepel van glas in lood met het wapen van de baron.

Ze belanden in zijn werkkamer, waar de pontificale aanwezigheid van een Amerikaans biljart haar verontwaardiging oproept omdat het de voorbeeldig geproportioneerde ruimte met schouw en serre zo ontsiert. Aan de muur hangen glamourfoto's van jonge, haar onbekende gezichten, gouden platen en gouden cd's in lijstjes. Ze blijft even staan voor een foto van hemzelf, jong en met lang haar, bezwete branie achter een drumstel.

Hij vertelt dat hij vroeger in een Haagse band speelde die een hit scoorde nog geen maand nadat de andere bandleden hem ingeruild hadden voor een nieuwe drummer. Hij, de afgewezene, het afdankertje, had ziedend van frustratie zijn geluk beproefd als producer. Hij bedacht iets simpels, iets dat al bestond maar nog nimmer zo doortastend en tot op de bodem was uitgebuit als hij zou doen: de medley nieuwe stijl. Vijftien tot twintig oude hits gecoverd door goedkope studiomuzikanten en vocalisten, versneden tot korte stukjes, naadloos in elkaar overlopend, en voorzien van een onophoudelijke discodreun die het geheel de schijn van samenhang verleende. *Hits on 45*, zestig miljoen platen wereldwijd.

Het is inmiddels negentien jaar geleden, maar hij vertelt het met een geamuseerd hautain lachje, alsof het allemaal gisteren heeft plaatsgehad.

'Een mooi succes,' zegt ze.

'Wraak!' zegt hij. 'Wraak is mijn brandstof. Vroeger had ik nooit geld, ik wilde ook helemaal geen geld, ik wilde spélen. Nu is geld het enige wat ik wil, zo veel mogelijk. Zonder geld zou ik me helemaal niets voelen. Ik zou mezelf van kant maken. Of iemand anders. Als het tenminste iets op zou leveren.'

Dan vertelt hij haar over de muziekuitgeverij waarvan hij eigenaar is. Hij zet een cd op, ritme, stemmen en refreintjes doen haar denken aan de kauwgumnummers die Ellen op haar kamer draait.

'Staat momenteel nummer 1 in Thailand en Polen. Niks voor jou, hè?'

Ze glimlacht. Hij zet de muziek weer af. Hij noemt nog wat namen van groepen die hij onder contract heeft. Geen ervan roept ook maar de vaagste associatie bij haar op.

'Ik zou niet zonder muziek kunnen leven,' zegt hij.

'Ik ben meer iemand van tekst en beeld,' mompelt ze. 'Film bijvoorbeeld.'

'Ga je veel naar de bioscoop?'

'Vroeger minstens twee keer per week.'

'Ik ook,' zegt hij, 'vroeger. Nu heb ik er geen tijd meer voor.'

'De bioscoop is het domein van de jeugd.'

'Is dat zo? *Midnight Cowboy* is nog steeds mijn favoriete film,' zegt hij. 'Die heb ik wel negen keer gezien.'

'Mooie film,' zegt ze, blij dat er iets is wat ze kent en bovendien niet hoeft af te wijzen. 'John Schlesinger, heeft ook *Marathon Man* gemaakt.'

'Aha, een kenner.'

Hij dringt net zo lang aan tot zij haar favoriete plaat noemt. The Doors, zegt ze, 'Riders on the Storm' – het enige nummer dat haar op dit moment te binnen wil schieten. Ze doet hem er zichtbaar plezier mee, want het volgende moment schuift hij twee kastdeuren open, die een onwaarschijnlijk uitgebreide verzameling cd's en langspeelplaten openbaren. In de tijd dat hij, hoofd opzij, voor de kast staat, bekijkt ze de foto's op zijn bureau. Twee mollige jongetjes in skipakjes op een slee; dezelfde jongens, maar ouder, magerder, nurkser vooral, bij het zwembad in zijn tuin.

Wat was dat toch, ze zag het ook aan haar eigen kinderen: naarmate ze ouder werden sloop het ongenoegen als een virus hun cellen binnen.

Buiten liggen de honden op het terras te slapen, binnen drinken zij een tweede fles chablis leeg. Ofschoon verre van een alcoholisch groentje, doet ze het voorkomen alsof de drank haar naar het hoofd stijgt. Waarom? Misschien omdat ze, wat er nu ook tussen hen gebeurt, zich er later op zal kunnen beroepen dat ze zichzelf niet was.

Hun gesprek vervolgt de ingeslagen weg, zonder verheffend te worden. Over hun gemeenschap, op een muisgrijze bank van Jan des Bouvrie en met de stem van Jim Morrison op de achtergrond, kan ze al even kort zijn: ze doen hun best er iets van te maken. Er is voldoende goede wil, waar het aan ontbreekt is passie.

Als het voorbij is en ze weer over het modderige pad in het bos loopt, stelt ze zich voor hoe het eruit moet hebben gezien. De bank, de twee lichamen, het roerloze groene eiland van het biljart, het bij elkaar zoeken van de kledingstukken. Een cartoon uit *The New Yorker*, denkt ze. Ze zoekt naar een gevat bijschrift, maar er wil haar niets te binnen schieten. Met wat sneeuw en wind tegen de ramen zou het ook een Ingmar Bergman-scène kunnen zijn. Van humor naar drama, het is een kleine stap.

'Ben je getrouwd?' had hij gevraagd toen hij haar terug naar het tuinhek vergezelde.

'Ja,' zei ze. 'Jij?'

'Mijn vrouw zit het grootste deel van het jaar in Nice.'

De antirimpelcrème die zij in zijn badkamer aantrof en in een opstandige seconde heeft gebruikt moest dus van haar zijn geweest, zijn vrouw in Nice.

Ellen, haar schoolrugzakje op haar schoot, zit op de bank bij de deur te wachten als ze tegen het eind van de middag thuiskomt. De schaduwen van de bomen strekken zich lang en bleek uit over het gras.

'Waar was je nou?'

'Sorry, ik was de tijd vergeten.'

'Ik zit al een halfuur te wachten!'

'Het spijt me, lieverd.'

Ze gaan naar binnen en doen hun jassen uit.

'We gaan iets leuks doen,' zegt ze tegen haar dochter. Ze wou dat ze nu kon praten zonder zichzelf te horen.

In de keuken bindt ze Ellen een lieveheersbeestjesschort om en dan doet ze meel, eieren, boter en suiker in een grote schaal. Ze laat haar dochtertje met haar kleine handen het deeg kneden tot het zacht en glad is, daarna mag ze het uitrollen. Er zijn twee soorten vormpjes, rondjes en hartjes, Ellen kiest de hartjes. Ze snijdt de plak in stukjes en samen drukken ze die in de vormpjes. Voorzichtig leggen ze ze een voor een op de bakplaat.

'Je handen beven, mam.'

Ze blijven samen in de keuken, in de warmte van de oven en de geur van rijzend deeg, om te wachten tot het tijd is. Ze zitten naast elkaar, Ellen vertelt iets over de pony die op het weiland bij school staat. Ze buigt zich naar haar dochter, snuift die vertrouwde frisheid op en kust haar op haar zachte, sluike haar. 'Lieve meid van me,' zegt ze, 'lieve, lieve meid.' Even lijkt het of ze gaat huilen.

Met gewatteerde handschoenen aan plaatst ze de gloeiend hete bakplaat op het werkblad en dan bekijken ze met voldoening het resultaat van hun werk. Dertig gave, lichtbruine, zoet geurende hartjes.

'Zijn ze goed, mam?'

'Ze zijn goed.'

Zodra Leen thuiskomt loopt Ellen opgetogen met een schaal naar hem toe.

'Papa, kijk, ik heb ze zelf gemaakt.'

'Mm, mag ik er een?' hoort ze hem zeggen. 'Dat zijn de lekkerste koekjes die ik ooit gegeten heb.'

'Echt?'

'Heb jij die helemaal alleen gemaakt?'

'Mama heeft geholpen.'

Ze staat nog in de keuken, ze kan hen niet zien, ze kan ze alleen maar horen. Ze staart naar haar handen.

Die avond luistert ze in bed naar de rustige ademhaling van haar man. Ze draait zich op haar zij en kijkt een poosje naar hem in het licht van het bedlampje. Zo voelt het dus, denkt ze. Je weet iets dat de ander – nog – niet weet. Je hebt de sleutel tot iemands ongeluk in handen en je kijkt naar hoe hij slaapt.

11

EEN LASTIGE BIJKOMSTIGHEID VAN ontrouw is het probleem van de continuïteit. Bij een filmproductie wordt daarvoor speciaal iemand aangesteld, om alles te signaleren dat tegen de logica van de verhaallijn indruist. Deze persoon, meestal een onderbetaald meisje dat de producent kent uit het café, controleert bijvoorbeeld of de jeep die in de vorige scène door de vette klei van het Groningse landweggetje ploegde in de daaropvolgende scène niet plotseling brandschoon op de plaats van bestemming arriveert; of de stukgetrapte brillenglazen in de volgende scène, een tijdsprong van enkele minuten, niet plotseling weer puntgaaf zijn. Geschonden continuïteit is geschonden geloofwaardigheid.

Ze zou zo'n controleur nu goed kunnen gebruiken. Het valt nog niet mee met het juiste, onveranderde kapsel de volgende officiële scène van haar leven binnen te stappen, of terug te keren op de onschuldige gympen waarmee ze van huis was gegaan, in plaats van op haar pumps die in de kofferbak de volgende zondige actie liggen af te wachten. Tijdens de gestolen, niet in het officiële script voorkomende tijd blijft haar handtas op de terrastafel van Groot Hemborn achter, raakt haar nieuwe suède jasje besmeurd, neemt ze de telefoon niet op wanneer haar man naar huis belt.

Andere continuïteitsproblemen: haar auto staat niet op de oprit terwijl ze volgens het draaiboek thuis hoort te zijn; de hond blaft in de woonkamer op hetzelfde moment dat hij haar op het strand vergezelt. Details, missers die geen consequenties hebben omdat ze niet worden opgemerkt. Meestal niet.

'Wat is er met je jasje gebeurd?' vraagt Bas.

'Mijn jasje?'

'Het is helemaal vies van achteren.'

Ze trekt haar jasje uit en bekijkt de groene vegen, de sporen van een lang en puberaal kussen waarbij zij tegen de stam van een eik gedrukt stond.

'Heb je een rugbywedstrijd gespeeld?'

'Ik heb op een bankje in het bos gezeten, dat moet afgegeven hebben.'

'Ik dacht dat je naar de poelier was.'

'Daarna, daarna ben ik nog even in het bos geweest.'

'Zonder Kyra?'

Zes, zeven keer keert ze terug naar Groot Hemborn. Zodra ze met de hond op pad gaat, is haar lichaam al voorbereid op de doorgaans onvolmaakte maar toch vredige voldoening die een paar kilometer zuidoostwaarts op haar wacht. Ze drinken gekoelde chablis, hij zet The Doors op, zij kleedt zich uit. Na de derde keer vraagt ze hem 'Riders on the Storm' niet meer te draaien als ze op de bank liggen. Niet dat ze iets tegen dat nummer heeft, het is gewoon niet het geschikte moment.

Hij probeert andere nummers uit: 'The World is a Ghetto' van War, 'The Year of the Cat' van Al Stewart, 'Can You Hear Me Knocking' van The Stones. Hij houdt van lange nummers met uitgesponnen instrumentale stukken, zoals hij ook van een lang voorspel houdt. Dat komt, verklaart hij, omdat hij de godganse dag met zijn hoofd bij de optiebeurs is.

Hij lijkt haar zo'n man voor wie het onmogelijk is van zijn obsessies te scheiden, of het nu 's nachts of overdag is, tijdens zijn werkzaamheden of zijn voorspel. Werk en verboden seks, doorgaans zijn het beide bezigheden voor buitenshuis, maar hij hoeft er de deur niet voor uit. Hij zet een oude plaat van Loggins & Messina op, ontsluit de gespen van zijn rode halfhoge laklaarzen en brengt het denkproces op gang dat na het slome voorspel zou leiden tot een even daadkrachtige als welovervwogen beslissing over de aankoop van vijfhonderd *puts* Heineken. Ze acht hem ertoe in staat.

Is het wraak geweest op haar man, zoals haar minnaar met zestig miljoen verkochte platen wraak heeft genomen op zijn vroegere maatjes? Hoezeer die conclusie ook voor de hand mag liggen, ze schrijft haar herhaalde bezoeken aan Groot Hemborn toe aan iets anders, aan een soort fletsheid; het gevoel dat je niet meer gezien wordt, dat je over straat gaat in de zekerheid dat geen enkel mannenoog je volgt. Ze is begonnen erop te letten: de enige blikken die ze nog oogst zijn leeg en onschuldig, zoals naar koeien in de wei wordt gekeken of naar een passerende vuilniswagen.

Tijdens haar studententijd was ze zonder het te willen al in competitie met de andere meisjes. Geschoolde lichamen in het sleepnet van mannenogen, iedere beweging, ieder gebaar dienstbaar gemaakt aan de aanschouwelijkheid ervan. Te veel mascara, te veel bevalligheid, kijk naar mij, kijk alsjeblieft ook naar mij! In het café, op straat, op de gangen van de academie: bepaalde lachjes, loopjes, trucjes, dat deel van zichzelf waar ze nooit achter had gestaan. Instinct, angst, onechtheid. Gepikt van de succesvolste meisjes, van Thea, van de reclame, van de film. Gepikt en hergebruikt, Brigitte Bardot, *Et Dieu créa la femme.* Vrouw zijn, begerenswaardig zijn – soms leek het een eindeloze reeks van tentamens en hertentamens.

Maar nu helpt het haar, zoals de drank haar ook altijd heeft geholpen. Ze kijkt na het douchen in de spiegel en ziet weer iemand. Ze trekt nieuwe kleren aan en inderdaad, ze bestaat. De kleuren zijn teruggekeerd, het leven is niet langer in de winden verdwenen. Dido is begraven, Brigitte Bardot is in haar plaats opgestaan.

Ze had gepopeld om haar opwachting te maken, B.B. Ze had zo lang opgesloten gezeten, binnen in haar liggen doezelen en zich vervelen, dat ze, nu ze eenmaal is uitgebroken, aan een stuk door wil flirten en naar populaire liedjes op de radio luisteren.

Brigitte sleept haar door de dagen heen, ze verdrijft de matheid of verheft die tot een niveau waar de kleinere gebeurtenissen aangenaam lijken omdat er grotere in het verschiet liggen. Zelfs de ochtenden, die vijandige ochtenden, krijgen weer een zekere lichtheid, worden de moeite waard omdat ze verglijden in middagen, in het moment dat ze voor de scheerspiegel van haar man haar lippen verft. Het genot dat samengaat met een verboden, heimelijke begeerte: stiekem roken voor gevorderden.

Na de man van zestig miljoen platen volgt de beeldhouwer. Ze heeft hem in een periode van enkele jaren regelmatig in het bos gezien, meestal op zijn racefiets, met wapperend houthakkershemd uit zijn gebleekte jeans, een exotisch verschijnsel in deze habitat van ribbroek en Jaguar. Soms stopt hij even om zijn hond de gelegenheid te geven met Kyra te spelen, en dan komt het voor dat hij een Gitane opsteekt, waarbij hij de rook met een vooruitgestoken onderlip recht omhoog blaast.

Er doen allerlei verhalen over hem de ronde, bereidwillig verspreid door de hondenmensen in het bos. Ze worden vakkundig gebracht, als onwillekeurige, niet boosaardig bedoelde onthullingen, de onschuldige faits divers van het dorpsleven. Maar de doortrapte intentie ervan evenaart de snelheid waarmee ze rondrazen, in iedere volgende mond aan kracht winnen. Zo verneemt ze dat hij beeldhouwer is en in de tuin achter zijn huis, een voormalige stalhouderij, staat te hakken dat het een aard heeft. En dat hij een grote houten kuip met water in zijn tuin heeft geplaatst waar hij tijdens het werk af en toe in springt, zonder kleren en onder het slaken van bronstige kreten.

'Hij houdt met niemand rekening,' zei een vrouw met een gecastreerde Duitse draadhaar die bij hem in de straat woonde. 'Zijn tuin is een vuilnisbelt, hij zit met vrienden tot midden in de nacht buiten te drinken, en om de haverklap heeft hij een andere sloerie. Hij leeft er maar op los, zonder zich ook maar iets van een ander aan te trekken.'

'Misschien houdt hij er niet van om zich aan te passen,' oppert ze.

'Kan wel zijn. Maar mensen als wij hebben de lasten.'

Dat 'mensen als wij' steekt haar als een splinter in ontstoken weefsel. Deze vrouw, die waarschijnlijk nog geen onbetamelijk moment in haar leven had gekend, nooit een echt café van binnen had gezien, deze vrouw voor wie Ovomaltine voor het slapen gaan heilig is en het borstelen van haar draadhaar de grens van lichamelijke intimiteit, ziet in háár iemand van dezelfde soort.

Vreemd, denkt ze achteraf, jarenlang had ze naar een soort doorsneeburgerschap gestreefd, en toen ze die status blijkbaar bereikt had, was ze gekrenkt.

Nog geen etmaal na het gesprek met de vrouw staat ze in zijn tuin. Hij werkt aan een manshoge massieve klomp zandsteen, waarvan de lijnen in het midden toelopen.

'Gaat het iets voorstellen?' vraagt ze hem in alle ernst.

Zijn luide lach verraadt een gouden kroon. 'Misschien.'

Hij steekt zijn werkmanshand uit en laat twee ruwe vingers langs haar wang glijden. Ze slaat haar ogen neer naar de brokstukken steen rond haar schoenen. Ze bloost, voelt de rode hitte tot in haar haarwortels. Meer gebeurt er niet op die sprankelende lentemiddag met jachtige flarden zon en wolken.

'Zin om morgenavond ergens iets te eten?' vraagt hij terwijl hij zijn zware oogleden over zijn ogen laat zakken.

'Morgenavond? Dan kan ik niet.'

'Morgenmiddag?'

'Hoe laat?' vraagt ze.

Ze heeft het zo geregeld dat Ellen na school met een vriendinnetje mee naar huis gaat. Bas komt op woensdag pas na vieren van de voetbaltraining thuis. Bovendien heeft hij een eigen sleutel. Zoals afgesproken stapt ze voorbij de hockeyvelden in zijn gedeukte Volvo Amazone. Ze sluit het portier en het volgende moment zijn ze onderweg. De ramen staan open, het leer van haar stoel is gescheurd. Een tomaatrode auto van negentien jaar oud met niet onaanzienlijke schade, denkt ze, en duwt haar donkere zonnebril langs haar neusrug omhoog. Hij rookt een Gitane en legt zijn grove hand op haar bovenbeen. Ze passeren het hoge smeedijzeren hekwerk voor de oprit van Groot Hemborn. Bestaat er een verleidelijker toeval dan het huis van je minnaar te passeren terwijl zijn kandidaat-opvolger naast je zit en met zijn grote werkmanshand het zachte vlees van je dijen kneedt? *Twee mannen*, denkt ze, *volstrekt onwetend van elkaars bestaan, een toevallige ontmoeting in een kroeg, ze raken aan de praat, over huizen, muziek, vrouwen, en dan plotseling valt haar naam...*

'Is het ver naar het restaurant?' wil ze weten.

'Het is hier in de buurt.'

'Niet té dichtbij, hoop ik.'

'Maak je geen zorgen. Het is er stil als in het graf.'

'Dat klinkt veelbelovend.'

'Houd je van gevulde parelhoen uit de oven?'

'Hoezo? Neem je de bestelling al vast op?'

Haar ideeën over ontrouw waren grotendeels ontleend aan de cinema, waarin minnaars hun auto voor een motel aan de rand van de stad parkeerden, of op het aanrecht onder gekletter van de vuile borden de liefde bedreven, of tussen de klamme lakens, een sigaret delend, filosofeerden over de liquidatie van haar tien jaar oudere echtgenoot. Maar ontrouw was veeleer: na het baden te kwistig bodylotion gebruiken; onder je kleren kanten ondergoed dragen waarvan je je afvraagt of het niet een overspannen anticipatie verraadt; praten over gevulde parelhoen; op de parkeerplaats van het duinreservaat uitstappen en denken: jezus, de verkeerde schoenen!

Hij tilt een rugzak en een mand uit de kofferbak. Wat denkt hij van haar, vraagt ze zich af als ze achter hem aan over het pad omhoog loopt. Wat weet hij over haar, behalve dat ze een hond heeft, en dat ze hem nu op haar hoge hakken de duinen in volgt, daarmee haar bereidheid verklarend?

Na een poosje laten ze het pad achter zich en dalen af naar een vallei vol dennen. De wind verdwijnt, behalve het geluid ervan in de bomen. Ze loopt verder door het diepe, rulle zand, dat bij elke stap in haar schoenen stroomt. Ze bukt zich en trekt ze uit. Blootsvoets bereikt ze het plekje tussen twee met helmgras begroeide duinen dat hij kennelijk al in gedachten had. Verboden terrein, want een meter of dertig van het voorgeschreven pad met de paaltjes verwijderd, met als beloning een magnifiek uitzicht op het meertje waar zij de vorige zomer met haar kinderen ging zwemmen.

'Wacht,' zegt hij als ze wil gaan zitten. Uit zijn rugzak komt een deken met indiaans motief te voorschijn, uit de mand een geruite theedoek, een fles rode wijn, een fles witte, en tulpglazen. Nu alleen de gitaar nog, denkt ze. Ofschoon geen chablis bedankt ze toch voor de witte wijn. Vandaag, met hem op de uitgespreide deken, drinkt ze rood – noem het een vorm van piëteit ten opzichte van de man van zestig miljoen platen wereldwijd.

Hij is een en al hartelijkheid en opgewektheid; ze vermoedt dan ook dat hij als beeldend kunstenaar niet veel voorstelt. Vooraf serveert hij gerookte zalm met toost en terwijl ze eten en drinken luistert zij naar zijn verhandeling over materiaal en vorm, over het geheim van doorwerkte oppervlakken. Hij trekt haar naar zich toe, zij legt haar gezicht op zijn borst.

Ze denkt aan haar huis, waar nu niemand is, ze ziet het met ongewone helderheid voor zich, schoon, glanzend, stil. Hun lege stoelen rond de eettafel, hun jassen aan de kapstok. Ze probeert die stillevens van zich af te schudden. Haar gedachten gaan naar Thoreau, de oude schrijver die op zijn sterfbed door zijn godvruchtige zuster werd gevraagd wat hij, nu hij echt ging hemelen, dacht van zijn toekomstige leven in het hiernamaals. '*Please, one world at a time*,' was zijn antwoord.

Als ze eenmaal onder hem ligt, haar handen om zijn zware schouders geklemd, ademt ze de zilte zeegeur. Hij duwt en stoot, met als opvallendste resultaat een raspende klank in zijn keel. Dat gezaag legt een treffende gelijkenis aan de dag met het geluid van de opvouwbare roeimachine, ooit door haar binnengehaald als bondgenoot in de strijd tegen de verweking van haar buik- en armspieren, maar al na enige sessies veroordeeld tot de verstoffingsdood onder haar bed. Hij pakt haar polsen vast en drukt ze boven haar hoofd in het zand, waarbij zijn bovenlichaam iets omhoog komt. Onder de nevelige hemel van die middag zwelt dat geluid van hem nog verder aan. Misschien zijn zijn amandelen niet geknipt, misschien doet hij aan vechtsport. Met korte ijle gilletjes, die ze zelf verafschuwt maar zich niet laten onderdrukken, beantwoordt ze het ritme.

Gezaag, gegil, gestoot; seks, met een vleugje taekwondo.

Ze trekt haar benen iets verder op, haar hielen schuren langs het hengsel van de rieten mand waarin ze de gevulde parelhoen vermoedt.

Parelhoen. *Please, one world at a time.*

De ontmoetingen die volgen zijn overdag, kortstondig en efficiënt. Hij is gesteld op haar, beweert hij, en als om die woorden kracht bij te zetten schenkt hij haar het bronzen beeldje van een balletdanseres waarover zij zich enkele lovende woorden heeft laten ontvallen. Ze plaatst het bij de lege flessen in het schuurtje, daarbij nauwelijks geplaagd door schuldgevoel. Hij mag niet klagen over haar, zij is niet een van die tobberige, magere, gescheiden vrouwen uit zijn stamcafé in H. die met hem mee naar huis wilden om het tegen drie uur 's nachts met hun doorrookte longen op een snotterig brullen te zetten.

Naarmate hun relatie langer duurt, begint hij zich steeds meer toe te leggen op het experiment, waarbij de instructeur in hem boven komt.

'Trek je benen maar iets verder op. Zo ja.'

Haar gedachten gaan onwillekeurig terug naar 1978, het

omineuze jaar van haar rijlessen in een stug schakelende Opel Kadett.

'Neem hem maar in je mond. Kalm aan.'

Zijn badmeesterstoon saboteert grondig haar seksuele fantasieën. Daarbij, ze had het in diverse stadia van haar postvirginale bestaan uitgeprobeerd, fellatio, maar er van begin af aan geen toekomst in gezien. Zijn lessen brengen daar geen verandering in. Ze houdt er gewoon niet van. Eigenlijk houdt ze ook niet zo van neuken, ze is meer een liefhebster van kussen.

Op een dag heeft ze er genoeg van, genoeg van hem, zijn baard, zijn gezaag, zijn gevulde picknickmand, en het zand onder haar kleren. Ze ziet ertegen op het hem te zeggen, verzint smoezen, ontloopt hem, tot de dag dat hij op zijn racefiets in het bos recht op haar af koerst. Verrassend genoeg toont hij begrip, zonder scènes, zonder gemok, met als afscheid in plaats van het gevreesde wapengekletter de nuchtere laatste woorden dat ze hem 'altijd kan bellen'.

Over zijn reactie is ze opgelucht, hoewel het ook iets schrijnends heeft, dit vertoon van onbaatzuchtige nonchalance. Maar zo werkte het dus ook, zo kón het werken. Zonder doorwaakte nachten waarin je schuldig hazenhart tekeerging bij het vooruitzicht van repercussies van een gekwetste minnaar. Vrijblijvende avontuurtjes, die ontspanning boden omdat je beiden wist dat je elkaar kon lozen wanneer je wilde; omdat ze zich buiten de deur afspeelden, zodat je iedere dag wakker werd zonder één buitenechtelijke haar op je kussen.

Tijdens die richtingloze jaren waarin ze thuis zou raken in de wereld van de illegale seksloterij, was zij het steeds die de andere partij de bons gaf. Slechts één keer was iemand haar te slim af, de vader van een klasgenootje van Ellen, een horecaveteraan die felkleurige sportjasjes droeg en het gezicht had van een uitgerangeerde schlagerzanger.

In totaal zijn het er zes geweest, zes minnaars, zes misstappen. Van haar ontmoetingen maakte ze notities in haar agenda, inclusief de plaats van het misdrijf en een beoordeling, alles van een beknoptheid als de proefresultaten in de wijngids van haar man.

Onverstandig, die schriftelijke bewijslast tegen zichzelf? De seriemoordenaar die sporen nalaat omdat hij er diep in zijn hart naar hongert gepakt te worden? Dat ging voor haar niet op, Leen zou nooit in haar agenda gekeken hebben. Niet eens zozeer uit morele overwegingen, als wel uit gebrek aan interesse. Al vroeg in zijn leven had hij het monter-zakelijke tot zijn domein gekozen. Zich in het binnenste geheime leven van iemand anders wagen deed hij zo min mogelijk.

Het hoogtepunt in die bloemlezing in haar agenda was de jongen van de strandtent: 'Kleedhokje, staand, stoeptegels onder blote voeten, vanilleachtige geur, verlegen afscheid, de moeite waard.'

SINDS ZE HET PAD der zonde bewandelt neemt ze zich gemiddeld viermaal per week voor haar leven te beteren. In gedachten zegt ze B.B. de wacht aan en keert ze als haar oude vertrouwde zelf terug naar het bestaan van vóór de lichtzinnigheid. Nog niet eerder voelde dat voornemen zo oprecht als op de namiddag dat ze in haar auto van H. onderweg is naar huis, in de gebruikelijke, schuldige verwarring na haar wekelijks rendez-vous met de makelaar o.g. die ze sinds een halfjaar ziet. Mark, zoals hij heet, heeft haar de sleutel van zijn appartement toevertrouwd, waar ze iedere donderdagmiddag rond halftwee samenkomen, tenzij de donderdag op de eerste van de maand valt, want dan zit hij met klanten bij de notaris. Vier jaar jonger dan zij, fanatiek squasher, ostentatief heteroseksueel, met, als om dat laatste te onderstrepen, een apige haarzone tussen zijn schouderbladen en zijn boxershort, is hij veruit de meest doorgewinterde entrepreneur die zij op de rommelmarkt van minnaars en minnaressen trof. Tijdens de nieuwjaarsreceptie van een zakenrelatie van haar man in het Okura – buffet, champagne, strijkje – pikte hij haar er feilloos tussenuit. Een connaisseur.

Op die namiddag rijdt ze de spoorrails over die de gemeentegrens van B. markeert en ontdekt schuin voor zich op het fietspad Bas. Langzaam, als in vertraagde beelden, trapt hij tegen de wind in. Overal fietsen jongens en meisjes, de meesten met zijn tweeën naast elkaar of in groepjes, ze praten en lachen, maar hij, haar zoon, fietst alleen. Zijn schouders krommen onder de last van zijn met schoolspullen afgeladen rugzak. Er is de laatste tijd iets verontrustends in hem gevaren, een zwaarte die hem vreemd was, een verandering van ernst in misnoegen. Hij draagt een rood windjack dat zij een paar weken eerder voor hem bij de Bijenkorf heeft gekocht, en waarvan ze zich nu afvraagt of ze daar goed aan gedaan heeft. Wat weet zij van wat jongens van zijn leeftijd moeten dragen om in de smaak te vallen, om geaccepteerd te worden, om met zijn tweeën naast elkaar te fietsen?

De schaduwen van de kale bomen tekenen zich donker en scherp af op de weg. Ze begint langzamer te rijden – iets weerhoudt haar ervan hem te passeren. Achter haar klinkt getoeter, ze stuurt de wagen naar opzij en zet hem stil op de parkeerstrook. Bas rijdt slechts enkele meters voor haar. Een gevoel van medelijden overweldigt haar terwijl ze naar hem kijkt, naar de rug van die jongen in dat rode windjack. Ze blijft stil zitten wachten tot de geparkeerde auto's voor haar hem aan het zicht onttrekken. Op de andere weghelft schuift de doordeweekse colonne busjes van aannemers en schildersbedrijven voorbij naar de Randweg, geflankeerd door een parallelle uittocht: die van de Ghanese werksters op hun Bristolschoeisel onderweg naar de eerste bushalte over de gemeentegrens.

Naar huis gaan, denkt ze, naar huis gaan en opnieuw beginnen. Morgen een schone lei, en daarna weer, iedere dag opnieuw. Omkeren, vergeten, verder gaan. Wroeging als basis voor een nieuw begin, zou dat werken? En hoe zat het met B.B., zou zij zich aan het geweten van haar gastvrouw iets gelegen laten liggen? B.B. wist, misschien nog wel beter dan de God die haar had geschapen, dat genot en wroeging elkaar niet uitsluiten, dat de sluipwegen van het libido onnavolgbaar zijn.

Als ze thuiskomt ziet ze zijn rugzak in de hal staan. Ze hoort hem in de keuken iets uit de koelkast pakken, loopt snel door en neemt de trap omhoog. In de badkamer wast ze haar makeup van haar gezicht af en poetst ze krachtig en langdurig haar tanden. Dan verwisselt ze haar kokerrokje voor een katoenen broek. Ze hoopt dat hij niet zal vragen waar ze vandaan komt. Tegen hem liegen valt haar moeilijker dan tegen Leen. De paniek die haar beving door de ontdekking dat hij soms tegen haar loog, de nog grotere paniek toen ze besefte dat hij wist dat ze ook tegen hém loog. Niets vragen, denkt ze.

Als ze weer naar beneden wil lopen, staat hij onder aan de trap, een vuile sportschoen op de eerste trede.

'Hai,' zegt ze.

Hij zegt niets terug.

'Hoe was het op school?'

'Gewoon.'

Die ogen van hem zitten haar dwars. Wat is er gebeurd met het gezicht van dat jongetje dat vroeger samen met haar uit de golven opdook, onder een helm van kletsnat haar naar haar opkeek met ogen waar ze van op aan kon, ogen die knipperend en door een filter van zeewater naar haar zochten, naar haar alleen? Ze weet dat hij zich wreekt voor haar langzame terugtocht uit zijn wereld. Volwassenheid, de weg erheen is er een vol afscheid. Wandtegeltjeswijsheid. Vroeger was ze altijd aanwezig geweest, in zijn nabijheid, om de gevaren te bezweren. Nu komt ze na hem binnen en is híj het gevaar.

'Wil je naar boven? Kom maar.' Ze maakt een uitnodigend gebaar.

Daar staat hij, nukkig en met de sporen van een afmattende dag op zijn gezicht. Het laatste wat hij wil is naar haar toe klimmen, dus blijft hij staan zonder boe of bah te zeggen, en zit er niets anders op dan dat zij naar hem afdaalt. Als ze langs hem scheert, steekt ze haar hand naar zijn wang uit, maar de verkramping op zijn gezicht verraadt weerzin, voorbereiding op pijn in plaats van een liefkozing. Haar vingers blijven nog even als een besluiteloos vogeltje voor zijn gezicht fladderen, druipen dan onverrichter zake af. Zonder verder acht te slaan op zijn afkerige blik vlucht ze naar de keuken. Hij is een puber, denkt ze. Gun hem tijd, voeg je naar zijn nukken, doe concessies. Wacht af.

'Zal ik een tosti voor je maken?' Ze doet haar best een opgewekte toon aan te slaan.

'Nee,' klinkt het achter haar.

'Thee?'

'Nee.'

Zijn voetstappen dreunen na op de trap.

Dat hij mama's jongen niet meer is, het kind dat bij haar op bed zat en honderduit kletste wanneer ze ziek was, dat voelt ze al enige tijd, maar tot dat moment waarop hij achteruitdeinst, had ze het definitieve van die situatie niet beseft. Zijn oorspronkelijke gevoelens voor haar hebben kennelijk terrein verloren in de tijd dat zij getracht heeft, zo goed en kwaad als dat ging met de sleutel van een dubbelleven op zak, in hun bestaan de rust der gewoonte te handhaven. Stukje bij beetje moet de verwijdering doorgezet hebben, om voor haar pas zichtbaar te worden toen een bepaald punt gepasseerd was.

Ze zet water op voor thee, op de keukentafel ligt een briefje van Ellen. 'Mam, ik eet bij Mirna, we gaan gelijk door naar de training. Mijn wedstrijdkousen zijn nog niet gewassen. Niet in de droger doen!!!'

's Avonds laat komt ze met een doos lege flessen onder haar arm uit het schuurtje. In gedachten is ze al onderweg naar de container, als ze zich vaag die ene fles herinnert die vanmiddag de verstopplek niet heeft gehaald, omdat Ellen met haar vriendin aan het badmintonnen was. Boven de donkere naar aarde en mest geurende border aan de andere kant van het huis strekt ze haar hand uit tot net achter de bremstruik en verliest daarbij haar evenwicht. Twee, drie flessen glijden uit de doos en vallen met een kletterend geluid stuk op de terrastegels.

Ze probeert de scherven op te rapen, bij elkaar te schuiven. De hond snuffelt aan haar gezicht, zijn grote, ronde ogen nemen haar vrolijk uitdagend op. Hij legt een zware, natte poot in haar nek en begint te kwispelen.

'Niet doen, stom beest,' fluistert ze. Maar hij vat dat zachte geluid van haar stem op als een aansporing en reageert met een speels gegrom. Ze kruipt bij hem weg naar het gras, hij komt achter haar aan en draait in galop rondjes om haar heen. Hij blaft en rent, blaft en rent, hij is overal.

'Ssst!'

Hij blaft nog harder. Het anti-inbraaklicht springt aan, het laseroog waarmee De Grote Scherprechter het ondermaanse aanschouwt en ziet dat nóg meer goede bedoelingen in hun tegendeel verkeren.

'Wat doe je, Claire?' klinkt de stem van haar man boven haar. Hij staat vlak bij haar, zijn handen in zijn zakken.

'Ik zoek zijn riem.'

'Die hangt over je schouders.'

'O bedankt.' Ze kijkt in de felle lamp schuin achter hem.

'En er ligt overal glas, er is een fles gevallen.'

'Wat maak je je druk, hij was leeg.'

'Jezus Claire!'

'Wat nou "jezus Claire"? Wat verwacht je van me?'

'Voorlopig even niets anders dan dat je gewoon op twee voeten gaat staan.' Zijn gezicht is een volleerd masker van ingehouden ergernis.

Ze probeert overeind te komen, wat nog een stuk lastiger blijkt dan ze dacht.

'Moet je nou toch zien,' zegt hij.

'Godverdomme!' zegt ze.

'De buren kijken,' zegt hij.

Ze draait haar gezicht. In de villa aan de andere kant van de muur brandt licht in de slaapkamer. Achter het raam staat de roerloze gestalte van haar buurvrouw.

'Dan maakt ze ook eens wat mee. Anders kwijnt ze hier toch maar weg, wat heeft ze anders om naar te kijken dan die stomme vijver van haar. En autorijden kan ze niet. Heb je haar wel eens zien inparkeren?'

'Stil nou.'

'Discretie gaat niet altijd boven openhartigheid, Leen.'

Hij pakt haar onderarm vast en voert haar af naar het huis.

'Je hand bloedt,' zegt hij zonder al te veel compassie.

'Maak je geen zorgen, ik zal uitkijken voor het parket.'

Een paar dagen later komt haar man van de wc met een leeg glas in zijn hand. Zonder een woord te zeggen, dit keer, brengt hij het naar de keuken. Dagelijks maant ze zichzelf beter op te letten, maar er is geen beginnen aan, die glazen kunnen overal staan. In de keuken, in de badkamer, in de slaapkamers.

'Ik vond een glas van je in de wasmand,' zei Leen op een avond.

'Wat wil je?' antwoordde ze. 'Het is ook zo'n groot huis. Je verliest gewoon het overzicht met al die vierkante meters.'

Ellens vriendinnen hadden een paar maanden daarvoor een weddenschap afgesloten om uit te vinden wie het langst ongemerkt een konijn in huis kon verstoppen. Het werd een estafette, waarbij het dier met kooi en al na ontdekking door een moeder verhuisde naar het volgende adres. Zij had er elf dagen over gedaan, goed voor een gedeelde tweede plaats. De overwinning viel het meisje toe dat op een van de grootste landgoederen van B. woonde. Na vijf weken van afwachten of haar moeder haar kamer zou betreden was de lol eraf en had ze het konijn op een avond zelf naar beneden gedragen en in de eetkamer midden op tafel gezet.

'Wat is dat?' had haar moeder gevraagd.

'Een konijn,' antwoordde het meisje. 'Gezien? Mooi.'

12

HET IS ZONDAGOCHTEND. Om halfzeven schrikt ze wakker, met bonzend hart en het gevoel dat er verandering op komst is. In de duisternis kleedt ze zich aan en rijdt naar de kust. De uitgestorven parkeerplaats is gehuld in vaag, blauwachtige maanlicht. Ze parkeert haar auto zo dicht mogelijk bij de duinrand. Als ze terugkijkt vanaf het pad ziet hij eruit als een eenzame krab op de schemerige zeebodem.

Even later zit ze in het zand te luisteren naar het breken van de golven. Een kille, vochtige wind blaast haar in het gezicht. Als ze haar ogen sluit ziet ze opeens de Chileense heuvels voor zich die ze ooit door het raam van een bus heeft aanschouwd, de muffe chenille sprei waaronder Leen en zij elkaar vijftien jaar geleden beminden, de oude man in de woestijn van Atacama die haar een gelukssteen gaf. Dan, tot in de kleinste details duidelijk, ziet ze een rood windjack achter geparkeerde auto's verdwijnen, steeds opnieuw en opnieuw. Ooit zal ik het goedmaken, denkt ze.

Het ochtendlicht trekt aarzelend over de duinen. In de verte ziet ze een hond langs de vloedlijn aan komen lopen. Eerst is ze op haar hoede, een vreemd dier, dat zonder begeleider op dit vroege uur in haar richting komt. Het blijkt een Engelse setter met de goedaardige blik en de zwabberende achterhand van een vermoeide veteraan. Als hij haar passeert ziet ze dat hij een tennisbal in zijn bek heeft. Zonder op of om te kijken maar met een bescheiden zwiepje van zijn staart ter kennisgeving dat haar aanwezigheid hem niet ontgaat, sjokt hij verder naar het noorden. Hij ziet eruit alsof hij al uren heeft gelopen. Misschien is hij bij Dover de bal achternagesprongen en toen hij hem eenmaal te pakken had in één ruk door naar de overkant gezwommen. Wie weet wat oude setters doen en denken?

Ze trekt haar schoenen uit en plant haar voeten in het koele zand. Alles wat ze nu ziet is lucht, de laaghangende, nevelige lucht met op de grens van het grauwe water die aandoenlijke hond. Zonder het te begrijpen of te beredeneren, blootsvoets en in de snijdende wind, geeft ze zich over aan dat volmaakte beeld, aan dat moment van troost en belofte.

Ze weet het gevoel vast te houden tot ze thuis is, waar Leen en de kinderen nog in diepe rust verzonken zijn. Met de zeelucht in haar kleren vlijt ze zich aan tegen haar man. Ze luistert naar zijn ademhaling, hoe hij even stokt en daarna zijn ritme hervindt. Ze steekt haar hand uit en raakt zijn warme gezicht aan. Daarna kust ze hem wakker.

'Wat is er?' vraagt hij, als hij zijn ogen heeft geopend.

Ze zwijgt. Ze beseft dat ze het gevoel dat ze daar had niet onder woorden kan brengen, de nevels, de wind, de hond en zij als enigen op het strand, die hele mysterieuze onschuld in grijstonen.

'Waarom huil je?' Hij ruikt naar slaap.

'Ik ben gewoon gelukkig,' zegt ze en begint nog harder te huilen.

Hij houdt haar vast met zijn slanke, welgevormde handen. Zijn gezicht is soepel en glad onder de zilverachtige stoppels, zijn haar dik en in laagjes geknipt, met grijze plukjes aan de slapen die hem bijna knap, minstens aantrekkelijk maken. Ze kruipt dichter tegen hem aan, tegen dat vertrouwde lichaam. Het voelt als iets waarnaar ze terugkeert, de contouren van een bekende stad, de duizenden lichtjes in de diepte vlak voor de landing.

Op haar voorstel rijden ze die middag, net zoals ze dat vroeger regelmatig deden, met de kinderen naar Het Domein voor een wandeling, een lunch en een bezoek aan de tentoonstelling van theaterkostuums waarover ze iets in de krant heeft gelezen. Hoewel openlijk verbaasd, om niet te zeggen achterdochtig door haar initiatief, gaan de anderen schoorvoetend akkoord met de *sentimental journey*. Nadat ze entreegeld hebben betaald aan een man in een groen uniform en met lang, donker en woest krullend haar, waardoor ze zich even afvraagt of de Vereniging Natuurmonumenten Carlos Santana onder haar hoede heeft genomen, vernemen ze dat de tentoonstelling 'afgelopen' is.

'Het leek me toch niks,' zegt Ellen, 'oude jurken en hoeden.'

Ongewild, juist omdat er zoveel welbewust misprijzen in haar woorden doorklinkt, treft haar dochter de juiste toon. Ze lachen nog steeds als de motregen onverwacht overgaat in een hoosbui, die hen achter elkaar rennend opjaagt tot boven aan de trap naar het restaurant. Zij finisht als laatste, hijgend en met de koesterende herinnering aan de talloze wedstrijdjes die ze vroeger toen ze klein waren met de kinderen deed – 'wie het eerste boven is, mam'; 'wie het eerste zijn glas leeg heeft'; 'wie het eerste bij het hek is'.

'Dicht,' zegt Bas.

'Wat?'

'Het restaurant is dicht.'

'Hoe kan dat nou?' vraagt ze.

'Dat moet je mij niet vragen.'

Tegen beter weten in probeert ze de deur te openen.

'Wegens familieomstandigheden gesloten,' leest Leen, die naast haar is komen staan en ingespannen, want zonder leesbril, naar een kaartje tuurt dat tegen de binnenzijde van de deur is geplakt. 'Dat zie je niet vaak meer.'

Onder het afdak van de paardenstallen wachten ze met nog enige gestrande en druipende wandelaars het meest geschikte moment af om over de met plassen bevlekte paden terug te draven naar de parkeerplaats. Nat, met gecrasht kapsel en al lichtelijk bevangen door de opgewekte hopeloosheid waartegen zij tot haar eigen teleurstelling zo weerloos is, zit ze even later naast haar man in de auto.

'Wie heeft er trek in pannenkoeken,' roept ze met een van inspanning overslaande stem.

Geen reactie van de achterbank. Haar man kijkt opzij en trekt zijn wenkbrauwen op.

'Kraantje Lek, we gaan pannenkoeken eten bij Kraantje Lek.'

's Avonds, in de woonkamer, kijken ze met zijn allen naar een documentaire over ijsberen op de BBC. Bas ligt op het kleed, een kussen onder zijn borst, de kin op de handen, Leen zit in de leren fauteuil, de zaterdagbijlage op zijn dijen, zijzelf en Ellen hangen achterover in de kussens van de bank, ieder aan een kant. De aanblik van haar man en kinderen ontroert haar, sinds lang heeft ze niet meer op deze aandachtige, vertederde manier naar ze gekeken, kunnen kijken. Háár gezin. Het gezicht van Ellen is rond en iets te vlezig, het kan niet lang meer duren of het woord dieet zal zijn sarrende opwachting maken in haar leven. Bas blijft slank, vermoedt ze, nog afgezien van de vraag of zijn recente bekering tot het vegetarisme van duurzame aard is. Zijn lange benen, die reiken tot onder de salontafel, lijken uitschuifbaar. Op zijn voorhoofd schemeren rode vlekjes, puistjes in aantocht.

De dag had niet gebracht wat ze ervan verwacht, nee, gehoopt had. In het restaurant bij Kraantje Lek had ze minutenlang op de in een namaakleren omslag gestoken kaart zitten staren naar alle tweeëndertig verschillende pannenkoeken. Steeds opnieuw gleed haar blik van boven naar beneden en weer terug, terwijl de serveerster met haar opschrijfboekje aan hun tafel stond te wachten. Eigenlijk maakte het haar niets uit wat voor pannenkoek ze kreeg, maar haar blik bleef maar heen en weer springen, alsof al die zwarte lettertjes een zaak van leven en dood vertegenwoordigden, een code die zij daar en toen moest ontcijferen. Uiteindelijk legde ze de kaart op tafel en keek ze Leen hulpeloos aan.

'Appel en stroop?' had hij gevraagd.

Alles stemde haar plotseling somber: haar kapsel dat gemuteerd was tot een verzopen dwergpoedeltje, de verveelde gezichten van haar kinderen, de glazen ogen van de opgezette dieren aan de muur, de koperen en eikenhouten parafernalia die een sfeer van rustieke gezelligheid moesten suggereren, de blik van haar man, die vroeg wat haar in hemelsnaam mankeerde. En meer nog dan dat alles die andere, haar omringende gezinnen, die stuk voor stuk een overtuigende uitvoering zaten te geven van familiaal zondagmiddaggeluk.

Even, heel even vroeg ze zich af hoe het verder moest als zij er niet meer zou zijn. In een flits zag ze haar gezin zonder haar aan de Oudhollandsche tafel, maar snel schudde ze dat beeld van zich af. *1001 manieren om je ongelukkig te voelen.* Ze haatte dat in zichzelf. Ook dát was weer iets om zich rot over te voelen, als ze helemaal niets anders meer kon bedenken.

Met het onvermijdelijke gevoel van doffe teleurstelling was ze thuisgekomen, een stemming die net als het weer de hele middag slechter werd. Tot dit moment, waarop de ijsbeer door een onderwatercamera in een diepblauwe zee op de hielen wordt gezeten en haar blik op haar kinderen rust. Plotseling weet ze weer wat ze kennelijk vergeten was: dat het altijd haar kinderen zijn geweest die met hun optimistisch stemmen en levenskracht haar zorgen verlichtten – dat, wanneer zij sliepen, in de zwoegende duisternis van hun kamers hun ademhaling als de voorspelling klonk dat alles goed zou komen, dat het de moeite waard was.

Het heden ervaren, denkt ze, *nu*, en daarna, daarna pas uitkijken naar de toekomst.

Voorzichtig legt ze haar hand op de onderarm van Ellen. Haar dochter kijkt afwezig naar opzij, naar de hand die haar aanraakt, en dan naar het bijbehorende gezicht van, ja, haar moeder. Ze wrijft over Ellens zachte huid, een verlegen smeken bijna, en niet zonder resultaat: haar dochter glimlacht.

Ze zegt: 'Je wedstrijdkousen zijn gewassen.' En nog voor Ellen het kan vragen voegt ze eraan toe: 'Ik heb ze op het rek gedroogd.'

ZONDE, WROEGING, VOORNEMEN, ZONDE, wroeging, voornemen, die hele gevoelscarrousel waar ze niet meer tegen kan, waar ze uit wil, uit moet. Op maandagochtend stuurt ze aangetekend de sleutel van het appartement in H. terug. Dat is één. Als ze van het postkantoor terugkomt in het lege huis, gaat ze aan de keukentafel zitten en luistert naar het gebrom van de vaatwasmachine. Dat is twee. Wat gaat ze doen met de rest van haar leven? Postordercatalogi spellen, pindastrengen voor de vogels ophangen, een regeltje Nescio herlezen? Terug naar het geluk van de kleine dingen?

Ze heeft nu genoeg van haar leven vermorst met zinloze, onbevredigende echtbrekerijen. Gevonden wat ze zocht heeft ze niet. De vraag is natuurlijk: wat zocht ze? De ideale minnaar, neemt ze voor het gemak maar aan. Kwetsbaar én sterk, vurig én geduldig, en, vóór alles, niet te snel klaarkomend – de droom van iedere *Elle*-lezeres. Wat ze wél had gevonden was die armzalige overspelcultuur: de aanblik van een skateboard op de achterbank van zijn wagen, een *Greatist Hits*-cd van Julio Iglesias open en bloot op de passagiersstoel, het stellen van 'de persoonlijke vraag', waardoor hij haar een hoop dingen vertelt die zij niet wil weten.

Door de meest uiteenlopende mannen had ze zich laten beminnen, maar op die jongen van de strandtent na presteerde geen van hen zodanig dat hij een blijvend plekje in haar adresboekje verdiende. (Of het moest de man zijn die haar tijdens hun rendez-vous even spontaan als toevallig genas van de hardhorendheid waaraan ze leed als gevolg van een verwaarloosde oorontsteking.) Nu, aan het eind van haar loopbaan, het deelnemersveld van de rodeo overziend en evaluerend, beseft ze dat zij, meer nog dan onder het primaat van de geboden veiligheid bij het liefdesspel, te lijden heeft gehad onder de door porno-industrie misvormde ideeën over beminnen en bemind worden. Haar minnaars hadden de filmerotiek verward met de echte. Ze begrepen niet dat wat twee acteurs in zo'n registratie presteren bedacht en gemaakt is, bedoeld om naar te kijken, een verplichte kuur ten behoeve van de camera. De reden waarom de man bijvoorbeeld rechtop stond en de vrouw op een tafel geofferd werd, in plaats van boven op elkaar te liggen in het natuurlijke verlangen iedere vierkante centimeter van hun beider lichamen te ervaren. Waarom, kortom, het lichaamscontact beperkt werd tot tongen, monden en geslachtsdelen, een enkele hand daargelaten. Die rigide minimalisering van aanraking diende slechts één enkel doel: ruimte bieden aan het licht en de camera, kijken in plaats van voelen. Hadden haar minnaars dat begrepen en porno niet als instructief voorbeeld opgevat, dan zou haar oordeel over hen wellicht milder uitgevallen zijn.

Niemand voor wie zij haar man wilde verlaten. Niemand die voor haar zijn vrouw wilde verlaten. Zelfs niemand die samen met haar wilde doen alsof.

Ze vroeg zich af hoe de makelaar o.g. zou reageren, wanneer hij morgenochtend de sleutel bij de post zou aantreffen. Ze was er niet helemaal gerust op, vermoedde in hem iets driftigs, iets ongeduldigs ook. Hij leek haar iemand die in de huiselijke kring door een simpel Ikea-sleuteltje en -montageschema tot indrukwekkende woede-uitbarstingen kon worden gedreven. Tot dan toe was niemand als een wraakzuchtige wolf haar domein binnengedrongen. Beschaafde vrijblijvendheid tot aan het eind, daar moest ze maar van uitgaan, ook in dit geval.

Zonder brokken de eindstreep halen.

Adieu B.B.

13

EEN MAAND LATER. Ze zit samen met Leen op de bank, de haard brandt, ze drinken wijn, de reanimatie van het goede, oude romantische leven is in volle gang. Met opgetrokken benen schuift ze in zijn richting en overhandigt hem een foto. Het is een afbeelding van een woestijnachtig gebied, met op de achtergrond kale bergen en op de voorgrond een zandheuvel waarop gerangschikte stenen liggen. 'Leen en Claire', hun namen naast elkaar met stenen in zand geschreven, langs de Pan American Highway, vijftien jaar geleden.

Ze heeft gewacht tot dit moment, waarop ze met zijn tweeën zijn. Ellen slaapt en Bas is op zijn kamer, waar hij, in plaats van huiswerk te doen, ongetwijfeld zit te ploeteren op zijn brief aan Greenpeace. Al een dag of wat zoekt hij gedreven naar de juiste woorden om zichzelf overtuigend aan te bevelen als vrijwilliger. De televisiebeelden van de bebaarde natuurmannen in hun op de golven stuiterende rubberbootjes die vrachtschepen met kernafval en walvisvaarders hun satansdiensten onmogelijk maken, spreken tot zijn verbeelding. Helden en schurken: in de gedachten van een jongen is de wereld nog geruststellend overzichtelijk.

'Hoe kom je daar opeens aan?' vraagt haar man.

'Weet je het nog,' zegt ze, 'de bus kreeg een lekke band en toen hebben we daar een poosje stilgestaan.'

'De motor was oververhit geraakt, als ik het me goed herinner.'

'Dat kan best, het was smoorheet. En toen hebben we stenen

gezocht. Je zag dat veel onderweg, namen gelegd van stenen.'

'Ik wist niet dat we er een foto van hadden.'

'Die heb je zelf gemaakt.'

'Ik?'

'Wist je nog wel dat we ze neergelegd hebben?'

'Nu ik de foto zie, ja. Maar hoe komt die nu ineens boven water?'

'Ik heb vanmiddag wat oude foto's bekeken. Ik zocht iets en toen zag ik die doos waar ze in zaten. Gooi nog wat hout op het vuur, anders gaat het misschien uit.'

Hij kijkt op zijn horloge en denkt even na. 'Goed.' Hij staat op en plaatst met indrukwekkende precisie twee blokken op het vuur, pookt daarna in de as.

'Toen we weer verder reden bleef ik net zo lang omkijken tot ik die stenen niet meer kon zien. Ik moest blijven kijken, dat bracht geluk, dacht ik.'

Hij staart nog even voor zich uit en komt dan weer naast haar zitten.

'Ze liggen er misschien nog steeds, die stenen,' zegt ze.

'Misschien.'

'De wind heeft ze onder het zand begraven, vijftien jaar is een lange tijd.'

Ze kust hem op zijn wang en hij slaat zijn arm om haar heen.

'Leen?'

'Hm?'

'Het was een mooie tijd, hè?'

'Nooit spijt gehad dat je met me mee bent gegaan?'

'En jij?'

'Dat ik je heb meegevraagd? Ik wilde je, ik heb je gekregen, hoe kan ik daar spijt van hebben?'

Hij kijkt haar over de rand van zijn glas aan en even heeft ze het gevoel dat ze echt iets voor hem betekent.

Die nacht staat ze doodstil en alleen in de huiskamer. Het vuur in de haard is gedoofd, de lampen binnen zijn uit. Ze staart in het anti-inbraaklicht, dat een blauwig waas over het gras spreidt. Er waait een harde wind en door het koude raam hoort ze de cadans van de bomen en struiken om het huis. Een suizend, soms krakend geluid, de weerstand van onstuitbare groei in het duister, van knoppen en twijgen, van een worsteling opwaarts, van de wil, de redeloze drang om te leven.

Ze denkt aan die stenen, die gladde, okerkleurige stenen. Ze ziet ze voor zich, begraven onder het zand van de woestijn.

MISLUKKINGEN EN TEGENSLAGEN creëren openingen, kansen, onvermoede mogelijkheden, weet ze uit ervaring. Toen haar docent scenarioschrijven haar tweede versie voor haar eindexamenfilm had afgekeurd was ze zich wild geschrokken, een paar dagen later kreeg ze het veel betere idee voor *Gravers*. De beoogde cameraman brak tijdens een motorongeluk in Brabant zijn heup, waardoor hij op het laatste moment moest afhaken en zij er eigenlijk niet meer in geloofde. Vervanger Erik, die ze nauwelijks kende, bleek een veel groter cinematografisch talent.

Haar mislukkingen en tegenslagen zowel aan het minnaars- als thuisfront hadden in ieder geval haar ogen weer geopend voor wat ze bezat. Prijs je zegeningen. Als je bereid was er op een bepaalde manier naar te kijken, weerspiegelde haar situatie in B. een volmaakt soort leven, met enerzijds het geborgen gemiddelde bestaan waar ze altijd naar had verlangd, en anderzijds het bovenmodale verwenarrangement, een kruising tussen *Libelle* en *Nouveau*, tussen 100 tips voor vaderdag en belastingvrij funshoppen op de Kaaimaneilanden.

Ze brengt haar alcoholgebruik drastisch terug tot een rantsoen van twee glazen per dag. Volledige drooglegging sluit ze uit, al was het maar uit respect voor de alcohol, die zoveel goeds voor haar gedaan heeft. Natuurlijk is zij weleens door de drank verraden, maar in welke langdurige, innige vriendschap werd je dat niet? En op de keper beschouwd had ze dat altijd aan haar eigen mateloosheid te danken gehad.

Wat ze óók doet, is initiatieven nemen, kaartjes kopen voor een concert van Paco de Lucía om Bas te plezieren, het hele gezin verrassen op een ballonvaart. Ze gaat naar Leens kantoor, waar ze al in geen eeuwigheid is geweest, voor een lunchafspraak. Oók haar idee, eerst geopperd, vervolgens doorgedrukt – iets waar ze zich vroeger te goed voor voelde. Nog steeds eigenlijk, met dit doorslaggevende verschil dat een knieval harerzijds tegenwoordig aanvoelt als niet meer dan billijk.

Ze draagt een olijfkleurig pakje van Gucci met daaronder een roodgevlamde bloes, ze komt met een verse coupe soleil van de kapper, is zelfs iets te vroeg. Aantrekkelijk, verzorgd, een vrouw van de wereld, de echtgenote van de grote baas op – hopelijk niet al te zichtbaar – onzekere benen.

De vergadering met zijn verkoopdirecteuren is nog in volle gang. Zijn secretaresse, geen jong ding met verontrustende maten, maar degelijk gerokt, verademend ongevaarlijk, ontvangt haar alsof ze in de gouden koets is voorgereden. Ze leidt haar naar het kantoor van Leen, waar zij plaatsneemt op de leren bank en van onder een potpalm om zich heen kijkt. Een schilderij dat zij niet kent – abstract, houdt hij daarvan? – nieuw kantoormeubilair dat haar pompeus voorkomt.

Aan de muur tegenover haar prijkt een zwart bord met lijnen, samengesteld uit rode en blauwe plastic blokjes. Lego voor grote mannen. Marktaandeel, targets, winstmaximalisatie – ze is redelijk vertrouwd met de toverwoorden van zijn professionele leven. Van niets had Leen iets gemaakt, een onderneming opgebouwd met een miljoenenomzet, met landelijke naamsbekendheid. En zij was zijn vrouw, de bewaakster van de gezinsidylle, soms ook iets om rekening mee te houden. Hij zijn reisimperium, zij haar droomkeuken, ze hoefden alleen nog maar gelukkig te zijn.

'Sorry,' zegt hij als hij binnenkomt in driedelig grijs. 'Heb ik je lang laten wachten?'

In het restaurant aan het water zitten ze tegenover elkaar. Kreeftensoep, fazantenborst, Pomerol, damast, obers in het zwart, een anderhalf uur durende ceremonie van het smaakvolle leven.

Ze praten over de kinderen, over het huis, over het uitzicht, ze maken een plannetje voor een lang weekeinde Ierland. Hij heeft iets gehoord over een kloosterhotel met uitzicht op zee. Ze reageert enthousiast en vraagt zich af waarom ieder gebaar, ieder woord haar het gevoel geeft dat ze een lastig karwei proberen te klaren.

Later als ze op de parkeerplaats afscheid nemen, op het punt staan in hun auto's te stappen, voelt ze een sterke behoefte zich op deze milde herfstdag aan hem vast te klampen en hartstochtelijk te kussen. Hem net zo lang vast te houden tot alle twijfels weggenomen zijn. Tot de zon zou ondergaan, tot *de sterren zouden keren* en *de stroom der rivieren zou stremmen* – als ze melodramatisch wordt is het vaak Vergilius die bij haar bovenkomt.

'Ik moet ervandoor,' zegt hij.

'Ja,' zegt ze.

'Ik vond het heel gezellig.'

'Ik ook. Ga maar gauw, je bent al laat.'

Ze stappen in, zwaaien vanachter het glas naar elkaar en rijden met het geknerp van het grind in hun oren ieder een andere kant op.

Een paar weken later dwingt een lichte vorm van hernia Leen, voor het eerst in al die jaren dat ze bij elkaar zijn, een week lang plat op zijn rug in bed te liggen. Nog een kans haar door het lot gegund, denkt ze, nóg een opening. Zeven dagen om met elkaar te praten, om voor hem te zorgen, zeven lange dagen voor een vervolg van haar liefdesoffensief.

Ze voorziet hem van tijdschriften, kranten en de stroom faxen die vanaf zijn kantoor hun huis binnenspoelt. Ze serveert verse jus d'orange en zijn favoriete broodjes uit de oven. Ze zit naast hem terwijl hij de krant leest of telefonisch met zijn stafmedewerkers overlegt.

Ze vult een kom met water en stroopt zijn pyjama van zijn lichaam af. Huid, vet, spieren, haren, glooiingen. Eerst wast ze zijn gezicht, dan zijn borst en armen. Zijn lichaam is de afgelopen jaren week geworden, vriendelijker, onschuldiger in zekere zin. Hij laat zich haar opofferingsgezindheid welgevallen, matig inschikkelijk en licht beschaamd. Hij wil dit eigenlijk niet, maar zij staat erop, met als argument dokters voorschrift van minimale beweging. Ze dompelt de spons in de kom, knijpt hem uit en wast zijn oksels, daarna zijn benen, die nog bruin zijn van hun oktobervakantie in het vijfsterrenhotel, de topbestemming van Dorado Tours op La Gomera. Hij heeft brede voeten met een tamelijk lage wreef, waarop de strakgespannen huid blauwachtig glanst. Ze kan zich niet herinneren ooit zo bewust van zijn fysiek te zijn geweest. Ze wast hem tussen zijn tenen en plotseling is de makelaar o.g. een aanwezigheid. Stil als een schaduw staat hij in een hoekje van de kamer waar zij de voeten wast van haar man. Hij kijkt haar aan, een bungelende sleutel in zijn hand.

Dit is een nieuw avontuur. Haar man, die ooit in een grijs verleden haar vriendje was met wie zij, bang en gelukkig, de grenzen van de erotische schaamte verkende, openbaart zich nu aan haar als een lichaam, een landschap. Ze doet Leens benen iets uit elkaar en wast zijn geslacht. Ze kan zich een redelijke voorstelling maken van hoe verpleegsters dit werk doen, hoe een patiënt verandert in zomaar een lichaam, jonge mannen, oude mannen, mooie mannen, lelijke mannen, zonder onderscheid.

Onder haar aanrakingen krijgt hij een erectie. Met behoedzame, bijna hoffelijke bewegingen trekt ze hem af. Hij sluit zijn ogen en komt met opeen geperste lippen klaar. Ze dompelt de spons in de kom en veegt daarna zijn buik schoon.

Hun gesprekken in die eerste dagen van zijn ziekbed kenmerken zich door een zekere oppervlakkigheid. Of misschien is het eerder voorzichtigheid, een conversatie met ingehouden adem, alsof ze bang zijn de mogelijkheden van hun gedwongen samenzijn door een verkeerd woord te verspelen. Beleefd knikkend en inschikkelijk als goede buren babbelen ze verder. Hun onderlinge taal lijkt opgedroogd, dor hout dat knapt zodra het wordt belast met kwesties die een eenlettergrepig antwoord te boven gaan. Haar aanwezigheid – misschien is het iets in haar blik of houding, misschien is het haar voortdurende nabijheid – lijkt hem korzelig te maken en zijn verbale inbreng beperkt zich meer en meer tot verzoeken en bevelen. 'Is die fax er al; mijn agenda ligt op de grond; is er nog karnemelk; kan het raam iets verder open; waar is mijn leesbril?'

Is het nu werkelijk zo moeilijk haar een uitnodigende, intieme vraag te stellen? Blijkbaar. Misschien voelt hij zich als de aan zijn ziekenhuisbed gekluisterde, van top tot teen in het gips verpakte patiënt uit *Catch 22* en ziet hij haar als de 'man uit Texas', in staat iemand doodgemoedereerd, lijzig en poeslief, met één bil op de rand van het bed, het graf in te keuvelen.

Aan het eind van die week hangt er zo'n geladen stemming in huis dat de enige vragen die nog redelijkerwijs gesteld kunnen worden, dingen zijn als: Wat is er? Ben je boos? Waarom zeg je niets?

'Wat ben je somber de laatste dagen?' vraagt hij bijvoorbeeld. 'Jíj ligt toch niet in bed.'

'Sómber? Wat verwacht je van me, Leen? Dat ik tapdansend de slaapkamer binnenkom om je de beurskoersen voor te zingen?'

Als hij op maandagochtend weer naar zijn werk mag, blijft zij liggen om zestien uur slaap aan één stuk vol te maken. Niet te veel verwachten, denkt ze als ze met een vreemd gegons in haar hoofd ontwaakt uit een droom over in figuren gesnoeide bomen. Doe niet zo *pretentieus*. Gewoon, een leven van klein leed en wasverzachter, van klein geluk en nieuwe gordijnen.

Bij de post treft ze een briefje uit Colombia aan, een foto van Theresa bijgesloten: frisgewassen gezichtje, strikjes, een lach met onregelmatige tanden. Zo te zien schijnt de zon daar volop. En ook doet ze het nog steeds goed op school. *Thank you, mama.*

HET IS DECEMBER, MAAR sommige ochtenden wekken de schijn van voorjaar. Ze koopt een trainingspak, een wielerbroek en sportschoenen. Om negen uur in de ochtend rent ze met haar hond door de duinen. *Gedrag en vlijt een negen. Claire gaat vooruit!* Een lage zon op haar gezicht, de onderarmen losjes omhoog, een lichte draf. Geen andere geluid dan dat van haar, die in de ziltige ochtendlucht verderrent. Dit is haar toekomst, stap voor stap: dit is haar weg.

Niet langer als B.B., maar als een van de moeders, van de huisvrouwen, doet ze inkopen. Onopvallend, maar zeker niet schroomvallig, trekt ze er de tijd voor uit. De beluifelde dorpsstraat biedt een ruime keuze aan etalages met lekkernijen, uitstallingen van verleidelijke niemendalletjes. De peperdure boetieks en cadeaushops worden bestierd door hartelijke vrouwen die, chronisch balancerend langs de afgrond van het faillissement, het inkomen van hun succesvolle mannen voortvarend afromen – een vorm van legale en humane belastingontduiking, denkt ze.

Misschien moet ze zelf ook iets ondernemen. Ze meldt zich aan als vrijwilligster voor bardiensten bij de hockeyclub: een misser, want de toewijding van de andere vrouwen schrikt haar al snel af. Die intelligente, hoog opgeleide echtgenotes van captains of industry en marketinggenieën, van geboren bázen, blijken te lijden aan wat zij als het schaduwcomplex diagnostiseert: nu zíj een keer de dienst uitmaken runnen ze de kantine als leden van de raad van bestuur van Unilever.

Niet langer solo, maar gewoon als een van de wandelaars in het hondenbos, trekt ze er op waterdichte schoenen op uit. Terug in het roedel. De mensen begroeten haar vriendelijk, op een afstandelijke manier. In zeker opzicht kon je niet afstandelijk en conventioneel genoeg zijn, denkt ze; beter dan die riskante ruilhandel waar donkere cafés, slechte wijn en klamme lakens aan te pas kwamen. Zij een beetje aandacht van een niet eens zó aardige man, hij het lichaam van een niet eens zó begeerlijke vrouw. Dat lag nu gelukkig achter haar.

Bij de bakker én in het bos mengt ze zich in het filosofische discours over onkruidbestrijding en dakgoten, de wellevende bevestiging van 'ik doe jou niets, doe jij mij ook niets'. Verbaal kwispelen: het gaat haar natuurlijker af dan ooit. Veilige afstand, gesprekjes over daken van auto's heen, de heesters tussen hen in, hekken, muren. Helemaal zonder mensen kon ook nog, het alternatief dat hond heet, labrador nummer twee, al weer een jaar of vijf een van de pijlers van haar bestaan. Aanhankelijkheid die letterlijk te koop was, en de met afstand verstandigste financiële transactie uit haar bestaan. Negenhonderd gulden voor de vervulling van het verlangen eindelijk iets in huis te halen wat precies deed wat *jij* wilde. Een lik in ruil voor wat brokken.

'Houd van me.'

'Wat jij wil, baas.'

Skiën, zeilen en verbouwen voor de volwassenen; paardenzadels, skelters en balletles voor de kinderen. Een agressief en consequent ontkennen van de nutteloosheid van het bestaan. Ze weet het, toch doet ze er met steeds grotere overgave aan mee, het instandhouden van de illusie van een leven zonder zorgen of ziekten. Het werkt, en als er een ding bij haar op de Filmacademie is ingestampt, is het wel dit: 'als het werkt, is het goed'. Haar kuiten zijn hard geworden door het rennen, iedere dag een stukje verder, inmiddels met een lange, geoefende pas. Bewegen in plaats van drinken, pit in plaats van een kater, *mens sana in corpore sano.*

Naar het beautycentrum met twee hockeymoeders die ook zo goed als van de drank af zijn. Modderbaden, massages, peelings. In hete tobbes discussiëren over de verloedering van de Côte d' Azur, recepten uitwisselen, het lijstje scheidingen actualiseren. Waarom niet?

'Zien jullie wel eens lelijke kinderen in B.?' vraagt ze aan de andere moeders als ze een vruchtencocktail drinken, hun gestoomde lijven in badlakens gerold.

'Hoezo?' willen ze weten.

'Het valt me de laatste tijd op. Je komt bij ons vrijwel geen lelijk kind tegen. Zou het door de frisse lucht komen? Of door al die vaders die orthodontist zijn?'

'Misschien ziet een of andere gemeentelijke dienst erop toe,' zegt de ene moeder.

'Nee, het zijn de ouders,' beweert de ander. 'Die pikken het gewoon niet.'

De voorkeursbehandeling beperkte zich niet tot het exterieur. De vriendinnetjes van Ellen bewogen zich zo zelfverzekerd door het leven dat het leek alsof ze bij hun geboorte een routebeschrijving hadden gekregen. Met levenslange garantie, die hen verzekerde van een grootse toekomst. Het was verleidelijk om de gesprekken van die meisjes af te luisteren. Over de familielandgoedjes in Twente, de boerderijtjes in de Dordogne, de bootjes in Saint-Tropez. Boezemvriendin Mirna die achteloos, met een aangegeten appel in de hand op de voorpagina van de krant wijst en zegt: 'Als die fusie doorgaat wordt mijn vader nummer 1 van álles.' Hockeyvriendin Josephine die met 'ongeveer twee Porsches' aangeeft hoeveel het zwembad van haar ouders heeft gekost.

Als je ervoor openstond, had dat heersende elitarisme ook zijn komische kanten. Het reikte ver, tot en met de gevederde wereld aan toe. Tientallen roodborstjes, winterkoninkjes en vinken bevolken hun tuin, maar de aanwezigheid van een enkele mus is een gebeurtenis van belang.

'Die komen er niet in,' beweerde haar man. 'Laat dat maar aan de mussenpolitie over.'

Als ze 's avonds, dik ingepakt, een wollen muts op haar hoofd, met haar hond een wandeling maakt in het dorp langs de bochtige, glooiende lanen, kijkt ze naar de huizen. De ramen en de glinsterende lampjes van de kerstbomen in de tuinen zijn vrolijk verlicht, het wagenpark staat roerloos op de opritten, geluiden van muziek of gelach zweven uit de kinderkamers naar buiten. Ze denkt: beter dan dit zul je niet makkelijk vinden. God weet dat het haar vaak moeite kost om er zelf deel van uit te maken, maar nu, terwijl haar adem achter haar aan sliert, grijpt het haar aan, een authentiek gevoel van ontroering.

Het maanlicht valt over haar gezicht, ze snuift de geur van brandend haardhout op, ze laat de huizen achter zich, gaat verder over het onverharde pad, dwars door het stikdonkere bos.

14

ZE IS IN EEN uitstekend humeur, ze heeft die middag gedichten van Campert herlezen, het huis is op orde, het eten voor de kinderen staat klaar in de oven, de nieuwe jurk die ze draagt valt niet tegen, en – de kers op de taart – Ellen heeft een acht voor aardrijkskunde gehaald. Haar dochter doet een nieuw MTV-dansje voor en gaat dan aan de keukentafel zitten en praat honderduit.

Dan verschijnt Bas in de deuropening. Hij heeft zijn jas nog aan, zijn nagels zijn tot bloedige halve maantjes afgebeten. Eén blik van hem volstaat om haar goede stemming te doen krimpen tot een hol gevoel in haar maag.

'Dag Bas.'

'Hai.'

En weg is hij, de trap omhoog naar zijn kamer.

'Hij sluit zich de laatste tijd af,' zegt ze 's avonds, samen met Leen in de auto onderweg naar Ilpendam voor een etentje bij een relatie. 'Deden wij dat ook op zijn leeftijd?'

'Doet hij nog wel huiswerk?'

'Ik geloof het wel. Misschien komt het door dat briefje van Greenpeace.'

'Wat had hij dan verwacht, dat hij meteen mee kon reizen naar Antarctica?'

'In ieder geval meer dan een standaarduitnodiging om lid te worden met een acceptgiro.'

'Wat ik zo stom vind, is dat hij met voetbal is gestopt. Hij zat in zo'n goed team, allemaal leuke jongens.'

'Hij vindt er niets meer aan. Hij zoekt naar iets anders.'

'De wereld redden...'

'Is dat zo fout, je geroepen voelen tot iets belangrijks, tot een universeel belang?'

'Dit zijn z'n mooiste jaren, hij hoort lol te trappen met zijn vrienden.'

'Hij houdt gewoon niet zo van sport, muziek is zijn passie.'

'Ach!'

'Dat komt vóór hoor. Je denkt toch niet dat Bob Dylan ooit met een rugbybal onder zijn arm over het veld heeft gedraafd?'

'Bob Dylan is een genie... Het duurt niet lang of hij is uitgekeken op die gitaar. Dat is zijn probleem: hij raakt op alles zo snel uitgekeken. Hij is geen volhouder.'

'Misschien vertoont dat wispelturige gedrag wel een grotere, consistentere samenhang dan wij op dit moment kunnen overzien. Daar maak ik me geen zorgen over.'

'Nou...'

'Nee, ik vind hem soms zo... ernstig.'

'Somber.'

'*Ernstig*, zeg ik.'

De boodschap ontgaat haar niet. Somber, de zoon van zijn moeder.

Leen zet de radio aan, de stem van Van Morrison vult de donkere wagen.

'Hé, Van The Man,' zegt hij en neuriet mee met 'Bright Side of the Road'.

Dat is iets wat ze nog steeds delen, een voorliefde voor Van Morrison, ofschoon ze zich niet kan herinneren wanneer ze thuis het laatst een cd van hem speelden. Kennelijk waren ze daar op een dag mee gestopt. Net zoals Leen op een dag het opgegeven had naar haar te luisteren, en zij op haar beurt het opgegeven had hem dingen te vertellen. Alleen als ze het over de kinderen hebben, spreken ze – weliswaar indirect – nog met en over elkaar.

Ze leunt achterover, ontspant zich terwijl ze langs het donkere Noordhollands Kanaal rijden, de radio zacht sudderend op de nostalgiezender. De herinnering aan een droom van een paar dagen geleden dringt zich op. Daarin is ze actrice op de set, in het felle licht. De tik van de klapper, *actie!*, ze spreekt haar tekst. Het gaat een poosje goed, drie opeenvolgende scènes die bij de eerste of tweede take al in orde zijn. Bij de vierde scène kapt de regisseur haar bruusk af. Ze vergist zich. Hij leest haar voor wat ze zou moeten zeggen. Ze herkent de claus, maar die wijkt af van wat zij gerepeteerd heeft. Wat vreemd is, in aanmerking genomen dat zij zelf het script heeft geschreven. Ze vergelijken de kopieën van de shooting scripts, de eerste paar bladzijden zijn identiek, dan sluipen er minimale verschillen in, die naarmate het verhaal vordert groter en verstrekkender worden, tot de scripts zich splitsen in twee afwijkende drama's.

Dan is er een bloem, het hoe en waarom ervan kan haar wakkere ik zich niet herinneren. Roze en immens, een close-up, de meeldraden onscherp. Abstract als een wolk, denkt ze als ze zich de zachte kleuren en onvaste vormen herinnert.

Een harde overgang terug naar de set. Ze kijkt en luistert naar de andere acteurs, alles wat ze doen of zeggen wijkt af van wat zij bedacht en opgeschreven heeft. Het is niet slechter of beter dan wat zij geschreven heeft, het is *anders*, de mogelijkheid die zij over het hoofd heeft gezien, of verworpen, dat kan ook.

Ze staat weer in het licht en zegt haar tekst, die andere, niet door haarzelf geschreven woorden die ze inmiddels blijkbaar heeft ingestudeerd. Ronduit opgelucht is ze dat niemand haar afkapt. Dan zit ze bij Erik achter op de motor. Begin twintig zijn ze en de wind rukt aan hun kleren. Ze heeft haar armen om zijn middel geslagen. Hij zegt iets tegen haar, maar zijn stem verwaait onverstaanbaar boven hun wapperende haren.

De lichtbundels van de koplampen vangen iets dat met grote

snelheid vanaf de kant van het kanaal nadert. Een klap tegen de voorruit, Leen die tegelijk zachtjes vloekt en afremt.

'Wat was dat?'

'Een meeuw, of een eend. Voor hetzelfde geld komt hij dwars door het raam.'

'Dood?'

'Geen idee.'

'Stop.'

'Waarom? Hij is waarschijnlijk... het was een enorme klap.'

'Stop, Leen!'

Zodra de auto op de vluchtstrook tot stilstand is gekomen, stapt ze uit. Langs de kant van de weg, met Leen een paar passen achter haar, loopt ze terug. Het natte gras strijkt langs haar enkels. Tegemoetkomend verkeer suist voorbij. Het duurt een poosje voor ze de vogel vinden, een meter of drie van de weg vandaan in het gras, halverwege het talud. Ze daalt af en kijkt naar het dier, een eidereend met de kenmerkende zwart-witte aftekeningen. Hij ligt op zijn zij, zijn snavel steekt in het gras. Zijn vleugels en vliezen bewegen als de armen en benen van een uitgeputte zwemmer op het droge.

Leen komt naast haar staan. Ze kijken zwijgend naar de watervogel.

'Die heeft het gehad,' zegt Leen.

'Hij leeft nog.'

'Voor hoe lang?'

'Maar nu leeft hij. Zet hem eens recht.'

'Wat?'

'Draai hem om, zodat hij met zijn poten in het gras komt te staan.'

Leen vertrekt zijn mond, een soort samenknijpen van de lippen dat deels weerzin, deels inschikkelijkheid uitdrukt, en zucht. Hij bukt en pakt de vogel voorzichtig vast, probeert hem om te draaien, maar zodra hij hem loslaat rolt het dier weer terug in dezelfde positie.

Leen komt overeind. 'Het heeft geen zin, laten we gaan. Als

hij weer opknapt, vliegt hij verder. En anders...' Hij legt zijn hand op haar schouder.

Ze weet dat ze er verstandig aan zou doen nu met hem mee terug te lopen naar de auto, in te stappen, de modder van haar hakken te vegen, om hun reis te hervatten. Maar de aanblik van die oranje pootjes met hun Walt Disney-vliezen, onmachtig in de lucht slaand, weerspiegelt iets dat ze niet kan negeren.

'We nemen hem mee,' zegt ze.

'En dan?'

'Een dierenarts.'

'Een dierenarts? We hebben een eend aangereden, Claire. Een *eend*.'

Ze tilt de vogel op en loopt terug naar de wagen. Met het gewonde dier op haar schoot zit ze naast Leen, die in knorrige, verwijtende woordloosheid op zoek gaat naar een dierenarts. Die in Monnickendam heeft geen dienst. Op het kaartje achter het verlichte raam van zijn praktijk vinden ze het adres van zijn waarnemer voor spoedgevallen, in Broek in Waterland.

'Spoedgevallen, staat er,' zegt Leen, maar ze houdt voet bij stuk.

De laatste tijd valt het niet mee iets van haar stemmingen en handelingen te begrijpen. Ze begrijpt zichzelf niet eens, laat staan dat Leen haar nog volgt, die om Broek in Waterland te bereiken acht kilometer terug moet rijden. De praktijk daar, horen ze bij navraag, bevindt zich buiten het dorp. Ze gaan verder over een slechtverlicht dijkje met huizen die op steeds grotere afstand van elkaar verwijderd blijken, tot het bord *Landsmeer* voor hen opdoemt.

'Christus, te ver!' zegt Leen. 'Leeft-ie eigenlijk nog?'

'Ja.'

'Hij beweegt toch niet meer?'

'Hij leeft.'

'Waanzin,' zegt hij. Met grote moeite krijgt hij de auto op het dijkje gedraaid. 'Morgen kopen we bij de poelier een eend en die stoppen we gemarineerd en al in de oven en daarna eten we hem op, en nu... We komen veel te laat.'

'Dan bellen we op, dat we vertraging hebben.'

'Hoe lang gaat dit duren? Ze rekenen op ons en wij verpesten hun avondje.'

'Er zijn nog meer mensen uitgenodigd, ze overleven het best nog een halfuurtje zonder ons.'

De dierenarts in Broek in Waterland blijkt tevens veearts te zijn. Een magere man met gebeitelde trekken en grote handen. Landrover, rubberlaarzen, mestgeur. In het korrelige tl-licht boven de behandeltafel staart hij zonder een woord te spreken naar de eend, die zij als een zoenoffer heeft neergelegd. Hij pakt de slappe vogel vast, beweegt zijn kop en snavel, wrijft met een vinger langs het gaatje onder zijn staartveren.

'Wat wilt u dat ik doe?' vraagt hij.

'Misschien kan hij er nog bovenop komen.'

'Daar zou ik niet te veel van verwachten. Zo'n klap overleven ze meestal niet, dat zou een mirakel zijn.'

Ze betalen de veearts en laten de eend bij hem achter, een glasheldere overeenkomst, hij het geld en de gedelegeerde verantwoordelijkheid, zij de handen vrij plus wat al dan niet geveinsde hoop op een wonder.

Terug op de provinciale weg langs het kanaal, hervatten ze hun puzzeltocht naar Ilpendam, Leen is stil en verwijtend, zij minstens zo stil als hij, maar beschaamder. Een ander stel zou nu slaande ruzie krijgen, denkt ze, of elkaar, als scherpschutters van het echtelijk sarcasme, met woorden bestoken. Zij niet, zij zwijgen.

's Nachts kan ze niet slapen en maakt ze, tegen de afspraken met zichzelf in, een fles wijn open. Aan de keukentafel drinkt ze door zolang er nog wijn in de fles zit. Ze zegt tegen zichzelf dat ze het beste alles op kan maken, zodat ze de fles achter het schuurtje kan plaatsen. Ze wil niet dat Leen hem zal vinden en uit een eenmalige faux pas de verkeerde conclusies trekt.

De volgende ochtend wordt ze, voorspelbaar, futloos wakker. Niettemin dwingt ze zichzelf om zoals iedere doordeweekse dag in wielerbroek naar de duinen te rijden en aan haar looppronde te beginnen. Het is januari, flets, geurloos en bitterkoud. Ze komt nauwelijks vooruit, de zanderige heuvels naderen in vertraagde beelden, alsof de beweging van het landschap zelf uitgaat. Na een minuut of wat dwingen een stuk of wat scherpe, maar welkome pijnscheuten haar om op te geven en keert ze in de striemende wind terug naar haar auto, vreemd bang voor wat komen gaat.

In de woonkamer ligt de nieuwe werkster languit op de bank, rubberen teenslippers aan haar indrukwekkende voeten. Verbaasd blijft ze staan kijken naar de vrouw, die aan haar knipperende ogen te zien in haar slaap gestoord is.

'Are you okay?' vraagt ze bezorgd.

'I'm a human being too,' zegt de werkster op gebeten toon. De zwartheid stuitert van haar Ghanese wangen als ze langzaam en met aanschouwelijk gemaakte weerzin opstaat om langs haar heen te lopen.

In haar hart is ze bang voor deze jonge vrouw, die met het meubilair smijt en haar niet vraagt maar beveelt welke schoonmaak en hulpmiddelen er aangeschaft dienen te worden. Ze mist Ophie, die op een dag niet meer op was komen dagen, omdat, bleek bij navraag, de vreemdelingenpolitie haar het land had uitgezet. Zij was Ophie kwijt, haar kinderen hadden haar terug.

Ze staat nog steeds in de woonkamer en staart door de terrasdeuren naar de lege plek achter in de tuin waar vroeger de schommels van de kinderen hingen. Eén kaartje op het prikbord bij Albert Heijn en ze waren weggehaald. Ook die schommels mist ze.

In de keuken hoort ze de nieuwe werkster met de deurtjes van de kastjes slaan, haar manier om zich kenbaar te maken an de wereld. Ze had de test doorstaan, de werkster, de nepsieraden die zorgvuldig onzorgvuldig onder bed waren geschoven had ze op het nachtkastje achtergelaten; de verleidingen van een paar briefjes van vijfentwintig tussen de stoelkussens had ze eveneens weerstaan. Maar echt vertrouwen deed ze haar niet.

I'm a human being too.

Ze verschanst zich in de woonkamer. Op de salontafel liggen de folders te glanzen die ze een paar dagen eerder met Leen heeft doorgenomen: Parijs, New York, Praag. Tijdens het weekendje Ierland, bij kaarslicht en met uitzicht op de kloostertuin hadden ze elkaars hand vastgehouden en afgesproken regelmatiger dergelijke uitstapjes te maken. 'Met zijn tweetjes' – het klónk in ieder geval knus. Monet in het Centre Pompidou, wijnproeven in Toscane, iedere bestemming voorzag in een reden, een gelegitimeerd doel. Stap in het vliegtuig of neem de Thalys, het leven herleid tot de simpelste bezwering: koop een ticket.

Als de werkster eindelijk het huis verlaten heeft, klimt ze de trap omhoog naar de slaapkamer. Ze sluit de gordijnen en schuift in wielerbroek onder het donsdek. Vier, vijf sigaretten rookt ze achter elkaar, een onmatige, ontroerende hereniging van lichaam en nicotine, na een scheiding van enkele maanden. Met lauwe witte wijn spoelt ze de spijt en het schrijnende gevoel in haar keel weg. De goede voornemens leggen het af tegen de oude gewoonten, die voor het eerst sinds ze hun congé kregen, de kansen zien keren. Ze hebben het zoveel makkelijker, die routiniers, denkt ze, ze hoeven hun best niet te doen, rustig afwachten volstaat. Hun kracht komt voort uit en is even vanzelfsprekend als de zwakte van de nieuwkomers, die nu zonder pardon de tent uit gewerkt worden. Die oude gewoonten valt overigens niets te verwijten, ze zijn teruggekomen omdat ze elders geen emplooi vonden, omdat zij het beu is ze nog langer buiten de deur te houden. Tot niets in staat, behalve de *self-made failure* te zijn die zij is. Om dat laatste glimlacht ze. Zie je, ze kan zichzelf niet eens fatsoenlijk een depressie in helpen.

Ze trekt de krant op bed om de filmrecensies te lezen en de

ladder door te nemen met films waar ze niet heen zal gaan. Haar oog valt op een paginagroot artikel in de kunstbijlage, de jaarlijkse variatie op het verhaal over Nederlanders die op enigerlei wijze zich verdienstelijk maken in de internationale filmbusiness. Daar gaan we weer, denkt ze, Hansje Brinker in Amerika. Maar dan ontdekt ze tussen de bekende namen en gezichten een foto van een man die ze kent. Hij heeft een baseballpet op en zijn kraag staat jongensachtig brutaal omhoog. Met over elkaar geslagen armen leunt hij nonchalant tegen een camera. Een geamuseerd hautain lachje speelt rond zijn lippen terwijl hij haar aankijkt.

Goed, denkt ze, wat nu nog?

Ze wordt wakker van een geluid, een stem. Even weet ze van niets. Niet waar ze is, wie ze is, waarom ze in bed ligt. Dan ziet ze een spijkerbroek, onverklaarbaar dichtbij. Ze moet haar hoofd draaien om hem te zien: Bas. Hij lijkt hoog boven haar uit te torenen. Hij zwaait met zijn armen en schreeuwt tegen haar. Ze kan hem niet goed waarnemen of verstaan, alles lijkt omfloerst en gedempt. Een zoetige geur nestelt zich in haar neusgaten. Met een oneerbiedige beweging rukt hij het donsdek van haar lichaam. Rook stijgt op terwijl hij het dichtvouwt. Hij opent het raam en werkt het dekbed naar buiten. Daarna opent hij de andere ramen. Zijn gezicht, zijn ogen tastten haar gezicht en lichaam af, alsof ze iets ontdekken wat ze nooit eerder zagen.

Ze komt overeind. 'Wat is er gebeurd?'

'Je hebt het bed in de fik gestoken.'

'O jezus,' zegt ze. 'Ik moet in slaap gevallen zijn.'

'Ja, met een brandende sigaret!'

Op blote voeten en in wielerbroek staat ze op het parket. Buiten klinkt het geluid van een verre motorzaag die zich gierend door een stam vreet. Koude lucht met onheil stroomt van alle kanten door de ramen naar binnen. Ze begint te trillen en haar hart bonst onder haar ribben. Hoe kan ze de schade verder beperken? Met dat ze 'in slaap is gevallen' laat dit moment zich niet redden, daarvoor is méér nodig. Maar met die malende zwemvliezen van de eidereend van gisteravond, de nederlaag in de duinen van vanochtend, de hatelijke werkster, de foto in de krant, en de schommels die ze nooit, nooit hadden moeten wegdoen ook al maakten de kinderen er geen gebruik meer van, daarmee komt ze er ook niet. Ze zou willen zeggen dat een psychopaat haar op bed vastgebonden heeft en daarna het dekbed in brand gestoken; of dat ze heel slecht nieuws van de huisarts heeft vernomen, iets wat ze nog met niemand heeft durven bespreken. Rillend en starend naar de getergde frons op Bas' voorhoofd voelt ze hoe het moment haar al ontglipt.

'Ik was niet lekker,' zegt ze met een zachte stem. 'Ik bén nog steeds niet lekker.'

Ze kijkt naar omlaag, tussen het bed en haar voeten ligt de krantenpagina met Eriks foto. Op zijn gezicht stappen zou een klein kunstje zijn.

Terwijl boven het bed de laatste rookslierten verwaaien, werpt Bas een blik op het nachtkastje met de asbak met peuken, het glas, de lege wijnfles. Zonder iets te zeggen laat hij haar achter in de koude kamer.

De avond verloopt, in het licht van de ontwikkelingen van die dag, betrekkelijk normaal. Ze eten, kijken tv, de kinderen vertrekken naar hun kamers, Leen verkast naar de nieuwe garage, waar hij met een dot poetskatoen en een oliespuitje om zijn speeltje – een Austin Healey, bouwjaar 1963 – cirkelt. Veel woorden aan wat er die dag is gebeurd, heeft hij niet vuilgemaakt. Bewonderenswaardig, zo economisch hij met pijn en teleurstelling omgaat. Hier is een man die het leven doorgrondt. De vanzelfsprekendheid van zijn prestaties, soms is ze werkelijk jaloers op de overtuigende, glasheldere feiten van zijn leven: vliegtuigstoelen, jaarstukken, overnames, en als dagelijkse beloning tweemaal 9 cc Chivas Regal.

Nadat ze de hond de keuken uit heeft gewerkt, sluit ze de

deur, daarmee als laatste van het gezin de afzondering kiezend. Gedetineerden in een open inrichting, vrijwillig teruggetrokken in hun cellen. Geen mooie gedachten. Soms was ze een kreng, ze wist het. Dat naïeve denkbeeld van de ideale moeder had ze achter zich gelaten – naïef, omdat het vóór die tijd niet bij haar op was gekomen in haar gedrag de sporen van egoïsme te herkennen, omdat ze werkelijk meende gehuld te gaan in een wolk van altruïsme, te leven voor en ter wille van haar kinderen.

Met op de achtergrond het gebrom van de vaatwasmachine bekijkt ze het brandplekje onder het verband om haar pols. *Een vrouw loopt een betrekkelijk onschuldige brandwond op. De wond wordt echter, zalf en kompressen ten spijt, steeds groter en vuriger...*

Boven haar, in Ellens kamer, klinken behalve de geluiden van een televisie ook voetstappen. Niet komen, denkt ze. Ik zit hier in de keuken met de deur dicht. Dat is mijn uithangbord. Niet binnenkomen. Somber, Leen heeft gelijk. Een sombere, incapabele trut is ze. Soms ook een slechte moeder. Nu bijvoorbeeld. Blijf weg, ik kan jullie geen van allen nu verdragen.

15

ZE VOELT DAT ZE een eindpunt heeft bereikt, de cirkel sluit zich: terug bij af. Volledig klem gemanoeuvreerd heeft ze zich. *Lever de dobbelstenen in en verlaat het speelbord.* Het is als een defect waar ze geen raad mee weet en waartoe de Gouden Gids ook geen uitkomst biedt. Het ergste van alles is misschien nog wel dat ze zich er simpelweg bij neerlegt, de matheid waarmee ze het fiasco accepteert. Maar dan, op een waterkoude middag in februari, neemt ze de telefoon op. Een stem uit het verleden meldt zich. Rein Schmutz, een jaargenoot van de Filmacademie. Hij vertelt dat hij een paar dagen eerder bij een première in Amsterdam Thea tegen het lijf is gelopen, die hem haar telefoonnummer heeft gegeven.

'Hoe gaat het met je, Claire?'

Rein was een van die opvallende figuren op de academie geweest, iemand van wie je al bij kennismaking vermoedde dat hij het zou gaan maken. Een jongeman die recht op zijn doel – succes – afging, zonder acht te slaan op de lijken langs het pad omhoog. Die eerste weken maakte hij zoveel indruk met zijn filmencyclopedische kennis en vastberadenheid dat iedereen ervan uitging dat hij het was, Gods uitverkorene, die de anderen uit de duisternis zou leiden. Maar na een paar jaar had hij nog steeds niets anders gepresteerd dan die indruk bestendigen en waren het de schaduwgewassen van weleer, de stille, verlegen jongens en meisjes uit de provincie, die omhoogschoten en zich als tot volle bloei gekomen talenten manifesteerden. Figuren als Rein en Thea raakten verzeild in het kamp van de verwaten, luidruchtige nachtbrakers, goedlachs doordrinkend en onbetrouwbaar, omringd door vrienden, altijd bereid om de heldenrol te spelen, maar nooit meer dan één tiende waarmakend van hun aankondigingen.

Rein meldt haar nu dat hij tegenwoordig dramaseries voor tv produceert en noemt met een achteloosheid die haar vanzelfsprekende bekendheid met zijn werk veronderstelt enkele titels. De waarheid is dat zij nog nooit van die series gehoord heeft, hoewel ze Rein daarover in het ongewisse laat. Waarschijnlijk is zij in zijn wereld – het genootschap ter onderlinge bewieroking en kruisiging – de enige die zijn werk niet kent. De schaarse, toevallige confrontaties die zich voorgedaan moeten hebben wanneer zij de netten langs zocht, heeft ze wellicht verdrongen.

Na de academie was Rein filmrecensent geworden voor een bekend weekblad, waarin hij negen jaar lang Fellini, Polanski, Truffaut en Spielberg op hun nummer had gezet. En als veelgevraagd forumlid had hij – eeuwig en altijd in gebleekt spijkerpak – de Nederlandse filmindustrie, geheel naar de geest van de tijd, op maatschappijkritische wijze ervan langs gegeven. Daarna was hij soaps gaan produceren.

'Ik ben op zoek naar een scenarioschrijver,' zegt Rein.

'Ik kan je niet helpen, ik spreek niemand meer.'

'Ik bedoel jou.'

'Mij?'

Na al die jaren van afwezigheid is ze dus toch nog op het rampspoed- en paniekl ijstje van een producent beland. Rein Schmutz, desperado.

'Je bent een eersteklas scenarioschrijfster. Ik wil je graag in het team.'

Ze kan niet ontkennen dat ze op dit moment in haar leven, na het vaarwel aan B.B. én de wielerbroek, wel oren heeft naar een substituut-bezigheid, zeker een waarbij je kunt blijven roken en drinken.

Ze maken een afspraak in Hotel American, waar ze tijdens

de lunch herinneringen ophalen aan die arcadische jaren van weleer – eerder uit een gevoelde verplichting dan uit een nostalgische behoefte, lijkt het. Die jaren, beseffen ze beiden, waren lang niet zo zomers geweest als ze elkaar willen doen geloven.

Over de inhoudelijke kant, die daarna aan bod komt, worden ze het snel eens. Ze zal beginnen met het herschrijven van een 'berg troep', zoals hij het noemt, en daarna zal ze iedere week één script van vijfentwintig pagina's leveren. De serie, zich afspelend op en rond een middelbare school in de provincie, verschijnt in een frequentie van zes afleveringen van 25 minuten per week en wordt geschreven door een zevental schrijvers die onder de hoede van een supervisor werken. Een keer in de veertien dagen komt 'het team' bij elkaar om te vergaderen.

'Eén ding,' zegt ze, 'ik werk onder pseudoniem.'

Rein draagt geen spijkerpakken meer, maar heeft nog wel steeds dat elfachtige, haarloze gezicht van vroeger, dezelfde misprijzende, naar beneden wijzende mondhoeken.

'Is het je te min?'

'Ik houd er gewoon niet van dat mensen weten wat ik uitspook.'

Ze beschikt over een bureau, een computer, een printer en – belangrijker – zeeën van tijd. Vlakke, lege, grijze dagen, zo stil en leeg dat zelfs liefde of vriendschap zich er niet wagen. In twee weken tijd herschrijft ze de 'berg troep', een ideale vingeroefening, blijkt, om haar de sfeer en stijl van *Waterland College* eigen te maken.

Toen ze het aanbod van Rein Schmutz had aanvaard, met beide handen aangegrepen eigenlijk, al had ze geprobeerd dat te verhullen, was dat zonder hooggespannen verwachtingen geweest. Het is een bezigheid, had ze gedacht, een alternatief voor uit het raam kijken en me af te vragen waar de regen blijft. Maar het blijkt veel meer dan dat. Het is een kennismaking met een andere vorm van leven, een plaatsvervangend bestaan, een complexere uitvoering van het begrip identiteit.

Ze staan haar nog helder voor de geest, die eerste weken, vreemde, taakbewuste dagen waarop ze zich met de onvolkomen scripts van anderen, hun invalide geesteskindjes, aan haar bureau had afgezonderd. Tussen het schrijven door dwaalt ze traag door het huis, een mok thee in haar hand, nauwelijks fysiek aanwezig. Een herinnering aan een meer vitale versie van haarzelf, die ooit echt geleefd had en nu in haar schrijven, in de haar toebedeelde personages en intriges verrijst uit de stilte. Een andere Claire, die zonder actief deel te nemen, toch leeft, en hoe. De stukken vliegen ervan af: er wordt gehuild, bedrogen, bemind, geroddeld, gescholden en gevochten dat het een aard heeft.

Voor veel schrijvers zou wat zij doet – enkele slappe voorgekookte intriges uitwerken, tot woorden en een toon reduceren die voor elke puber makkelijk verteerbaar zijn – een aanslag zijn op hun gevoel van eigenwaarde. In zekere zin zou het hun creatieve dood betekenen. Maar zij komt er weer door tot leven. Zelfs de iedere veertien dagen terugkerende gang naar Amsterdam voor de vergadering in het kantoor van Schmutz Productions, waar ze aanvankelijk zo tegen op heeft gezien, wordt iets om naar uit te kijken. Ze had een stelletje verlepte mislukkelingen verwacht, van wie het ongeluk duidelijk af zou stralen, maar ook daarin heeft ze zich vergist. De meeste collega's zijn aanzienlijk jonger dan zij en maken een ambitieuze, goedgehumeurde indruk. Hoe zouden ze naar háár kijken, vraagt ze zich af. Misschien zien zij wel aan haar wat ze verwacht had aan hen te zullen zien.

Na drie sessies merkt ze dat ze, wanneer ze met een vers geprint script in haar tas de vergaderruimte binnenstapt, geaccepteerd is. Ze heeft werk, ze heeft collega's, ze heeft haar plaats gevonden. Als de bekakte, alcoholische tweederangsschrijfster met wie je na afloop nog een stevige borrel kunt drinken – op haar rekening.

Natuurlijk weet ze wel dat ze slechts tijdelijk in staat is de houding aan te nemen van iemand die zich met overgave van haar taak kwijt, maar in die tijd wil ze dat overtuigend doen. Ze neemt er genoegen mee dat ze niets tot stand brengt, geen filosofische gedachte, geen lichtende idee waaraan de mensheid zich kan optrekken; dat ze onbeduidende troep schrijft, halffabrikaten voor anderen die er op de set voortvarend nog grotere troep van maken.

De afleveringen van *Waterland College* trekken een vaste schare van zo'n zeshonderdduizend kijkers. Een maand of wat volgen zij en Leen de afleveringen die zij heeft geschreven. Na afloop lachen ze er een beetje om, onbeholpen.

'Je hebt er echt plezier in, hè?' zegt hij.

Ze knikt.

'Nooit het gevoel dat je iets anders zou willen proberen?'

'Nee,' zegt ze, 'dit voldoet aan mijn wensen.'

'Mooi,' zegt hij. En gezamenlijk kijken ze naar het credit van Loes Zeezicht die door het beeld glijdt.

16

ZE VINDT HET BESPOTTELIJK om bij iemands huis te posten, nog bespottelijker om in de autostoel weg te zinken als ze de persoon in kwestie de deur uit ziet komen. Toch is ze hiervoor – en in grote ernst – naar S. gereden. Op deze stormachtige ochtend in maart, onder een dronken, chaotische hemel, heeft ze het opgebracht net zo lang te wachten als nodig is: ruim veertig minuten.

Sluik, kortgeknipt donker haar, ziet ze, heeft de vrouw die uit een van die vrijstaande, witgeschilderde kubussen van het aangeharkte jarenvijftigwijkje stapt. Ze draagt een leren jasje met bontkraag en hoge suède laarzen, en heeft een doelgerichte, geconcentreerde manier van bewegen, alsof ze onderweg is naar een microfoon in plaats van naar de donkerblauwe BMW waarin ze even later wegrijdt.

Een paar dagen eerder stond Leens auto hier voor de deur. Na een maand van vermoedens, versprekingen, onverklaarbare absenties, en witte plekken in zijn agenda, een maand van ernstige continuïteitsproblemen kortom, weet ze nu waarom. Ze steekt een sigaret op en start de motor: einde van het interbellum.

Onderweg naar huis kijkt ze in het spiegeltje. Een jaar of acht ouder dan die ander is ze, schat ze, en nu al een oude, uitgebluste vrouw, een rookster, een drinkster, iemand van een andere generatie. 43. Denk de make-up weg, de kleurspoeling en de gebruinde huid, en je hebt een foto uit de crisisjaren.

Als ze op weg naar huis Groot Hemborn passeert glijdt haar

blik onwillekeurig langs het hek en de hoge struiken erachter. Het landgoed staat al een maand of wat te koop. De man van zestig miljoen platen wereldwijd is naar de Antillen vertrokken – 'gevlucht,' beweert men in het hondenbos – met achterlating van een niet onaanzienlijke belastingschuld. Symbolisch, denkt ze: haar vroegere, afgezworen minnaar het land uit, het liefdesnestje leeg en koud, haar man die zich koestert aan de warmte van een minnares. Het weerhuisje: hij binnen, zij buiten, of andersom. Nooit samen in de regen, of in de zon.

Nu ze haar nieuwsgierigheid heeft bevredigd, weet ze waar ze aan toe is. Het doet haar minder dan ze verwacht, dan het de eerste keer deed. Een troostende, maar ook ondermijnende constatering.

Het aftellen kan beginnen. Bas heeft al aangegeven dat hij op kamers wil wonen als hij na de zomer gaat studeren. Ellen is inmiddels bijna zestien. Als ze het aantal bijlessen opschroeven kan ook zij over een jaar of twee het huis uit. Op eigen benen, de studentenflat in Amstelveen, of desnoods – de sublieme verleiding – een etage in het Leidse monumentje.

Het speelgoed van vroeger staat al opgeslagen op de vliering. Verstofte dozen met knuffels, treintjes, puzzels, barbies, tekeningen, herfstwerkstukjes, kerstwerkstukjes, schelpen, kleiklompen, kijkdozen. Klaar om afgedankt te worden. Klaar voor de slotscène, het grote afscheid van het gezinsgeluk, van de veilige haven. Nog een paar jaar en dan: lozen, afschudden. Tot die tijd is het een kwestie van tanden op elkaar. Volharding en dienstbaarheid, met, als de missie volbracht is, een lintje voor de overlevenden.

Ze parkeert de auto op de oprit en blijft nog even zitten. Voor haar geestesoog ziet ze beelden van een nieuw leven. Cafés in de grote stad, leestafels, goedlachse mannen in restaurants, winkels, een appartement aan de gracht.

Eenmaal binnen trekt ze de zin van haar ochtendlijke actie in twijfel. Je had de waarheid en je had de leugen. Maar er bestond ook nog zoiets als geloof. Er waren altijd dingen waar ze wel of niet in kon geloven, omdat ze het niet zeker wist. Zij had de leugen ontmaskerd, het mysterie ontkracht. Ongewild was ze met de belastende feiten achtergebleven.

Ze neemt zich voor niets te laten merken, maar natuurlijk kan ze het niet laten.

'Ik had je gebeld op de zaak, maar je was er niet, zei je secretaresse.'

'Ik had een afspraak buiten de deur.'

'Ik dacht dat je de hele dag op kantoor zou zijn.'

'Had ik dat gezegd? Was er iets bijzonders?'

'Die man van Groenvoorzieningen is langs geweest. Ze zijn overstag, ze gaan die twee esdoorns langs het pad ook rooien.'

'Dat is goed nieuws.'

'Ik dacht, ik bel je even om het te vertellen. Maar je was er dus niet.'

Wat verwacht ze van hem? Een bekentenis? Een gerechtvaardigde dosis angstzweet?

Een week of wat gaat voorbij, een tijd waarin ze afleiding vindt in haar werk aan de scripts, het leven gereduceerd tot een aardige plot, een paar gelukte scènes, een verhaaltje. De vurige hartstocht en openlijke verlangens van de personages staan mijlenver af van de getemperde, nauwkeurig gedoseerde emoties in haar eigen bestaan. Dat Leen de donkerharige BMW-rijdster nog steeds ziet, weet ze best, maar ze speelt het klaar er niet of nauwelijks aan te denken.

Na de tweewekelijkse vergadering in Amsterdam probeert ze het tijdens de borrel na afloop aan te leggen met Rein Schmutz, maar die moet, beweert hij, voor een *viewing* naar Hilversum. Ze neemt zijn smoes kalm op. *Waar een trog is, komen de zwijnen vanzelf*, zoals Poesjkin op terechtwijzende toon schreef aan zijn jonge vrouw. Met de collega die als laatste in het café achterblijft gaat ze mee naar huis. Werner heet hij, begin dertig, Indisch, de onknappe uitvoering. Hij heeft iets kwetsbaars, naar aanleiding waarvan zij geconcludeerd had dat hij wel homo zou zijn. Ten onrechte, na de sake vrijen ze voor de gashaard in zijn woning op driehoog, ergens aan het IJ. Daarna huilt ze een poosje in haar auto en rijdt ze ten slotte over de verstopte snelweg naar huis. Ontrouw: zij die het niet voor mogelijk hielden; zij die nooit anders verwacht hebben; zij die meenden dat het achter hen lag.

Die avond schikt ze zich met een maximum aan voorkomendheid en een minimum aan nieuwsgierigheid in het verraad, zowel dat van haar man als dat van haarzelf. Waarschijnlijk heeft hij het destijds ook van haar geweten, het geheime leven van B.B., en net als zij niets gezegd. In dat opzicht waren ze aan elkaar gewaagd. Topmanagers: te allen tijde het hoofd koel houden en opschudding voorkomen. Kostencalculatie: het verwachte rendement van een mogelijke actie te laag bevonden.

OFSCHOON WELLEVEND DOET ZE afgemeten tegen hem, onaangedaan. Maar haar verplichtingen komt ze na, tot in de slaapkamer. Onverwacht rolt hij zich naar haar om en pakt haar beet. Tijdens het vrijen vraagt ze zich af of ook hij vandaag al gemeenschap heeft gehad. Na afloop klemt hij zich aan haar vast en blijft doodstil liggen.

'Claire,' zegt hij, 'beloof me dat je je best blijft doen.' Een diep gesnuif bij haar schouder. 'Ik kan het niet verdragen onbelangrijk voor je te zijn.'

Een ongekend openhartig moment, *out of character,* in filmtermen, deze ontboezeming met de ruis van zijn adem tegen haar wang. Hoe moet ze zijn woorden interpreteren? Een verkapte schuldbekentenis, wroeging? Niet uitgesloten, diep van binnen is en blijft hij een moralist. Plotseling heeft ze met hem te doen en bijna zegt ze: 'Stil maar, het geeft niet.'

Ze knipt het bedlampje aan en zegt: 'Wat bedoel je eigenlijk?'

'Die onverschilligheid,' zegt hij.

Hij beschuldigt haar ervan dat ze hem op een afstand houdt, gebruikt woorden als 'kil' en 'down'. Zij vindt dat ze die aantijgingen niet hoeft te slikken. Zeker niet onder de tegenwoordige omstandigheden. Is dit politiek van zijn kant, het begin van een campagne: *ik vind je niks meer aan en dat is jouw schuld, dus als ik vertrek dan weet je waarom*? Ze begint hem te vertellen over haar alledaagse inspanningen en frustraties. De kinderen, het huis, de boodschappen, de eentonigheid, de stilte, haar geklungel als scenarioschrijfster en allerlei dingen waar hij geen weet van heeft. Onmiddellijk heeft ze er spijt van dat ze zich tot deze litanie vernedert.

Hij rolt van haar weg en kreunt, alsof hij een ondraaglijke pijn voelt.

Hij is geen slecht mens, denkt ze. Hij heeft bijna altijd gedaan wat zij wilde, en zijn ondergeschikten beweren dat ze hem mogen. Hij heeft zelfs vrienden. Zij is ook geen slecht mens. Gelooft ze.

'Je weet net zo goed als ik dat er iets anders speelt,' zegt ze tegen zijn gekromde rug. 'Verstop je maar niet achter *mijn* onverschilligheid. Als het niet goed gaat tussen ons...

'Dat zeg ik niet, het enige wat ik...'

'...Dan zou je dat eerst en vooral jezélf moeten aanrekenen. Maar weet je wat? Het maakt me niet uit. Het doet me niets meer. Het kan me helemaal niet meer schelen of en wat je voor me voelt. En jou interesseert het evenmin. Stop met huichelen, dat is het enige wat ik van je vraag. Stop met die hypocrisie. Ik wéét het allemaal toch al.'

Hij draait zich om. 'Wát weet je?'

'Leen!'

'Wat?'

Ze staart een poosje naar het plafond. Ze moet behoedzaam zijn: niets is zo zelfdestructief als de aanblik van naar medelijden hengelende zwakte.

'Je uitstapjes naar S.,' zegt ze

Hij is verbluft, sprakeloos. Dan stapt hij met een ruk uit bed en begint op blote voeten door de kamer te ijsberen. Stukje bij beetje legt hij uit dat hij sinds drie maanden naar een psychiater gaat, in S.

'Jezus, Leen! Ik had geen idee. Is zij...?'

Hij knikt.

'Waarom dan, wat mankeert je?'

Hij schudt zijn hoofd, met diepe rimpels boven zijn wenkbrauwen. 'Ik heb de laatste tijd soms het gevoel dat ik stik.'

Rechtop zittend en met haar armen over elkaar luistert ze naar hem. Nu tot haar doordringt wat voor catastrofale blunder ze heeft gemaakt, wenst ze bijna dat haar valshartige vermoedens alsnog bewaarheid worden.

'Ik kan niet meer in een lift.'

'Wat heb je dan?'

Van zijn lippen komt een gebroken gefluister. 'Ik durf het niet.'

Met zijn gezicht van haar afgewend vertelt hij dat hij op

kantoor in de lift stond en op het moment dat de deuren zich sloten overvallen werd door een aanval van angst. Hij kon geen adem meer krijgen, zijn hart sloeg op hol, zijn armen voelden stijf en pijnlijk aan. Dit is het, dacht hij, een infarct. Hij had zich in het ziekenhuis laten onderzoeken, voorbereid op slecht nieuws, maar alles bleek in orde.

De aanvallen van ademnood bleven echter komen en na een bezoek aan de huisarts had hij zich over laten halen zijn heil te zoeken bij een psychiater. De vrouw in S., een Amerikaanse, vertelt hij.

'Waarom heb je niks tegen me gezegd?'

Hij kijkt naar de deur, als een gevangen dier. 'Ik wilde je niet bezorgd maken... ik schaamde me.'

Nu beseft ze ook waarom hij er de laatste tijd zo slecht en zorglijk uitziet, onbegrijpelijk voor een man in de ban van een nieuwe liefde. Uitputting, had ze geconcludeerd. In fysieke zin door het behagen van zijn maîtresse, in psychische door het verraden van zijn vrouw. Stuk voor stuk verkeerde inschattingen van haar kant. Plot blijkt subplot, subplot*je*.

'Je had het me moeten zeggen. Lieverd...' Ze is bij hem komen staan en kust hem op zijn wang.

'Wat had ik moeten zeggen? Bovendien, zo gáát dat hier toch? Niets zeggen. Denken en zwijgen. Ik heb geen idee meer wat er in je omgaat, ik kan alleen maar gissen. Wat had ik verdomme moeten zeggen?! *Ik mankeer niks, maar ik ga gemiddeld twee keer per dag dood?*'

'Je had dat van die psychiater toch kunnen vertellen?'

'Dat had ik kunnen doen.'

'Wat zegt ze?'

'Ze luistert voornamelijk.'

'En wat zeg jij?'

'Een andere keer, goed?'

Ze omhelst hem, maar hij geeft niet mee. In die moeizame positie blijven ze als in een hoekig, modern ballet gevangen staan.

'Ze zegt dat we meer moeten praten.'
'Wij?'
Hij draait zich nu om en kijkt haar aan. 'Wij, ja.'

17

HET WEEKEINDE DAAROP ontvangen ze de nieuwe buren, John en Christine. Een jong stel, hij is eigenaar van een makelaarskantoor, zij ex-galeriehoudster, momenteel huisvrouw, met twee jongens, een van twee en een van vier, twee auto's, een Range Rover en een Lancia, een hond, een cockerspaniël, plus een intimiderende hoeveelheid levenslust.

Hij is een sportieve, hartelijke man met de gebaren van een judotrainer, zij een kleine vrouw met een onvergeeflijke felrode bril, maar ook een intrigerend littekentje op de binnenkant van haar pols. Aardige, fatsoenlijke mensen, belijders van de seriële monogamie ongetwijfeld, tot het tegendeel bewezen is. Ze schenken wijn in de kristallen glazen, serveren liflafjes van de traiteur. Het grote onthaal, het snuffelexperiment, de joie-de-vivrecompetitie, met als apotheose straks bij het afscheid voor het hek: de beste maatjes.

Tot die tijd verstrekken zij informatie over de scholen en restaurants in de omgeving en luisteren ze even geduldig als bezorgd naar de aankondiging van de grootschalige bouwplannen van hun nieuwe buren.

'Het huis gaat plat,' zegt John.

'Helemaal?' vraagt Leen.

'Tot en met de laatste steen.'

'Het is te klein,' zegt Christine.

'Je kunt er ook een stuk aanbouwen,' merkt Leen op.

'Dat loont niet, het dak en de serres moeten sowieso vervangen worden.'

'Maar waarom heb je het dan gekocht?'

'Voor de grond, de plek. De locatie is buitengewoon.'

'Er zaten toch ook scheuren in de muren?' haast Christine zich eraan toe te voegen.

John knikt.

'Wanneer beginnen ze?' vraagt Leen.

'Over een maand.'

'En waar gaan jullie tijdens de bouw dan heen?' mengt Claire zich in het gesprek.

'We hebben iets in O. gehuurd,' zegt Christine.

John en Christine, denkt ze, nog meer mensen om rekening mee te houden. Gaan door het leven zoals je een deur intrapt: aanloop nemen, schouder ertegenaan. Alles moet pasklaar zijn, maatcomfort, met over anderhalf jaar de bekroning van het werk: vier fullcolourpagina's zelfbevlekking in de *Vivenda*.

Er volgt een uitwisseling van beknopte cv's, vakantiebestemmingen, telefoonnummers en alarmcodes, voor je weet maar nooit. Nog meer wijn en hapjes, een verhandeling van John over parachutespringen, wat hij voor zijn plezier beweert te doen, dan de fotoalbums ter opluistering van de tips voor Bretagne. Ze kijkt naar Leen, die met twee Seresta's in zijn bloedbaan deze middagsessie zonder ademnood lijkt te doorstaan. Sinds kort is hij ook bang voor tunnels. Een vrees die hij nooit gekend heeft, die ook niet bij hem past. Hij is zachter geworden, blijkbaar ook iets wat vrees vermag, een weker mens van je maken, gevoeliger, als dat een juiste interpretatie is.

'Als iemand me vijf jaar geleden verteld zou hebben dat we hier zouden gaan wonen, dan zou ik hem voor gek verklaard hebben,' zegt Christine.

Blijkbaar brengt haar gezichtsuitdrukking Christine in verwarring, want ze voegt er snel, bijna verontschuldigend aan toe: 'Het is hier prachtig, heerlijk, maar ik ben altijd een stadsmens geweest. Komen jullie uit deze omgeving?'

'Nee,' zegt ze. 'We woonden net als jullie in Amsterdam voor we hierheen kwamen.'

'Echt?!' Christines verbazing heeft iets superieurs.

'Ja.'

'Verhuisd voor de kinderen?'

'Ook dat.'

'Je merkt gewoon dat ze ruimte nodig hebben, vrijheid.' Dat laatste woord spreekt Christine op een dubbelzinnige manier uit, ofschoon het niet bewust lijkt. 'Ik hoop dat het genoeg is,' zegt ze.

'Dat zíj hier gelukkig zijn, bedoel je?'

Christine knikt. 'Het is afwachten.'

'Ja,' antwoordt ze. 'Afwachten.'

Ellen is met de jongste van de twee kinderen van John en Christine in de keuken om limonade te maken, terwijl Bas de oudste in de tuin bezighoudt. In het grijze namiddaglicht schuift hij voorzichtig en geduldig de bal over het vochtige gras naar hem toe, complimenteus bij iedere actie, hoe onbeholpen ook, van zijn medespeler. Door de terrasdeuren kijken ze toe.

'Hou oud is Bas?'

'Achttien. Na de zomer gaat hij studeren.'

'Hij lijkt me een lieve jongen.'

'Dat is hij ook. Een hele lieve jongen.'

John mengt zich nu in hun onderonsje met een vraag over hoe die beroemde binnenhuisarchitecte ook al weer heet, en vanaf dat moment neemt het gesprek een vierstemmige wending. Meer en meer dreigt het langs haar heen te gaan. Ze moet zich moeite geven naar aanknopingspunten te zoeken.

Na een poosje excuseert ze zich en gaat naar de badkamer op de eerste verdieping. De deur van Bas' kamer staat open. Naast zijn bureau, in de zilveren hoes, staat zijn gitaar. Het geluid ervan was verstomd nadat het tijdenlang overal had geklonken. In zijn kamer, in de keuken, in de hal, op de trap, zelfs in de woonkamer wanneer zij en Leen televisiekeken. Live, of op de bandjes die hij ervan opnam en terugspeelde om zijn spel te beoordelen. Bas' aanwezigheid was zijn gitaarspel. Het bewijs van zijn bestaan, van zijn plaats in hun leven, zelfs als hij niet thuis was. Via 'Daytripper' en 'Come On' had hij tegen haar gepraat en zij had naar hem geluisterd, hun alternatief voor een gesprek. Nu hij niet meer speelde, was ze overgeleverd aan de stilte, sporadisch verstoord door het gekrijs van Gogol, dat klonk als de lach van een krankzinnige met levenslang. Alleen dat, en de geur van de wierook die hij zo nu en dan op zijn kamer brandde.

Ze wast haar handen en drinkt een glas water. Door het raam ziet ze Bas en het jongetje op de bank onder de takken van de grote eik zitten, afgeschudde eikels rond hun schoenen. Hun adem stoomt uit hun geopende monden als ze praten. Bas houdt de bal vast en laat hem tussen zijn vingertoppen ronddraaien. Het jongetje draagt een rode muts en wanten, zijn wangen gloeien na van de inspanningen in de kou. Ze zet het raam op een kier om te kunnen horen wat ze zeggen.

'... en het mooiste van de hele wereld?' vraagt het jongetje.

'Het mooiste?' Bas denkt even na. Ze kan aan zijn gezicht zien dat hij die onomwonden aanpak wel kan waarderen. 'Jeetje, wat een moeilijke vragen stel jij. Sommige muziek misschien.'

'De Liedjesspeeltuin?'

'Dat is ook mooi.'

'En het lekkerste van de hele wereld?'

'Gegrilde handschoen met ketchup en mayonaise.'

'Neehee!' Hij kraait het uit.

'En de liefste van de hele wereld?'

Hij blijft even zitten en staart naar de bal. Dan zegt hij: 'Kom, zal ik je leren koppen.' Hij staat op en laat de bal een aantal malen op zijn hoofd stuiteren.

'Ik ook!' roept het jongetje terwijl hij zijn armen in de schemering heft. 'Ik ook!'

Ze sluit het raam en plaatst haar handen plat op het marmer van de wastafel.

Toen Bas ongeveer zo oud als dat jongetje was, stelde hij dezelfde vragen. Het mooiste, het sterkste, het lekkerste, de liefste... Zelf kende hij het antwoord op al die vragen. Zij vond hem de liefste – én Ellen natuurlijk voegde ze daaraan toe. Hij vond haar de liefste – én papa en Ellen, fluisterde ze hem in. Hij beaamde het niet, maar sprak haar ook niet tegen. Zo stonden de zaken ervoor, ze wisten het van elkaar. Hij speelde ridder in zijn hut, zij vertelde hem over Joris die met zijn lans de draak doodde, en middag aan middag sjouwde hij met een te zware tak door de tuin op zoek naar het vuurspuwende monster. 's Avonds, wanneer ze hem naar bed bracht, deed hij haar wanordelijk maar minutieus verslag van zijn avonturen. Hij had de gave om volledig in zijn rol op te gaan, zij was er bedreven in zijn fantasie te stimuleren.

Maar ook zonder woorden was er dat bijzondere contact, blikken en glimlachjes die zij als enigen doorgronden, geheimen die zij deelden, allemaal onderdeel van de stille alliantie.

Ze vertelde het niet aan de andere moeders van de kleuterklas; zij zouden gereageerd hebben met verhalen over hún zonen, die broekenplassers met hun nietszeggende blikken. In stilte genietend volgde ze Bas met haar ogen over het schoolplein. En dacht: die kalmte, die wijsheid. Tevreden stelde ze vast dat hij zich afzijdig hield van de uitbundigheid, van de nerveuze aanstellerij om hem heen.

Ze zit nog steeds boven aan de trap en maant zichzelf op te staan, naar beneden te lopen. Maar haar lichaam luistert niet, ze blijft zitten en denkt aan dat littekentje aan de binnenkant van Christines pols. Galerie, bril, litteken: haar nieuwe buurvrouw lijkt iemand met een verleden. Beneden in de woonkamer klinken de stemmen van Leen en de nieuwe buren. Een ver gemompel met zo nu en dan een ijlere toon, stijgen en dalen, heen en weer, een melodie, een kabbeling.

Vroeger had Bas soms 's avonds laat op de trap gezeten, in zijn pyjama. Als ze naar de keuken ging of naar het toilet ving ze nog juist een wegschietende broekspijp in het trapgat op.

'Waarom zit je op de trap?' had ze hem gevraagd.

'Ik kon niet slapen.'

'Dan kun je toch naar beneden komen,' zei ze uitnodigend.

Hij knikte, maar hij kwam nooit naar beneden.

Later had ze de ware reden achterhaald. Hij zat op de trap om te luisteren, om hen af te luisteren. Hij wilde weten wat ze tegen elkaar zeiden als hij en Ellen er niet bij waren. Daarom ook had hij die babyfoon onder de bank in de kamer geplaatst, wat ze merkten doordat de hond zacht piepend en met een scheefgehouden kop naar hun voeten loerde, leek het, als naar het dwergkonijn. Zij, zijn ouders, hadden hem onzeker gemaakt. Hij was tot onzekerheid gedoemd geweest, denkt ze nu.

'Jullie verbergen iets voor ons,' was zijn verklaring voor de babyfoon.

'Je vergist je.'

'Jullie zijn ergens boos over.'

'We hebben geen ruzie.'

'Maar er is wel iets.'

Hij kon niets gehoord hebben, niets wat hem had kunnen verontrusten. Of het moest juist dat niets zijn, de stilte van hun avonden, die weigering woorden in te zetten, met die woorden te strijden.

Ze ziet hem nog voor zich, in zijn pyjama boven aan de trap, twaalf jaar oud, vol vermoedens, maar zonder begrip. Op zoek naar een waarheid, de ontmaskering van een leugen; op zoek naar de onthulling van een leven waar zijn ouders zelf niet veel meer van begrepen dan hij.

Ze moet nu echt opstaan en naar beneden gaan, maar de weerstand tegen die gedachte groeit met de minuut. De kamer binnenstappen lijkt iets onvoorstelbaars, een onmogelijkheid. En niet alleen vanwege Johns kalfsleren instappers met kwastjes.

Een zo aardig huis slopen, zonder spijt of aarzeling. Ze herinnert zich hun vorige buren, die stille, oude mensen. Hoe ze vroeger, bejaard toen al, hand in hand over het pad naar het bos liepen. Toen Bas een jaar of zes was, troffen ze op de terugweg van school een keer een grote doos met 'Voor Bas en Ellen' aan bij het hek. In de doos bevonden zich handbeschilderde houten auto's en treinen, blikken hondjes met een sleuteltje. Oud speelgoed dat vroeger van hun kinderen geweest moest zijn, en op een antiekbeurs nog een leuke som opgebracht zou hebben. Als tegenprestatie ging ze met Bas en Ellen bij hen langs, een grote bos bloemen in haar hand. Maar daar wisten ze niet goed raad mee.

Opeens mist ze die oude mensen, met wie ze, toen ze er nog woonden, vrijwel geen contact had. Met die keer dat ze langsging om ze te bedanken meegerekend, is ze maar twee keer binnen geweest. Ze weet dat het je reinste pathetiek is, maar hun afwezigheid voelt plotseling aan als een groot persoonlijk gemis.

Ze vallen langzaam stil, beneden in de woonkamer. De cadans is eruit. Dan gaat de deur van de woonkamer open en loopt Christine beneden haar door de hal.

Ze heeft de neiging, net als Bas vroeger deed, zich snel uit de voeten te maken. Ze wil het doen, ze kan het doen, maar toch werkt haar lichaam niet mee.

'O, zit je daar?'

'Sorry,' zegt ze.

'Geeft niks,' zegt Christine. 'Ik ben alleen op zoek naar de wc.' Ze blijft, hoofd in haar nek, onzeker staan. Christine lijkt heel ver van haar vandaan, haar stem klinkt alsof hij een enorme uitgestrekte ruimte overbrugt.

Kijk maar goed, Christine, denkt ze. Wie weet is dit voor het eerst een voorproefje van hoe het zou kunnen zijn: *vrouw, 43, rookster, drinkster, weinig hoop, nog minder verlangens, de pest aan hobby's, bartype maar te lui om erheen te gaan, zoekt langs deze haar onsympathieke weg...*

'Alles goed, Claire?'

Ze kan zich niet herinneren wanneer iemand anders dan

Leen haar voor het laatst bij haar voornaam heeft genoemd. De klank ervan vliegt op deze zaterdagnamiddag langs de schaduwen van de trap omhoog en beroert de donzige haartjes in haar nek.

'Nee,' zegt ze, waarna een stilte valt.

'Kan ik iets voor je doen?'

'Ik moest hier even blijven zitten. Ik...'

'Ik begrijp het, echt.'

Haar stem klinkt gevoelig, meelevend, op het dramatische af. Misschien heeft ze gisteravond een film over twee warme vrouwen gezien, denkt Claire, waarin de een de ander *erdoorheen sleept.*

'Denk je?' zegt ze.

Christine knikt overtuigend.

'Ik maak voortdurend blunders... Mijn specialiteit...'

'Leen vertelde net dat je de Filmacademie hebt gedaan. Mijn neef ook, Willem Pals. Ken je hem?'

Ze schudt haar hoofd.

'Hij zat waarschijnlijk in een ander jaar. Bedrijfs- en voorlichtingsfilmpjes maakt hij tegenwoordig.'

'Christine?'

'Ja?'

'Zorg dat je geen blunders maakt.' Prof. dr. Claire Laatop, de internationaal befaamde gedragsdeskundige en klimrozensnoeister aan het woord.

'Ik doe mijn best.'

'De deur naast de keuken.'

Christine verdwijnt met het getik van haar pumps uit haar gezichtsveld.

NA DE KENNISMAKING MET de buren verandert er iets in het hondenbos. Het is de manier waarop de vrouwen haar aankijken, zo mededogend, waarop ze met haar praten, zo bemoedigend. Waarschijnlijk heeft Christine, met haar cockerspaniël en de beste bedoelingen aan haar zijde, lucht gegeven aan haar bekommerdheid. Wonderlijk hoe de reuk van rampspoed iedereen opwindt. Mensen, wellevende, interpretatieve haaien. Eén druppeltje bloed in zee en ze beginnen te grijnzen.

'Het gaat geloof ik niet zo goed, hè?' zegt de manloze vrouw met de nurkse bastaardterriër en de te magere, lange benen.

'Hoezo?'

'Ik hoorde het,' zegt ze tegen alle gedragscodes van het hondenbos, want rechtstreeks én persoonlijk, in – ze woont dan ook in H.-Noord. 'En ik zie het al een tijdje aan je.'

Probleemgeval, de diagnose gesteld, de term gemunt.

Zonder iets te zeggen loopt ze nog een stukje mee. Haar keel voelt gortdroog aan alsof ze niet meer kan slikken. Laat ze barsten, denkt ze, allemaal. Ze zijn geen van allen de moeite waard, ze hebben nooit iets voor je betekent, ze betekenen nu ook niets. Als ze het paadje naar haar huis bereiken, groet ze beleefd en verlaat het bos. Ze loopt naar huis en voelt niets.

Laat die avond, zonder sterren of wind, is ze over het bedauwde gazon onderweg naar het schuurtje, de hond voor het laatste rondje van de dag in haar spoor. Laaghangende wolken. Ze bevindt zich op de grens van behaaglijk zweven. In gedachten neemt ze een voorschot op de lijst van handelingen, het geheime protocol: zonder licht te maken knielen bij de stellingkast, stukken krant tussen de flessen schuiven, doos zonder gerinkel oppakken, schuurtje uit, deur dicht, en dan de wandeling naar de container ter voltooiing van haar missie. Ze kan het dromen, dat abc van haar om de drie, vier dagen terugkerende, staatsgevaarlijke activiteiten.

Bij het binnengaan van het schuurtje voelt ze iets sponsachtigs onder haar rechterschoen en zodra ze haar linker- heeft bijgetrokken daaronder hetzelfde. Ze kan 'het' niet thuisbrengen en wacht even af. Dan is er de gewaarwording van beweging, van aanwezigheid. Haar gedachten raken in een verward en ongelijk gevecht verwikkeld met de stille duisternis. Ze voelt iets over haar schoenen kruipen, en weer iets anders haar enkel schampen. Hallucinaties, denkt ze, haar deliriumdebuut. Ze blijft doodstil staan en trotseert, zo goed en kwaad als dat gaat, de omstandigheden. Het zal zo wel weggaan. Na een seconde of wat verplaatst ze behoedzaam haar ene voet en weer trapt ze ergens op, gevolgd door een geluid alsof er iets vochtigs als een stuk overrijp fruit openbarst. Dan houdt ze het niet meer, ze begint te schoppen en te trappen, zo hard en onbesuisd dat ze haar tenen bezeert aan de stellingkast. Het lijkt alsof ze in slijk stampt, levende modder. Zodra de schreeuw in haar keel opwelt legt ze snel een hand over haar mond. In de vreemde afwachtende stilte die volgt hoort ze zichzelf hijgen. Ze tast naar het knopje en het volgende moment onthult het licht van de lamp ze: zestig, zeventig donker glanzende, parende padden. Ze krioelen langs en over elkaar heen. Met hun vochtige, langgerekte poten klimmen ze over de opengebarsten lijven van de exemplaren die ze met haar schoenen vermorzeld heeft. De deur van het schuurtje staat nog open en is, schat ze, anderhalve meter bij haar vandaan. Wil ze hier wegkomen, dan zal ze nog minstens één stap binnen het schuurtje moeten zetten. Ze zal op de padden moeten stappen om buiten te komen.

ZE OPENT EEN VERHUISDOOS en gaat op zoek naar borden en kopjes van haar oude servies, maar onder het dunne pakpapier treft ze slechts glazen aan, wijnglazen, bierglazen, sherryglazen, een even compleet als overbodig assortiment.

'Wat zoek je?' vraagt Bas vanaf zijn plek op de brede vensterbank. Hij plukt vergeelde blaadjes van de ficus die voor hem staat en gooit ze door het geopende raam naar buiten.

'Servies. Ik weet zeker dat het in een van die dozen moet zitten.'

'Je hébt toch servies?'

'Dat stond er al toen ik hier introk, samen met die roestige wok. Maar nu ik jou op bezoek heb, wil ik iets beters... Het moet er ergens tussen staan.'

Zijn vingers bevoelen de aarde in de pot. 'Hij staat droog.'

'Het is een taaie, de laatste. Er stonden er vier, ik weet niet hoe het komt, maar ik vergeet iedere keer weer ze water te geven.'

'Je planten in de tuin vergat je anders nooit.'

'Bijna nooit,' zegt ze.

Hij staat op en vult in de keuken een fluitketel en vervolgens begiet hij met kleine beetjes tegelijk de plant. Daarna draait hij hem een halve slag, naar ze vermoedt om de meest behoeftige zijde wat extra licht te gunnen. Hun blikken kruisen elkaar en op dat moment ziet ze zichzelf gespiegeld, dezelfde aarzeling, dezelfde rusteloze onzekerheid. We improviseren maar wat, denkt ze, wij beiden. Ze trekt een rechthoekig voorwerp uit de doos. Als ze het van het pakpapier heeft ontdaan, onthult ze een dienblad met een lijst van schelpen. Ze houdt het omhoog. 'Kijk. Volgens mij heb jij die rand er nog op gemaakt.'

'Dat was een andere.'

'Nee toch? Je had er speciaal lichtkleurige schelpen voor gezocht, volgens mij is het echt...'

'Deze,' interrumpeert hij haar, 'is níet van mij.' Even vlamt er iets opstandigs in zijn ogen, alsof hij er nog iets aan toe wil voegen, iets wezenlijks dat hem hoogzit, maar hij laat het hierbij. Uit consideratie, daar laten zijn spottend omhoog verende mondhoeken geen twijfel over bestaan. 'Zoek het een, vindt het ander,' zegt hij. 'Dat is het stokpaardje van de man die daar in de bieb werkt. Een interessante vent, hij is ooit in de Kaukasus verdwaald. Het sneeuwde twee dagen achter elkaar, toen het eindelijk ophield, wist hij bij god niet meer waar hij was. Na nog een dag lopen bereikte hij totaal gedesoriënteerd een hut, en daar vond hij een oude kaart van het gebied. Dat ding viel bijna uit elkaar, maar het lukte hem toch om zijn positie ermee te bepalen. Toen hij weer terugkwam in het plaatsje waaruit hij vertrokken was, ontdekte hij dat het helemaal geen kaart van de Kaukasus was, maar van het Atlasgebergte.'

'De Hongaarse verkenners,' zegt ze.

'Wat?'

'Het lijkt exact op het verhaal over de verkenners die in de Eerste Wereldoorlog de weg kwijtraakten. Er is ook een gedicht over gemaakt. Ken je dat niet?'

'Hij heeft het óók meegemaakt.'

'Blijkbaar.'

'Hij is geen man die zoiets zou verzinnen.'

'Jij kent hem.' Ze legt de spiegel terug in de doos. 'Waarvoor zit hij daar eigenlijk?'

'Dat heeft hij me niet verteld.'

'Niet nieuwsgierig?'

'Jawel, maar als hij er zelf niet over begint, vraag ik niets.'

'Ik geloof niet dat ik dat zou kunnen, zoveel zelfbeheersing opbrengen.'

'Nee, dat denk ik ook,' zegt hij.

Nu vindt hij haar ongetwijfeld een trut, denkt ze. Misschien heeft hij gelijk, maar die schelpenrand op het dienblad hééft hij gemaakt.

'Ik geef het op,' zegt ze met een luie zucht, en sluit de doos. 'Ik heb trek in een kop thee.' Het gevoel te improviseren heeft haar nog niet verlaten.

18

ZE STAAT ACHTER in de tuin, bij de scheidingsmuur, en snoeit de klimroos, oud en met knoestige stam, die zich vastklampt aan de verweerde stenen en de dichte begroeiing van de klimop in slingert. Met de schaar bevrijdt ze langzaam, knip voor knip, de roos uit de wurggreep. Het is eind maart, een van de eerste milde, zonnige dagen. Ze ervaart die jaarlijks terugkerende overtuiging dat het leven weer helemaal opnieuw begint. Ze hoeft dit niet te doen, volgende week komt het hoveniersbedrijf, drie man sterk, en die kunnen het allemaal sneller en beter. Toch doet ze het – omdat het haar plezier schenkt. Omdat ze het aan de roos, die al op deze plek groeide toen zij negentien jaar geleden hier kwamen wonen, verplicht is.

Als ze zich omdraait ziet ze hem staan, Leen, binnen in de woonkamer. Door de terrasdeuren kijkt hij naar haar, zijn gezicht badend in een poel van voorjaarslicht. Hij moet net thuisgekomen zijn, aanzienlijk vroeger dan gewoonlijk. Blij verrast steekt ze haar hand op, maar in plaats van terug te zwaaien buigt hij het hoofd tussen een weerspiegeld netwerk van takken en zachtblauwe hemel. Anthony Hopkins, denkt ze, als Nixon na zijn impeachment. In de greep van een alarmerend voorgevoel loopt ze naar het huis.

Met gebloemde werkhandschoenen aan haar handen en in een oude trainingsbroek trotseert ze hem, én zijn jobstijding.

'Ik ga weg,' zegt hij. Donkere kringen tekenen zich af onder zijn ogen.

'Waarheen?'

'Voorgoed.'

'O.'

Buiten, achter het glas, zeilt een zwerm schel kwetterende spreeuwen schuin tegen de wind in.

'Ik kan niet meer verder zo, Claire. Het spijt me.'

'Heb je een ander?'

Hij schudt het hoofd. Boven op Bas' kamer schreeuwt Gogol in zijn kooi. Daarna is het doodstil, de stilte nadat de dokter zijn 'opereren is zinloos' heeft gesproken.

'Waar ga je heen?' vraagt ze op fluisterende toon.

'Ik kan iets huren, in H..' Hij trekt zijn vingers omlaag langs zijn wangen, de huid van de oogkassen rekt even mee.

'Wanneer?'

'Vandaag.'

De crisis waarvoor ze zich geplaatst ziet drijft haar naar boven, naar dat deel van het huis waar hij niet is. Waar niemand is. De deuren van de slaapkamers van de kinderen staan open, met hun spullen op hun vaste plaats, alles schoon en stofvrij. De bedden zijn opgemaakt, de vertrouwde geuren in de kasten bewaard, ze kunnen er zo weer intrekken. Maar ze komen niet terug.

In haar eigen slaapkamer, aan de deur van de kast, hangt het heden, in de vorm van een nieuw donkerpaars mantelpakje, de kaartjes er nog aan. Voor vanavond gereserveerd, hun avondje uit, een diner in Amsterdam, daarna naar de tweede voorstelling. Op bed ligt een zwarte panty in cellofaan, ook voor vanavond. De beslissing over de te dragen bloes zou ze af laten hangen van haar stemming tijdens het aankleden. In de kastspiegel ziet ze zichzelf, in die oude werkkleren en met die handschoenen, een belachelijke lok op haar voorhoofd, een aardeveeg op haar wang. Als ze eropuit zou zijn geweest, had ze niet onvoordeliger voor hem kunnen staan. Je zou je toch minstens op zo'n moment moeten kunnen kleden. Ze trekt de handschoenen uit en neemt het prijskaartje dat aan de mouw van het pakje hangt tussen haar vingers. Veel te veel heeft ze ervoor betaald, 1950 gulden, bij een winkel in de P.C. Hooftstraat. Wat een geld, wat een afzetters! Hoe heeft ze zo impulsief en spilziek kunnen zijn? Zo gaat ze nog even door, scherend langs de periferie van de situatie, de bijkomstige details, een beproefd middel om haar bewustzijn nog even te ontzien. Uitstel, kop in het zand, ik tel eerst tot tien.

Maar hij gaat, al telt ze tot elf, dat is zeker. Hij is niet iemand die van eenmaal genomen besluiten af te brengen is. Niet dat ze dat zal proberen. Ze voelt zich verward en angstig, maar hun scheiding is geen verrassing. Ze hebben deze beslissing al stukje bij beetje genomen, in jaren van besluiteloosheid, door alles op zijn beloop te laten, genoegen te nemen met steeds een beetje minder. Zachte landing, de weg van een geleidelijk oplopende inflatie. Scheiding in termijnen.

Vaak genoeg heeft ze zich dit moment voorgesteld, maar altijd was zijzelf en niet hij het die het initiatief nam. Onnozel natuurlijk, in vrijwel alles is ze tekortgeschoten, altijd kwam ze te laat, waarom nu dan niet? Dat hij haar voor is, ligt, nu het zover is, geheel in de lijn der verwachtingen. Waar had ze in godsnaam nog op gewacht, vraagt ze zich af. Bas had onderdak gevonden in Groningen, Ellen was voor een jaar opgenomen in het door een bureau geselecteerde gastgezin in Maine om iets van het Amerikaanse leven en onderwijs te proeven. De ideale omstandigheden, zou je zeggen, gunstiger kon niet. Niets om voor te zorgen, niets om voor te blijven, zelfs niet voor de hond, want die had, inschikkelijk als hij was, een paar maanden terug de wijk genomen naar de eeuwige jachtvelden.

Na al dat afwachten was ze toch nog te laat. Het trutje dat zich van de set liet sturen. Wat bevrijding had kunnen zijn, draaide uit op capitulatie. Dat was de waarheid; als vanouds niet erg hulpvaardig.

Buiten slaat het hek met een metaalachtige tik dicht. Door het slaapkamerraam ziet ze Thomas, de oudste zoon van John en Christine, op zijn gympen aan komen huppelen. Hij passeert de garage en bukt zich bij een van de coniferen langs het gazon om zijn plastic bal, wit met zwarte blokken, te pakken. Het komt vaker voor dat hij hem over de muur schiet, soms haalt hij hem op, soms niet en ligt de bal uren in hun tuin, net zo lang tot een van hen hem retour afzender lanceert.

Zo'n zelfde bal was jaren geleden het middelpunt van een klein drama. Ze maakten met de kinderen een strandwandeling op een dag met fel zonlicht dat het zand en het helmgras op de duinen met een ongewone helderheid verlichtte. De lucht maakte rusteloos en leek de komst van warmer weer aan te kondigen, maar op dat moment liepen ze op hoge schoenen en met dikke sjaals om hun hals in de oostenwind, die als een mes door de ijskoude lucht sneed en Bas' bal met grote snelheid naar open zee joeg.

Ze stonden met zijn vieren naast elkaar langs de waterlijn, eendrachtig in het verlangen naar een wonderbaarlijk meteorologisch staaltje dat de wind zou doen keren, lang en machtig genoeg om de bal bij Bas terug te bezorgen. Maar hij raakte steeds verder van hen verwijderd. Bas, een jaar of vijf, zette het op een huilen. Ze probeerden hem te troosten, eerst zij, toen Leen, maar zonder resultaat.

'Hij moet terug,' schreeuwde hij alsmaar. 'Terug! Terug! Terug!'

Hij keek hen daarbij smekend aan, maar een duik in zee behoorde gezien de temperatuur en de inmiddels onoverbrugbare afstand niet tot de mogelijkheden. Zijn ouders waren geen van beiden Kanaalzwemmers.

'Dat gaat niet,' zei ze.

'Het moet!' In zijn stem klonk eerder paniek dan dwingelandij door.

'De wind staat verkeerd,' zei ze. 'Het is de wind.'

Met zijn kin diep in zijn jaskraag begraven, volgde hij hen terug naar de parkeerplaats. Ze reden naar Zandvoort en kochten een identieke bal, terwijl Bas al die tijd volhardde in zijn gesnotter, zelfs nog nadat ze hem de nieuwe bal in zijn handen drukten.

'Het is precies dezelfde,' zei Leen.

'Ik wil hem niet.'

'Wat mankeert die jongen toch?'

'We kunnen terug naar het strand gaan, als je dat wilt,' stelde ze voor. 'Om verder te voetballen.'

'Neehee!'

Het opperen van die mogelijkheid maakte nog meer verdriet in hem los. Met hem in tranen, werkelijk buiten zinnen, ongewoon voor hem, die zich zelden aanstelde, zeker niet lang, keerden ze terug naar huis.

Achter haar wordt de deur voorzichtig geopend en in de spleet die ontstaat verschijnt Leen, afwachtend, onzeker, met diepe schaduwen onder zijn neus en ogen.

'Ik wil even een paar spullen pakken.'

Aan zijn hand hangt de kalfslederen reistas die zij hem drie jaar geleden voor zijn verjaardag cadeau deed. Ze knikt en hij stapt naar zijn deel van de kastenwand om een van de laden te openen.

'Kan ik helpen?'

Hij schudt zijn hoofd, met zijn rug naar haar toe, een beschaamde, kleine jongen die zich niet durft om te draaien.

'Claire,' zegt hij zacht, 'ik...'

'Nee!' zegt ze.

Hij zwijgt en laat een paar door haar opgerolde sokken in de tas glijden. Ze probeert zich voor te stellen welke indruk dit alles zal maken over twintig jaar. Maar haar verbeeldingskracht schiet tekort. Bijenkorf, denkt ze, twee paar voor negentien gulden negentig.

'Weet je nog dat Bas zijn bal in zee raakte en wegwaaide,' zegt ze, 'die keer dat hij zo vreselijk gehuild heeft?'

'Wat? Wanneer?'

'O, een eeuw of twee geleden... hij was een jaar of vijf. Er stond veel wind die dag, oostenwind...'

Hij knikt nu, maar ze weet niet zeker of hij het zich herinnert.

'Weet je waarom hij zo huilde?'

Ze wacht net zo lang tot hij zich omdraait.

'Claire...' Hij doet twee stappen in haar richting.

'Hij vond het zielig voor die bal. Weken later had hij het er nog over. En dan vroeg hij mij of ik dacht dat de zeemonsters die bal zouden aanvallen, of de bal ooit weer ergens aan zou spoelen. En dan zei ik dat ik dat laatste dacht. Misschien was het al gebeurd. "Waar dan?" vroeg hij. Ik zei dat ik dat niet wist. En dan liet hij me hem bezweren dat die bal niet meer in zee dreef.'

'Luister even naar me, toe nou...' Er blinken tranen in zijn ogen als hij zijn hand op haar schouder wil leggen, maar ze slaat hem weg en loopt naar het raam. Boven de bomen hangt een melkachtig licht, diepe schaduwen omzomen het gras. Licht en donker, scherpe, precieze lijnen die orde moeten voorstellen.

'Ik vertel je iets!' zegt ze met haar gezicht naar het raam. 'Dat vond hij het ergste, dat was zijn grote zorg, die bal alleen op zee.'

'Ik bel je vanavond,' klinkt het achter haar. 'We moeten praten, ik weet hoe je bent.'

Ze legt haar hand op haar buik. Dik, is het woord dat bij haar opkomt, dik en vetrol.

Achter haar gaat de deur met een zachte fluistering dicht.

Geen tranen, denkt ze. Ook al zijn we nog zulke grote lafaards, geen tranen.

ZE KOOPT EEN PAKJE sigaretten in de lobby van het hotel en slentert een poosje rond. Zowel de bar als het restaurant maken op dit middaguur een uitgestorven indruk. De crew en cast zijn op de set, de toeristen snellen over de autoroute, jagend op kilometers. Een meisje met een lichtblauw schort komt uit het herentoilet. Vermoeid duwt ze een emmer op wieltjes met een zwabber erin voor zich uit. Dat moet vreselijk werk zijn, werk dat Claire dat meisje zou willen besparen ware het niet dat haar eigen werk op dit moment ook weinig aanlokkelijk is.

Weer terug op haar kamer demonteert ze een ballpoint, en legt de onderdelen naast elkaar op tafel. Ze bekijkt ze aandachtig. Daarna legt ze ze in steeds wisselende volgorde neer. Een minuut of tien gaan voorbij. Dan drukt ze op een toets van haar laptop en het volgende moment springt het beeldscherm aan. Even ziet ze slechts heldere lichtpatronen over het scherm rondspringen, zonder dat ze iets betekenen. Dan leest ze een naam die ergens in haar hoofd aanslaat.

Vera gaat de grote tent voor château De la Serre binnen. Zonder Rogier, want die is op dit moment samen met de gids op pad. Zwetend en hijgend volgt hij een stroompje waar reusachtige sparren langs de oever gedijen en... Nee, ze blijft bij Vera, want in de tent gaat juist de ceremonie van start. Sam, een bloemenkrans om de nek, zit op een troon zonder poten op een met kleurige tapijten en doeken bekleed podium. Zijn stralende zelfgenoegzaamheid hangt als een rijpe vrucht aan de boom. Naast hem staat een groot portret van Sai Rupa, eveneens getooid met zo'n krans. Vier volgelingen, vooruitgegaan door de nog steeds uitgelaten huismuzikanten met hun belletjes en trommels, dragen een houten beeld binnen van Radha, de metgezellin van Krishna. Op het podium wordt het met een melkachtige vloeistof overgoten en gewassen. Sam, een microfoon losjes in de hand, voorziet de gewijde handelingen van uitleg. Een meisje droogt intussen het beeld grondig af met een doek, iedere beweging even devoot als gelukzalig.

Iedereen is zo rechtschapen en zo vol goede wil dat bij Vera de aanvechting groot is om eens flink aan het schreeuwen en drinken te slaan, of een Argentijnse ribeye van ruim een pond naar binnen te werken. Dat gevoel wordt niet minder als twee aan twee de in de echt te verbinden paren hun opwachting maken. Schoongeboend met zelfgemaakte lavendelzeep en in smetteloze gewaden gestoken begeleiden ze vocaal de muzikanten. Met tersluikse blikken op hun onzekere familieleden nemen ze op gelijke afstand van elkaar plaats op het podium.

Vera kijkt naar de andere ouders, die op de houten banken bij het podium zitten of, net als zij, ergens achteraf staan, verbannen naar de schaduwrijke plekken van mislukking en familieschande. Ze kan zich een aardige voorstelling maken van wat er op dit moment door hun hoofd speelt, op de drempel van de huwelijksinzegening van hun kinderen, een verbintenis die niet uit liefde maar op voorspraak van Sam tot stand is gekomen. De uitverkorenen, de geselecteerden, die vanaf vandaag als man en vrouw in het klooster mogen leven. Gezegende baby's, zieltjes, de volgende schrede op het spirituele pad, zo heet het. Nóg een sprong in de richting van de afgrond, wat hun ouders betreft.

Een week eerder: een telefoongesprek tussen Vera en Marieke.

'Houd je van hem?' vraagt ze haar dochter door de telefoon.

'Hij is een goed mens,' antwoordt Marieke.

'Maar dat is toch niet genoeg?'

'Wij zijn verenigd in een ander soort liefde, ma.'

Tijdens het echte telefoongesprek, dat model staat voor het fictieve in het script, weigerde Bas in te gaan op de gevoelsmatige aspecten van zijn huwelijk. 'Ik hoef me niet te verantwoorden.'

'Dat vraag ik ook niet van je,' zei ze. 'Maar je begrijpt, hoop ik, toch wel dat je vader en ik nieuwsgierig naar je motieven zijn.'

'Het heeft geen zin,' was zijn antwoord. 'Jullie staan erbuiten.'

Met de telefoon tegen haar oor dacht ze even over zijn woorden na.

'Ik zie niet in hoe wij, wanneer jij aankondigt te gaan trouwen, níet betrokken zouden kunnen zijn. Het kan toch gewoon niet anders dan dat wij dat wel zijn, of ons dat in ieder geval *voelen*.'

'Je begrijpt het niet, je kúnt het niet begrijpen.'

Jij staat erbuiten. Je begrijpt het niet. Ze was geschokt. Waar stond zij volgens hem en volgens zijn meesters buiten? Buiten het nemen van een van de ingrijpendste beslissingen in zijn leven? Zijn vader noch zij, ook al is hun huwelijk op de klippen gelopen, achtte zich een buitenstaander, onbevoegd tot begrip en advies. Dacht hij werkelijk dat zij niet competent genoeg waren om iets zinnigers over de liefde te berde te brengen dan hij, de deeltijdhindoe van 21 jaar oud? Dacht hij soms dat het hun niet toekwam om op een conventionele manier zijn aanstaande bruid te leren kennen? Wat zou hun meer toe kunnen komen, nu hij hen, ingeruild voor de foto van een wildvreemde, overleden man in een jurk, alle eenvoudige pleziertjes van het ouderschap had ontnomen – waarop hadden zij meer recht dan zijn inzichten over dat huwelijk in klare taal te vernemen? Ze was furieus door de stommiteit die hij in haar ogen op het punt stond te begaan, maar meer nog door de minachting voor haar en zijn vader die uit zijn woorden sprak.

'Hij houdt ons overal buiten,' zei Leen. 'Wanneer heeft hij voor het laatst iemand mee naar huis genomen?

Dat was waar, al geruime tijd was dat niet gebeurd. Aan de andere kant, de vegetarische, mediterende yogavrienden van je zoon in huiselijke kring ontvangen... je moest wel bijzonder ruimdenkend zijn als ouders om je erover te beklagen dat dát niet plaatsvond.

Ze steekt een sigaret op en zet de ballpoint weer in elkaar. Met zijn eerste meisje was niets, maar dan ook niets mis. In gedachten ziet ze haar voor zich, Maaike, een blond, robuust kind met opvallend lichte ogen waarin haar opgewektheid schitterde. Ze woonde ook in B., waar haar vader in de winkelstraat een wijnhandel uitbaatte, iets dat voor haar sprak, vond ze. Als Maaike en Bas de hond samen uitlieten bleven ze uren weg. De meeste tijd zaten ze op een bankje, terwijl de hond aan hun voeten op een tak lag te knagen. Iemand had haar verteld dat ze elkaar kusten. Prima, dacht ze, er gaat niets boven een ouderwets heteroseksuele start.

In die tijd groeide hij snel, een dun snorretje tekende zich af boven zijn lip, zijn schouders werden breder en ronder, zijn huid verloor zijn zachtheid. En ook zijn stem was al aan het veranderen, er ontwikkelde zich een nieuw, onbekend geluid, waarin ze zijn buien opnieuw moest leren onderscheiden.

Na Maaike was het een lange tijd stil aan het liefdesfront, de meisjes die daarna volgden waren van een heel ander kaliber. Fronsende gevallen met bleke gezichten, zulke scharminkels dat je ze pas opmerkte als ze een jas aantrokken. Chronische binnenzitsters die de indruk wekten dertig dagen per maand te menstrueren. Ze voelden zich tot Bas aangetrokken alsof hij een schat in zijn bezit had, een bepaald soort kennis, alsof hij, hij alleen, in staat was hun onmatige ernst op waarde te schatten.

Het viel moeilijk uit te maken hoeveel hij om die meisjes met hun levenloze vale tint gaf, hoeveel intense hartstocht erbij kwam kijken. Maar op een van hen, een meisje uit H., dat zij overigens nooit gezien heeft, moet hij bijzonder verliefd zijn geweest. Op een spoorviaduct niet ver bij haar huis vandaan, had hij haar zijn liefde betuigd. 'Jiske, ik hou van je!' In grote witte verfletters. Jarenlang was zijn hartenkreet voor iedere willekeurige passant zichtbaar, en misschien nog steeds.

Toen Jiske het met hem uitmaakte was hij wanhopig. In stilte onderging hij zijn afwijzing, zonder verhaal te halen, zonder woede. Hij heeft haar nooit iets aangedaan. Geen van zijn meisjes heeft hij ooit een haar gekrenkt. Niet een!

En als kind heeft hij ook geen kikkers opgeblazen of jonge poesjes in de droogtrommel gestopt. Aan geen van die walgelijke clichés beantwoordt hij. Zelfs een bovenmatige, tot frustraties en wat al niet meer gedoemde geldingsdrang was hem vreemd. Niet hij, maar zíj, zijn moeder, hield destijds zijn positie in de populariteitstoptien nauwlettend in de gaten. Met zorg kocht ze kleren voor hem, met borduursels versierde spijkerbroeken, de betere merken – een must, veronderstelde ze, op een school waar kinderen 's ochtends in Jaguars en Landrovers arriveerden – met schapenvacht gevoerde jacks, halfhoge suède laarzen, een mix van artistiek en peperduur, zijn entreekaartje hoopte ze tot de interessantere sociale regionen van de school. Die hij zelf niet bleek te zoeken.

Ze herinnert zich het hemelsblauwe donsjack waarin ze hem zo onweerstaanbaar knap vond. Op een dag zag ze hem met dat jack aan bij het schuurtje staan. Hij sloeg er met een balk tegenaan. Er woei een stevige wind en om zijn benen stoven goudgele bladeren omhoog. Het jack stond open, hij droeg gevoerde laarzen, en hij sloeg aan één stuk door met de balk tegen het schuurtje. Splinters en verfbladders vlogen in het rond. Het geluid van zijn klappen verwaaide dof en gebeten onder de bomen. Door het raam keek ze naar hem hoe hij uithaalde, opnieuw en opnieuw.

19

OP DE DAG DAT de verhuizers het huis ontruimen, loopt ze nog een laatste maal door de tuin. Ongerijmde glinsteringen en geuren, de frisse, zachte lucht die ze inademt en waar ze niet op voorbereid lijkt, vinken die af en aan vliegen tussen de borders en hun nesten in de struiken.

Ze neemt de delicate bloemetjes van de grote gele brem tussen haar vingers en buigt zich voorover om eraan te ruiken, maar de verwachte herkenning blijft uit. Dan laat ze haar hand langs de gladde stam van de eik glijden met aan de achterkant het verweerde plankje en de roestige schroef, rudimenten van Bas' oude boomhut. De planten, de bomen, de vogels, alles zo volmaakt en teder onverschillig over hun vertrek.

Goedgeluimde jongemannen in azuurblauwe poloshirts duwen karretjes met stapels dozen erop naar de vrachtwagen op de oprijlaan. Haar en Leens spullen verdwijnen gezamenlijk in de laadruimte, een laatste samenzijn van de materie, waarna ze op verschillende tijdstippen en plaatsen uitgeladen zullen worden. Groene stickers voor haar dozen, rode voor die van Leen. *If you come to a fork in the road, take it.*

Ze kijkt van buiten naar binnen, naar de kamer waar ze 's nachts in haar eentje zat te lezen, waar ze Ellen de fles gaf, waar ze samen met Bas onder begeleiding van Michael Jackson wilde danspasjes oefende, waar ze met zijn allen naar de televisie keken, de vriendinnen van Ellen in hun geplooide hockeyrokjes cola op de overwinning dronken, Bas en zijn vriend Mart, hun lange benen over de stoelleuningen, met gesloten ogen naar oorverdovende muziek luisterden, Leen op zijn knieën het ontsnapte dwergkonijn achtervolgde, waar zieken verzorgd werden, ruzies uitgezwegen.

In deze kamer, waar de gesleten jaren dicht opeengepakt stonden, naakt en schaamtevol als de opgestapelde dozen, hadden ze meer dan waar ook hun sporen achtergelaten. De vlekken op de vloer, de krassen in de deuren, de bleke rechthoeken en de haakjes in de muren. Causa finita.

Ook een manier om je je leven te herinneren, denkt ze. Zoals een film wordt opgenomen, niet chronologisch het verhaal volgend, maar per locatie, de *shooting list*. Alle scènes die zich in de huiskamer afspelen achter elkaar in vier dragen draaien. Overzichtelijk, tijdbesparend, omdat je niet met apparatuur hoeft te sjouwen. De logica van het verhaal ondergeschikt aan de praktische voordelen van het productieproces. Acteurs die van het ene in het andere pak schieten, vierendertig minuten nadat ze de sterfscène van de vader spelen doen ze de scène waarin ze samen, hij leeft nog, met de kinderen de lampionnen voor Sint-Maarten ontsteken.

Huwelijk, scheiding, geboorte, dood, zonder begrijpelijk verband, in een door de efficiency gedicteerde volgorde.

Alle scènes bij de grote eik.

Alle scènes in de slaapkamer.

Alle scènes aan het strand.

Alle scènes in de auto.

Ze staat op een afstandje en laat haar blik dwalen langs het rieten dak en de bakstenen van de muren, bontgevlekt met schaduwen van bladeren en takken, almaar wiegend. Dit is ons huis, denkt ze, ons huis zonder ons. Het houtwerk is geverfd, het gazon gemaaid, het onkruid gewied. De vrucht van hun jarenlange ijver, ingezet om de buren op een acceptabele manier de ogen uit te steken. Op de puinhopen van hun huwelijk zou menigeen maar wat graag verder gaan, vermoedt ze. Een ander zou de voordelen zien, de mogelijkheden, waar zij slechts de uitzichtloosheid waarnamen.

Ze had verwacht dat het erger zou zijn, ze had verwacht dat twintig jaar huwelijk een destructieve lawine zou veroorzaken op het moment dat ze zich aan de laatste afdaling waagde. Maar er komt niets omlaag, er wordt niemand meegesleurd of bedolven. Het voltrekt zich allemaal uiterst ordelijk en geruisloos als zij het tuinhek achter zich sluit. Op die ene rauwe kreet van waanzin uit de voordeur na. 'Ben je boven!'

Eerst ziet ze de kooi, de weerkaatsing van zonlicht op de vergulde tralies die als een zwaard door haar ogen snijdt, dan de verhuizer, de jongste van het Top Movers Team, met Gogol voor zijn azuurblauwe borst. Hij komt op haar toe en blijft met de kooi tussen hen in staan.

De groengele vogel zit op zijn stok en tuurt wantrouwig naar de bomen. Geen seconde heeft ze zich afgevraagd wat er met hem moet gebeuren. Zij voelt helemaal niets voor het beest, zij is wel de laatste die verantwoordelijkheid opgedrongen zou mogen worden.

'Was u hem vergeten?' vraagt de jongen glimlachend. Hij loopt met haar mee en plaatst de kooi op de passagiersstoel van haar wagen. Onder een huif van takken en bladeren rijdt ze langzaam weg, met in de lucht vogelzang en de even onverzettelijke als saamhorige ruis van het natuurlijke buitenleven: motormaaimachines, bladblazers, kettingzagen, kantsnoeiers, een mechanisch afscheidslied uit de wijde wereld van Hendrik-Jan de Tuinman. Als ze het spoor oversteekt en de gemeentegrens passeert, de laatste reden ooit terug te keren achter zich latend, kijkt ze naar opzij.

Hij trekt een geschubd pootje op, zijn harde snavel op haar gericht. De pupil in het oranje oog krimpt tot een speldenpunt.

'Stom beest,' zegt ze.

Hij gromt zachtjes terug van achter de tralies. Hij gromt naar haar als een hond.

'Ben je een beetje gewend in de grote stad?' vraagt Bas.

'Ik ben thuis,' zegt ze, en begint op de toon van een verkooppraatje aan een opsomming van alle geneugten die haar sinds ruim een jaar ten deel vallen. 's Ochtends om de hoek ontbijten met verse cappuccino en croissantjes, over straat lopen, etalages bekijken, tentoonstellingen bezoeken, naar de bioscoop gaan.

'Vooral dat,' zegt ze. ''s Middags een bespreking in de krant lezen en nog diezelfde avond de film zien.'

Ze vertelt niet dat ze, als ze uit de eerste voorstelling komt en in haar eentje over straat loopt, een gevoel van onbehagen toeslaat. De taxi's, de trams, de restaurants, de drinkende mensen achter de caféramen, het in neon gedrenkte dynamische stadsleven met zijn onuitputtelijke mogelijkheden en verwachtingen jaagt haar vrees aan. En als ze op stijve benen de drinkende mensen achter de ramen van de cafés passeert, moet ze zich bedwingen om niet te gaan rennen. Snel terug naar huis, voor de stenen duisternis haar zal bedelven, verstikken als de zware hand die een zwemmer onder water houdt.

'Het is echt heerlijk,' zegt ze. 'Iedere dag opnieuw.'

'Mooi,' reageert hij. 'Vinden wat je zoekt.'

Het meest angstwekkend vindt ze de mannen en vrouwen van haar eigen leeftijd, opgedirkt, op hun bevalligst gekleed, onderweg om ergens, vermoedt ze, tevergeefs op iemand te wachten.

'En jij?' vraagt ze. 'Waar zoek jij naar?'

Zijn ogen draaien van haar weg en daarna naar haar terug – alsof hij niet verwacht dat hij haar nog ziet de tweede keer dat hij haar aankijkt. 'Dat vind ik moeilijk te zeggen. Misschien naar iets waarin ik vertrouwen kan.'

'Mediteer je nog steeds?' Ze brengt haar hand naar haar keel, een gewoonte van de laatste maanden.

Hij knikt. 'Maar anders dan voorheen.'

'Hoe anders?'

'Het maakt nu onderdeel van mijn leven uit. Het ís niet meer mijn leven.'

'Daar in Les Hautes moesten jullie bijna de hele dag die mantra's opzeggen, hè?'

'Dat *moest* niet, dat wilde ik.'

'Nou ja...'

'En het was ook niet de *hele* dag... Maar in ieder geval doe ik het nu anders, zoals het uitkomt. Is dat alles wat je wilt, hier zitten en kunnen doen waar je zin in hebt, naar de nieuwste film gaan?'

'Er is nog wel meer, hoor.'

'Zoals?'

'Een mooi script schrijven bijvoorbeeld, ik zou graag zien dat het een bijzondere film wordt. En als we toch bezig zijn, ik zou er ook niets op tegen hebben om vijfentwintig jaar jonger te zijn.'

'Opnieuw beginnen...'

'Zonder rimpels.'

'Uiteraard, een tweede kans en dan alles anders doen.'

'Voor een deel.'

'En dan zou het beter zijn?'

Hij kijkt haar aan, hij wil iets van haar, maar ze kan niet beantwoorden aan zijn verwachtingsvolle blik.

'Waarschijnlijk niet, maar op dit punt houd ik mezelf graag voor de gek.'

Met Ellen voor- en jou achterop door de duinen fietsen, denkt ze, en als we de grote afdaling bij de sparrenheuvel maken jouw ijle aansporing vanaf het veiligheidszitje horen: harder mam, harder! Dát! Je handen om mijn middel voelen. De laatste dertig meter met de fiets aan de hand door het zand omhoogklimmen, hijgend het hoogste punt bereiken en de wind voelen, over de zee uitkijken, altijd opnieuw die sensatie, dat wonder van de woeste leegte. Nog één keer jou in je korte broek naar omlaag zien rennen, vallend, opstaand, verderrennend, met je blauwe schep, dat gevaarlijke rotding met een blad van scherp metaal waar jij net zo lang om zeurde tot ik zwichtte.

Het is waar, voor haar bestaat er geen groter geluk dan dat, niets kan verleidelijker zijn dan samen met haar jonge kinderen in het heldere licht van een zomerdag aankomen bij het strand. Zij en Ellen met een tas vol spullen op de sprei, hij op de zandbank, knietjes in de volgelopen gaten, gravend en klievend met zijn schep.

In die dagen was hij niets liever dan in haar nabijheid, zolang ze hem maar niet lastigviel met vragen als hoe het op school was geweest en wat hij van de nieuwe juf vond. Dat vertoon van belangstelling, bemoeizucht in zijn ogen, maakte hem knorrig, afwerend. Reden om niet te informeren, reden om af te wachten tot hij zelf met mededelingen kwam. Meer eisen stelde hij niet aan haar.

Waarom was het zo eenvoudig van ze te houden als ze nog zwak en afhankelijk waren, zo moeilijk zodra ze in hun eigen kracht geloofden? In het aanschijn van zijn schriele, door de zon beschenen jongensnek, van zijn telkens ter geruststelling naar haar zoekende blik, voelde ze zich onmetelijk zorgzaam, zo liefdevol als het menselijk hart het toestond.

Hij is alweer verdiept in tv-droefenis en peutert onbewust aan het hengsel van zijn weekendtas. De afstand tussen hen. Ze voelt hoe vreemd gescheiden ze zijn, hoe ver ze van Bas vandaan is, de twee los van elkaar staande cirkels in een meetkundeboek, verzamelingen: cirkel A en cirkel B. Ooit bevond hij zich, de onvoldragen aanzet tot hem, in haar buik. Heel soms zit hij daar nog, als ze op bed ligt of op de bank, in een bepaalde stemming, op de grens van de gedachteloosheid, dan is die aanwezigheid weer even terug. De druk van zijn gewicht, het verschuiven van een knietje, een golf van tederheid die haar overspoelt.

Ze weet niet wat hij denkt of wat hij voelt, ze weet niet of ze hem kan vertrouwen, ze weet niet wat ze hem kan geven. Vroeger was het makkelijk. Hij had een tenniswedstrijd gewonnen, ze sloeg haar armen om hem heen. Hij voerde een indianendansje voor haar op, ze klapte in haar handen. Hij had een acht voor biologie gehaald, ze kuste hem op beide wangen. Als zijn teennagels te lang waren, knielde ze met een zilverkleurig schaartje voor hem. Wat hij verlangde, gaf ze hem. Het was wat zij hem wílde geven.

Maar op dit moment, nu hij het misschien meer nodig heeft dan ooit, kan ze het niet. Ze zit vast. Dat is het grootste gevaar, dat in haar hoofd alles vaster en vaster draait.

Ze steekt een sigaret op en schenkt zich iets te drinken in.

'Dat heb ik nooit begrepen,' zegt hij. 'Dat je zo slecht op je lichaam let.'

'Vreemd dat ik de indruk wek dat mijn onachtzaamheid zich exclusief beperkt tot mijn fysiek. God weet dat ik me grote moeite geef mijn geest in dat opzicht ook niet te sparen.'

'Indrukwekkend.'

Soms heeft ze het gevoel dat ze gevangen zit in die rol van cynische dronkelap. Het is alsof alles en iedereen haar imago in stand houdt en bevestigt, ook door het af te wijzen.

'Sorry,' zegt ze. 'Dat was flauw. Heb je er echt bezwaar tegen dat ik rook?'

'Dat laat ik aan jou over.'

De trivialiteiten van het leven – drank, sigaretten, seks, ironie – hij zou ze wat luchthartiger moeten opvatten. Waarom kon je níet languit op de bank rokend en drinkend je met God verstaan?

Ze weifelt nog een seconde of wat en inhaleert dan opnieuw.

Als hij zeven jaar is, zuigt ze met de stofzuiger een spin uit de hoek van het plafond op, niet wetende dat Bas pal achter haar staat.

'Je hebt die spin opgezogen.'

'Het was een spinnenwéb.'

'Én een spin.'

'Een dode vlieg, dacht ik.'

'Een spin, en hij leefde.'

Hij eist dat zij de stofzuigerzak openknipt, fase één van 'operatie redt de spin'. Tussen de vervilte massa van stof, zand, hondenhaar en papiersnippers gaan ze op zoek, plukje voor plukje determinerend. De spin vinden ze niet terug.

'Zie je nou,' zegt ze. 'Hij zit er niet in.'

Is hij nog altijd de gevoelige, reflectieve jongen die over sommige zaken diep heeft nagedacht en steeds opnieuw teleurgesteld is omdat zijn moeder maar niet tot dezelfde inzichten als hij wil komen? Het woord 'moordenaar' had heel wat aangericht. Een slanke, glimlachende, ietwat verlegen jongeman in een zwarte trui en spijkerbroek veranderde in een onberekenbare figuur. Zijn tengere, welgevormde handen veranderden in de wrede werktuigen die een meisje hadden gedood. Zijn stem, zijn blik, zijn loop, zelfs herinneringen aan hem, bepaalde voorvallen en woorden uit het verleden, kwamen in een ander licht te staan. *Raskolnikov, man met bijl.*

Een leven lang ben je beducht voor hetgeen jou en de jouwen kan overkomen, wat je aangedaan kan worden door anderen. Bedrog, diefstal, brandstichting, geweld, van verkrachting tot moord. Maar nooit houd je rekening met de mogelijkheid dat je deel uitmaakt van het andere kamp. 'Moeder van een moordenaar' was een onbekend denkpad.

Hij is mijn zoon niet meer, had ze gedacht toen ze voor het eerst besefte dat hij werkelijk gedaan had wat hem ten laste was gelegd. Maar dat was een misvatting: er bestaat voor haar geen leven zonder dat ze zijn moeder is.

'Wat doet het eigenlijk met je, dat mediteren?' vraagt ze. Ze heeft geen idee waarom ze erop terugkomt, het is een terrein dat haar niet interesseert, allang niet meer.

'Het voelt als een soort zuivering.'

'Zuivering van wat?'

'Je bevrijdt je van het materiële, alles wat zich voortdurend aan je opdringt, de ruis, de troep.'

Een alcoholvrij transportmiddel naar punt nul, zo had ze

zich het ooit voorgesteld, naar de plaats waar je er niet 'was', gedachteloos, lichaamloos. Zintuiglijke onthechting – maar met behoud van een goed humeur. Die voorstelling van zaken had haar destijds aangesproken: het effect van tweeënhalve fles Mâcon, zonder de motorische storingen, zonder de hoofdpijn achteraf. Al snel begreep ze dat je het niet cadeau kreeg, je moest je openstellen, je moest erin gelóven. En bovendien iets geiterigs en onbestemds over je hebben. Wat zij niet had.

'Het valt niet mee om er iets zinnigs over te zeggen,' gaat hij verder. 'Het is net als met muziek, je kunt luisteren naar iets wat mooi is, maar je kunt het niet beredeneren. Alles wat je erover zegt is hol, betekenisloos.'

'Muziek?' zegt ze.

'Ja. Het is zoiets als naar Mahler luisteren, maar op een ander niveau.'

Hij weet dat zij van Mahler houdt.

'Hoger?' vraagt ze.

'Onuitputtelijker.'

'Zo te horen heeft het je heel wat opgeleverd.'

Hij staart haar aan met ogen die bijna zwart lijken. 'Het komt over, mocht je daar soms aan twijfelen.'

Ze steekt het licht aan. 'Wat?'

'Je verachting, je teleurstelling om alles wat ik ben.' Hij zegt het opvallend kalm, een mededeling, een constatering.

'Niet om alles.'

'Wel waar.'

Hij heeft ongelijk als hij denkt dat zij hem veracht. Dat is niet zo. Wat ze wil is hem kwetsen, provoceren, een reactie ontlokken. De vraag is welke reactie. Moet hij aan haar voeten vallen, op zijn knieën tranen plengen van berouw, zoals ze haar personages in *Waterland College* zou opleggen?

Zweer het kwaad af en smeek om vergiffenis.

Hij heeft er nooit een woord aan gewijd. Noch in de drie korte brieven die hij haar uit de gevangenis schreef, noch in de gesprekken, telefonisch of vis à vis, tweemaal, tijdens het bezoekuur. Wat moet ze daaruit opmaken? Verwacht hij van haar dat ze naast hem zijn daad te vergeven ook de schuldige feiten vergeet, zoals de oudtestamentische God doet?

'Als je het niet erg vindt ga ik een uurtje aan het werk,' zegt ze. 'Ik zit nogal krap in mijn tijd voor dat script.'

'Laat je door mij niet ophouden,' zegt hij met een monotone stem, alsof hij iets uit het telefoonboek voorleest.

'Ik moet een paar dingen opschrijven voor ik ze vergeet, het duurt niet lang.'

'Geen enkel probleem.'

'Heb je al honger?'

Hij schudt het hoofd.

'Ik kan even bellen, dan laten we wat brengen.'

'Ik heb geen trek.'

In de slaapkamer neemt ze plaats aan het bureau dat zij, als ze niet aan de grote tafel in de kamer werkt, gebruikt als haar schrijfplek. Aan de muur hangt, precies zoals ze het bij haar intrek aantrof, Thea's lijstje met de wederwaardigheden van het huis. Dinsdag en vrijdag de vuilnisman (geldig), woensdag de werkster (achterhaald), de cv-ketel tweemaal per jaar bijvullen – 'zwarte wijzertje op 2' (onbegrepen), plus een beknopte instructie voor de bediening van de oven (overbodig). Ze moet nu stoppen met staren naar dat briefje, stoppen met zich afvragen of het er over een jaar of twee nóg zal hangen. Het is de hoogste tijd om zich naar de Ariège te verplaatsen, naar De la Serre.

Zodra Vera de tent uit komt, wordt ze aangeklampt door een vrouw met stijf gekapt haar en troebele, ronduit vermoeide ogen. Ze is op haar paasbest gekleed, de wat te grote, gedateerde leren tas aan haar arm accentueert haar provinciale voorkomen. Een meter of vijf achter haar staat een man met het blozende gezicht van iemand die veel in de buitenlucht werkt. Het grijze kostuum dat hij draagt is aan de krappe kant, zijn brede polsen steken uit de mouwen.

'Klopt het dat u de moeder van Tarunya bent?'

'Ja,' zegt ze. 'Maar ze héét Marieke.'

'Neemt u me niet kwalijk, ik heb alleen die andere naam gehoord.' Ze steekt haar hand uit. 'De moeder van Bernhard. Kunnen we even praten?'

Ze nemen plaats op een van de op het gazon geplaatste houten banken. Ieder aan een kant van de tafel, in de wind. Op een haar na waren ze familie, een band die tot vertrouwelijk machtigt, al valt dat niet aan hun houding of gezichten op te maken. Op de achtergrond de klapperende tent, waaruit – god, al die vermoeiende details – de muziek en de door speakers versterkte mantra's van Sam en de volgelingen naar buiten zweven.

'De politie doet niets,' zegt de vrouw. 'Ze gaan ervan uit dat ze een tocht maken en ieder moment weer kunnen opduiken.'

'Waarschijnlijk hebben ze gelijk.'

'Waarom zijn ze weggegaan?'

'Ik vermoed dat ze tot inkeer zijn gekomen en niet langer mee wilden doen aan dit gedoe hier, die koehandel op esoterische grondslag.'

'Dat zou goed nieuws zijn. Als ik vragen mag, wat is Marieke voor een meisje?'

'Dat mag u zeker, per slot van rekening was zij bijna uw schoondoch...'

Nee, dat zegt ze niet. Vera vist haar portefeuille uit haar tas en laat de vrouw een foto zien van Marieke en haar drie jaar jongere broer.

'Een knap meisje.' De vrouw houdt de foto met beide handen vast.

'Ze lijkt op haar vader.'

'Is hij ook hier?'

'Hij is met een gids op zoek in het natuurgebied waar ze het busje hebben gevonden.'

De vrouw geeft haar de foto terug. 'Wist u dat ze op basis

van hun horoscopen uitgekozen zijn om met elkaar te trouwen?'

Ze knikt, dat weet ze maar al te goed.

Dan legt de vrouw in een gebaar dat het midden houdt tussen intimiteit en machteloosheid haar hand op de hare. 'We hebben vier kinderen, drie jongens en een meisje. Bernhard is de enige die zo is. Waarom? Wat doen ze hier, onze kinderen? Wat denken ze hier te vinden?' Haar stem is krachteloos, ze slaat haar ogen op naar Vera.

'Ik heb geen idee,' antwoordt ze. 'Maar het moet iets zijn dat wij ze niet kunnen bieden.'

Onder begeleiding van een van de toegewijden, een lang en tamelijk lomp meisje dat een schaal met vegetarische hapjes in haar handen draagt, komt een gendarme op hen afgelopen. Hij richt zich tot de moeder van Bernhard. 'Bent u de moeder van het verdwenen meisje?'

'Nee, dat ben ik,' zegt Vera.

Ze heeft de moeder van Fanny Fahnenschreiber nooit gezien. Noch in Les Hautes, de naam van het echte kasteeltje, noch tijdens de rechtszaak. Wel heeft ze Fanny's vader gezien, die samen met zijn zoon naar het gerechtshof in Foix was gekomen. Eén blik op die forse man met zijn donzige snor en ze wist genoeg. Nee, dat is niet waar, ze wist pas wie hij was op het moment dat hun blikken elkaar kruisten.

Ze herinnert zich hem duidelijk, maar slechts in één houding en op één plaats, op de houten bank schuin voor haar en Leen in de bescheiden zaal van het gerechtsgebouw. De corpulente rug gebogen, de grote handen op de knieën van het synthetische grijsblauwe kostuum met de messcherpe vouwen in de broek. In het onveranderlijke licht van de zaal richtte hij zich tijdens het pleidooi van Bas' advocaat een aantal malen fluisterend tot zijn zoon. Het overgrote deel van de tijd zat hij solide en roerloos uit achter de ruggen van de pennende verslaggevers op de eerste rij. Slechts een meter of tien scheidde hen van elkaar, een gapende afgrond vol afwijzing en deemoed, aan de ene kant de slachtoffers, aan de andere de daders. Tot welk kamp zij en Leen behoorden was duidelijk. Niet hún dochter was op het kerkhof van Rheinbach ter aarde besteld.

Hoewel ze dood was leek Fanny op die dag zeer nabij. Het leek zelfs uitgesloten om niet met haar bestaan in aanraking te komen, niet weg te zinken in haar zwijgende aanwezigheid. Door haar dood waren de levens van een familie uit Duitsland en een familie uit Nederland verbonden met elkaar. Voorbestemd om op elkaar in te werken, volgens: 1) de wetten van het heelal; 2) Krishna's masterplan; 3) louter toeval. *(Omcirkel het juiste antwoord en ga verder met vraag vijf.)*

Ze herinnert zich die verwarrende dag vol schaamte, de blikken van de verslaggevers, de ruwe onbevangenheid van hun belangstelling. Treurnis was er ook. Maar om wie was niet helemaal duidelijk, daar met alle partijen vereend op de plek waar recht gesproken moest worden. Om wie treurde ze eigenlijk? Om die man met de gebogen rug in het strakgespannen colbert schuin vóór haar? Om haar zoon en om wat hem overkomen was? Of om haarzelf, om wat hij haar had aangedaan?

Met een potlood in de aanslag buigt ze zich over de zwarte tekentjes van haar print, versie vijf, de te herschrijven scènes.

De wetenschap dat Bas zich aan de andere kant van de deur bevindt, maakt het niet eenvoudig haar aandacht bij het script te houden. Daardoor is er zoveel meer waarmee ze moet worstelen om het tot fictie te maken, om het los te wrikken uit het echte leven en te verplaatsen naar het rijk der verhalen. Na een halfuur van vruchteloos gepruts geeft ze het op. Wat een weekeinde! Typisch een klusje waarvoor je een stand-in zou moeten kunnen inhuren.

'Zullen we nog iets gaan doen?' vraagt ze als ze in de woonkamer is teruggekeerd. Hij zit nog steeds op dezelfde plek op de bank, maar aan het glas met vruchtensap op tafel ziet ze dat hij van zijn plaats is geweest. Naast hem op de bank ligt een tijdschrift, met op het omslag een in lila en roze gedrenkte afbeelding van een heuvel, bevolkt door honderden schapen en koeien. Enkele van de dieren zijn getooid met een bloemenkrans. Op de voorgrond zitten jonge, in zijden gewaden gehulde moeders liefdevol geknield bij hun kinderen. Over hen en hun kroost valt een helder spiritueel, zo niet goddelijk licht.

En dan is er nog iets dat haar aandacht trekt, op tafel naast het glas met vruchtensap, een in bruin papier verpakt voorwerp.

'We kunnen ergens iets gaan eten,' zegt ze en probeert uitnodigend te glimlachen. 'Er zit hier in de buurt een klein vegetarisch restaurant, bediening met tulbanden.'

'En die film van je dan?' Hij steekt uitdagend zijn kin in de hoogte. 'Je zou er nog krapper door in je tijd komen te zitten.'

'Ik heb het een en ander doorgenomen.'

'Dat is snel,' zegt hij.

Hij zet haar op haar nummer, zijn goed recht. 'Het gaat wel lukken, ik heb in Frankrijk ook nog tijd.'

Hij wendt zich van haar af en kijkt naar de tv, zijn gezicht, van opzij, stil als een politiefoto.

'Ik zou het niet op mijn geweten willen hebben dat ik de kans laat lopen met jou ergens lekker te eten,' houdt ze aan. 'Kom, pak je jas.'

'Nee. Laat maar wat brengen, zoals je van plan was.'

Met de afstandsbediening in zijn hand zoekt hij de kanalen af.

'Ik wil het,' zegt ze. 'Ik ga nooit meer met iemand uit eten. We zitten alweer lang genoeg binnen.'

'Je hebt medelijden met me, je voelt je schuldig. Daarom ben je van gedachten veranderd. Een halfuur geleden was je nog over je toeren omdat je zoveel moest doen.'

'Nee.'

'Ja.'

'Misschien wel.'

'Ik wil geen medelijden.'

'Het is niet alleen medelijden. Ik wil nu echt. Dat moet toch genoeg zijn.'

'Dat bepaal jij?'

'Zeg gewoon *ja*.'

'Ik wil dat gevoel niet meer.'

'Welk gevoel?'

'Dat je je opoffert.'

'Ik?'

'Ja jij. Voor mij. Voor Ellen. Voor pa.'

'Ik heb me niet opgeofferd, hoe kom je daarbij?'

'Waarom heb je ons dan altijd dat gevoel gegeven?'

'Jezus!'

'Waarom heb je, dat vraag ik me werkelijk af, waarom heb je eigenlijk voor dat leven gekozen? Om je te kunnen beklagen?'

'Ik heb me nooit beklaagd.'

'Je deed niet anders. Zonder woorden.'

Een bokkige stilte, waarin het geluid van de regen tegen de ramen klinkt en op tv bloedende mensen door hulpverleners uit een gehavende bus worden gedragen – echte wanhoop, arme zielen met reden tot klagen.

'Als jij eindelijk vrolijk was, als jij een keer lachte, waren we allemaal gelukkig. Je zat altijd in je eigen wereld.'

'Dat lijkt me een beperkte voorstelling van zaken.'

'Je sloeg me.'

'O nee, hè! Je gaat toch niet weer dáárover beginnen.'

'In mijn gezicht.'

'Eén keer.'

'Eén keer?'

'Ja, één keer.'

'Geloof je het zelf?'

'En daar heb jij het nu nog over! Slapjanus!' Nu gaat ze te ver, maar of ze wil of niet, ze moet hem raken. Een wraakzuchtig genoegen.

'Ik werd als laatste van school opgehaald.'

'Ik stond er iedere dag. *Iedere* dag.'

Wat hij eigenlijk bedoelt is dat hij met het klimmen der jaren een verharding van haar kant voelde. En daar heeft hij gelijk in. Het zijn dingen die ze niet wil denken, laat staan toegeven, maar het is de waarheid. Op een dag begon haar liefde voor hem af te kalven, de successievelijke triomftocht van de erosie. Zelf bemerkte ze die pas toen de eigenschappen die haar altijd zo behaagd hadden haar begonnen te ergeren. Ze begreep zelf niet waarom.

'Ik heb mijn best gedaan,' zegt ze.

'Weet je waar jij goed in was? Het enige waar jij goed in was, was de sfeer verpesten!'

'Wie geeft jou de bevoegdheid over alles te oordelen?' zegt ze.

'Je wilde me naar een internaat sturen.'

'Je weigerde huiswerk te doen, het was je eindexamenjaar. Je vader en ik hebben die mogelijkheid overwogen, samen. En je bént toch niet gegaan?'

'Je wilde van me af.'

'Nee.'

Ja, ze wilde van hem af, ze was opgelucht toen hij een jaar later naar Groningen vertrok om te gaan studeren. Ze ging met hem mee, drie, vier keer op en neer, vond een kamer voor hem, richtte die in. Na twee maanden gaf hij zijn studie eraan, zonder wroeging, mét behoud van toelage.

'Weet je wat mij opvalt? Jij gelooft zo in tolerantie en in vergeving, in erboven staan, boven frustratie en wrok, maar met al je wijsheid en verworvenheden ben je nooit zover gekomen dat je mij en je vader accepteerde zoals we zijn. Voor de hele wereld heb je begrip en vergeving, behalve voor ons.'

'Je praat over dingen waar je geen verstand van hebt.'

'Het stelt allemaal niets voor, die zogenaamde zuivering van je, die verheffing tot een transcendentaal niveau. Zolang je mij, ons, niet kunt accepteren, sta je nog steeds helemaal onder aan de berg.'

'Ik ben het zat!' zegt hij, zonder nog een poging te doen de woede uit zijn stem te filteren. 'Ik ben het helemaal zat.'

Zo ken ik je weer, denkt ze terwijl hij zijn ogen strak op de televisie richt. Ze staat in het midden van de kamer, verbannen uit zijn blikveld, ze voelt dat hij het liefst, zoals hij vroeger deed, nu zou opstaan en haar zo achterlaten: een lelijke, hysterische vrouw met wie niet te praten valt.

'Het enige wat ik wil,' zegt ze zacht, 'is je mee uit eten nemen. Dat is alles wat ik vraag, Bas.'

Op zijn negende brengt hij een tekening van school mee naar huis, de voorstelling van een bosuil in waskrijt. 'Voor jou,' zegt hij.

Het is een nauwkeurige, met aandacht gemaakte tekening, waarbij het gevlekte verenkleed van de uil tegen een donkergroene achtergrond afsteekt. Wat de tekening bijzonder maakt zijn de ogen. Op al zijn tekeningen van de afgelopen jaren, zowel die van mensen als die van dieren, ontbreken de ogen. Een verklaring hiervoor geeft hij niet, ook niet als ze ernaar vraagt.

Ze schiet vol en omhelst hem omdat hij deze speciale tekening voor háár heeft gemaakt.

Het duurt ettelijke maanden voor hij haar weer een blik op een tekening gunt. Tot die tijd blijven uilen en bomen en clowns in waskrijt of waterverf achter in zijn rugzak, verkreukeld, weggepropt. Hij maakt tekeningen die voor niemand bestemd zijn, die niemand mag zien. Alsof hij bang is voor de reactie die ze op kunnen roepen.

Als ze bij het vegetarische restaurant aankomen blijkt het plaatsgemaakt te hebben voor een coffeeshop. Er is een stevige wind opgestoken, krantenpagina's zeilen over de stoep. Schuin aan de overkant bevindt zich een eetcafé. Op de kaart achter het raam inspecteren ze het menu, dat een 'dagelijks wisselende vegetarische schotel' vermeldt. Ze wagen het erop. Het is druk binnen, alle tafels zijn bezet. Aan de bar, tussen een verliefd klittend stel en een groep corpsballen in zorgvuldig gekreukelde overhemden, wachten ze hun beurt af. Boven hun hoofd zoemt een donkerbruin apparaat dat geacht wordt de rook af te zuigen maar tegen de vulkanische activiteit van de sigaren rokende corpsballen machteloos staat.

Eerst hebben ze het over Ellen, die hem regelmatig brieven uit Maine blijkt te sturen. Met, zo maakt ze op uit zijn verhaal, gedetailleerdere informatie dan ze haar moeder verstrekt. Ze schijnen druk te corresponderen, hij en zijn zus. Daar is ze niet jaloers op, ze begrip het wel. Ze is bekend met wat Nietzsche in zijn dagboek optekende: dat hij na iedere brief die hij aan zijn moeder schreef twee dagen doodziek was.

Na Ellen komt zijn vader ter sprake. Hij vraagt haar of ze zijn nieuwe huis in O. al heeft gezien.

'Ik ben die kant niet meer op geweest sinds mijn verhuizing.'

'Jij, die zoveel van het strand en het bos hield.'

'Ach,' zegt ze.

De laatste weken dat ze in B. woonde gebeurde er iets wonderlijks met haar als ze buiten was. Ze kon totaal van streek raken door een boomstronk, of door strijklicht op een rij beukenstammen. Haar natuurlimiet was bereikt.

Hij kijkt onrustig om zich heen terwijl ze praten. Zweetdruppels parelen op zijn voorhoofd.

'Heb je het warm?'

'Gaat wel. Spreken jullie elkaar nog?'

'We bellen soms. *Als goede vrienden...*' Ze glimlacht en hij glimlacht terug. 'Gewoon uit nieuwsgierigheid, waarom ben je niet bij hem dit weekeinde? Begrijp me niet verkeerd, ik ben vereerd dat je bij mij logeert, maar ik zou verwacht hebben dat je je in O. meer op je gemak zou voelen dan in de stad.'

Op de locatie gooit ze het, niet op de persoon. Ze had ook kunnen zeggen: je kunt het toch beter vinden met hem dan met mij? Ze had ook kunnen zeggen: hij heeft de afgelopen tijd zoveel meer voor je gedaan dan ik.

'Hij bedoelt het goed, maar pa is altijd zo... zo optimistisch.'

'Dan nog liever je depressieve moeder.'

Even neemt hij haar wantrouwig op, maar dan ontspant zijn gezicht. Voor het eerst sinds zijn komst heeft ze niet het gevoel dat ze iets in hem moet bevechten.

'En daarbij, hij zit toch in Louisiana.'

'Daar zou hij niet gezeten hebben als jij dit weekeinde bij hem had gelogeerd.'

'Ze moesten naar die trouwerij van Alice, het kwam gewoon niet goed uit.'

Hij hangt zijn jas over een barkruk, hij zweet nog steeds. Achter hem barsten de corpsballen bulderend in lachen uit, om de grap van het jaar ongetwijfeld. Hij knippert met zijn ogen alsof het geluid hem pijn doet. Na nog een drankje krijgen ze een tafeltje toegewezen, helemaal achteraf, in het donkerste hoekje van de zaak, tussen de sigarettenautomaat en de deur van het herentoilet. Als ze willen gaan zitten, bespeurt ze zijn aarzeling.

'Is er iets?'

'Vind je het heel erg als we weggaan?'

Het waait nog harder dan een halfuur geleden, toen ze naar binnen gingen. Hij zucht diep, alsof er een zware last van zijn schouders is genomen. Wat een pech, denkt ze. Waarom moesten juist die tulbanden failliet gaan? Ze had het allemaal al voor zich gezien op de weg erheen. De schone houten tafels, het fijnbeschilderde Aziatische aardewerk, de met zorg bereide gerechten, de kruidenthee, het juiste licht, met op de achtergrond een mix van beschaafd geroezemoes en rustgevende sitarklanken.

'Sorry,' zegt hij.

'Geeft niet. Ik vond het ook niks. Er komt een dag dat ze je in de wc aan een tafeltje durven te zetten. Zullen we ergens anders kijken?'

'We hebben thuis nog brood en geitenkaas,' zegt hij. 'Ik vind het wel fijn om gewoon een stuk te lopen.'

Rillingen trekken over haar rug. Ze is niet gekleed op dit

weer, zonder jas, haar benen bloot. Naast elkaar lopen ze door de straten van het buurtje waar zij als studente de cafés en eettentjes frequenteerde. Vol, toen nog, van de zaterdagavondmystiek van onbezorgde levensgenieters die weten dat na de avond nog een lange, uitbundige nacht op de schemerige dansvloer van het Odeon volgt. Een vorm van extase die aan hem nooit besteed is geweest.

Met zichtbaar genoegen trotseert hij de storm. 'Lekker hè, die wind.'

'Ja,' zegt ze.

'Heb je haar wel eens ontmoet, Alice?'

'Nee,' zegt ze. 'Ik heb haar alleen van een afstand gezien.'

Ze zou hem nu kunnen vertellen over die keer dat ze, in de onterechte veronderstelling dat ze zijn vaders maîtresse voor zich had, een keer voor haar deur in S. heeft gepost. En ook dat ze zich nadien vaak heeft afgevraagd of haar vermoedens van toen, en het uitspreken daarvan in het bijzonder, Leen, zijn vader, volgens de aloude wetten van het romantisch leed in de armen van zijn Amerikaanse therapeute hebben gedreven.

'Psychiater,' zegt hij, 'vreemd beroep lijkt me dat. De hele dag naar de problemen van anderen luisteren.'

'Ja,' zegt ze, 'dat zal niet meevallen. Zeker niet als er van je verwacht wordt dat je ze ook nog oplost.'

Ze passeren een deur die haar bekend voorkomt, waarachter, schiet haar te binnen, een vriend van Erik woonde. Giel of Jerry, een lange, magere jongen met vlassige bakkebaarden, die hun op een avond een onvergetelijk smerig gerecht met kippenlevertjes voorschotelde. Vreemd, dit wandelingetje in de regen roept beelden en voorvallen op waar ze al in geen tijden meer aan heeft gedacht. Haar hoofd lijkt op een donkere museumzolder, waar de oude, afgedankte herinneringen van de collectie gedumpt zijn, verstoft en nutteloos in hun benarde, onwaardige behuizing. Ze zou ze een kans moeten geven in een van de toonzalen, uitgelicht en opgepoetst, in het zicht. Maar ze is verleerd hoe je dat doet.

'En jij,' zegt Bas, 'heb jij ook iemand gevonden?'

'Ik ben niet op zoek,' zegt ze.

'Ik had verwacht dat je inmiddels wel iemand zou hebben.'

Tijdens haar huwelijk heeft ze regelmatig minnaars gehad, maar sinds de scheiding gaat ze vrijwel celibatair door het leven. Het is even raadselachtig en paradoxaal als haar verlangen van de laatste jaren naar de stad. Mensen ontmoeten, restaurants uitproberen zoals je nieuwe woorden in de mond neemt, cafés binnenstappen, de grenzen van de angstige zonde verkennen. Met fietssloten rinkelen, op maanverlichte bruggen kussen. Opnieuw beginnen. Zonder beperkingen. Zonder schuld. Zo had ze het zich voorgesteld, maar daar was het niet op uitgedraaid. Na de eerste voorstelling snelde ze naar huis. Angst, zelfverachting, masturbatie.

'Je hebt nog niet de leeftijd voor een oude vrijster.'

'Dank je, tenminste, als ik dat als een compliment mag opvatten.'

'Beschouw de lof die je van anderen krijgt als het bitterste gif en hun gebrek aan respect als de zoetste nectar.'

'Diepzinnig, fraai.'

'Pas maar op je woorden, het is een Indiase wijsheid.'

Hij lacht naar haar en zij voelt hoe door zijn toedoen iets in haar is gevaren, een lichtheid die ze zich vaag herinnert. Als hij nog één keer naar haar keek zoals hij vroeger deed, zou hij misschien een jonge, van liefde overlopende moeder tot leven wekken. Kennelijk heeft hij iets voor haar dat niemand anders haar kan geven. Misschien heeft zij, ondanks alles, ook zoiets voor hem. Even voelt ze het onder haar natte haren.

Bij een avondwinkel koopt ze sigaretten en een paar brownies. In haar uitklapbare portemonnee, achter een plastic venstertje, prijkt een foto van Ellen in badpak.

'Hoe oud is ze daar?' zegt hij en houdt haar portemonnee vast om beter te kunnen kijken.

'Negen, hij is gemaakt op Rhodos, weet je nog?'

'We sprongen daar de hele dag van die rots in zee.'

'Ik had ook een foto van jou, dat je sneeuw ruimt in de tuin.'

'Had?'

'Ik heb hem nog, thuis, maar dit is een nieuwe portemonnee en daarin paste...'

'Je hoeft je niet te verontschuldigen.'

Ze gaan naar buiten en lopen het laatste stuk naar haar huis. Ze voelt dat zij hem weer aan het verliezen is, maar weet niet wat ze ertegen kan doen.

Zijn trui, zijn handen, zijn zaad. Hij heeft haar doodgemaakt. Dat blijft hij altijd gedaan hebben, hij, haar zoon. Iedere keer voor ze inslaapt, iedere keer nadat ze wakker wordt, dat besef.

De naakte feiten: *Het slachtoffer is door verstikking om het leven gebracht. Daarbij lijkt het waarschijnlijk dat haar neus en mond zijn afgedekt met een wollen kledingstuk, gezien de vezels die in haar neus- en mondholte zijn aangetroffen. Onder haar nagels bevonden zich huidschilfers. Uit onderzoek is gebleken dat ze van de dader afkomstig zijn. Kort voor haar overlijden heeft het slachtoffer seksueel contact gehad.*

Ze heeft de rechtszaak gevolgd en de processtukken gelezen, dat zakelijke, precieze proza in formuleringen waarvan het juridisch apparaat zich bedient om de dubbelzinnigheden van het gangbare, menselijke taalgebruik uit te sluiten. Veel is ze nu, inmiddels een jaar later, vergeten, maar één zinnetje weet ze moeiteloos op te roepen: *DNA-onderzoek heeft uitgewezen dat het zaad afkomstig is van de verdachte.*

Het is alsof die woorden op iemand anders dan de zoon die nu naast haar loopt betrekking hebben, en misschien is dat ook wel zo: op iemand die zij niet kent, iemand die ze nooit heeft willen kennen.

Ieder aan een uiteinde zitten ze op de bank te eten, hij zijn rijstebrood met geitenkaas, zij haar brownies. Vrouwenzonden: suiker, sherry, sperma. Ze kijkt naar opzij, naar deze jongeman die, net als zij, maar zonder dergelijke gedachten, ergens in het leven een plaatsje voor zichzelf probeert te bemachtigen.

Ze moet denken aan zijn rugzakje, dat zij hem nabracht als hij het was vergeten. De stille gangen van zijn school, de haakjes met jassen en rugzakken eraan, kindergeuren. Hij was verknocht aan zijn Winnie de Pooh-rugzakje met de bijbehorende broodtrommel en drinkbeker, een stuk of wat schelpen en een kleurenkaart van het Kerstcircus achter de rits van het voorvakje. Ze gaan nog steeds met hun rugzakjes naar school, achter op de fiets bij hun moeder. Duizenden, honderdduizenden kinderen. Of huppelend hand in hand. Iedere dag weer. Zou er iemand zijn die beweert dat het geen zin meer heeft, vraagt ze zich af.

Op de televisie, in het licht van een schijnwerper en door een groenachtig waas, tekent zich het luik af, dat zich nog immer niet gewonnen geeft. Er stijgt een voile van luchtbellen uit op, krommend op de stroming van het water, een serene en hypnotiserende aanblik. Vaag en dof, als uit de diepte van de zee, dringt de commentaarstem tot haar door. Bas kan er nog steeds geen genoeg van krijgen. Voor andere programma's verflauwt zijn aandacht al snel, en dan keert hij steevast terug naar een zender met het beeld van dat luik. De voortdurende herhaling ervan versterkt het gevoel van onveranderlijkheid, het gevoel dat ze tot het zitten op deze bank veroordeeld zijn, ieder aan een kant, gevangen in tijd en ruimte.

Zij en Bas, *zij* gaan door met leven, met leven in dit huis, dat haar net zo vreemd is als hem. Voor het eerst staat ze daarbij stil.

'Ik heb het bed in de slaapkamer verschoond, je kunt gaan slapen wanneer je maar wilt,' zegt ze.

'En jij?'

'Ik slaap hier, op de bank.'

'Laat mij maar hier slapen.'

'Het bed is comfortabeler.'

'Als je het niet erg vindt slaap ik liever hier.'

'Prima,' zegt ze.

'Hoe laat ga je meestal naar bed?' vraagt hij.

'Ben je moe?'

'Nee, ik vraag het zomaar.'

'Dat varieert,' zegt ze.

Ze *gaat* nooit slapen. Meestal raakt ze buiten westen. Ochtend, middag, avond, nacht, voor de gemiddelde mens een werkzame indeling van het leven. Met vaste tijden voor eten, slapen en opstaan. Voor haar zijn ze ontoereikend geworden, irrelevant. Ze staat op wanneer ze wakker wordt, ze slaapt nadat ze buiten westen raakt, soms twee, drie keer op een dag.

'Meestal lees ik nog wat in bed.'

'Ik ook. Dat heb ik daar aangeleerd.'

Ze neemt aan dat hij met 'daar' de strafinrichting bedoelt.

Uit zijn brieven uit Les Hautes weet ze dat hij in de tijd dat hij daar als toegewijde leefde, iedere ochtend om halfvier opstond. Zijn dag begon met het eindeloos herhalen van de voorgeschreven mantra's. Pas daarna, meestal twee uur later, volgde het ontbijt, voorzover het die naam mocht hebben, zonder krant, zonder koffie, zonder brownies.

Curieus dat juist zij en haar man, sceptici, materialisten, deze monnik, deze tastende, altruïstische zwever voortbrachten. Maar misschien hadden ze er ongemerkt en ongewild alles aan gedaan, alle voorwaarden geschapen, om hem op dat punt in zijn leven uit te laten komen. De meeste vegetariërs kwamen per slot van rekening ook uit gezinnen waar volop vlees werd gegeten.

Kinderen, ze deserteren, de een na de ander, uit het gezinsleven en verdwijnen in wat zijzelf als het avontuur van de wijde wereld beschouwen en hun ouders als de hel van de toezichtloze gevarenzone. Op een dag komen ze er zelf weer als ouder uit te voorschijn, de onvermijdelijke cyclus met de terugkeer naar het vertrouwde, naar de reproductie van de wereld van papa en mama. Bas niet. Hij wilde een andere wereld creëren. Toch, in de afwijzing van hen en hun wereld, in de categorische negatie ervan, was hij misschien wel meer hun zoon dan zijn zuster hun dochter was, dat onverschrokken hockeymeisje dat recht op een doel afkoerste dat alle abstractie ontbeerde.

De zweverigheid in zichzelf, een onbestemde, zo nu en dan de kop opstekende hang naar mystiek, heeft ze altijd gewantrouwd en om die reden buiten de deur gehouden. Uit angst voor de waarheid, zegt Bas. Nee, zegt zij, uit overtuiging dat ze niet haar ogen wil sluiten voor de realiteit, ook al is die onverdraaglijk. Ze gunt Bas zijn eigen waarheid, zelfs Einstein geloofde in een god, waarom hij dan niet.

Ook in het mysterie wil ze meegaan, zijn mysterie, inclusief de heilige mannen die gedachten kunnen lezen, in dromen verschijnen en opdrachten geven, over water kunnen lopen, die as of amuletten uit het niets kunnen toveren. Ze wil het allemaal accepteren – hoewel ze die ontvankelijkheid voor juist oosterse religie hopeloos gedateerd vindt – zolang de belijdenis hand in hand gaat met de erkenning dat hij uit een vorm van veinzen voortkomt.

Een paar jaar geleden vroeg hij haar, op zoek naar een onderwerp voor een zoveelste meningsverschil, of ze in het scheppingsverhaal geloofde. Ze antwoordde dat het haar meer een vraag aan hemzelf leek dan aan haar. Maar als hij er werkelijk nieuwsgierig naar was: nee, zij zag meer in de gedachte dat we uit sterrenstof waren opgebouwd. 'Ik ben niet op zoek naar geloof,' zei ze, 'ik zoek juist naar tastbaarheden. *Zien is geloven*.'

Het viel haar al moeilijk genoeg te leven met het onvermijdelijke mysterie van alledag, de kloof tussen wat je voelt en wat je zou kúnnen voelen, tussen wat je doet en zou kunnen doen, de hele waslijst van alternatieven: een andere man, andere kinderen, andere schoenen, linksaf in plaats van rechtsaf, een lift accepteren en met een geldig treinkaartje in je zak op de snelweg verongelukken. Dat besef waardoor je nooit helemaal samenviel met je gevoelens, met wie je was. Waardoor iets over jezelf onbegrepen bleef, en misschien was dat ook maar beter.

‘Geen afwasmachine?’ vraagt hij als hij in een wit T-shirt en een witte boxershort uit de badkamer komt en haar de vaat ziet afdrogen.

‘Stuk. Ik moet bellen voor een monteur, maar ik weet niet wie de installateur is.’

‘Heb je geen werkster?’

‘Ze heeft me laten zitten. En daarbij, ze kwam op een rottijd, negen uur.’

‘Te vroeg?’

‘Wat dacht je?’

Hij lacht, niet onvriendelijk, en begint met dekens, lakens en haar favoriete kussen zijn slaapplaats op de bank in gereedheid te brengen.

‘Slaap lekker,’ zegt ze.

‘Jij ook.’

Ze is al bij de slaapkamerdeur als zijn stem achter haar klinkt.

‘Ik heb iets meegenomen.’

Ze draait zich om. In zijn hand heeft hij het voorwerp in bruin pakpapier dat de gehele avond op tafel heeft gelegen.

‘Voor mij?’

Ze loopt naar hem toe en pakt het aan. Wat het ook is, het maakt een massieve indruk. Ze trekt het papier los en onthult een houten voorwerp in de vorm van een ei. Het is zo groot als een vuist, lichtbruin met een zweem van rood waarin zich de nerven in donkere lijnen aftekenen. Koel en glad, bescheiden, op een onopvallende manier overtuigd van zijn eigen waarde, ligt het in haar hand.

‘Prachtig,’ zegt ze. ‘Glad als een babyhuidje.’

‘Ik heb het gemaakt.’

‘Wat knap, dan vind ik het nog mooier.’

Zonder haar aan te kijken staat hij voor haar, het hoofd iets schuin, in afwachting, een houding waar zij geen raad mee weet. Ze ziet de donkere haren op zijn armen en benen, ze ziet zijn handen, diezelfde handen.

'Dankjewel,' zegt ze. 'Ik ben er erg blij mee.'
'Welterusten ma,' zegt hij en draait zich snel om.

IN HET KIELZOG VAN de Franse gids klimt Rogier langs een steil pad omhoog, moeizaam, zo nu en dan wegglijdend. Takken, struiken, bladeren. De zuigende geluiden van hun schoenen in de modder.

'Ik vind het onbegrijpelijk dat de Franse politie weigert een zoektocht te beginnen,' hijgt Rogier, de kantoorman die vandaag voor atleet moet spelen.

'Dan zouden ze dat iedere dag moeten doen,' zegt de gids. 'U heeft geen idee hoeveel mensen hier komen wandelen, ze weten niets van de bergen, ze kunnen niet kaartlezen, ze zijn verkeerd gekleed, en als het weer omslaat raken ze in paniek en verdwalen ze. Maar de meesten keren na een dag of wat vanzelf weer ergens in de bewoonde wereld terug. Zo uitgestrekt is het hier nu ook weer niet.'

Na een poosje bereiken ze een vervallen berghut met gaten in het puntdak. Ze kijken naar binnen, de hut is leeg. Onder een houten brits ligt wat rommel. Rogier loopt erheen en zakt door zijn knieën. Wat hij ziet is een leeg pak vruchtensap, een stuk krant, de verweerde binnenzool van een schoen, een stuk of wat sinaasappelschillen. Hij staat weer op en richt zijn blik op de gids. Dan klinkt er een geluid.

Ze stappen naar buiten, waar tussen de struiken iets beweegt. Rogier tuurt aandachtig in de richting van de actie. Een oude man in wandelbroek en op bergschoenen komt te voorschijn uit het netwerk van lover en twijgen. Hij leunt op een gepolijste wandelstok die eindigt in een scherpe, metalen punt. Om zijn nek hangt de riem van een verrekijker.

Ze vragen de man of hij nog andere wandelaars is tegengekomen. 'Nee,' is het antwoord. 'Alleen maar gieren.' Hij knikt opgewonden met zijn hoofd in de richting van de bergkam. 'Vier, vijf. Je kunt ze goed zien.'

Rogier toont hem een foto van Marieke.

'Is er iets met haar gebeurd?' vraagt de man.

'Ze is hier ergens met een jongen, een Zwitserse jongen,' zegt Rogier.

De man lacht zijn bruine tanden bloot. 'L'amour!'

'Ik moet haar vinden,' zegt Rogier ernstig, maar de man blijft aan een stuk door naar de boomtoppen grijnzen.

Deze scène heeft ze al geschreven en is bovendien door het baasje goed bevonden. Toch herleest ze hem, een dwangmatige gewoonte, een vlucht in uitstel van wat ze nog moet doen. Ze bestaat het zelfs ermee in haar hand naar de minibar te lopen en al lezende door haar knieën te zakken, maar dan richt ze zich weer op. Niets ervan! Geen uitvluchten. Leef de regels na. Die heeft ze zich bij haar installatie hier, 22 uur geleden, opgelegd: steeds eerst de laatste aantekeningen doornemen, dan aan de te herschrijven scènes werken, minstens twee pagina's nieuwe woorden, dan pas de minibar, daarna weer naar bed en tot slot, als laatste in de rij, ter onschuldige verpozing, de reeds geschreven scènes van het script opslaan.

Gieren, denkt ze, en gaat weer achter haar laptop zitten. Eigenlijk gelooft ze niet in het belang van die aasvretende figuranten, als metafoor werken ze te nadrukkelijk. Maar het is Geerts idee, en daarbij zijn die beesten met hun trainer al in een busje onderweg van de Cevennes naar locatie 21.

Gieren... Een ervan zeilt door het luchtruim van de Ariège, langzaam in spiraalvormige cirkelvlucht zijn daling inzettend.

We zien Rogier op een hoog, rotsig punt naar de vogel turen en daarna uit een plastic fles water drinken. De ene windvlaag na de andere treft hem in het gezicht. Achter hem strekt een geelgroen, met grijs gesteente bespikkeld landschap zich uit. Hier en daar een verkommerde boom. De kaalslag boven de bosrand, het landschap van de laatste adem. De gier landt bij het kadaver van een steenbok en probeert een plaatsje te bemachtigen tussen twee soortgenoten die met hun enorme snavels naar elkaar haken in wedijver om de beste stukken.

'Ik wist niet dat ze hier voorkwamen,' zegt Rogier.

'Soms zie je ze weken niet en dan ineens hangen ze boven je. Ze zijn beschermd, als er te weinig voedsel is worden er een paar dode schapen voor ze neergelegd. Maar dat mag eigenlijk niemand weten. De idylle van de natuur die zichzelf regelt. Selectie, de sterksten die overleven en zo meer.'

Rogier geeft hem de fles.

De gids zet de opening aan zijn mond en neemt een paar slokken. 'Zat ze al lang in De la Serre?' vraagt hij terwijl hij de fles in zijn rugzak opbergt.

'Een maand of vijf.'

'Vroeger was het een hotel. En daarvoor was het in bezit van de familie Corbier, een juweliersfamilie uit Marseille. Mijn grootvader is er nog tuinman geweest. Op zich zijn het geen onaardige mensen.'

'Die er nu in zitten?

'In het dorp heb je geen last van ze. Maar contact maken ze niet. Niet dat iemand hier daarop zit te wachten. Alle mensen die in De la Serre wonen, komen van buiten. Het is onvoorstelbaar dat er iemand van hier daar terecht zou komen.'

'Dát is het woord,' zegt Rogier, '"onvoorstelbaar". Maar het kan gebeuren.'

'Niet iemand van hier.' Een superieur glimlachje speelt om zijn mond.

Ze dalen weer af naar het bos, volgen een smal pad met overhangende struiken.

'Misschien zijn ze helemaal niet meer hier,' zegt de gids, 'misschien willen ze dat we dénken dat ze hier zijn.'

'Waarom zouden ze dat willen?'

Hij haalt zijn schouders op. 'Misschien willen ze alles achter zich laten en ergens anders opnieuw beginnen.'

Hij blijft staan en brengt hij zijn verrekijker naar zijn gezicht. Hij tuurt erdoor en laat Rogier vervolgens kijken. Rogiers zoekende blik door de lenzen, die na wat heen en weer gezwaai aan een wijdvallend wit kledingstuk blijft haken. Tussen de warme tinten van de herfst die zich om hem heen verdringen schemert een figuur, op de rug gezien en rechtop staand.

Rogier en de gids beginnen aan hun afdaling.

Struiken en rotsen. Meer en meer komt haar verbeelding in opstand tegen dat landschap van de Pyreneeën. Ze verlangt naar andere rotsen, omsloten door een diepblauwe zee. Steeds opnieuw glijden haar gedachten weg naar Rhodos, of liever naar de video-opnamen van die vakantie, door Leen gemaakt, waarop Bas van de rotsen in zee duikt. Ze herinnert zich dat Leen een keer bij vergissing de camera in plaats van op *video* op *photo* had ingesteld. Tussen de bewegende beelden bevindt zich een stilstaand van enkele seconden. Daarop is Bas met gestrekte armen langs het hoofd op de rand van een rots te zien. Achter hem staat Ellen in haar eerste bikini, aarzelend of ze het er dit keer ook op zal wagen, duiken in plaats van springen. Ze zijn beiden gebruind, de zon legt een zachte schittering op hun natte haren en schouders. Ze lachen, ze hebben het naar hun zin, hun kinderen.

Nu ze aan die enkele seconden van *freeze frame* in het Egeïsche licht denkt, heeft ze de neiging alles stop te zetten. Om boven het geluid van de golven tegen haar kinderen te schreeuwen: 'Blijf staan!'

En als het mogelijk was zou ze nu haar hotelkamer verlaten, en zo hard haar weke benen van vandaag het toestaan over de nachtelijke wegen van Zuid-Frankrijk snellen, terug naar die rots, terug naar 1991, met een badhanddoek in haar handen, klaar om over zijn benige schouders te spreiden nadat hij als een Mexicaanse klifduiker in een kring van schuim is bovengekomen.

Blijf staan, blijf daar staan.

Als ze midden in de nacht uitgeput op bed neerploft, merkt ze dat ze de gordijnen niet helemaal gesloten heeft. Met haar kleren aan kruipt ze tussen de lakens. De verlichting op de parkeerplaats schijnt precies op haar gezicht. Ze kan het niet meer opbrengen er weer uit te gaan, ofschoon het prettiger zou zijn als het nu helemaal donker was, als ze niets hoefde te zien en zich niet gevangen voelde in de grijsgroene wereld van het Ibis. Waar haar eigen spullen, ondanks hun vertrouwdheid, wel moeten opvallen: het script, de laptop en de velletjes met aantekeningen. De aanblik ervan is haar op dit moment even onwelgevallig als het buitenlicht dat ze zichtbaar maakt. Ze sluit haar ogen en blijft stil liggen. Dan gaat haar hand naar het nachtkastje, ze opent de lade. Haar vingers zoeken op de tast en omvatten vervolgens de gladde koelte van het houten ei. Ze brengt het naar haar gezicht, drukt het zachtjes tegen haar wang.

Na een minuut of wat gebeurt het. Het voelt alsof ze, ja alsof wat, in ieder geval alsof ze opgetild wordt, nee, alsof ze gewichtloos wordt, en de zwaarte uit de voorwerpen om haar heen verdwijnt. Zij is het middelpunt van die gewichtloosheid, het is een groot, oceanisch drijven, op de grens van zweven. En alles wat ze weet, alles wat ze voelt, alles wat haar op dit punt in haar leven heeft aan doen koersen, lijkt in het teken van dit ene gevoel te staan.

20

HET EERSTE ETMAAL van zijn bezoek heeft ze zonder blijvend letsel doorstaan, wanneer zij 's ochtends om halfelf in haar ochtendjas de woonkamer binnenkomt. Het begin van de tweede helft, waartoe ze zich beter toegerust voelt dan voor de eerste. Aangekleed en met nat haar staat hij voor het raam. In de kamer hangt de geur van kruidenthee en geroosterd brood. Ze groet hem en in antwoord werpt hij haar een snelle, scherpe blik toe waarna hij iets omhoog houdt. Een boekwerk met een zeegroen omslag van karton, bijeengehouden door een zwarte ringband. Versie 3 van *De Zoektocht.*

'Aardige titel.'

'Waar heb je het vandaan?'

'Het lag onder de tijdschriften op de eettafel.'

'Het is een oude, achterhaalde versie.' Ze kijkt naar omlaag, daartoe gedwongen door zijn ogen: de vonnissende blik, gulzig op zoek naar nog meer dat hij af kan wijzen. Ze heeft genoeg voor hem in huis.

'Je schrijft over mij.'

'Ook.'

'Je schrijft over ons allemaal.'

'In zekere zin.'

'Waarom?'

'Ik heb niets anders om over te schrijven.'

'Wat is dat nou voor antwoord?'

'Ik vertel je wat ik wéét, niets meer, niets minder.'

En daar is geen woord aan gelogen. Wat zou haar nog meer

ter beschikking kunnen staan dan fantasie, werkelijkheid, en de marge daartussen?

'Doe je het voor het geld?'

Omwille van het geld heeft ze nimmer, en nog steeds niet, geschreven. En dat weet ook hij. Voor een gescheiden vrouw van midden veertig heeft ze het probleem van een inkomen naar haar idee effectief afgehandeld. De som van de waarde van haar aandelen, spaarrekeningen en lijfrentes beloopt een zevencijferig bedrag, en iedere laatste week van de maand maakt zijn vader een afkoopsom over die ruimschoots voorziet in haar levensonderhoud. Over geld heeft Leen nooit moeilijk gedaan, al kun je je afvragen of ze zich tijdens het financiële grondgevecht in de loopgraven van de echtscheidingsprocedure niet met te licht geschut heeft verweerd.

'Troep, je kunt alleen maar troep maken, alles wat je geschreven hebt is rotzooi. Net als je leven. Net als jijzelf. Eén grote mislukking.'

Hij werpt het script op de bar van de keuken, waarna het een glijtochtje maakt dat eindigt op de vloer, hoe symbolisch, met een futloos plofje als slotakkoord.

Zes jaar lang heeft ze troep geschreven, ze is de laatste om het te ontkennen. Nu schrijft ze iets waarvan ze hoopt dat het geen troep is. Een verhaal waarin ze gelooft, wíl geloven, op zijn minst heeft geloofd.

'Het is niet jouw verhaal of ons verhaal, het is er alleen op gebaseerd. Er zijn voldoende verschillen aan te wijzen.'

'Je hebt van mij een dochter gemaakt, je hebt wat namen en locaties veranderd...'

'Het eindigt anders.'

'Dat zou je wel goed uitgekomen zijn, hè?'

'Wat?'

'Als ik mezelf van kant had gemaakt.'

'Nee,' zegt ze. 'Natuurlijk niet.'

In de stilte die valt kijkt ze naar het script, dat tussen hen in op de vloer ligt. Het beeld van de zeegroene rechthoek op het beukenparket brengt een duizelingwekkende gedachtesprong op gang. Hij begint bij de verandering van zijn aanwezigheid als personage in haar script naar zijn levende gestalte hier bij het raam, keert dan weer terug naar het verhaal dat zij geschreven heeft, dat hij bekritiseert omdat het zijn leven zou betreffen, wat zij op haar beurt gedeeltelijk ontkent, of niet volledig beaamt, het is maar hoe je het bekijkt. Een kluwen van halve waarheden, gekrenkte interpretaties en onuitlegbare intenties.

Ze kan wel raden wat hij nu denkt: zij heeft hun leven gebruikt, opgesoupeerd. Schrijven over hem en zijn vader en zusje staat voor hem gelijk aan een soort kannibalisme. Ze heeft hen opgegeten, verteerd. Daar valt weinig tegen in te brengen, maar er is ook een andere kant, háár kant: de schrijfster en haar verhaal.

Ze loopt naar de keuken en begint aan de vertrouwde handelingen die haar vandaag onvoorzien voor problemen plaatsen. Het pak koffie staat niet op zijn vaste plek, het eerste filter scheurt, de maatstreepjes van het waterreservoir vormen een hermetisch raadsel, de melk sist op de brander terwijl ze naar de stijgende schuimberg in de steelpan staart.

'Zeg je er verder niets meer over?' vraagt hij verontwaardigd als ze, na het succesvol neerslaan van de coup door de tegen haar samenspannende materie, met een kop koffie aan de blankhouten keukenbar zit.

Dat was ze wel van plan, er verder het zwijgen toe doen. Ze heeft niet veel puf, daarbij is het, als ze zich niet vergist, zondag. Haar solitair bestaan van de afgelopen tijd heeft haar gevrijwaard van confrontaties als deze. Ze heeft nog niet gedronken, ze heeft nog niet overgegeven. Met wat drank op kon ze redelijk van zichzelf op aan. Ongeacht haar humeur vooraf was de uitwerking altijd gelijk. Haar humeur vooraf was trouwens ook altijd hetzelfde. Je zou kunnen stellen dat ze, als ze alleen was, altijd zichzelf was.

Onder druk van zijn weerspannige blik probeert ze toch iets te zeggen.

'Je beweert zelf dat ik van jou de dochter heb gemaakt. De dochter pleegt geen zelfmoord. De dochter gaat mee terug met haar ouders. Ze verzoenen zich. Ze vergeven elkaar.'

'Er valt niets te vergeven.'

'In het script?'

'Er valt niets te vergeven. Niets! Er is nooit zoiets als schuld geweest.'

'Nee?'

Hij brengt zijn hoofd iets naar voren, bleek en afgemat.

'We hebben het er nooit over gehad. Ik weet niet meer dan tijdens de rechtszaak is gezegd. Je hebt me nooit verteld...'

'Je hebt nooit iets gevraagd. Wil je iets weten? Ja?'

Ze haalt haar schouders op.

'Ze heeft me gesmeekt om het te doen, en ik heb het gedaan. Ik weet niet of het goed is geweest, maar ik weet ook niet of het goed geweest zou zijn als ik het níet had gedaan. Ze kon niet verder. Dat dacht ze. En ik ook. Had ik haar moeten laten creperen als een hond?'

'Je had terug kunnen gaan om hulp te halen.'

'Dan had ik haar moeten achterlaten, dat wilde ze niet, dat was het laatste wat ze wilde, ze was vreselijk bang. En: dan had ze het zelf gedaan.'

'Misschien, misschien niet. Het had ook anders kunnen aflopen.'

'Denk je dat ik niet aan die mogelijkheid heb gedacht, achteraf? Maar toen niet. Daar en toen leek dat uitgesloten.'

'En dat jullie nog gevreeën hebben?'

'Wat is daarmee?' Met onverholen ergernis neemt hij haar op.

'Ik wil het gewoon één keer uit jouw mond horen.'

'Pas als je dat niet meer wilt, is er hoop.'

'Hoop voor wie?

'Voor mij. En misschien ook voor jou.'

Tijdens de rechtszaak heeft ze gehoord wat zijn advocaat tijdens zijn pleidooi te berde bracht, en natuurlijk wat Bas daar zelf aan toevoegde, al was dat weinig. Summiere antwoorden had hij gegeven op de vragen, zo summier en terughoudend dat hij haar deed denken aan Camus' Meursault, iemand die weigert zich voor de volle honderd procent te verweren tegen de tenlastelegging, iemand die verwacht dat de waarheid voor zich spreekt.

Zou hij, indien hij er meer werk van gemaakt had, met grotere overgave zijn verdediging ter hand had genomen, haar voor de volle honderd procent overtuigd hebben? Zou zij dan nu niet verlangd hebben het nog *één keer uit zijn mond te horen*? Of had ze meer gewild? Zijn onschuld als gegeven. Hem gepresenteerd krijgen, zwart op wit, onweerlegbaar bewezen. Was het een verlangen naar waarheid, omdat ze niet over een eigen waarheid beschikte? Een overtuiging van zichzelf, iets dat recht uit haar hart sprak.

Een dief is minder slecht dan een moordenaar, het kwaad kent gradaties. In tegenstelling tot wantrouwen. Ze vertrouwt Bas of ze vertrouwt hem niet. Bedoelt hij dat: je gelooft me of je gelooft me niet?

'Ik heb een paar dingen gemist in je script,' zegt hij. 'Dat je voortdurend dronken was en dat je je op Groot Hemborn liet neuken bijvoorbeeld.'

Hij draait zijn gezicht iets naar het raam, steekt zijn handen in zijn zakken. Ze ziet hem van opzij nu. Hij is razend, ze merkt het aan de stand van zijn schouders, het knipperen van zijn ogen, aan alles. Maar ook is hij mooi, de rechte neus, de lichtgewelfde mond, die sprekende, donkere ogen onder de zandkleurige wenkbrauwen. Hij was altijd de knapste van zijn klas, vond ze, op een onopzichtige manier, waardoor het de meeste meisjes ontging. *Jongetje*, ze probeert het woord voorzichtig uit. Om te zien of het haar nog past. Haar mooie, lieve jongetje.

'Wie zegt dat?' vraagt ze.

'Iedereen wist het. Frederik Zwetsloot woonde naast Groot Hemborn. In het koetshuis.'

Ze heeft lang niet meer aan hem gedacht, aan de man van zestig miljoen platen wereldwijd. Aan Frederik Zwetsloot evenmin. Popie Frederik, Bas' klasgenoot op de lagere school, die later net als hij en de meesten uit hun groep naar het Kuster Lyceum ging. Ze ziet hem voor zich. Blond krullend haar, smalle, ijsblauwe ogen, een wat schor, op zichzelf verliefd stemgeluid, hij staat nog ergens op een foto van een verjaarspartijtje. Al vanaf de lagere school was hij in zwang bij de meisjes. Hij had iets met Jiske gehad nadat ze het uitmaakte met Bas, die daarna uit pure machteloosheid 'Jiske, ik hou van je!' op het spoorviaduct in H. kalkte.

Even ziet ze de binnenplaats van het Kuster voor zich, een groepje jongens bij elkaar, windjacks, stomende monden, in het centrum Frederiks opgerichte, hoekige gelaat. Terwijl zijn ogen om aandacht vragen en tegelijkertijd de suggestie in stand houden dat hij op zijn hoede is voor luistervinken, vertelt hij iets. Het daverende gelach van de jongens dat volgt, verwaait boven de binnenplaats en alle blikken richten zich op Bas.

'Lijkt me echt een scène voor in jouw script, seks in het zwembad.'

Eén keer was dat gebeurd, maar één keer was genoeg geweest voor Frederik Zwetsloot en zijn schandaalmond. Er prikkelt iets achter in haar keel.

'Of met die beeldhouwer, die vent met die oude Volvo... in de duinen.'

'Stop!' zegt ze en veert overeind. Het bloed stijgt naar haar hoofd, een hoge golf die over de zeewering heen slaat. De kamer vervaagt en lijkt enigszins te draaien.

'Waarom?'

'Alsjeblieft.'

Nu is het háár daad, en niet de zijne, die tussen hen in staat, reusachtig, onhanteerbaar, als de afschuw zelf, het bewijs opnieuw, van de zoon die zijn moeder terecht afwijst. Ze drukt met haar wijsvinger op de suikerkorrels die op de keukenbar liggen en stopt haar vinger in haar mond. De korrels smelten langzaam op haar tong. Ze stelt zich voor dat Sai Rupa haar komt zeggen wat ze op dit moment moet doen, hoe ze verder moet leven.

'Hoe kun je schrijven over mensen zonder... Je scheert overal langs, je interesseert je gewoon niet genoeg voor wat er vanbinnen gebeurt, wat er écht gebeurt, om over mensen te kunnen schrijven.'

Hij kijkt haar recht in haar ogen, nog steeds vanaf dezelfde plek bij het raam, alsof de zeeblauwe rechthoek op de vloer een punt markeert dat hij slechts verbaal durft te passeren. 'Je kunt er niets aan doen, zo ben je. Altijd opgesloten in je eigen wereld.'

VERA BEVINDT ZICH ACHTER in de auto van de gendarmes, onderweg naar het ziekenhuis. Ze rijden juist een provincieplaatsje binnen.

'Een jachtopziener heeft haar gevonden,' zegt de oudste van de twee, degene die niet achter het stuur zit. Hij zet zijn zonnebril af, begraaft zijn vlezige kin in zijn uniformjasje en poetst nauwgezet de donkere glazen met een zakdoek op. 'Hij heeft onmiddellijk de helikopter laten komen. Ze lag helemaal onder in het ravijn. Het is een hele toer geweest om bij haar te komen.'

In de gang bij de intensivecareafdeling wordt ze opgewacht door een verpleegster, die haar een groen schort en een hoofdkapje opdoet, daarna trekt ze plastic hoesjes over haar schoenen.

'Ze heeft inwendige bloedingen, haar rechterlong is er slecht aan toe,' zegt de verpleegster. 'Maar u moet hoop houden. Dit is een plek waar wonderen kunnen gebeuren.'

De deur van de intensive care die openzwaait. Op het bed in de hoek van de ruimte ligt Marieke. Schemerig tegenlicht, infusen, monitoren, onder het bed een plastic zak met urine. Haar gezicht is sterk gezwollen en geschaafd, de rechterzijde is roodpaars gekleurd door een bloeduitstorting. In het kielzog van de verpleegster komt Vera dichterbij. Ze hijgt, op de grens van hyperventilatie, niet in staat te kijken naar dat gemaltraiteerde gezicht boven het witte laken. Ze doet haar best haar ademhaling te reguleren. De verpleegster brengt haar mond bij het oor van het Marieke.

'Je moeder is er,' zegt ze. 'Je moeder is bij je.' En dan beperkt ze zich tot de oerklank, het eerste woord van de taal: 'Mama.'

De ogen van Marieke zijn en blijven gesloten. Een teken dat zij iets gehoord heeft, laat staan begrepen, blijft uit. Vera kijkt nu voor het eerst goed naar het gezicht in het bed.

'Praat tegen haar, praat maar zo veel mogelijk,' zegt de verpleegster, en schuift een stoel voor haar bij. Vera schudt met haar hoofd. Ze probeert iets zeggen, maar kan geen woord uitbrengen.

'Het valt niet mee, maar u moet uw best doen. U bent op dit ogenblik alles wat zij heeft.'

Dan trekt er een lichte trilling door de gesloten oogleden, alsof een plotselinge tochtvlaag ze beroert. Een zacht gekreun stijgt op van de gezwollen lippen, gevolgd door een woord, ofschoon onduidelijk en fluisterend uitgesproken, herkenbaar.

'Mama.'

Er schiet wat leven in haar hand, die langzaam opengaat, een traag, week zeedier geharpoeneerd door de infuusnaald. De verpleegster knikt ter aansporing naar Vera. Even aarzelt ze nog, dan gaat ze zitten en pakt de hand vast.

De semafoon van de verpleegster begint te piepen, ze trekt hem uit haar borstzakje, werpt een blik op het venstertje en is al weer weg.

'Mama,' klinkt het weer.

Met haar vrije hand wrijft Vera over de magere pols.

'Alles komt goed,' zegt ze, 'mama is bij je.'

Een dochter als in het ziekenhuisbed ligt, heeft ze zelf niet gehad. Ellen staat in geen enkel opzicht model. Daar is ze, ondanks de beschermde omgeving waarin ze opgevoed is, een veel te gedecideerde, pragmatische meid voor. Geholpen door de genen van haar vader heeft Ellen een gestaalde psyche ontwikkeld. Ze wil niet uitsluiten dat haar dochter, ingegeven door een gezonde zucht naar levenservaring, nog wat stommiteiten zal uithalen. Wie weet doet ze dat al in Maine, daar aan de andere kant van de oceaan waar ze nog steeds niet weg wilde. Misschien moet ze erachter komen hoe het voelt om een faux pas te maken. Maar daar zal het dan ook bij blijven, een verkennend uitstapje, op veilige afstand van de gevaarlijke grenzen die haar broer juist opzoekt. Voor Ellen, de inpalmster, het hockeymeisje dat de wereld wil veroveren, geen veda's of geitenmelk, maar veiligheid, geld, auto's, de juiste kleren, vriendjes, feestjes, snowboards, vakanties. Het voorportaal van het overzichtelijke leven van haar ouders kortom, maar dan de verbeterde versie ervan. Tot die wordt opgestart, is er ruimte voor intermezzo's met, wie weet, XTC en achterbankerotiek, de gebruikelijke ruilhandel tussen getatoeëerde jongens en bekakte meisjes die elkaar later hooguit nog zullen treffen als hij de verstopte afvoer in haar leigedekte villa komt repareren.

Nee, aan haar lieve, evenwichtige dochter heeft ze in dit opzicht niets, het zijn de vriendinnen van Bas die haar voor ogen staan bij het schrijven van de scènes over Marieke. Bedeesde types met bloedeloze gezichten en afgekloven nagels. Sommigen waren werkelijk heel aardig, heel zacht, maar op een manier die haar vrees inboezemde. In hun ogen schitterde een hemels licht, alsof ze dingen wisten, dingen zagen. Ze glimlachten onophoudelijk.

Het meisje dat in Groningen bij hem introk, mocht ze niet. Bij die bleke, schrale klaagster kreeg het persoonlijke gesprek dat ze uit welwillendheid met haar probeerde aan te knopen het karakter van een psychotherapeutisch uurtje waarin het kind onbekommerd haar hart uitstortte over eetstoornissen, begriploze ouders en menstruatiepijnen.

Ze kan niet denken aan haar zonder het halfhartige verwijt dat zíj degene is geweest die Bas voor het eerst meenam naar een lezing over transcendente meditatie. Natuurlijk weet ze beter en geeft het geen pas, maar in gedachten heeft ze dat meisje er menigmaal de schuld van gegeven dat ze hun zoon definitief verloren. Haar introductie van Bas in de wereld van ascese en devotie was precies het zetje dat hij niet kon gebruiken. Vanaf dát moment heeft zijn leven in vrije val koers gezet naar de noodlottige gebeurtenis in de bergen van de Ariège. Engel van het kwaad, gezant der rampspoed, in die termen dacht ze over de tamelijk onschuldige vogelverschrikster met wie Bas een halfjaar zijn appartement en geest deelde. Als dat meisje wat minder vatbaar was geweest voor de uiterlijke kenmerken van de ernst, en gevallen was voor de wijnrode, orgastische extase van Bhagwan, dan zou het met Bas heel anders gelopen zijn: een seksueel experiment onder het mom van catechisatie, en na een paar jaar weer over tot de orde van de dag.

Ja, als... Als hij met Maaike van de wijnhandel in het dorp om was blijven gaan, als Jiske van het Kuster Lyceum hem niet had laten zitten voor die sluwe, walgelijk getapte Frederik, die haar niet nodig had zoals Bas haar nodig had, die nooit haar naam op het spoorviaduct geschreven zou hebben, dan zou... Zet de wissel om en de trein komt in Leeuwarden aan in plaats van in Maastricht. Trouw met een opgeruimde, humoristische vrouw en je kent minder zorgen. Trouw met een tandarts en je kinderen hebben gave gebitten. De niet-ingeslagen wegen, denkt ze, de niet-geleefde levens. Daar gaat ze weer, ze weet dat het een idee-fixe is, een doodlopende straat, maar ze kan het gewoon niet laten.

Zestien jaar en afgewezen worden, heulen met hartzeer, het is de gewoonste zaak van de wereld, een hardhandige kennismaking met waar het leven ook voor staat. Vallen, pijn, verder schaatsen. Onvermijdelijk, noodzakelijk, leerzaam. En toch: als, als, als.

Alles is een effect en zelf weer de oorzaak in een oneindige causale reeks, had ze bij Spinoza gelezen. Zo er iemand verantwoordelijk gesteld kon worden voor die keten van omstandigheden, oorzaken en coïncidenties waardoor zij de trui kocht die Bas later op het gezicht van dat meisje had gedrukt, dan was zij het, zijzelf. Ze mocht niet liegen, ze mocht niemand anders de schuld geven, zíj was het geweest die in de tuin wilde liggen lezen, zíj was het die met rust gelaten wilde worden.

21

ALS ZE ELKAAR AMPER drie maanden kennen vliegen ze met studentenkorting van Amsterdam naar Buenos Aires en vandaar verder naar Santiago de Chile. De vertraging meegerekend zijn ze al achttien uur onderweg wanneer ze met hun loodzware rugzakken de bus instappen die hen van de luchthaven naar de stad zal rijden. Cyprus is tot dan toe haar verste bestemming. Ze voelt zich opgewonden, bijna bevreesd. Vrees voor de misdadige reputatie van het werelddeel, voor de militairen van Pinochet, voor verkeersongevallen, voor badkamers met kakkerlakken, voor virussen, voor heimwee; een weids panorama aan bedreigingen dat zijn focus vindt in een kort, kristalhelder visioen als de bus schokkend wegrijdt. Daarin ziet ze haar moeder met de telefoon aan haar oor, kermend als een aangeschoten dier, na het horen van het catastrofale nieuws over haar dochter dat haar vanaf de andere kant van de wereld bereikt.

Over dit alles vertelt ze Leen niets. In de eerste plaats omdat ze zich schaamt voor die ongerichte angst. Daarnaast omdat ze Leen de eerste dagen in stilte wil observeren. Het is de enige manier om te achterhalen of hij haar gevoelens deelt, of haar angst al dan niet terecht is.

Leen, toch ook voor het eerst in Zuid-Amerika, lijkt verre van bezorgd. Noch in de donkere straatjes van het buurtje waar zij een dag of vijf in een klein pension verblijven, noch op de drukke pleinen. Ze bewondert hem om het gemak, het plezier vooral, waarmee hij wisselkantoren binnenstapt, in eethuizen de gerechten met de kelner doorneemt, op busstations kaartjes koopt, met een potlood in de hand dienstregelingen, kaarten en plattegronden bestudeert. Ze vraagt zich af waar hij het vandaan haalt, die opgewekte onverschrokkenheid. Haar eerste moment van plezier, zo niet zelfbewuste trots, volgt op de telegrafische ontvangst van de cheque uit Amsterdam, een deel van het voorschot voor het script van *Gravers*, te verzilveren bij American Express in Santiago. Ze loopt naar het loket en keert een paar minuten later met handen vol dollars en peso's terug. Verwaand voldoet ze die avond voor hen beiden de rekening in een visrestaurant, chic voor hun doen, want hun plan is zo min mogelijk uit te geven om zo lang mogelijk weg te kunnen blijven.

Het eerste deel van de reis gaat naar het zuiden, het koude zuiden, zodat ze daarna, noordwaarts trekkend richting Peru, hun oude truien en winterjacks achter kunnen laten. Ook een idee van Leen, dat geleidelijk afwerpen van ballast – hij blijkt indrukwekkend praktisch ingesteld te zijn.

Busverbindingen, overstapplaatsen, betaalbare, meestal schone pensions, lokale visgerechten, hij is van alles precies op het juiste moment op de hoogte. Een groot deel van de dag bestudeert hij zijn reisgidsen, onaangename verrassingen vinden in hem een tot de tanden bewapende opponent. Zijn ijver maakt haar taak tamelijk eenvoudig. Dagelijks legt hij haar de mogelijkheden voor, multiple choice onder het genot van vers brood en oploskoffie. Zij kiest, hij neemt de praktische besognes voor zijn rekening. Watervallen, grotten, bossen, markten, musea.

Na een week of vier bereiken ze Lago Todos los Santos, een door naaldwoud omzoomd meer met diepblauw water aan de voet van een aantal vulkanen. In de boot van een visser van indiaanse afkomst steken ze het meer over. Aan de andere kant van het water, een paradijselijke plek met wilde bloemen, kolibries en dramatische vergezichten over het water helemaal tot aan de kegelvormige vulkanen met hun besneeuwde toppen, vindt ze de plek waarvoor ze op reis is gegaan. Het uitzicht is zo overweldigend dat de tranen haar in de ogen springen. Onvergelijkbaar én geheimzinnig vertrouwd: Lago Todos los Santos.

Ze huren het houten bouwsel met een dak van golfplaten dat achter het huis van de visser staat. Het is niets bijzonders, een schuurtje met een bed, een tafel en twee stoelen, bouwvallig bovendien, maar het staat precies waar het moet staan, op nog geen twintig meter afstand van het meer. Aan de achterkant ervan is een kippenren, aan de voorkant een verweerde steiger die een meter of wat in het water steekt.

Ze blijven tien dagen op deze plek, waar ze slechts één andere toerist treffen, een Duitse, in zichzelf mompelende vrouw met de schouders van een gewichtheffer en een voet in het gips, wat het tamelijk eenvoudig maakt uit haar buurt te blijven.

Na het ontbijt maken ze lange, trage, volkomen doelloze wandelingen, waarbij alles wat zich aandient even interessant is: de paarden in de wei, de tanden van een oude vrouw, de ruïne van een huis, de kleur van het hoge gras. Aan een kleine tafel die ze buiten hebben gezet schrijft ze iedere middag twee uur aan het script voor de remake van *Gravers*, met als achtergrondmuziek het zachte kabbelen van het meer. Ze kopen brood en bonen in blik bij een zuster van de visser, die haar woonkamer als winkel heeft ingericht. 's Avonds eten ze met de vissersfamilie mee. Daarna trekken ze zich terug in hun huisje, waar zodra de avond is gevallen het kwik snel daalt. In bed drinken ze rode wijn en zien ze hoe de trage schemer de bomen op de oever verduistert en de lucht boven het meer kleurt. Daarna lezen of vrijen ze, maar wat ze vooral doen is voorzichtig peilen wie degene op het andere kussen is. Leen vertelt met lichte spot in zijn stem over zijn vader, de jurist en oprichter van het kantoor dat Shell en Unilever als klant heeft; over de broer van zijn vader, lid van de Eerste Kamer. Het begint haar te dagen waar die onverschrokkenheid van hem zijn oorsprong in vindt, die zelfbewuste manier van door het leven gaan, zonder noemenswaardige aandacht voor de ravijnen langs de weg. Goed, hij heeft zich dan wel voorgenomen een eigen zaak op te zetten, een volslagen andere richting te kiezen dan zijn vader en broer, eveneens jurist, maar dat neemt niet weg dat hij zich zeker weet van een grootschalige reddingsoperatie in geval van nood. Nooit zal hij zo diep vallen dat de arm van zijn familie hem niet kan bereiken.

Ook politiek komt ter sprake. Hij vindt Pinochet geen reden om niet door Chili te reizen. Zij sputtert tegen en heeft ter tempering van haar schuldgevoel de toezegging afgedwongen dat ze de helft van hun tijd op het zuidelijk halfrond zullen doorbrengen in Peru en Uruguay.

'Ik heb nog nooit een zinnig argument gehoord waarom ik niet hier zou mogen zijn.'

'Toerisme is een bron van inkomsten. Je steunt er het regime mee.'

'Wie betalen we voor onze slaapplek? Een gezin met zes kinderen dat leeft van wat ze aan vis vangen en wat hun moestuintje oplevert. Waar kopen we ons brood? Bij een vrouw die 's nachts naast de oven slaapt en de helft van haar huis met conserven en wc-papier heeft volgestouwd om wat bij te verdienen. Trouwens, wat denk je van Peru, Colombia en Argentinië? Vrijwel het hele continent wordt bestuurd door dictators of stembusfraudeurs.'

Leen, wordt haar al snel duidelijk, is geen man voor vredesmarsen.

's Ochtends, direct na het ontwaken, nemen ze een duik in het koude water, het moedige begin van de dag, waarna ze druipend en met tintelende huid op de oever klimmen. Het paadje tussen hun huisje en het meer is modderig. Als ze de tweede dag gaan zwemmen, plaatst Leen een colafles gevuld met water naast zijn bergschoenen op de steiger. Hij vouwt een handdoek op en legt die op zijn schoenen. Ze duiken in het water en zwemmen. Als eerste klimt ze weer op de kant. Rillend en met de modder onder haar voeten spoedt ze zich naar het huisje, een glibberig spoor van grijszwarte voetafdrukken achterlatend op de houten vloer. Met een handdoek over haar schouders kijkt ze door het raam als hij op één been balancerend zijn voeten met het water uit de fles afspoelt. Daarna droogt hij ze grondig af en trekt zijn schoenen aan.

In stilte aanschouwt ze dit tafereel. *Kappen* is het woord dat bij haar bovenkomt.

Maar een paar dagen later betrapt ze zichzelf erop dat ze op de steiger haar voeten met het water uit de fles afspoelt, ze vervolgens droogt, haar slippers aantrekt en pas daarna naar het huisje loopt.

Zijn kennis van film is beperkt. Hij weet niet wie Kurosawa is en, minstens zo kwalijk, doet niet eens zijn best dat te verhullen. Ze noemt een paar titels van zijn films op, hij kent ze geen van allen, zelfs niet *Seven Samurai*.

De reputatie van Wenders, zo geen god dan toch minstens een halfgod in die jaren, acht hij sterk overschat, waar hij ruiterlijk aan toevoegt dat dat ook kan zijn omdat hij niets van diens werk heeft begrepen. Zo'n regelrechte no-nonsensebenadering is nieuw voor haar. In de wereld waarin zij de afgelopen jaren heeft vertoefd slaat iedereen elkaar om de oren met titels van de meest obscure films uit landen waar je nooit van gehoord hebt, laat staan dat de films iets van herkenning oproepen. Maar niemand is zo eerlijk, of zo stom, zoals dat werd gezien, om dat te erkennen. Ze waardeert het in hem dat hij het spel niet meespeelt, dat hij zelfverzekerd genoeg is om te zeggen wat hij vindt, ongeacht het mogelijke dédain dat hij daarmee over zichzelf afroept. Maar die oprechtheid is haar niet genoeg. Ze gaat op zoek naar de overeenkomsten, naar de overlappingen van haar en zijn 'mooiste films'.

One Flew Over the Cuckoo's Nest, is de eerste die hij noemt, als ze hem naar zijn lijstje vraagt. Een titel waar smaaktechnisch weinig tegen in te brengen valt, komt voor op negen van de tien lijstjes. Die is binnen. *Scorpio* vindt hij ook een geweldige film. Hij betuigt zich een groot bewonderaar van Al Pacino. *The Godfather 2* vindt hij de beste speelfilm aller tijden. Ofschoon niet haar keuze, valt ook daar weinig op aan te merken. Of het moet de bevestiging zijn van haar vermoeden dat zijn voorkeur exclusief uitgaat naar het genre van de Amerikaanse actiefilm.

Gene Hackman kan geen kwaad bij hem doen. Hij denkt in acteurs (in mindere mate in actrices) in plaats van in regisseurs, zoals zij en haar celluloidverslaafde geestverwanten. Zijn topdrie van Gene Hackman-films: *The French Connection* (een beetje voor de hand liggend), *The Conversation* (al meer in haar straatje), *Prime Cut* (heeft ze niet gezien, bewust niet, wat genoeg zegt).

Una Giornata particolare, hoog op haar lijst, zo hoog dat ze hem als eerste noemt, heeft híj niet gezien. Tot haar verbijstering. Het bestaan van *Il Conformista* is hem volledig onbekend. Een regelrechte dolkstoot in haar filmhart, dat ze zonder enige aarzeling zou wegschenken indien hij die opmerking weer inslikte. *The Deer Hunter* vindt hij geslaagder dan *Apocalypse Now*, zelfs nog nadat ze vol vuur heeft uiteengezet waarom dat niet kan, of niet zou mogen kunnen. Onoverkomelijke meningsverschillen, was dat niet de juridische term op grond waarvan een relatie werd ontbonden, in plaats van aangegaan?

Ze verlegt het gesprek snel naar het wat haar betreft meer vrijblijvende terrein van de muziek. Hij houdt van The Eagles, The Band en Fleetwood Mac. Zij van Bowie, The Cure, en Lou Reed. Hun respectievelijke lijstjes leveren slechts een paar voor de hand liggende overlappingen op: Steely Dan, Van Morrison, ELO. Een weinig hoopgevend resultaat, te meer daar ze achteraf spijt heeft van ELO. Maar ze zit er niet echt mee, muziek is per slot van rekening niet haar passie. Muziek is maar muziek. Tot hij zich laat ontvallen dat hij van The Temptations platen heeft, *gekocht* heeft. 'Ain't Too Proud To Beg', 'Papa Was A Rolling Stone', 'Masterpiece'. Alleen die titels al.

‘Hou jij van disco?!’

‘Niet disco. Soul! Al Green, Curtis Mayfield, Aretha Franklin, Marvin Gaye, The Temptations.’

‘Dat heb je me nog niet verteld.’

‘Het is niet ter sprake gekomen.’

‘Jezus. Soul.’

‘Vind je dat ik dat zou moeten doen, meteen bij kennismaking zeggen dat ik een voorliefde koester voor zwarte muziek?’

‘Het zou in ieder geval een hoop misverstanden voorkomen,’ zegt ze. ‘Het is echt... ernstig. Als je op de kieslijst van de Jonge Liberalen hebt gestaan, vertel je dat toch ook.’

‘Wat is er mis met de Jonge Liberalen?’

Met een strijdlustige, humorloze blik neemt hij haar op.

‘O god, nee hè,’ zegt ze zacht.

Dan begint hij te lachen en zet haar op haar plaats. ‘Wat ben jij een intolerante, zwartwitdenkster.’

‘Daar kan ik mee leven,’ zegt ze.

Ze geeft hem haar exemplaar van Nabokovs *Pnin*, een cadeau van Thea, dat ze zelf net uit heeft. Vanuit haar ooghoeken houdt ze hem nu en dan in de gaten, in een tot falen gedoemde poging aan zijn gezicht en houding de mate van appreciatie af te lezen. Zodra hij het uit heeft, wil ze weten wat hij ervan vindt. ‘Mooi, sublieme stijl.’

‘Vind je het echt mooi? Ik had de indruk dat het je soms verveelde.’

‘Nee, ik vind het echt mooi.’

Ze is opgelucht, maar niet voor lang, een volgend front met zorgen is al in aantocht. Ze verwacht iets van hem, maar wat? Dat hij zich interesseert voor de films en boeken die haar dierbaar zijn. Is dat alles? Nee, ze wil ook dat hij ervan houdt om de films en boeken zélf, en niet alleen maar omdat zij ervan houdt. Waarschijnlijk is het wat te veel gevraagd, maar dat is wat ze eigenlijk wenst. Inderdaad, ze is een intolerante zwartwitdenkster, ze wil dat hij bewijst dat ze, op een bepaald elementair gebied, hetzelfde zijn. Niet omdat ze denkt dat ze dan beter bij elkaar zouden passen, maar domweg omdat het haar ontbreekt aan de verbeeldingskracht zich een leven voor te stellen met iemand die nog nooit van *Il Conformista* heeft gehoord.

Terwijl zij aan de tafel voor het huisje werkt aan haar script, zit hij op de steiger en maakt aantekeningen in zijn dagboek. Geen reflectieve invallen vullen de pagina's, zoals zij aanvankelijk denkt en hoopt, maar namen, adressen en telefoonnummers, van pensioneigenaren, busondernemingen en bureaus voor toerisme. Complete draaiboeken voor drieweekse reizen schrijft hij uit, inclusief een vrij nauwkeurige logistiek.

Twee jonge mensen die van het noordelijk halfrond hierheen zijn gereisd, naar deze onwaarschijnlijke plek, om sabbelend op een pen voor zich uit te staren. In de aandoenlijke, toegewijde stilte van een middelbareschoolproefwerk gaan ze volledig op in hun gedachten.

Twee werelden, denkt ze als ze naar hem op de steiger kijkt, maar niet twee werelden die elkaar uitsluiten. Hij mag dan niet van Wenders houden, maar hij kon op een zeer plezierige, onnadrukkelijke manier in haar nabijheid vertoeven. Nooit eerder had iemand zo weinig van haar verwacht of geëist, geen andere voorwaarde gesteld dan dat ze hem in haar omgeving duldde.

Steeds meer hangt er iets in de lucht van echt – ja, waarom durft ze het niet te denken, te erkennen? – geluk. Op dat lapje grond langs het water, waar de lucht van aarde en mest zich mengt met de geur van uitlopend voorjaarsgroen, waar achter haar rug iets kakelt en voor haar de golfjes aan de palen van de steiger likken.

In fantasierijke verwachting had ze zich nooit iemand als Leen voorgesteld, de niet-artistiekeling, de jongen die met iemand meekwam naar de presentatie van de eindexamenfilms. De solide, no-nonsense langetermijninvestering was nooit haar type geweest. Wie dan wel? Iemand als Erik, creatief, impulsief, fysiek. Maar Erik, haar idee van een grote verzadigende liefde, had gekozen voor Canada en een meisje dat rondreed in een auto met hout op de portieren. Of iemand als Jack Nicholson in *Five Easy Pieces*, een getormenteerde figuur met een groot verkwanseld talent en op de plek waar zijn hart hoorde te zitten een rokende vulkaan. Maar Jack Nicholson zou haar op een dag bekennen dat hij altijd verder trekt, niet omdat hij naar iets zoekt, maar omdat hij wegloopt van de dingen die alleen maar minder worden als hij zou blijven. Ook híj zou haar verlaten. En daar is zij geen vrouw voor, behalve in haar fantasie en de projectie daarvan op haar werkzaamheden als regisseur.

In tegenstelling tot het leven van een filmpersonage, dat zich uitsluitend afspeelt in de dramatische momenten, moest haar leven het juist hebben van wat zich daartussenin voltrok, van de gebeurtenissen die het script níet haalden. Wat, hoe spijtig ook, uitsloot dat je in trouwjurk de kerk, de bruidegom en de genodigden ontvluchtte. Zoals de dochter van Mrs. Robinson doet: samen met Dustin Hoffman de benen nemen naar de gedroomde toekomst van een eeuwige zomer, in plaats van naar de echte, die van kinderen, kaasfondue en brandverzekeringen.

Op de ochtend dat ze terugvaren is het weer omgeslagen. Over het meer hangt een deken van kou en regen. Ze zitten naast elkaar op een plank in het midden van de boot, met hun handen boven hun hoofd om het plastic zeil dat hen tegen de regen beschermt omhoog te houden. De visser zit achterin, weggedoken in zijn poncho, één hand om de stuurstang van de buitenboordmotor, waarbij hij het klaarspeelt om ondanks het weer een sigaret te roken. Niets is meer wat het was toen ze in de andere richting voeren. Het water van het meer, met kringetjes doorschoten, is grijs als lei, de bomen tekenen zich vaag af langs de oever, om verder weg in de nevel te verdwijnen, de aan het zicht onttrokken vulkanen zijn een onbetrouwbare herinnering.

Ze eten de nog warme empenada's die de vrouw van de visser ze bij het afscheid meegaf. Leen komt terug op zijn selectie van favoriete speelfilms. *Scarecrow* is hij vergeten te noemen. Met een nog groene Al Pacino en Gene Hackman als twee daklozen die vriendschap sluiten nadat Pacino Hackman zijn laatste lucifer aanbiedt. Met gevoel voor detail, zonder intellectualistisch te analyseren maar op de toon van iemand die van een film genoten heeft, vat hij het verhaal voor haar samen. Hij doet dat zo geestdriftig dat ze zich voorneemt de film zodra ze in Nederland terug is op video te huren. Op een dag zal ze hem vertellen dat ze dat in de stromende regen op Lago Todos los Santos heeft besloten. 'Je vertelde zo aanstekelijk...'

Dan, voor het eerst, duikt uit het niets de gedachte op aan een kind, aan hoe het zou zijn om een leven in haar buik te voelen. Een dwaze gedachte, want een kind is nu wel het laatste wat ze wil. Toch zou je achteraf kunnen zeggen dat ze daar voor het eerst, voor de allereerste keer, bij de mogelijkheid stilstond.

Recht voor hen doemen in een waas van regen de houten huizen op van het plaatsje waar ze heen gaan. Door de ingeslotenheid en het gebrek aan kleur is het een ander plaatsje dan waar ze uit vertrokken. De Chileense vlag op de militaire post, strijdlustig en stralend wapperend tegen een strakblauwe lucht bij hun vertrek, hangt nu neerslachtig langs de mast. Op het zeil boven hun hoofd roffelt de regen. Bevangen van dat tikkende geluid en de vrede van Leens aanwezigheid ondergaat ze een gevoel van volkomenheid, een volkomenheid waarnaar ze later nog vaak zou zoeken maar zelden zou vinden – niet in de drukke stad met de ronkende, toeterende walm van haar haast, noch in de groenglinsterende leegte van B.

Ze stappen uit de boot, nemen afscheid van de visser. In een jeugdherberg, waar ze donkere thee met honing drinken, overleggen ze. Hij wil nog verder naar het zuiden, in de richting van de pool. Zij wil naar de warmte van het noorden.

Er zijn in haar leven maar weinig momenten zo hoopgevend

geweest als dit, weet ze achteraf, met alles nog open, alles nog in het verschiet. De weg naar het zuiden, de weg naar het noorden; de diverse levens die ze kan leven; met hem, zonder hem. Anderhalf uur hebben ze nodig in die jeugdherberg om hun argumenten uit te wisselen. Dan nemen ze de bus voor het eerste deel van het traject. Ze gaan op weg naar het noorden, waar, naar verluidt, de zon schijnt.

22

DE SAMENVATTING:

Haar zoon Bas had op 14 oktober 2001 op een desolate plek in het departement Ariège een jonge vrouw, Fanny Fahnenschreiber, om het leven gebracht, nadat hij zijn zaad in haar had gestort. Hij doodde haar met zijn eigen trui, die hij opvouwde en enige minuten lang op haar gezicht drukte terwijl zij onder hem lag. Hij drukte die trui op haar gezicht tot ze niet meer bewoog.

De versie van haar zoon:

’s Nachts om vier uur treffen ze elkaar beneden bij het vuur in de hal. Fanny heeft de sleuteltjes van de Toyota van het haakje gevist en staat hem op te wachten. Ze gaan naar buiten en rijden even later in het nachtelijk duister de poort uit. Fanny zit achter het stuur – dat kan niet anders dan waar zijn, omdat Bas niet over een rijbewijs beschikt. In iets meer dan een half uur rijden ze naar Agnouède. Ze zet het busje stil op het onverharde pad bij een kleine brug, waar het pad begint. Hij vraagt haar waar ze naartoe gaat. Ze wil met hem wandelen, zegt ze, de bergen in. Tot dat moment weet hij niet meer dan dat ze samen ‘ergens heen’ zouden gaan om te praten.

Waar wil je over praten, vraagt hij. Nog niet, zegt ze. Ze blijven in de auto zitten tot het licht wordt, het grootste deel van de tijd zwijgend of mantra’s prevelend.

Een paar dagen eerder heeft ze hem opgebiecht dat ze het leven in het klooster niet meer aankan en weg wil. Haar bekentenis ontlokte hem de ontboezeming dat ook hij de laatste maanden twijfelt aan zijn aanwezigheid in Les Hautes. Er ontbreekt iets aan hem, of aan het klooster, om te kunnen blijven voelen wat hij die eerste maanden heeft ervaren: de frisheid van een overtuiging. Dit besef had een poosje op de rand van zijn bewustzijn gebalanceerd, maar nu volgde de openbaring. Alles wat hij deed kwam voort uit plichtsbesef, uit de zelfopgelegde taak niet te verzaken. Hij had besloten vol te houden en daarom hield hij vol, maar hij was vergeten waarom dat belangrijk was en hij leefde van de ene in de andere dag.

Hij speelde met de gedachte naar Bangalore in Noord-India te reizen, om een bedevaartstocht naar de ashram van de goeroe, 'Het huis van de volmaakte vrede', te maken. Hij vroeg zich hardop af of zij hem wilde vergezellen.

Ze had geantwoord dat ze daarover wilde nadenken.

Tegen zevenen stappen ze uit het busje en gaan op weg. Hij denkt nog steeds dat ze deze wandeling gearrangeerd heeft om op zijn uitnodiging terug te komen. Op gympen en met windjacks over hun dunne kleding heen beginnen ze het pad te volgen. Ze klimmen omhoog en bereiken na een uur rotsig terrein, waar oude kwijnende sparren in groepjes bijeen staan. Het morgenrood kleurt het graniet, het pad voert omhoog en omlaag, in de diepste, schaduwrijke regionen over verende mossen en modderige sleuven. Zij loopt het grootste deel van de tijd voorop, zonder een woord te spreken. Soms hoort hij haar zachtjes prevelen, soms hoort hij slechts haar hijgende ademhaling.

Pas na een uur of twee rusten ze voor het eerst uit, met uitzicht op het ravijn, een van de panorama's waarvoor de meeste wandelaars dit gebied bezoeken. Die ochtend kijken ze neer op een dikke nevel doorstoken met bleekgroene boomtoppen. Ze zitten daar een poosje – niet langer dan een uur, volgens zijn verklaring – en vervolgen hun weg, nu dwars door de vergeelde struiken in plaats van over het pad. De hele middag verplaatsen ze zich kriskras door het landschap, nu eens een wildpaadje volgend, dan weer hun koers op een ver rotsblok uitzettend. Laten we praten, vraagt hij haar. Later, is haar antwoord.

Hij begint zich zorgen te maken dat ze zullen verdwalen, maar zij gelooft dat ze geleid worden en dat je bovendien niet kunt verdwalen als de bestemming er niet toe doet.

Uit een stroompje drinken ze water, van struiken plukken ze de laatste bessen. Hij zegt dat hij niet verder gaat, niet nóg verder. Ze lacht naar hem en vervolgt haar tocht. Ze klauteren, ze klimmen, ze banen zich een weg door het struweel.

Ze vinden een droge plek uit de wind, in een uitholling van de granieten rotsen. Daar blijven ze tot het duister invalt. Er zit niets anders op dan hier de nacht door te brengen. In hun te dunne kleding kruipen ze dicht tegen elkaar aan en proberen te slapen. Ze huilt zachtjes, klappertandend, hij wrijft haar rug en schouders tot ze slaapt.

Als hij wakker wordt, is het donker en koud. Ze zit een paar meter bij hem vandaan, met opgetrokken knieën. Haar lichaam, haar hele lichaam rilt van de kou, maar het is alsof die prikkel niet tot haar psyche doorgeseind wordt. Ze staart naar een punt in de ruimte en huivert. Vanaf dat moment weet hij dat het volledig mis is. Hij houdt haar vast tot ze weer in slaap valt.

De gehele volgende ochtend probeert hij haar te bewegen terug te keren, maar al zijn argumenten ketsen af op een star voornemen. Ze is bang, zegt ze. Waarvoor? Voor alles wat er vóór haar ligt. Ze wil niet terug. Ze wil niet verder. Wat wil ze dan? Hier blijven, zegt ze.

Het leven teruggebracht tot zijn simpelste mogelijkheid: ademhalen en afwachten.

Ze praat nu aan een stuk door. Ze vertelt hem dat alles mislukt is, dat ze dat duidelijker inziet dan ooit. Het harde werken in de moestuin van het klooster, het chanten, het lezen van de veda's, al haar inspanningen hebben ten slotte geleid tot niets. Het eind is het begin, het resultaat is nul, leegte. Ze is weer even ver als toen ze acht maanden geleden kwam, een illusie armer bovendien.

'Ik kom er niet voorbij,' zegt ze. 'Het lukt maar niet, ik stort er steeds opnieuw in.'

Dan vertelt ze hem over haar droom van enkele dagen eerder. Zij waren beiden op zoek naar een plek die ze zouden herkennen als ze hem vonden. Ze zouden zich verlaten op hun intuïtie en op die plek achterblijven. Zonder angst, zonder nog ergens deel aan te hebben.

Hij zegt dat ze altijd ergens deel aan hebben, alleen al door die gedachte, laat staan door het uitspreken ervan.

Ze zegt dat ze 'het' gezien heeft. Ze liggen hand in hand, het is vredig, de vogels kijken op hen neer.

Hij weet niet of ze meent wat ze zegt. Hij weet alleen dat ze pijn heeft, een pijn waarvan ze tracht te spreken.

In het eerste licht van de ochtend draait de wind, en de ene na de andere bijtend koude vlaag bereikt hen. Hij put zich uit in het zoeken naar woorden die haar overtuigen met hem terug te keren. Maar wat hij ook zegt, hij ziet haar steeds verder afglijden.

Als ze beseft dat hij de verwezenlijking van haar droom afwijst wordt ze bang, vreselijk bang. Waternevels drijven in hun richting. Zijn gezicht en kleding zijn vochtig, zonder dat het regent. In gedachten herhaalt hij de markeringen van de weg terug naar het pad. Het langdurig op haar inpraten, de honger, het gebrek aan slaap, dat alles begint zijn tol te eisen. Hij smeekt haar met hem mee te gaan. Ze weigert. Hij dreigt haar mee te slepen. Ze kijkt van hem weg. Hij schudt haar door elkaar, schreeuwt tegen haar, huilt met haar handen in de zijne.

Met gymnastiekoefeningen probeert hij zich warm te houden. Zij zit op de grond te verstenen. De voortschrijdende verduistering van haar geest, hij weet dat hij er iets tegen zal moeten ondernemen. Hij stelt haar voor de keuze: ze gaat nu met hem mee, óf hij gaat alleen terug.

Het is alsof ze hem al niet meer hoort. Hij doet zijn trui uit en biedt die haar aan. Ze weigert hem aan te nemen, of liever, ze reageert niet. Hij legt hem naast haar neer en loopt bij haar weg. Buiten haar gezichtsveld wacht hij af, vijf minuten, tien minuten, een kwartier. Als hij terugkeert zit ze nog op dezelfde plek. Hij knielt bij haar neer en begint haar weer warm te wrijven. Dan drukt ze zich opeens tegen hem aan en vraagt of hij met haar wil vrijen.

Hij gaat boven op haar liggen, hij stort zijn zaad in haar verkleumde lichaam uit. Als ze daarna hand in hand naast elkaar liggen vertelt ze hem over het hondje dat ze voor haar zesde verjaardag heeft gekregen, ze beschrijft het dier heel nauwkeurig, streep voor streep, tot en met de vlekjes op zijn voetzolen. Ze zegt dat ze het licht voelt dat in haar zit en de kou verdrijft. Het licht is overal, zegt ze.

Zo liggen ze een tijdje tegen elkaar. In de verte klinkt een laag gerommel.

'Ga maar,' zegt ze. 'Ga jij maar.' Het is alsof ze hem van iets ontslaat.

'Niet alleen,' zegt hij.

'Het is goed zo.'

Hij begint te begrijpen wat die woorden betekenen en besluit, wat er ook gebeurt, bij haar te blijven. Volhouden, denkt hij, bij haar blijven, net zo lang tot ze toegeeft.

Met een geluid dat lijkt op dat van scheurende kleding stort het water uit de hemel. En op de aanhoudende regen volgt de schemering. Ze gaan op zoek naar een plek die hen beter beschut. Met hun handen klauwen ze door de modder, takken schuren hun gezichten en polsen. Ze ontdekken een diepere nis, nog net geen grot, in de rotswand. Als opgejaagde guerrillastrijders wachten ze koud en hongerig de komst van de ochtend af.

Als die aanbreekt is ze onbereikbaar geworden. Ze huilt aan één stuk door. Hij probeert haar moed in te spreken, al weet hij dat ze hem niet meer hoort. Hij tilt haar op in een poging haar te verplaatsen, daarmee haar verzet te breken, maar ze slaat van zich af en krabt met haar nagels zijn gezicht open.

Ze smeekt hem haar te helpen. Hij zegt dat hij niet kan doen wat zij van hem verlangt. Ze zegt dat ze niet meer teruggaat, wat hij ook probeert. Als zij ook maar iets voor hem betekent, als zij ooit ook maar iets voor hem betekend heeft, dan moet hij haar helpen. Hij weigert.

In de lange stilte die volgt belandt hij op het punt aan dat hij zijn natte kleren niet meer voelt, de hongerkrampen niet meer voelt, hij heeft het niveau bereikt dat alles hem koud begint te laten.

Als je ook maar iets om me geeft, zegt ze.

Hij weigert nog steeds.

In haar droom groeien tussen de bemoste rotsblokken roze bloemetjes die ze naar haar gevoel goed kent, ofschoon ze zich niet kan herinneren ze ooit eerder gezien te hebben. Ze komen op tussen de grote stukken steen, hun heldere, precieze kleuren die het zonverlichte briesje aftasten. Dan trekt een schaduw over de helling, die de knopjes hun zijdeachtigheid ontneemt. In dat ene ogenblik voordat de glinstering wijkt, lijken ze op de matte kleur van het doorweekte jack van Fanny, die dag dat ze samen met Bas in de bergen verdwaalt – alleen waren er toen geen bloemen, en ook geen zon.

Fanny ligt languit op haar rug, stil, met haar uitdrukkingloze ogen gericht op de hemel. Haar vingers strelen mechanisch het stugge gras. Bas zit een meter of vijf van haar vandaan op een rotsblok. Hij draagt gympen en zijn handen steunen op zijn knieën. Met een overweldigende uitbarsting van licht breekt plots de zon weer door en het gesteente en de bloemen schitteren in een zachte nevel. Bas richt zich op en trekt zijn jack uit, daarna volgt zijn trui, die in een ruk over zijn gezicht schuift. In de struiken en bomen klinkt een oorverdovend vogelgezang. Met in zijn uitgestrekte armen de nauwelijks wegende, toch vreemd onhandelbare last van zijn trui loopt hij naar Fanny. De lucht is zwaar en onbeweeglijk, lijkt te drukken op zijn schouders, zijn armen, zijn benen. Zijn trage bewegingen, zijn dragende handen voor zijn buik, het deinen van zijn hoofd, dit alles lijkt beladen met een vermoeid soort dreiging.

Stap voor stap nadert hij de plek waar Fanny verstard op de grond ligt. Hij blijft bij haar staan met voor de neuzen van zijn vuile gympen haar ogen, die smekend naar hem opkijken, en aan de rand van zijn gezichtsveld het lome wiegen van twijgen. Iets in het felle licht lijkt te trillen als hij naast haar hurkt. Hij steekt zijn hand uit en laat zijn vingers over de droge, bleke huid van haar gezicht glijden. Hij valt op zijn knieën en buigt zich voorover als een biddende moslim, kust de kloppende ader in haar hals. Met kalme stem praat hij op haar in.

Dan de trui. Hij heeft hem nog met één hand vast terwijl hij haar zijn woorden influistert. Blauw en zacht glanzend stijgt de trui van zijn dij op, als een vogel die zich losmaakt uit het struikgewas. Hij nadert haar gezicht, hangt erboven, maar dit keer gebeurt het niet. In plaats van op haar neus en mond landt hij op haar schouder. De hand die de trui in zijn greep heeft omvat Fanny's bovenarm en trekt haar in eensgezinde samenwerking met de lege hand die haar andere arm vastheeft omhoog, tot ze zit.

Bas stroopt haar natte jack van haar armen en helpt haar dan in zijn trui. Hij tilt haar op en voert haar weg van die plek. Meter voort meter verwijderen ze zich uit beeld. Over een uur of wat zullen ze de bewoonde wereld bereiken en bij een bakker in een dorpje uit de vakantiefolder vers brood kopen. Wandelend door kleine straten zullen ze hun tanden in de stevige korst zetten en onder de platanen voor het gemeentehuis door gaan. En op het pleintje zal een schoolklas kinderen, twee aan twee, hand in hand, met opwekkend gezang hun pad kruisen. En zij zullen naar die kinderen kijken, hen nakijken tot ze uit het zicht zijn verdwenen en hun geluid boven de platanen verwaait.

Hij zit op zijn knieën naast haar, de trui in zijn hand.

Dit keer doet hij het niet.

Aan het begin van de middag vouwt hij zijn trui op en legt hem over haar gezicht. Behalve haar neus en mond dekt hij ook haar ogen af. Met beide handen begint hij te drukken. Om meer kracht te kunnen uitoefenen laat hij zijn borst op zijn handen rusten. Ze slaat haar armen om hem heen en houdt hem vast, min of meer zoals ze hem de vorige dag vasthield toen ze vreeën. De greep van haar vingers wint een tijd lang aan kracht, om daarna te verslappen.

Hij blijft op haar liggen, de ogen stijf dicht, ook nadat het gereutel in haar longen is stilgevallen. Haar benen liggen ontspannen onder hem. Haar slappe handen rusten op de onderkant van zijn rug. Het regent niet meer. Ergens klinkt het geluid van vogels. Hij opent zijn ogen en staart zonder herinnering of bewustzijn naar een geelgroene gloed op een voorwerp dat hij niet kan plaatsen. Langzaam wordt het een rotsblok overwoekerd met korstmos.

Met behulp van een tak en een scherpe steen delft hij een graf voor haar. Hij dekt haar af met een laag van aarde en takken, die hij daarna bestrooit met een laag van roodoranje bladeren die hij onder een oude esdoorn vindt. Daarna plaatst hij rondom de groeve, op gelijke onderlinge afstand, stenen die hij eerst een voor een schoonmaakt met regenwater. Een uur of twee neemt dit alles in beslag. Eenmaal klaar blijft hij nog even bij het graf zitten. Een dikke mist stijgt op uit het sparrenbos in het dal. Dan staat hij op en begint aan zijn afdaling in de groene dampende ketel. Op zoek naar het pad waarover hij gekomen is, op zoek naar een weg terug.

KEER OP KEER PROBEERT ze zich ervan te overtuigen dat dit het verhaal is. Zo is het gegaan, zo en niet anders. Maar de voorstelling van de gebeurtenissen zoals zij die in zich omdraagt, geeft zich niet gewonnen. Ze heeft geprobeerd hem uit te drijven, maar ergens in haar zit hij te goed verstopt, klaar om op te duiken. Een stofdeeltje dat aan een futiel streepje licht genoeg heeft om de zichtbaarheid binnen te zweven.

Ze herhaalt de feiten, ordent ze, maakt ze onderdeel van het haar welgevallige verhaal. Het psychiatrische verleden van het meisje, vastgelegd in een dossier dat terugging tot haar twaalfde jaar en waarin het woord 'suïcidaal' meer dan eens voorkwam. Het graf, met zoveel respect en zorg gemaakt dat het gewoon niet bedoeld kon zijn om *niet* opgemerkt te worden. Ter nagedachtenis van haar en niet ter bescherming van hemzelf was het gemaakt.

Maar uit getuigenverklaringen van de kloosterlingen komt een weliswaar stil, maar geenszins levensmoe meisje naar voren. En uit de politiefoto's van het graf valt weinig op te maken van het respect dat hij haar heeft willen betuigen met de opzichtige, niet te missen rustplaats waarin hij haar lichaam achterliet. Ze zijn gemaakt na de opgraving, zonder oog voor goede bedoelingen: een klinische registratie van het ontzielde lichaam van een jonge vrouw, een meisje nog, omgeven door een wanordelijke berg stenen, takken en aarde, een brij van verregende bladeren, de rotzooi die je mag verwachten na de opgraving van het slachtoffer van een misselijkmakende moord.

DNA-onderzoek heeft uitgewezen dat het zaad afkomstig is van de verdachte...

'Was het de eerste keer dat u seksueel contact met het slachtoffer had?' vroeg de officier van justitie.

'Ja.'

'Wilde zij dat vóór die tijd niet?'

'Dat weet ik niet.'

'Waarom weet u dat niet?'

'We hebben het er nooit over gehad.'

'Was het tegen haar wil?'

'Nee.'

'Hoe verklaart u de stukjes huid van u onder haar nagels?'

'Ze heeft me gekrabd.'

In zijn aanklacht gebruikte de officier van justitie geen enkele keer het woord 'verkrachting'. De reden hiervoor was simpel: het bewijs, het harde bewijs ontbrak. Daarbij kwam hij met doodslag een heel eind. Ook in zijn requisitoir, tijdens welk hij met de toewijding en ijver van een piramidebouwer feit op feit stapelde, nam hij het woord niet in de mond. Juist door het vermijden ervan was, voor haar althans, de suggestie gedurende de gehele rechtszaak zo sterk aanwezig. Door het ergst denkbare niet bij de naam te noemen liet hij het zijn demonische kracht.

Hij was een zwever, Bas, een zoeker, een dwaler wellicht, maar vóór alles was hij een goedhartige jongen. Als kind, daarna, nog altijd. Iets wreeds had hij voorzover zij wist nooit gedaan. Nimmer had een meisje zich over hem beklaagd. Eén blik op zijn levensloop volstond: Bas als overweldiger van een vrouw leek uitgesloten.

Hij had die trui op haar gezicht gelegd en er met al zijn kracht op gedrukt. Dat had hij toch ook gedaan. In een mens, diep verscholen in ieder mens, beweert men, wacht een kwaadaardig, onbetrouwbaar individu zijn kans af, het tijdstip waarop hij eindelijk uit de schaduwrijke diepten op kan duiken waar hij zo lang ondergedoken heeft gezeten in de onverbeterlijke gewoontebraverik. Maar dat iedereen, 'de mens', tot die erbarmelijke proporties terug te brengen zou zijn, dat weigert ze te aanvaarden. Hij had twee dagen niet gegeten en nauwelijks geslapen, hij was ziek van het verontreinigde drinkwater, zijn kleren waren doorweekt, hij was versteend van de kou, hij zat opgescheept met een zwaar depressief meisje dat geen middel onbeproefd liet hem voor haar plan te winnen. Bovendien wás hij al verward omdat zijn geloof in het kloosterleven afnam, maar hij nog steeds opgesloten zat in zijn zelfopgelegde ideaal. Dat alles tezamen kon je blik tot voorbij de wanhoop vernauwen. En dat was ver genoeg om te menen, werkelijk te menen dat je geen andere keuze hebt dan gevolg geven aan wat er van je verwacht wordt.

Zij was gaan liggen om te sterven. Om de dood op zich af te laten komen. Hij was door haar gekozen, hij was haar dood.

23

ZIJN NEUS STAAT SCHEEF bij de geboorte. Zes pond en 215 gram weegt hij. Het is een voorspoedige bevalling geweest, vier uur duurde het in totaal, met Leen naast haar om haar hand vast te houden. En dan ligt hij tegen haar aan, sabbelend aan haar borst, een beige mutsje boven zijn roodgeschaafde wangetjes.

'Zijn neus staat scheef,' zegt ze tegen Leen.

'Dat gaat weg.'

'Hoe weet je dat?'

'De dokter zegt het.'

Zijn blauwe fietsje, zijn eerste, met de twee extra wieltjes, een cadeautje voor zijn vierde verjaardag. Daar gaat hij op zijn fietsje het pad af. Dat gepeddel van zijn bruine kuitjes is de grootste zekerheid van haar bestaan. Zijn banden banen zich fluisterend een weg door het vertrouwde middaglicht. Zij loopt een meter of tien achter hem. Daar komen ze, Claire Laatop en haar zoontje Bas. Bij de weg wacht hij op haar. Samen kijken ze eerst naar links en dan naar rechts. Alles veilig.

De zakken van zijn parka die altijd vol zitten met steentjes, elastiekjes, schelpen, takjes. Vrijwel nooit ziet ze hem iets oprapen. Als ze 's avonds wanneer hij slaapt zijn zakken leegt, een cyclische noodzaak, is hij de volgende ochtend razend.

De letters op de tekening van de uil, mét ogen, die hij voor moederdag maakte. 'Voor mama'. Ze heeft hem bewaard. Soms kijkt ze ernaar, de kleuren zijn iets vervaagd maar de letters zijn duidelijk leesbaar. Het valt niet mee ze toe te schrijven aan degene die hij geweest is voordat hij stopte met tekeningen en aquarellen voor haar te maken, iemand anders dan de kaalgeschoren jongeman die in lotushouding bij een vers graf zit.

Herinneringen, draden, ze zitten met honderden, duizenden draden aan elkaar vast. Voorwerpen, woorden, gezichten: alles.

Aan niemand was hij zo gehecht als aan haar, zij moest overal mee naartoe. Naar het piratenfeest, naar de sportdag, naar de kinderpartijtjes waar ze als ouder geacht werd weg te blijven. Naar Vlieland met schoolreisje.

'Er zijn genoeg begeleiders.'

'Jij moet ook mee.'

Elf was hij, nog steeds de verlegen, onopvallende jongen op de achterste rij van de klassenfoto.

Niet om hem, maar om zijn zusje Ellen had ze zich zorgen gemaakt. Op haar eerste de beste schooldag zuigt ze alle blikken naar zich toe, nadat ze door het glas van een deur is gevallen. De school gaat net uit, ten overstaan van alle ouders, leerkrachten en leerlingen wordt ze bloedend en krijsend afgevoerd naar het ziekenhuis. Nog geen dag op school en iedereen is op de hoogte van haar bestaan. Dáár, bij haar dochter, voorvoelde ze het drama. Niet bij hem.

'Ga nou mee, ma.'

'Ik weet echt niet of het mag, ze hebben al te veel begeleiders.'

'Je moet mee.'

'Ik zal het vragen.'

Soms moest zij hém smeken. Op de dag van de musical op school zit hij naast haar in de auto, verkleed als boom, zijn kruin van groene stroken vilt ligt op de achterbank, gereed voor de voltooiing.

'Kom nou,' paait ze.

Hij schudt het hoofd.

'Het wordt leuk, geloof me.'

Hij plukt aan de schors van beschilderd schuimrubber, die zijn als takken vermomde armen bedekt.

'Ik wil niet.' Hij werpt zich tegen haar aan. Ze houdt hem vast, aait de schokschouderende stam.

Wij bomen reiken zo hoog, zo hoog

Naar de sterren, naar de ster-ren...

Soms kan ze het nog horen, het liedje dat hij die dag moest zingen, de melodie en de woorden. Als ze in haar koffie roert, als ze in de tram zit en naar buiten kijkt, of als ze met haar potlood op het tafelblad tikt, nadenkend over een scène.

ALS ROGIER EN DE gids – ze wil nog steeds niet met ze naar die plek, sterker, de gedachte staat haar nog meer tegen dan eerst – als Rogier en de gids de plek achter de struiken bereiken, treffen ze daar de figuur aan die in een, blijkt bij nadering, onnatuurlijke houding tegen de boom staat. Nog dichterbij gekomen ontdekt Rogier dat de gympen van de persoon iets boven de grond hangen. Een broeksriem verbindt een lage, stevige tak met de nek. Ze draaien om de boom heen en zien nu het gezicht van een dode jongen met een...

Waarom een jongen? Waarom een zoon voor die twee eenvoudige, Zwitserse ouders, waarom niet voor Vera en Rogier, de situatie die zij, de schrijfster, zo goed kent, de situatie zoals die was. Waarom hebben zij een dochter, Marieke? Ze heeft altijd gedacht dat het was uit piëteit met Bas – met de werkelijkheid, die van hun beiden. Maar misschien houdt ze dat meisje wel in leven en laat ze de jongen ontzield aan een tak hangen om het beeld van een ander meisje, stikkend onder de wollen trui op haar gezicht, van haar netvlies te krijgen.

Ze draaien om de boom heen en zien nu het gezicht van een jongen met een kaalgeschoren hoofd: Bernhard.

Rogier heeft zijn armen om Bernhards middel geslagen en tilt het dode gewicht, terwijl de gids de riem lossnijdt van de tak. Voorzichtig, als om verdere schade te voorkomen, leggen ze hem neer op de modderige grond, die bedekt is met herfstbladeren. Rogier gaat een paar meter van het lichaam vandaan op de stomp van een gerooide boom zitten. De gids heeft zijn gsm uit de zak van zijn jack gevist en begint een gesprek. Terwijl Rogier met zijn rug naar het lichaam voor zich uit staart, maakt de gids op zakelijke toon melding van hun vondst en geeft vervolgens hun positie gedetailleerd door. Dan luistert hij even naar de stem aan de andere kant.

'In het ziekenhuis? Op dit moment?' hoort Rogier hem vragen.

'Ze sturen een helikopter,' zegt hij nadat hij de verbinding heeft verbroken. 'Die is over veertig minuten hier. We moeten hem naar boven dragen, naar een plek waar ze in de buurt kunnen landen.'

Rogier knikt en staat, als altijd doordrongen van zijn plichten, op van zijn plaats.

'Uw dochter is gevonden,' zegt de gids. 'Dat zeggen ze tenminste bij de gendarmerie. Ze ligt in het ziekenhuis. Uw vrouw is op dit moment bij haar.'

Ze vindt het lastig Rogiers reactie te bepalen. Op de werkelijkheid kan ze geen beroep doen: Leen heeft niet samen met een gids Fanny's lichaam gevonden, Leen heeft niet gehoord dat Bas in het ziekenhuis lag. Het viel nog niet mee om werkelijkheid en fictie in een en dezelfde dwangbuis te persen.

Drie verschillen tussen Rogier en Leen:

1) Rogiers humeur lijdt niet onder een lege maag, althans er is geen enkele scène die daarop wijst. Als Leen niet op tijd eet, naar eigen maatstaven 'fatsoenlijk eet', dan gebeurt er iets met hem. En omdat hij dat weet, omdat hij de achilleshiel van zijn humeur kent, zal hij, zelfs als ze op zoek zijn naar hun zoon, zelfs op die ogenblikken dat zij zich van begrippen als maag en voedsel nauwelijks een voorstelling kan maken, erop staan dat ze even stoppen om iets te eten. Wat betekent: restaurant binnengaan, kaart bestuderen, wijn uitzoeken, eten, de hele ceremonie. Misschien is Rogier, een niet aan etende denkende man, wel absoluut ongeloofwaardig als personage.

2) Voor Rogier is het verleden een put vol spijt. Voor Leen een afgesloten hoofdstuk. Heimwee, spijt, nostalgie zijn hem vreemd.

3) Rogier houdt nog steeds van Vera.

Hij heeft met haar gevreeën omdat zij dat wilde, omdat hij haar een leuk meisje vond, misschien zelfs van haar hield. Dat zou ze hem toch eens moeten vragen, of hij echt verliefd op Fanny was.

Ze besluit Rogier niets te laten zeggen, volstaat met: ‘We zien zijn gezicht terwijl hij de mededeling van de gids op zich in laat werken.’ Ze wist die laatste woorden, denkt even na en wist dan ook de woorden, de zinnen, ervóór. Nee, zo zal ze het niet opschrijven. Ze knikt, ze is eruit: Bernhard blijft leven. Hoe ze dat besluit in voegzame scènes om zal zetten, weet ze nog niet precies.

NA DE JAREN VAN divergente nieuwsgierigheid – 'Waar woont de echo?', 'Welke groente is het viest?' – begint Bas' bespiegelende inslag aan de dag te treden. Op zijn twaalfde blijkt hij als enige van het gezin tegen abortus te zijn. Naar aanleiding van een tv-programma heeft hij er lang over nagedacht, met als uitkomst dat hij tegen is. Kalm en overtuigd van zijn gelijk somt hij zijn argumenten op. Zonder de teergevoeligheid van zijn kinderziel geweld aan te moeten doen, valt er weinig tegen in te brengen. Ze beperken zich tot de rol van luisteraars met welwillende belangstelling.

Hij leest veel, niet zoals zij om zich te laten inspinnen door een andere wereld, maar om antwoorden te vinden op de vragen die hij zich stelt. Ze getroost zich grote moeite hem zo terloops mogelijk te winnen voor de geijkte jeugdliteratuur, het beproefde repertoire aan spannende verhalen die toch goed aflopen. Maar die interesseren hem slechts matig. Liever leest hij populair-wetenschappelijke werkjes over het gevaar van kernafval, de sonar van dolfijnen, de ontbossing van de Amazone. Ze probeert het met Hector en Achilles, met Odysseus, maar ook het welluidende wapengekletter van de archetypische helden laat hem koud. Rond zijn veertiende manifesteert zich zijn wens iets met zijn leven te doen, iets dat buiten de reikwijdte van school en sportveld valt. Er klinkt een verwijt door in zijn woorden.

'Dat willen wij ook,' neemt zijn vader de uitdaging aan. 'Dat dóen we ook.'

'Maar ik wil iets anders,' zegt hij op definitieve en tartende toon.

Hij begint gestreepte, wijdvallende broeken te dragen, Peruviaanse mutsen met oorklepjes en kwastjes uit de kringloopwinkel, zich daarmee uitwerkend onder de op zijn school heersende dictatuur van Timberland, Nike en Levi's. Ook televisie en sport moeten eraan geloven. Anti-mode, anti-sport, anti-goede smaak, en vóór alles anti-entertainment. Op popmuziek en zijn eigen gitaar na, de laatste vormen van verstrooiing die nog niet uit de gratie zijn gevallen. Hij luistert naar Carlos Santana en Eric Clapton en nog een stuk of wat jongere gitaristen wier namen haar niets zeggen, maar die kennelijk tot een bepaalde categorie behoren, de uitverkorenen die boven iedere verdenking staan.

Op de muziek na kan hij niet geloven in de zekerheden van zijn leeftijdgenoten – niet die van geboorte, leven en dood, maar van feestjes, verliefdheden, nieuwe schoenen, en rijlessen. En, niet te vergeten, de aankondiging van zogenaamd grootse, maar in wezen voor de hand liggende daden: in de advocatuur of het onroerend goed, een eigen dotcombedrijfje. Eerst een beetje studentenlol trappen en de brievenbussen van de buren volbraken en daarna forensen tussen het gemarmerde kantoorpand aan de Herengracht en het gefortificeerde gezinsgeluk aan de duinrand.

Hij kan er niet in geloven. Zij ook niet, maar zij heeft er ooit wél in geloofd. Het spijt haar voor hem dat hij bij voorbaat al tot haar huidige inzicht is gekomen.

Zin en samenhang lijkt hij te zoeken. Zo zit hij genetisch waarschijnlijk in elkaar, hij kan niet anders. Maar terwijl hij patronen in Het Leven probeert te ontdekken, een structuur die houvast biedt, een leidend en verhelderend inzicht, verkwanselt hij zijn eigen onbeduidend bevonden leventje.

Zij weet waar je zin en samenhang kunt vinden. In fictie, in film, in de verhaallijn die zich langs de beproefde driebedrijvenstructuur ontvouwt, op weg naar een catharsis. In tegenstelling tot het echte leven, waar de catharsis ook plaatsvond, maar vrijwel nooit wanneer je hem kon gebruiken. Hij voelt zich echter niet aangesproken tot het drama van de cinema. Liever schrijft hij teksten over uit de boeken waarvoor hij één keer per week naar de bibliotheek fietst. 'Wees als een bij die uit elke bloem nectar puurt; wees niet als een muskiet die bloedt drinkt en ziekte verspreidt.'

Hij verbreekt vriendschappen en ontzegt zich onschuldige

pleziertjes als het sportkatern en computerspelletjes. Liever zit hij in lotushouding op het linoleum in zijn kamertje, de ogen gesloten, het *Werkboek yoga* voor hem op de vloer geopend. 'Maak bekken en rug recht, druk de borst naar voren, de schouders naar achteren, richt de blik naar binnen...'

Soms vraagt ze zich af of ze zich het wel goed herinnert, dat beeld van een jongen met ogen vol gulzig optimisme.

Tijdens de zomervakantie ontdekt hij de videocamera, de mogelijkheden ervan buiten hun vakanties en verjaardagen om. Het doet haar deugd, allereerst omdat het op een breuk lijkt te wijzen met de zwaarte van zijn lectuur, daarnaast omdat hij met die nieuwe interesse haar, zijn moeder, de ex-Filmacademiestudente, niet afwijst. Dag in dag uit gaat hij met de camera op pad. Wat hij ermee opneemt, waar en hoe, ze heeft geen idee. Als hij op zijn fiets aan het eind van de dag terugkeert, vraagt ze waar hij is geweest.

'O, in de duinen en aan het strand.'

'Ben je een filmpje aan het maken?'

'Niet echt.' Zijn ogen verraden de eeuwige strijd die ze uit ervaring zo goed kent, het gevecht tussen half de blik afwenden en voluit terugkijken.

'Mag ik het zien als het klaar is?'

'Het stelt niets voor.'

'Ik zou het toch heel leuk vinden als ik het mocht zien.'

Na een paar weken is de hartstocht voor de camera bekoeld en ligt hij werkloos op een van de planken van zijn kast, tezamen met de vrucht van zijn kortstondige bevlieging, vier volgeschoten cassettes.

Als hij al weer naar school is en zij beseft dat hij haar niets zal laten zien, sluit ze de camera aan op de tv. De eerste film begint met zijn hand, die met behulp van een stok het woord 'waarom' in het vochtige zand van het strand schrijft. Daarna is het woord vanuit diverse hoeken te zien. Als het vloed wordt, spoelen schuimende golfjes over de letters. Dat is alles, zestig minuten band om het woord 'waarom' in het zand te krassen en het te laten wissen door de zee. De andere banden bieden variaties op hetzelfde gegeven. De letters die tezamen 'waarom' vormen zijn vervangen door een enkel vraagteken. Een op het zand uitgelegd vraagteken van aangespoelde, door zee en wind gepolijste stukjes hout; een vraagteken dat is opgebouwd uit louter schelpen; en nog een dat bestaat uit diverse voorwerpen: roestige blikjes, plastic flessen, verdronken schoenen, en visserstouw. Vier banden met niets anders dan uitvoeringen van een twee meter hoog vraagteken, een haak aan een verticale streep met daaronder een punt.

Ze legt de camera en de banden terug in zijn kast, vertelt hem niets als hij weer thuiskomt. Exemplarisch, denkt ze nu, hij had iets gemaakt wat hij haar niet wilde laten zien, zij had er stiekem toch naar gekeken en daardoor de mogelijkheid er met hem over te praten om zeep geholpen. Al die vragen die onbeantwoord zouden blijven. Wat wist ze eigenlijk van Bas?

Wat weet ze van Bernhard, die door Rogier en de gids gevonden is, levend, waardoor hij haar voor nieuwe problemen stelt. Ze is er nog steeds niet uit hoe ze het zal aanpakken, maar ze moet nu verder. Denk aan de deadline, denk aan de beloning in de minibar die je na nog maar drie scènes wacht.

De huwelijksinzegening in de tent op De la Serre. Sam, die de knielende paren zijn zegen geeft, zijn hand op hun hoofden legt. Toegewijden, met stralende ogen, die uit rieten manden bloemblaadjes over hen uitstrooien. De muzikanten die het volume opschroeven. Theater, extase, de vader en moeder van Bernhard, nog onwetend van de vondst van hun zoon, die in de versies één tot en met vijf van het script dood is, maar die in de laatste versie, nummer zes, door haar tot leven zal worden gewekt. De wederopstanding van Bernhard, waardoor hij nooit dood geweest is, omdat alleen de laatste versie telt, omdat zij de baas is, omdat het haar verhaal is.

De vader en moeder van Bernhard die met een mengeling

van afkeer en vrees de verrichtingen op het podium volgen. En dan vandaar terug naar de intensive care, naar Vera die nog steeds aan het ziekenhuisbed zit. Met versufte ontsteltenis staart ze voor zich uit, de hand van de bewusteloze Marieke in de hare. Ze is zichtbaar uitgeput en verzit even in haar krampachtige, gebogen houding.

Op datzelfde moment begint de monitor een alarmerend signaal te verspreiden. Marieke schokt even en ademt plotseling zwaar, waarbij ze haar hand in een panische kramp om Vera's pols slaat. Vera kijkt om zich heen, haar ogen smeken om hulp. De verpleegster en een jonge co-assistent komen binnendraven en voeren een aantal handelingen uit, met één oog op de monitor gericht. De co-assistent geeft Marieke een injectie in haar bovenarm, de verpleegster plaatst een kapje over haar mond en neus om haar van zuurstof te voorzien.

Het duurt minder dan twee minuten, dan is het voorbij. Tot aan haar laatste schokkende ademtocht houdt Marieke Vera's pols vast. Van het ene op het andere moment verslapt haar greep. Als het over is kijkt de verpleegster naar Vera, die op de stoel blijft zitten en nu haar blik neerslaat. In het zachte vlees aan de binnenkant van haar pols, op de plaats waar Marieke haar nagels in haar vlees heeft gedrukt, zijn inkepingen naast elkaar gekerfd. Kleine druppeltjes bloed wellen erin op. Ze staart naar die wassende rode vlekjes. Het duurt even voordat ze begint te huilen.

IN HET EINDEXAMENJAAR, MET de inschrijving aan de universiteit aanstaande, informeren ze voorzichtig naar zijn plannen. Hij weet niet wat hij wil, weet dát uit volle overtuiging. De ervaring heeft geleerd dat hij meestal zijn eigen zin doet, reden genoeg niet te proberen hem in enigerlei richting te sturen. Culturele antropologie, oppert hij op een dag, een paar weken later is het niet-westerse filosofie. Hoewel tamelijk nutteloze, maar in haar ogen volstrekt onverdachte studies, klinken ze door hem uitgesproken als een waarschuwing aan hun adres, zodat ze maar meteen weten waar ze aan toe zijn. Haar verbaast het niet, die voorkeur voor richtingen die een beroepsuitoefening waarmee je je brood kunt verdienen uitsluiten. Ze heeft er vrede mee, in tegenstelling tot Leen, die vindt dat ze hem onder druk moeten zetten iets 'verstandigers' te kiezen.

Uiteindelijk wordt het psychologie in Groningen. Aanvankelijk maken ze zich zorgen of hij zich daar, in het epicentrum van het luimige studentenleven, niet eenzaam zal voelen. Maar die ongerustheid is ongegrond; zijn ernst blijkt een bepaald soort meisjes aan te trekken. In Groningen het, naar later zal blijken, wezelachtig kind met haar vlugge handen en een ongrijpbaar soort schranderheid, dat die ernst met fanatisme cultiveert. Hij deelt met haar zijn appartement in het interessantere deel van de stad, waarvoor hij geen huur verlangt, een vrijgevigheid op hun kosten. Formeel gezien betalen zij nu de huur voor een meisje dat ze niet kennen, en van wie ze na een maand of twee horen dat ze samen met Bas – 'wij' – tot een studieonderbreking heeft besloten om te onderzoeken of het niet zinniger is de algemene beginselen van de psychologie te laten voor wat ze zijn, ten gunste van een zoektocht naar hun persoonlijke spiritualiteit.

Hun verhouding is platonisch, vertelt Bas in antwoord op haar vraag naar de aard van hun relatie. Als om dit te bewijzen brengt zij de nacht door op de slaapbank in de logeerkamer tijdens het weekeinde dat hij haar mee naar huis neemt. Omdat de huur toch is betaald blijven ze, ook al studeren ze niet meer, nog een poosje in Groningen wonen, waar ze in aanraking komen met volgelingen van Sai Rupa. Ze nemen deel aan een cursus yoga en meditatie, bezoeken de wekelijkse eredienst in een Saksische boerderij op het platteland.

Als na een halfjaar duidelijk is dat zijn studieonderbreking een definitief karakter krijgt en zijn vader in reactie daarop de huur van het appartement opzegt, keert Bas terug naar B. Met de hindoebijbel, de Bhagavadgītā, in zijn tas, en de geur van geitenmelk en bloemblaadjes in zijn kleding. Hij is negentien, geen kind meer, allang niet meer. Hij draagt kleding die ze niet kent, leest boeken die ze wantrouwt, bezoekt vage bijeenkomsten waarover geen mededelingen volgen. Op zijn gezicht ligt een wazige glimlach, te weloverwogen om te vertrouwen. Ze weet dat hij verhard is jegens haar, op zijn hoede voor ieder zwak moment in zijn hart. Hij kijkt soms naar haar, zijn mond vol onuitgesproken afkeer, zijn hoofd vol liefde voor een hindoegod. 'Men moet zijn ouders respecteren en liefhebben als de zichtbare vertegenwoordigers van het goddelijke,' beweren de meesters in zijn boeken. Vandaar die glimlach, die haar uit gewoonte beoordeelt, zonder enige illusie. Het is haar eigen schuld dat hij zo naar haar kijkt. Ze vreest de gedachten die in zijn hoofd omgaan, strijd leveren met de door hem aanvaarde opdracht zijn moeder te eren. Nog meer dan de gedachten zelf vreest ze het moment waarop hij ze zal uitspreken, ooit, te rechter tijd, na jaren van broeden waarlijk voorbereid om haar met zijn woorden tot aan de grond toe te vernietigen.

Wat ze ongetwijfeld verdient. Hij kan niet van haar op aan, al een poos, niet meer van haar liefde, niet meer van haar waakzaamheid en, erger, haar onvoorwaardelijke bereidheid overal en altijd voor hem klaar te staan, de existentiële noodzaak hem boven zichzelf te stellen.

Met zijn linnen slobberhemden waar hij twee keer in kan, met zijn boeken en met zijn glimlach heeft hij haar verraad beantwoord. Misschien niet, zoals ze eerst vermoedde, als afwijzing van haar, maar in een poging haar een laatste kans te bieden. Door uitdagend te verwerpen wat duidelijk het beste voor hem is. Door de verkeerde kant op te rennen en tegen haar wil de drukke weg over te steken. Door aan de rand van haar gezichtsveld – zodat ze hem nog net kan zien, zodat ze, als ze dat zou willen, hem kan waarschuwen – risico te lopen. Dit alles om achter iets heel simpels te komen: of ze naar hem toe zou lopen om hem een klap in het gezicht te geven. Gewaarschuwd had ze hem niet, naar hem overgestoken was ze evenmin. Ze had hem aan de andere kant van de weg laten staan, het razende verkeer tussen hen in, en had hem haar rug toegekeerd. Daar hoeft ze maar aan te denken, zich zijn gekwetste ziel voor te stellen terwijl hij aan de overkant op haar wacht, of ze voelt het bloed uit haar maag trekken. Nu, tijdens zijn proefverlof, nu hij weer bij haar is, beseft ze hoe afgewezen hij zich heeft moeten voelen, ervaart ze dat zo diep van binnen alsof ze hem weer in zich draagt. En ze weet zeker, absoluut zeker, dat alles ook anders had kunnen lopen.

Ze verwijt zichzelf dat ze hem heeft onthouden wat hij haar onthield: liefde, als vereffening van rekeningen; liefde als mogelijkheid een ander tekort te doen. In niets, behalve in hun bloed, zijn zij zo één als in dat wraakzuchtig tekortschieten. Het is hun keten, de rammelende, zware ketting die hun polsen verbindt. Wat er verder tussen hen nog rest is schuld. De schuld, meer nog dan aan de dood van een meisje, aan het verlies van een zoon. De schuld aan het verlies van een moeder. Ze weet het, zoals ze ook weet dat ze geen vinger uit zal steken om er iets aan te veranderen. Dit is haar diepste, vernederendste zelfinzicht, dat ze geen verzet biedt, dat ze toekijkt en alles kapot laat gaan.

Hij was een lieve jongen, hij was een lieve jongen, hij was een lieve jongen.

Haar fouten en vergissingen komen van alle kanten op haar af. Het is háár schuld dat hij in dat klooster onderdak heeft gezocht, haar schuld dat hij dat meisje daar ontmoette, haar schuld dat hij niet opbelde om opgehaald te worden toen hij besefte dat hij er niet langer blijven kon, haar schuld dat hij zich had laten hersenspoelen.

Ze had hem naar Groningen verbannen, ze had de wierook op zijn kamer genegeerd, niet omdat ze hem vrij wilde laten, maar omdat het haar beter uitkwam. Karakterzwakte, gemakzucht. Zo verloopt het proces steeds opnieuw. Het opwerpen van de schuldvraag, wat aanvankelijk nog naar zijn motieven leidt, naar zijn dwalingen, en dan rechtsomkeert naar haar maakt, naar het diskrediet van de moeder die haar roes in een rokend bed uitslaapt.

Hij was een zacht ei, een naïef, zacht ei. Vond zijn vader. Bas komt van school met een gezette man van een jaar of veertig, ongeschoren kaken, ongewassen kleren. Niet wat je noemt een gemiddelde gast op een barbecue in B. Hij heeft deze tegen alle dresscodes zondigende figuur mee naar huis genomen om hem te helpen. Het slachtoffer heeft namelijk zijn portemonnee verloren en moet morgen naar het ziekenhuis in Venlo voor een operatie waarbij, jawel, een deel van zijn rechterbeen afgezet zal worden.

In de keuken doet Bas het woord, terwijl de man in de woonkamer op de bank zit en bewonderenswaardig onverschillig afwacht wat er te gebeuren staat. Waar Bas' woorden op neerkomen is dat zij, zijn ouders, de man een dienst moeten bewijzen. Om te beginnen door hem voor een nacht onderdak te bieden, vervolgens door hem de middelen te verschaffen nodig voor de treinreis naar Venlo en zijn verblijf in het ziekenhuis aldaar.

'Waar heb je hem gevonden?' vraagt Leen. Ze spreken op fluistertoon, een overbodige voorzorg want de man heeft inmiddels de afstandsbediening van de tv gevonden en is verdiept in een uitzending van *Sesamstraat*.

'Bij de V&D in H.. Hij vroeg om geld.'

'Die man is een alcoholist, begrijp je dat dan niet?'

'Hij drinkt niet.'

'Wie zegt dat?'

'Hij. We hebben een poosje met elkaar gepraat. Hij heeft vroeger gedronken, maar hij is er nu van af.'

Ze kijkt even vanuit de hal de woonkamer in en ziet hem met de afstandsbediening midden op de bank zitten. Japie, denkt ze, de Uitvreter. Maar Bas heeft Nescio niet gelezen.

Ze proberen hun zoon aanvankelijk omzichtig maar allengs explicieter ervan te doordringen dat de man een bedrieger is, die met dat gewoon-te-gek-voor-woorden-verhaal over een beenamputatie probeert geld af te troggelen. 'Ik begrijp niet dat je zo stom kunt zijn daarin te trappen,' zegt zijn vader.

Door hun achterdocht en minachting is Bas zo diep gekrenkt dat er weinig anders op zit dan de man geld te geven voor een treinkaartje naar Venlo plus zijn verblijf in het ziekenhuis, alles naar boven afgerond uiteraard. Daarenboven, als bonus, bieden ze hem een overnachting in een hotel tegenover het station aan, daarmee het gevaar afwendend dat hij de nacht bij hen doorbrengt. Leen rijdt de man naar het hotel in H., zonder de omstandige bewijsvoering van de man, de onthulling van het bewuste scheenbeen onder een opgetrokken broekpijp, een blik waardig te gunnen.

Om Bas een lesje te leren en op die manier, zakenman als hij is, nog enig rendement uit een verliesgevende investering te putten belt Leen twee dagen later alle ziekenhuizen in Venlo af. De eerste klap die hij moet incasseren is de bevestiging van het voorlaatste ziekenhuis op zijn lijstje dat de man daar inderdaad is opgenomen. De tweede volgt nadat hij is doorgeschakeld naar de afdeling intensive care, en hij verneemt dat het bewuste been dat hij tijdens de autorit weigerde te aanschouwen, zonder complicaties is afgezet.

Een goedgelovige, altruïstische jongen, een weergaloze prestatie voor een zoon van twee verstokte, egocentrische sceptici. Dezelfde jongen die op de avond dat hij de bewoonde wereld bereikte, op hemelsbreed 21 kilometer afstand van het punt aan de andere kant van de vallei waar hij drie dagen eerder met Fanny Fahnenschreiber was verdwenen, naar zijn zus in Maine belde.

'Is er iets?' vroeg ze, gealarmeerd door zowel het tijdstip als de toon van zijn stem.

'Nee, alles is goed.'

'Waar ben je?'

'In een postkantoor in Toulouse.'

'Hoe kom je dáár?'

'Gelift. Ellen? Weet je nog die keer dat het 's nachts zo hard gesneeuwd had dat we uit het raam moesten klimmen omdat de voordeur niet meer openging?'

'Wanneer?'

'Jij was een jaar of vijf, denk ik. Pa en ik zijn 's ochtends naar buiten geklommen en hebben toen met scheppen de sneeuw voor de deur weggehaald. Er was die nacht meer dan een meter sneeuw gevallen.'

'O ja, ik geloof dat ik het weer weet. Zijn er geen foto's van?'

'Jij en ma kwamen toen ook naar buiten. Jij zakte tot aan je middel weg.'

'Is er echt niets, Bas?'

'Nee, echt niet. Ik denk dat er nooit zo veel sneeuw in een nacht is gevallen op die plek. En misschien valt er ook wel nooit meer zo veel.'

Zelfs in dat telefoontje vanuit een postkantoor in Zuid-Frankrijk ziet ze een aanwijzing van zijn onschuld. Hij had met haar gevreeën omdat ze dat wilde. Hij had zijn trui op haar gezicht gedrukt omdat ze hem daarom gesmeekt had.

En al haar gedachten die proberen dit tegen te spreken zijn onjuist, komen voort uit haar schuldbewuste behoefte aan pijn.

Vera bevindt zich inmiddels op de gang van de intensive care. Zij heeft zichzelf weer in de hand, strijkt een lok van haar voorhoofd. De verpleegster komt uit de kamer waar het wonder zich vandaag niet ophield. Ze legt haar stevige, gediplomeerde handen op Vera's schouders, een even troostrijk als beproefd gebaar.

'Het spijt me dat we haar niet hebben kunnen redden, mevrouw.'

Vera knikt.

'Hoe oud was ze, uw dochter?'

'Zij is mijn dochter niet.'

'Niet?'

'Ik had haar nooit eerder gezien. Ik ben gebleven omdat u me dat vroeg. Omdat het waar is wat u zei: dat ze op dat moment niemand anders had.'

Einde scène 73. Tijd voor een beetje ontspanning Entre-Deux-Mers. Kan ze ondertussen nog eens nadenken over wat ze doet met die helikopter die in de volgende scène een meter of dertig boven de open plek hangt waar de gids en Rogier met het lichaam van Bernhard wachten.

Zoals het er nu staat, landt de helikopter in een hoos van stof en bladeren, springen twee mannen in futuristische rode overalls naar buiten, die de gids en Rogier de hand schudden en vervolgens het lichaam van Bernhard op een zwarte lijkenzak leggen. Ze ritsen de zak met het lichaam erin dicht, om daarna met hun prooi weer in de helikopter te stappen.

Terwijl ze opstijgen praten de gids en de mannen in de overalls op luide toon met elkaar om boven het geloei uit te komen. Rogier zit achterin, naast de brancard. Hij kijkt naar de zwarte zak, waar helemaal aan het eind een klein plukje haar uit de rits steekt. Dan wendt hij zijn blik naar het raampje en kijkt omlaag, naar het landschap met de krimpende bomen en rotsen. Uit de rand van het bos maakt zich een miniatuurfiguur los. Rennend, vallend, met beide armen boven het hoofd zwaaiend. Het is een meisje dat een blauw windjack draagt. Ze springt en zwaait, ze spert haar mond wijd open.

'Terug,' zegt Rogier, maar de anderen kunnen hem niet horen. Dan schudt hij de schouder van de piloot en wijst omlaag.

'Mijn dochter, daar!'

De piloot kijkt door het raam naar beneden, het volgende ogenblik zwenkt de helikopter omlaag.

Dat moet dus allemaal anders. De vraag is: hoe?

24

ALS ZE VOOR DE glazen deur van het Ibis-restaurant staat is de vraag: heeft ze al die moeite, het herschrijfwerk en de onvermijdelijke oppositie die dat zal veroorzaken, er wel voor over om Bernhard te redden?

Ze werpt een vluchtige blik op haar spiegelbeeld in het glas. Haar gezicht is in het kunstlicht een witte, spookachtige vlek. Ziekelijk, denkt ze – nee, een bleke, negentiende-eeuws ingetogen schoonheid tussen al dat zomerbruine vel. Ze zuigt haar wangen naar binnen, de jukbeenderen van Raquel Welch. Daar hoorde je ook nooit meer iets van.

Ze heeft een afspraak met Geert, ze moet nu echt de deur openen. Wat ze nooit zal kunnen begrijpen, zelfs al werd ze iedere dag door de Heilige Maagd bezocht, wat haar instincten haar niet zullen verklaren, is hoe je in een deuropening kunt staan, van een kamer, van een café, van een coupé, maakt niet uit wat voor deuropening, en dat je zo nieuwsgierig bent naar wat er voor je in de pen zit dat je ook echt naar binnen wílt.

Ze richt haar hoofd op en zet zich schrap voor het web van glurende blikken. Een elektrisch schokje gaat door haar hand als ze de metalen plaat van de deur aanraakt. Iets wat ze steeds weer vergeet, die statische elektriciteit waarmee de vloerbedekking van het hotel haar lichaam oplaadt. Pas als het te laat is volgt de hardhandige herinnering. Onbewust op haar hoede beweegt ze enigszins geremder, zonder besef waarom. Tot ze weer iets van metaal aanraakt. De schokjes zijn blijkbaar niet afschrikwekkend genoeg om ze je in te prenten. Een siddering van 220 volt zou volstaan om haar bij de les te houden, gesteld dat haar lichaam, de conditie waarin het zich bevindt, een dergelijk voltage zou overleven.

'Waarom heb je het zo bedekt, zo kuis, opgeschreven? Het is geen kinderfilm.'

In het rookvrije gedeelte van het restaurant prikt hij een rood stukje gegrilde eendenborst aan zijn vork en steekt het vlees in zijn mond.

'Ze hebben die nacht sinds anderhalf jaar weer samen in een kamer geslapen,' begint ze haar verweer. 'Er is nog niets gebeurd, hoewel er wel een zekere spanning voelbaar was. Nu wachten ze op de gids, ze zijn te vroeg. Zij legt haar hoofd op zijn schouder, hij streelt haar gezicht en dan kust hij haar. Dat is toch al een hele stap? Dat is toch betekenisvol?'

'Jezus, Claire, een kus! Dat kan alles betekenen, vriendschap, loyaliteit.'

'Hangt van de kus af. Dit begint misschien vriendschappelijk, maar voor ze er erg in hebben wordt het meer. Hartstocht, een vonk onder de as van de oude liefde.'

'En dan zien we', hij pakt de velletjes met de aangepaste scènes en leest voor: '*de auto tegen de achtergrond van het onherbergzame landschap. Van een afstand zien we ze door het raam van de auto kussen.* Van een afstand, dat is toch niks?'

Dat is waar, het stelt niets voor. Het hele idee deugt niet, al vanaf het moment dat ze het opperde. Die scène zal zijn dramatiek geheel en al aan het landschap moeten ontlenen. Woeste, poëtische cameravoering en dat soort trucs, denkt ze. Geen goed teken. Door dat inzicht komen ook de andere zwakke plekken van het herschrijfplan aan het licht. De verbeteringen die verslechteringen zullen blijken te zijn. Ze twijfelt sinds 'het nummertje in de auto' aan alles. Falen lijkt onvermijdelijk. Ze zit daar tegenover hem omdat ze gefaald heeft, eerder, en omdat ze opnieuw zal falen.

'Ik wil ze helemaal niet van een afstand zien,' zegt Geert.

'Weet je zeker dat je niets wilt eten?'

'Nee, dank je,' zegt ze. Waar zij nu trek in heeft, waar haar lichaam op dit moment om smeekt is een sigaret. Maar die is haar niet vergund. 'Dan blijven we bij ze in de auto,' zegt ze, 'ook goed.'

'Ik wil dat nummertje dat je beloofd hebt.'

Alles moest tegenwoordig harder, grover, cynischer. Ze kon het niet bijbenen ofschoon God wist dat ze haar best deed.

'Edna is een mooie vrouw, ze heeft splinternieuwe tieten. Ze verheugt zich erop.'

'Waarop?'

'Om ze te laten zien natuurlijk. Ze is ervoor naar Milaan geweest, die dingen hebben een vermogen gekost.'

'Misschien ook nog wat fellatio?'

'Bewaar je ironie voor het script, Claire, dat kan het gebruiken. Ben je dronken?'

'Nog niet áángeschoten.'

'Laten we het ons niet moeilijker maken dan nodig,' zegt hij, 'en dit gewoon helemaal schrappen. Johan is er sowieso niet voor.'

'Waarvoor?'

'Jouw idee om ze in de auto, voor de gids komt... Ik had hem net aan de telefoon en hij vindt dat ze gewoon in de hotelkamer, zoals we afgesproken hadden, met elkaar moeten neuken. Dan hebben we ook geen gewacht op de gids. Die is er al als ze aankomen. We snijden gelijk naar het moment waarop hij zich aan hen voorstelt en met een blik op Vera en haar schoenen zegt dat het een zware, lange tocht wordt en dat zij misschien beter niet mee kan gaan. Zullen we het zo doen?'

'Is dat een vraag?'

Hartstocht. Meer en meer ervan moet het script binnengesmokkeld worden. Terwijl die andere hartstocht, die van het máken, steeds verder afkalft. Zo heeft het zijn plaats in de heilige drie-eenheid van de industrie – talent, hartstocht, middelen – verloren. Talent, hartstocht en middelen zijn vervangen door middelen, middelen en middelen, het eeuwige gebrek eraan welteverstaan. Vreemd proces, denkt ze, alles begint met wat zij doet, wat zij maakt, het script. Wat volgt is een afgeleide, zelfs, nee júist, de financiering, die al dan niet rondkomt op basis van de vermeende kwaliteit van het script. In een zwaar gesubsidieerde bedrijfstak is de overheid de enige werkgeefster en de grondstof geld uit de aard der zaak beperkt. Zodra die vergaard is, volgt de verbanning van de scenarioschrijver naar het Siberië van de lange stilte, het wachten op een volgend aanbod, op nóg een kans. En de anderen gaan met het script aan de haal. Zij bedacht het verhaaltje en voor straf mocht ze niet meer meedoen.

Maar dit keer is haar rol nog niet helemaal uitgespeeld, en mag ze in blessuretijd nog even bij Geert aan tafel het genoegen van een creatief onderonsje smaken.

'En dan bij het afscheid,' hoort ze hem zeggen, 'voordat Rogier en de gids de bergen in gaan, dan geven ze elkaar een kus, die kus van jou. Denk even met me mee. De gids kijkt ernaar en misschien zegt hij er later tegen Rogier nog iets over. Iets in de trant van: zo lang getrouwd en dan nog zo verliefd.'

Hij walst over haar heen. Dat hij dat ongestraft kan doen stoort haar nog meer dan de inhoudelijke kant van de zaak.

'Goed, wat hebben we nog meer?' Hij houdt de fles rode bourgogne uitnodigend omhoog en op haar instemmend knikken schenkt hij in, eerst haar, daarna zichzelf, ieder evenveel, iets waar ze op toeziet. Terwijl ze de volgende scènes doornemen krijgt zijn stem een andere toon, onpersoonlijk vriendelijk, professioneel. Verdraaid overtuigende overgang, denkt ze.

In de rookafdeling van het restaurant, aan een lange tafel, zit een groot deel van de crew na te tafelen met koffie en kleine glaasjes: tableau de la troupe. Ze heeft wel een idee van de sfeer daar: monter maar cynisch, bedekt klagerig vooral. Het ligt aan de regie, aan het budget, aan het draaischema, aan het script. Het bekende geluid als niemand er nog echt in gelooft.

Onzeker en het wachten van de afgelopen dagen beu laten ze het lijstje met mogelijke zondebokken de ronde doen, de aarzelende opmaat tot het zich openlijk verlustigen in een fiasco van vijf miljoen. Dat gevaar van een mislukking drijft vreemd genoeg geen wig tussen hen, integendeel, het vereent ze in hun kritische, in armagnac gedrenkte analyse. Een kamp. Daarom zitten zij, de onderdanen, met zijn allen aan een tafel en zij, de meest toegewijde rookster van het rijk, bij het baasje in de nicotinevrije zone, als een kleuter die haar strafwerk inlevert bij de hoofdmeester. Maar misschien komt alles nog goed, misschien biedt haar herschrijfwerk uitkomst. Veel hoop heeft ze niet, maar dat zegt niets, dat heeft ze nooit als het erop aankomt, als het er niet op aankomt trouwens ook niet. Dat moet ze niet vergeten. Ze houdt zich voor dat ze in het script heeft geloofd, en zij niet alleen, dat de voorstellen van Geert misschien zo gek nog niet zijn. Daarbij, inmiddels zou ze toch moeten weten dat het schrijven van scripts bestáát uit vergissingen, onvolkomenheden en compromissen. De scenarioschrijver sterft met zijn gelijk, en met de rotzooi schrijft hij verder.

De hitte van de lange dag hangt nog op de parkeerplaats als ze met een sigaret in haar hand eindelijk de eis van haar lichaam inwilligt. Boven haar hangen fletse sterren die het, zelfs hier buiten de grootstad, steeds meer lijken af te leggen tegen het concurrerende licht van de aarde. Ver weg klinkt de constante fluittoon van de autoroute. Ze loopt om de parkeerplaats heen, die nagenoeg vol is, en steekt het gazon over, een door natriumlampen oplichtend tapijt van ijscostokjes, sigarettenpeuken en lipjes van bierblikken. Op de parkeerplaats stapt een gezin met twee jonge kinderen uit een stoffige stationcar, zonverbrand, verkreukeld en alweer halverwege, schat ze, de orde van de dag die tot volgend jaar deze tijd zal voortduren. Als de achterbak opengaat springt er een middelgrote hond uit, kwispelend, een en al dankbaarheid voor zijn bevrijding. Langs de groene neonletters van het hotel kijkt ze omhoog naar de donkere hemel.

'Ik word geleid,' had Bas tegen haar gezegd toen hij nog in Les Hautes zat. Dat was nog vóór de fatale gebeurtenis. Die woorden schieten haar nu op deze halteplaats tussen thuis en vakantiebestemming te binnen. Geleid worden, dat is precies wat ze kon gebruiken. Misschien door de God van de woorden, buiten kantooruren waarschijnlijk bijklussend als schutspatroon der scenaristen. Zo ooit een beroepsgroep sturing en bescherming kon gebruiken, dan wel dit gilde der letterslaven.

Aan de achterzijde van het gebouw ontdekt ze een opgloeiende punt van een sigaret. Coen en Edna staan met hun gezichten dicht bij elkaar en praten op gedempte toon. Edna leunt ruggelings tegen de muur van het hotel, met naast haar hoofd de gespreide hand van Coen op het stucwerk. Repetitie buiten werktijd. Hebben ze niemand bij nodig. Acteurs, sowieso hun eigen beste publiek. Hij neemt een trekje van zijn sigaret, blaast de rook zijwaarts uit en streelt vervolgens haar wang. Daarna brengt hij zijn mond nog dichter naar haar oor en zegt iets.

Geen hemels gefluister, maar aardse afleiding, vermoedt ze. Geen liefde maar verveling. Het maakt ze geen van tweeën gelukkiger, dit cliché van amoureuze hoofdrolspelers op locatie. Waarschijnlijk is het een verwarrende ervaring, dit draaien in het buitenland, vrijgesteld van de regeltjes thuis, de regeltjes van de achterblijvers. Een teveel aan ongerichte affectie, een tekort aan liefhebbende armen. Op de set is er het voortdurende gekrioel van vijftig productiemedewerkers die voor een overeengekomen periode met kabels, statieven en *props* rondsjouwen, aggregaten aansluiten, gezichten opkalefateren, dialogen uitproberen, de nacht in dag veranderen, verraad als loyaliteit verkopen.

Zonder overgang volgt op deze luidruchtige, bedrijvige wanorde dan ten slotte het moment van de waarheid, de opname, tijdens welke iedereen zich schijndood houdt, bang om met een verkeerde beweging of een onwelgevallig geluid de schuld van een mislukking in zijn schoenen geschoven te krijgen.

Wat ze morgen draaien, de scènes die zij vannacht zal herschrijven, speelt zich chronologisch gezien af vóór de scènes die ze al opgenomen hebben. De beelden van Rogier en Vera met hun teruggevonden Marieke onderweg naar huis zijn al in de emulsielaag van Kodak-35-millimeterfilm opgeslagen nog vóór de zoektocht naar hun dochter is begonnen. Morgen is gisteren, vandaag is morgen. Verstoord tijdsbesef, ontregelde logica, emotionele jetlag. De dood heeft al toegeslagen, maar het leven houdt nog een paar draaidagen te goed.

Edna heeft waarschijnlijk een fantastische man die, als ze om halfelf 's avonds thuiskomt van een voorstelling of een draaidag, met een glas wijn op haar zit te wachten, de kinderen gedoucht en ingestopt, een gevulde avocado in de koelkast voor het geval ze trek heeft. Alle huiselijke comfort, een baan die haar capaciteiten vergt en haar geld en het gevoel van eigenwaarde verschaft, en toch staat ze daar met Coen te zoenen. Liefde, trouw, verraad. Al die grote woorden, denkt ze.

Ze draait zich om, ze wil niet oordelen over die twee. Dat laat ze over aan het heelal, dat op alles toeziet. Op de contouren van de continenten, op de twee hoofdrolspelers in de duisternis, op de vrouw die het hotel binnengaat, met het onverdeelde voornemen bij de bar een fles vin du pays in te slaan, alvorens ze zich in kamer 341 meldt voor de nachtdienst.

25

DE DAG DAT ZE de sleutel van Thea's appartement, haar nieuwe onderkomen, in ontvangst neemt, valt samen met de opening van de Nederlandse Filmdagen in Utrecht. Zij en Thea, die vanzelfsprekend kaartjes heeft, ook een voor haar, rijden in Thea's Range Rover naar Utrecht. Het is alsof het lot besloten heeft haar aanspraken op een nieuw dynamisch leven te bekrachtigen met dit veelbelovende toeval. Ze is, hoopt ze, feestelijk, maar ook niet weer te frivool gekleed in haar lichtblauwe strapless jurkje en op de goudkleurige naaldhakken. Het jurkje is laag uitgesneden, uitdagend, een millimeter of wat over de grens van het betamelijke. Risicovol, beseft ze met een zijdelingse blik op Thea's gedistingeerde, op het zakelijke af, zwart en donkergrijs. Ze zijn gewoon twee vriendinnen die over de snelweg in een auto rijden, op het eerste gezicht is er niets opmerkelijks aan de hand. Maar zelf heeft ze het idee dat ze in een kooi zit en langs de tralies heen en weer schiet, rusteloos, gevangen als ze is in halfvoltooide gedachten die elkaar verdringen en bespotten.

Thea zit achter het stuur van de Range Rover in haar bedeesde, onderkoelde nieuwe gedaante. En zij die vanaf vandaag weer in Amsterdam woont. *Trading Places*, denkt ze, *Een Maand Later*, *Desperately Seeking Susan*. Een bekend gegeven: twee mensen ruilen van bestaan, stappen volgens afspraak in hun respectieve levens om het te savoureren, uit te proberen. Het echte leven biedt geen ruimte voor dit soort vrijwillig gesloten overeenkomsten. De werkelijkheid stelt je voor de voldongen feiten. Jaren en jaren heeft ze in het bos gewoond, nu is ze terug in Amsterdam. Bijna was het Z. aan Zee geweest, een appartement op zeshoog in een van die sombere grote dozen met uitzicht op duizenden kilometers grijze leegte, kortom zo'n plek waar bedeesde vijftigers in de winter zich inzetten om het landelijk gemiddelde zelfmoorden op te vijzelen. Eén telefoontje met Thea had haar toekomst veranderd.

Wat ze in dat appartement aan de gracht zou gaan doen, wist ze nog niet. Het leven van vóór haar huwelijk oppikken? Terug naar het einde van het eerste bedrijf en Dalí-affiches ophangen, op de laatste plaat van The Stranglers de kamer door stuiteren?

Omdat haar leven precies zo verlopen is als door Thea voorspeld – kinderen, makkelijke schoenen, cellulitis, echtscheiding – omdat zij precies geworden is wat haar vriendin voorzien heeft – een gedesoriënteerde burgertrut die op de helft van haar leven aan de dijk is gezet – kan ze met haar levenswijsheid ingenomen zijn, Thea. Toch is het een trots met een bijsmaak, want waar zij haar *Libelle*-leven achter zich heeft gelaten, is Thea eraan begonnen. Met een man vijf jaar ouder dan zij, een rietgedekte villa in Baarn, twee kinderen uit zijn eerste huwelijk, nog een 'eigen' kindje op komst, net voor het aflopen van haar vruchtbaarheidsdatum, een auto van 145.000 gulden, en, ter onderstreping van dit alles, een in laagjes geknipt coupe. Welkom in de wereld van four-wheel drive, tuinschaar en Prozac.

Nog geen twee jaar geleden liep ze in felkleurige, leren minirokjes rond, met roodgeverfde haren die in weerbarstige staarten als palmscheuten uit haar hoofd verrezen. Ze lééfde op filmsets – als assistente van de productieleider, desnoods als assistente van de assistent – van zonder uitzondering tweederangs tv-drama, maar toch nog, of juist, goed genoeg voor de beste contacten, uitnodigingen voor premières, gala's, en hippe feestjes. Vaarwel aan de wereld van gescheurde jeans, coke en herpes.

Natuurlijk wijst ze, subtiel maar niet mis te verstaan, Thea op de rolwisseling, maar die pareert haar woorden met de opmerking dat zij in ieder geval 'eerst geleefd' heeft. Ze kent twee manieren om op Thea's aanvallen te reageren. De eerste is zich laten verleiden tot een pathetisch stompzinnig verweer, de tweede is vervallen in een eerbiedig stilzwijgen. Ze kiest voor het laatste en vraagt zich af wat zij dan al die jaren heeft gedaan, aangenomen dat het niet onder 'leven' valt. Wat het ook geweest mag zijn, misschien dat zij nu ook kan beginnen met leven, de lege plek opeisen die Thea in de onstuimige metropool heeft achtergelaten. Of een deel ervan, dat zou haar al genoeg zijn. Ze luistert naar haar vriendin die vertelt over engelachtige werksters, geniale tuinarchitecten, workshops persoonlijke vorming, die ze juist achter de rug heeft; over de rozen die zomaar uitkomen in Baarn, de antieke stormlamp die ze gekocht hebben en iedere avond buiten aansteken, en de rantsoenering witte wijn vanwege het vruchtje in haar buik. Wat weet jij ervan, denkt ze, met je Amsterdamse tongval, jij immigrante, die altijd prat ging op je door de kamer slingerende ondergoed en onopgemaakte bed, wat weet je van rozen snoeien of in een joggingbroek voor het raam staan met het vooruitzicht van nóg een herfst in de regen? Wat weet jij van hoe het is, hoe het écht is?

Niet dat ze het zonder overtuiging brengt, Thea, integendeel, ze doet het goed, verbazingwekkend knap voor iemand die niet weet waar ze over praat. Misschien is dit wel haar succesvolste prestatie in de richting van een carrière. Dat neemt niet weg dat de verleiding haar nu op haar nummer te zetten groot is. Ook wat dat aangaat zouden ze stuivertje moeten wisselen, zodat zij zich Thea's provocerende attitude van weleer toe kan eigenen. Met dit niet onbelangrijke verschil dat zij met kennis van zaken over het onderwerp zou spreken.

Nee, ze doet het niet, Thea met gelijke munt betalen. Tegen sommige mensen ingaan was, al had je alle argumentatie aan je kant, als in de stromende regen op zoek gaan naar een taxi.

Tersluiks slaat ze haar vriendin gade, haar wangen die warm en glad zijn in het binnenvallende licht, de lijnen in haar huid teer, subtiel verlegd voor een aangepast effect. Het bestond dus, een gezicht op afroep. Natuurlijk heeft Thea, net als zij, rimpels rond haar ogen, maar die van Thea maken haar niet oud, en als er al sprake is van overtollig vlees dan heeft zich dat heel voegzaam en flatteus gevestigd op de plaatsen die het verdragen. Ook nu ze het hippe, artistieke, vrijgevochtene heeft ingeruild voor het degelijke, genoeglijke, welgestelde ziet ze er beter uit dan zijzelf in die hoedanigheid ooit heeft gedaan.

Al vanaf het eerste jaar op de academie was ze jaloers op Thea geweest, op haar uiterlijk en de aantrekkingskracht ervan. Thea heeft er gewoon nooit iets voor hoeven doen. Ook nu niet. Ze is naar het soort winkel geweest waar ze vroeger nog niet in de nabijheid ervan aangetroffen had willen worden en heeft voor een paar duizend gulden aan kleren gekocht, een kapper bezocht die hoog genoteerd staat in haar zwarte boek van weleer en een model in de *Marie Claire* aangewezen. Meer kwam er niet bij kijken.

Wanneer ze de laatste sigaret uit haar pakje vist, openbaart Thea, rookster af, nóg een verrassend onderdeel van haar uitrusting voor dat nieuwe bestaan. Snel en met het aplomb van een doorgewinterde orde-op-zaken-stelster raapt ze het pakje op van de vloer waar zij het heeft laten vallen.

De openingsfilm van de Filmdagen is tamelijk arty en slaapverwekkend, maar geenszins teleurstellend omdat iedereen voor het feest met vrij drinken na afloop is gekomen. Op stijve benen volgt ze Thea naar de vip-lounge. Thea kent iedereen in de filmwereld en iedereen kent haar, en niet uitsluitend omdat ze, behalve negentig procent van het producentenbestand, volledige crews en casts had afgewerkt. Cameramannen, geluidsmannen, first assistants, grote en kleine acteurs, actrices, klapbordmeisjes. Haar fysieke oriëntatie was even breed als gretig van karakter, om zijn voorlopige eindbestemming te vinden in een enigszins vlezige, negenveertigjarige professional uit de wereld van de filmfinanciering. Hij had twee puberende kinderen, een rancuneuze ex-vrouw en een voorkeur voor flamboyante pochets die de behoefte aan een drager met een dynamischer hoofd leken uit te schreeuwen.

Bij de champagnebar wordt ze omhelsd en gekust door oud-studiegenoten die inmiddels een positie in de filmwereld hebben bereikt of hier in hun kwaliteit van beroepsreceptieloper present zijn. Er is veel vertoon van jovialiteit, waarvan zij zich geen moment afzijdig houdt, sterker nog, ze valt al snel wildvreemden om de hals, zoals zij dat ook bij haar doen. Op straat durft ze tegenwoordig niet terug te groeten wanneer iemand zijn hand naar haar opsteekt, omdat in negen van de tien gevallen het gebaar voor een ander bestemd blijkt, iemand die achter haar loopt, voor haar, naast haar, in ieder geval nét ergens anders. Maar hier is iedere lach, iedere omhelzing, iedere kus voor háár. Niet bekend zijn met elkaar, maar het ritueel zelf, dat van de begroeting, blijkt hier de norm. Met een van verwachting doortrokken uitgelatenheid drinkt ze het ene glas champagne na het andere, geleidelijk accepterend dat ze terug is, na al die jaren van al dan niet vrijwillige verbanning. Verandering, denkt ze, niet op komst, maar nu, hier, ze is begonnen. Ergens valt de naam Erik, ze luistert mee, iemand die zij niet kent vertelt over zijn terugkeer uit Canada naar Nederland. Hij is ziek en woont tegenwoordig in Emmen, zijn geboorteplaats. 'Erik, ziek, Emmen.' De woorden treffen haar onaangenaam, ze probeert erover na te denken, tracht er de betekenis van te doorgronden, van dit vonkje uit haar verleden, dat toevallig tussen haar champagneglas en haar oor is opgelicht, helder en kernachtig, als neutrale drager van iets belangrijks, iets cruciaals en kostbaars, om vervolgens weer te doven in het kabaal van stemmen.

Na de champagnebar volgt het zweterige gewoel van de disco, waar ze Thea uit het oog verliest na een overmoedige heupbeweging op de dansvloer waarbij ze onderuitgaat. Als een spartelende goudvis probeert ze overeind te krabbelen. Ze is omstuwd door schoenen in alle soorten en maten, maar, stelt ze tamelijk analytisch vast, geen gouden hak te bekennen. Op handen en knieën lukt het haar een goed heenkomen te vinden.

Op de wc treft ze Thea, die broodnuchter, want in dienst van de ongestoorde groei van haar vruchtje, haar nieuwe gezicht voor een van de spiegels wat laatste instructies geeft.

Ze is naar de wc gekomen om zich van haar aan de knieën gehavende panty te ontdoen, vermoedt ze, maar nu ze haar vriendin ziet wil ze alleen nog maar Thea om de hals vallen en daarna stilletjes onder de wasbakken gaan liggen huilen.

'Erik is terug,' zegt ze.

'Ik hoorde het,' zegt Thea, 'vermaak je je een beetje?'

Ze knikt.

'Ik ga zo,' zegt ze.

'Nu al?'

'Morgen tennistoernooi. Zorg je dat je heel thuiskomt?'

Ze kussen elkaar op de wangen en dan werkt Thea zich glimlachend uit haar overspannen greep.

'Dag Thea,' zegt ze zwak. 'Bedankt.'

'Voor wat?'

'Voor het appartement, voor vanavond, voor alles.'

Als ze weer naar de dansvloer terugkeert, ziet ze geen enkel vertrouwd gezicht, wat ook een gevolg kan zijn van het feit dat ze haar schrijnende lenzen heeft uitgedaan. Van de bravoure waarmee ze eerder die avond samen met Thea hier haar opwachting maakte is bitter weinig over. Ze kent de muziek niet, ze kent de dansjes niet, ze kent de mensen niet. Uit de aard en het tempo van de bewegingen, alsook uit de snit van de kleding leidt ze af dat de jongere garde vanaf nu de dienst uitmaakt. Een onrustbarende gedachte, dadelijk zal er iemand op haar schouder tikken om haar te ontmaskeren en terug te sturen naar de bridgedrive in het zaaltje van café-restaurant De Rustende Jager.

Het is al nacht wanneer ze, uitgeput en met pijnlijke voeten, naar buiten komt. Zover het oog reikt geen taxi te bekennen. Een paar meter bij haar vandaan rommelt een man half gebogen aan het fietsenrek. Hij heeft gitzwart, glimmend, achterovergekamd haar, en draagt een zilverkleurig jasje met daaronder een zwarte tangobroek. Eerder die avond is zijn exotische verschijning haar op de dansvloer opgevallen. Nu ineens duwt hij zwierig een paarse fiets met zelfgeschilderde zebrastrepen voor haar langs. Het is een buitenissig model met een hoog stuur zoals bromfietsen in de jaren zestig het straatbeeld opluisterden.

'You need a lift?' vraagt hij en lacht ondeugend. Toegevend aan zijn jongensachtige branie, stapt ze bij hem achterop. Krantentassen van het *Utrechts Nieuwsblad* drukken verkoelend tegen haar dijen als ze een stukje door de nacht rijden. Rutger en Monique onderweg naar de atelierwoning met de duizend waxinelichtjes rond het matras op de grond, denkt ze, alleen de bronstige tonen van Toots Thielemans ontbreken. Liefde, ze heeft geen idee hoeveel ervan ze nog tot haar beschikking heeft, hoeveel het ook mag zijn, het is allemaal voor haarzelf. Ze houdt hem om zijn middel vast, ze lacht nog steeds, maar als hij maar door blijft fietsen, maakt ze bezwaar. Dit kan hij niet maken, de fiets van een arme krantenjongen stelen. Ze zegt het in het Engels, de taal waarin hij haar aansprak. Met het accent van een Indiër – Peter Sellers, *The Party*, denkt ze – beweert hij dat het echt zijn fiets is.

'En die krantentassen dan?' vraagt ze.

'It's my job,' verduidelijkt hij.

'Krantenjongen?'

Ze weet niet of ze hem kan geloven. Dat is de pest van deze tijd, dat je niet meer wist waar de ironie begon en waar hij ophield. Een exotische filmtycoon die zich voor de gelegenheid heeft uitgedost als een roadie van Uriah Heep, en krantenjongen beweert te zijn.

'What's your name?' vraagt hij.

'Erik,' zegt ze.

'Happy New Year, Erik.' Misschien is hij een paragnost die aanvoelt dat er voor haar een nieuw tijdperk is aangebroken, misschien is hij een halve gare die geen flauw idee heeft dat het september is.

'A Happy New Year to you too,' zegt ze.

26

EEN OMVANGRIJK EN FEL licht schijnt haar recht in haar gezicht, nadert met grote snelheid, verblindt haar. Hoe ze ook haar best doet, ze kan het niet zien. Dan schrikt ze wakker van een gerucht dat geklop blijkt te zijn. Ze staat op en opent de deur, Edna met vochtige ogen onthullend.

'Sliep je?'

Ze vermoedt van wel. 'Nee, ik lag na te denken.' Ze stapt opzij om Edna binnen te laten.

'Sorry, maar ik had van Geert begrepen dat je vannacht door zou werken. Ik kon niet slapen en ik vroeg me af of je al iets op papier hebt. Dan kan ik het meenemen en vast doorlezen. Hoef ik het morgenochtend om zes uur, als ik net in slaap ben gevallen, zal je zien, niet door te nemen.'

'Ik heb het wel al uitgedokterd, maar ik moet het nog opschrijven. '

Edna bekijkt haar gezicht op een zenuwachtige, onderzoekende manier in de spiegel boven de als bureau gebruikte zijtafel. Ze strijkt met haar vingers langs de dunne huid rond haar ogen. 'O vreselijk,' zegt ze, 'ik zie er morgen niet uit.' Voordat ze zichzelf tot een nog hogere staat van zelfbeklag opjut, biedt Claire haar een schoon glas en een flesje mineraalwater uit de minibar aan.

'Dat je nog kunt werken als je zoveel op hebt.' Edna knikt naar het blad boven het koelkastje waarop een stuk of wat kleine, lege wijnflesjes als betweterige soldaatjes voor de lege fles landwijn staan opgesteld.

'Na een bepaald punt maakt het nog weinig verschil. Het enige wat je kan overkomen is dat je bewusteloos raakt. Corrosie in de centrale, storing, een ogenblik geduld a.u.b.'

Edna gaat nu op de rand van het bed zitten en begint onverhoeds te huilen. Mogelijk heeft ze zojuist in het hotel of op de tv iemand gezien die op haar leek, een jongere uitgave van zichzelf. Actrices, een ras apart: gave huidjes, teergevoelige zieltjes. Als de juffrouw van de catering ze met theetijd per ongeluk overslaat bij het uitdelen van de Bounty's, hebben ze een paar uur nodig om te herstellen.

'Ik ben het zat,' zegt ze. 'Geert heeft geen idee waar hij mee bezig is. Dit wordt een regelrechte ramp.'

'Nee,' zegt ze, 'we passen een stuk of wat scènes aan. Je zult zien dat wat nog gedraaid moet worden vleugels krijgt.'

'Hij ziet het gewoon niet met me zitten. Hoe kun je iets tot stand brengen als iemand je dat de hele tijd laat voelen?'

Ze huilt nu nog harder, een indicatie dat ze vanmiddag vergeten is haar stabiliseringstabletjes in te nemen – een regelrechte doodzonde voor iemand die geen geloof hecht aan alcohol als zelfmedicatie. Met weggespoelde make-up buigt ze zich langzaam voorover. Openlijk schmierend of oprecht aangedaan, dat is niet duidelijk, in ieder geval met tegen haar voorhoofd een door briljanten verluchtigd vuistje dat om een Kleenex smeekt.

'Hij jent je gewoon een beetje, het oude vertrouwde recept, hij probeert je te prikkelen. In zijn hart is hij zeer tevreden over wat je doet.'

'Daar merk ik anders niets van.'

'Dat is de bedoeling. Neem hem niet zo serieus, hij heeft net de biografie van Orson Welles gelezen.'

Ze droogt haar tranen en kijkt weer in de spiegel, die haar er voor de tweede maal van langs geeft. Stom natuurlijk, en dat weet Edna zelf ook, maar dit is een spiegel die aan klantenbinding doet, vergelijkbaar met de rollercoaster op de kermis.

'Ohhhh,' jammert Edna tegen haar spiegelbeeld.

'We bereiken nu pas het interessantere deel van het script,' negeert ze de wanhoopskreet, 'de sleutelscènes. Het opbouwende stadium is gepasseerd. Nu volgt de inlossing; strijd en drama. Er is nog niets verloren. Het wordt prachtig. Jíj bent prachtig.'

'Je bent lief, Claire. En ik heb met je te doen. Ik weet wat je doormaakt, in twee dagen de boel redden.' Ze zucht. 'Wat doen we hier, jij en ik? Er is toch meer in het leven dan film.'

'Zeker,' zegt ze.

'Liefde, vriendschap, je gezin... Jij hebt toch ook kinderen?'

'Twee,' zegt ze. 'Maar waar het om gaat is dat die nu ergens anders zijn en wij hier. Wij zijn hier, Edna. Praat jezelf geen onzin aan. En als we hier toch zijn, dan kunnen we net zo goed volbrengen waar we voor gekomen zijn. We verdommen het gewoon om te verzaken, jij en ik. Wat dacht je daarvan?'

De aanmatigende voldoening waarmee ze zichzelf hoort praten is zo groot dat de inhoud van haar woorden verdwijnt in een mist waarachter ze vaag Edna's handgebaar ziet, haar gesnotter hoort, waarvan ze de aanleiding al is vergeten.

'Er is iets dat ik je voor wil leggen,' gaat ze verder. 'Je bent een groot actrice en ik wil graag jouw mening horen. Ik ben van plan Bernhard in leven te laten.'

'Leven?' Edna blijft wezenloos zitten alsof haar een openbaring is gedaan die ze nog niet kan duiden.

'Ja, ik vind het zoals het nu is te dik. Eerst dat stervende meisje in het ziekenhuis, dan Bernhard aan een boom... ik wil dat hij blijft leven. Hij heeft een poging tot zelfmoord gedaan, maar die mislukt omdat de gids en Rogier hem net op tijd vinden.'

'Die scènes van die zoektocht vind ik overigens wel wat traag en lang.'

'Helemaal mee eens, die korten we in.' Het wisselgeld, denkt ze, minder scènes waar Edna niet in voorkomt, in ruil voor het sparen van Bernhards leven. Ze heeft het er graag voor over.

'Stel je voor, jij en Bernhards moeder die elkaar op de parkeerplaats van het politiebureau aankijken, in de wetenschap dat jullie beiden je kind hebt teruggekregen. En dan weer verder met jou en Rogier, jullie verzoening. Daar vindt de ontwikkeling per slot van rekening plaats, in het geleidelijk hervinden van jullie liefde voor elkaar.'

'Precies.'

'Wat denk je?'

'Ik geloof dat ik het een goed idee vind.'

'Mooi. Dan gooi ik je er nu uit en ga ik meteen beginnen. Want ik moet dat nummertje in de hotelkamer ook nog schrijven. Wat is je kamernummer?'

'169.'

'Zodra ik het op papier heb, schuif ik het onder je deur door.'

'Dank je,' zegt Edna als ze opstaat. 'Het doet me goed met jou te praten. Weet je, Claire, ik mis mijn gezin zo erg, en er is hier helemaal niemand die me begrijpt.'

Dit is het gevaar dat haar bedreigt hier in Frankrijk, als buitenstaander, als het ongetrouwde, alcoholische, tot quarantaine veroordeelde lid van het team: dat ze problemen moet aanhoren. Zodra iemand bij haar maar ook iets van meegevoel vermoedt kan ze zich opmaken voor ontboezemingen en hulpkreten. Vreemden voor het leven, vrienden voor een uur. Ze luistert graag, ze heeft altijd met bovenmatige interesse de grote en kleine drama's van anderen aangehoord. Maar dit, met de tijdsdruk die op haar rust, is niet het moment om de vertrouwelinge uit te hangen. Hoe interessant de ontboezemingen over te veel of te weinig begrip, te veel of te weinig seks, en hoe hun nieuwe therapeut daar weer over denkt, ook mochten zijn.

Edna omhelst haar en boort ter bezegeling van hun pact haar *silicon peaks* frontaal in haar eigen *twenty-years-after-hangers*.

Vertederend, denkt ze, dat er iemand, een mens, op haar woorden en aandacht gesteld is. Plotseling, zo in de armen van

Edna, is de aanvechting groot zelf haar hart te luchten. Om te zeggen: 'Mijn zoon heeft een meisje doodgemaakt, wist je dat? Hij heeft een meisje vermoord.'

'Ga lekker slapen,' zegt ze zacht.

'Oogjes dicht en snaveltjes toe,' fluistert Edna.

Als ze elkaar loslaten, zegt ze: 'Het is belangrijk voor me dat Bernhard blijft leven. Als jij erachter staat maak ik een goede kans om Geert te overtuigen.'

'Je kunt op me rekenen,' zegt Edna. 'Moge de overwinnaarsgeest over ons vaardig worden.' Dan verlaat ze de kamer.

De scène na het verhoor van Marieke in het moderne, uit grijze baksteen opgetrokken gebouwtje van de gendarmerie is al gedraaid en heeft ze zo geschreven dat Vera en Rogier met hun dochter tussen hen in naar buiten komen. Regen, venijnige wind uit de bergen. De vermoeidheid van de verstreken dagen ligt als een dikke laag schmink op hun gezicht. Dat kan allemaal zo blijven. Tot en met het moment dat ze naar hun auto met het Nederlandse kenteken lopen, NL, Fremdkörper tussen de autochtone Renaults en Citroëns. Rogier opent de portieren, maar voor ze instappen pakt hij Vera en Marieke vast en drukt ze in een wat onbeholpen omhelzing tegen zich aan. Zo blijven ze even staan op dat naargeestige parkeerplaatsje onder de grijze hemel van een klein onopvallend plaatsje in de Ariège waar ze niets te zoeken hebben dan de brokstukken van hun leven.

Naast hen stopt een Opel met een Zwitsers kenteken, glimmend van het vocht. Hier moet ze het script aanpassen. In de versie die gedraaid is stappen de vader en moeder van Bernhard uit, terneergeslagen, zonder hoop. Ze kijken naar het herenigd gezinsgeluk van Vera en Rogier, die hun dochter veilig en wel terug hebben, letterlijk samen vasthouden.

Er volgt een stilte waarbij Vera en de moeder van Bernhard elkaar opnemen. Intense blikken wederzijds. Winnaars en verliezers. De winnaars die zich aan het geluk vastklampen, de verliezers die zich afvragen of het altijd dezelfden zijn die met lege handen staan.

De moeder van Bernhard doet een stap naar voren, een en al aandoenlijkheid in haar nette kleren en met die te grote jarenzestigtas aan haar arm. Een plotseling oud, van verdriet verwrongen gezicht, met donkere kringen onder de ogen, ontzette plooien in het voorhoofd. Haar gekapte haar wordt in de war gebracht en ze strijkt het onbewust over haar oren. Ze richt haar blik op Marieke, neemt haar een poosje op, zoekend naar de juiste woorden.

'Je had hem tegen moeten houden,' zegt ze.

'Dat heeft ze geprobeerd,' neemt Vera het woord, 'ze heeft alles geprobeerd. Het is niet haar schuld.'

'Het is iemands schuld. Iemand moet iets fout gedaan hebben,' zegt ze, en dan voert haar man haar met zachte dwang naar de ingang van het politiebureau.

Dat hele laatste stuk vanaf de aankomst van het Zwitserse ouderpaar wist ze. Ze laat ze opnieuw aankomen, maar nu met Bernhard, mét hun zoon. Ze is in trance terwijl ze schrijft, ze ís twee handen boven een toetsenbord. Letters, woorden, zinnen. Doorstroomd van een hoopvol gevoel wekt ze de jongen weer tot leven.

27

DE TAXI RIJDT WEG, laat haar passieve ik verbaasd en beduusd achter in de stofwolk van werkzaamheid door haar handelende ik veroorzaakt. Ze staat voor zijn huis, in een carrévormige straat. De huizen van de nieuwbouwwijk zijn opgetrokken uit gele baksteen, drie lagen op elkaar, en omgeven door de geruststellende geometrie van groenstroken en parkeervakken. Zijn huis maakt deel uit van een eeneiige negenling, poppenhuisjes op de begane vloer, tegen een groot, zes verdiepingen tellend gebouw aangeplakt. Een aanleunwoning. *You can lean on me*, dat kwam uit een liedje, waarschijnlijk uit honderden. Maar dat waar ze naar kijkt, ziet er niet uit als een liedje, niet zó een in ieder geval. Het is rustig op straat, de kinderen zijn naar school, de moeders naar aquarobics of naar hun werk om bij te komen van de cyclische race door het inferno van de ochtend. Het geluid van de taxi verwaait boven de huizen. Filmtaal, denkt ze, terwijl ze naar nummer 7 kijkt. Een vrouw stapt uit een taxi en loopt met een fles in cadeauverpakking naar een huis. Ze blijft even staan en aarzelt. Alleen de herfstbladeren die in de klapperende wind langs haar benen zweven, ontbreken. Daarvoor is ze een paar weken te vroeg.

Het is een gevaarlijke taal, filmtaal. Een moeras van sjablonen en ingesleten verwachtingen.

Je ziet een man en een vrouw samen een motel binnengaan en je denkt: minnaars.

Je ziet een man en een vrouw in een doorsneehuiskamer. Hij

staart uit het raam, zij zit op de bank en kijkt de andere kant op: echtscheiding.

Je ziet een kind over een lange, lege weg fietsen. Hoort daaronder een apocalyptisch stukje Liszt: noodlot.

Toen ze *Gravers* draaiden was het een regelmatig terugkerend gespreksonderwerp geweest. Ze besloten met die beeldtaal te spelen, op een losse, ongekunstelde manier. Een idee van hem, van wie anders. Ze lieten een man met een vioolkist een bank binnengaan terwijl buiten een jongeman met een groot pak pampers in de hand geld pint bij de automaat. Op dat moment wordt een geldloper getroffen door een hartinfarct. De jongeman twijfelt even, pakt dan de gevallen geldcassette op en zet fietsend in wat zich laat aanzien als een tamelijk kansrijke vlucht.

Voor het raam hangen nietszeggende vitrages. Ze vraagt zich af of Erik die zelf heeft uitgezocht en opgehangen, of misschien zijn moeder. Ze wil hier eigenlijk niet zijn. Ze wil hem helemaal niet zien, toch staat ze voor zijn deur, haar hand op zijn bel. Na een seconde of wat hoort ze gezoem, onderbroken door een metaalachtige klik.

De tochthal is ruim, in het licht van de door het exterieur gewekte verwachting. Er staat een levensgrote, opgezette bruine beer, die het bijna klaarspeelt de aandacht van een ingeklapte rolstoel af te leiden. Aan de kapstok hangen een zeiljack en een corduroy jasje, ook onderscheidt ze een baseballpet. Of het de pet van de foto in de krant is, kan ze niet opmaken.

Zijn gezicht is bruin van de zon, maar te opgeblazen om voor welgedaan door te gaan. Ook lijkt er iets met zijn ogen, alsof ze zich, glazig en star, naar voren hebben gewerkt, klaar om het lichaam te ontvluchten. Naast een stoel staat hij op haar te wachten. Ze kussen elkaar op de wang, waarbij hij haar tegen zich aan trekt. Drie maanden heeft hun liefdesaffaire geduurd, drie maanden in 1979, en daarna op een andere golflengte tot op deze dag dat hij haar weer in zijn armen sluit.

In de even indiscrete als balsemende aanwezigheid van een

pc-beeldscherm waarop schaapjeswolken voorbij zeilen, zitten ze tegenover elkaar. Zijn woorden vullen de benarde met nieuw Ikea-spul ingerichte kamer, terwijl haar passieve ik, verbaasd en met stomheid geslagen doordat haar handelende ik echt heeft aangebeld, echt naar binnen is gegaan, worstelt met de niet onaanzienlijke problemen die deze daadkracht over haar heeft afgeroepen.

Hij vertelt over Toronto, over filmsets, over studio's, over de geneugten van in hotelkamers wonen. Hij vertelt over de provincie Alberta, waar hij twee keer per jaar op vakantie ging. Meren, bergen, beren. Hij vertelt over de beer in de hal. Over de rolstoel zwijgt hij. Als hij opstaat om een doos met foto's van een boekenplank te pakken, vraagt ze zich af of ze hem nog steeds een knappe man vindt. Het zijn slechts zes, zeven passen, heen en terug naar zijn stoel, maar de onzekere stramheid van zijn bewegingen geeft haar een aardig beeld van zijn conditie. Die is slechter dan ze had verwacht.

Emmen, rolstoel, foto's. Eigenaardig dat juist hij, iemand met zoveel temperament en doorzettingsvermogen, de bereidheid alles achter zich te laten, alles in de waagschaal te stellen om door de zoeker van een camera te kunnen kijken, om – daar kwam het toch op neer – zijn beelden na te laten, dat zo iemand veroordeeld is tot een leven van een behoeftige bejaarde.

'Als je het over mijn ziekte wilt hebben,' zegt hij als hij weer is gaan zitten, 'doe het dan maar meteen, hebben we de verplichte figuren gehad.'

Ze haalt haar schouders op.

'Sommige mensen vragen honderduit, ze willen alles weten, op het beschamende af. Die kijken naar me als naar een openhartoperatie op tv. Jij niet, hè?'

Ze glimlacht. Waar zou de grens liggen aan wat een mens kan incasseren als zijn houding tot de wereld onvrijwillig volledig passief is?

Dan schenkt ze de thee in die op tafel in een thermoskan klaarstaat. Samen bekijken ze de foto's, van zijn vroegere appartement *downtown* Toronto, van zijn ex-vrouw, zijn zonen, nu zestien en veertien jaar oud, die tegenwoordig samen met hun moeder in Calgary wonen.

Ze informeert naar het meisje dat in een stationcar met hout op de portieren rondreed. Dat was niets geworden, zegt hij. In sprongen heen en weer in de tijd leidden de foto's haar door zijn leven, dat, theoretisch gesproken, ook het hare had kunnen zijn. Van de set van *Gremlins*, waarvoor hij de cinematografie deed, naar zijn zonen, heel jong nog, rond de kerstboom thuis in Toronto; van het feest voor zijn veertigste verjaardag naar het turkooizen meer waar hij als Davy Crockett in een kajak overheen peddelt. Hij legt de foto's achteloos en tamelijk snel voor haar neer, alsof hij bang is haar te vervelen.

Op de laatste ziet ze hem in een recente uitvoering van zichzelf op het strand zitten, in zwembroek, zijn haar nat en zijn benen in het water. Hij is in het gezelschap van een stuk of wat mensen, sterk variërend in leeftijd. Twee lege rolstoelen werpen zware schaduwen op het zand.

'Dat was deze zomer, op Corsica, mijn eerste groepsvakantie met MS-patienten. Hansje, mijn zuster, en haar man hadden het bekokstoofd. Maar ik heb er geen spijt van gehad.' Hij wijst een jonge vrouw in een zwarte bikini aan. Ze ondersteunt een zware man die tot zijn middel in het water staat. 'Ze was mee als begeleidster. Ze is drieëndertig en vindt me *interessant*.' Hij lacht zonder geluid. 'Een ontzettend lieve meid, veel te lief voor mij.'

Hij blijkt enigszins op de hoogte van haar levensloop, informatie door de jaren heen in gesprekjes met wederzijdse bekenden opgevangen. 'Het heeft me zo verbaasd,' begint hij erover, 'dat jij na *Gravers* niets meer gemaakt hebt. Hét talent van ons jaar.'

'*Gravers* was jóuw film. Zonder jou stelde ik niets voor.'

'Kom nou toch! Alle originele ideeën kwamen van jou,' zegt

hij. 'Het plot, de opening met die twee hondjes die in het bos graven, het gewoel onder de grond, de boomwortels, de wormen... David Lynch heeft dat later nog gedaan, in *Blue Velvet*, maar jij had het al vóór hem bedacht. Ook dat steeds terug laten keren van graven, als thema, als metafoor... alles was van jou tot en met de grappen aan toe.'

'Jij herkende het als bruikbaar. Jij gaf er de juiste vorm aan.'

Hij schudt zijn hoofd. Ze weet wat hij daarmee wil zeggen, het is niet nieuw voor haar, ze heeft het al honderden keren van anderen gehoord, zelf gedacht, of gelezen, in alle mogelijke variaties, tot en met die van Yeats: 'The best lack all conviction, while the worst are full off passionate intensity.'

'Zal ik je eens iets vertellen?'zegt hij. 'Ik heb destijds niets anders gedaan dan wat iedere eindexamenstudent doet... een paar camerastandpunten en visuele vondsten pikken. Uit *Vertigo* en *Blow-Up*, allemaal jatwerk, ik kan je zo de scènes aanwijzen.' Hij heeft er in retrospectief schik in.

'Echt?'

'Alles van waarde is eerloos. Behalve talent.'

'Jij had het talent. Niet ik.'

'Houd daar eens mee op.'

'Waarmee?'

'Met dat geslijm.'

'Ik méén het.'

'Ik ook. Als ik de laatste tijd ergens een hekel aan heb gekregen dan is het wel te moeten aanhoren wat voor een geweldige vent ik ben, of wat voor geniale cameraman ik was. Het is *de* manier om de hemel in geprezen te worden, een jaartje in een rolstoel. Je zou het eens moeten proberen. Je weet niet wat je meemaakt.

'Maar ik meen het echt.'

'Iedereen meent het echt.'

Hij kijkt opzij, naar het raam met de vitrages. Daarachter, op straat is het nog steeds stil, maar ze betwijfelt of Erik daar aandacht voor heeft. De aanvechting om nu te gaan kwebbelen over niets is groot. In plaats daarvan vraagt ze of hij iets te drinken in huis heeft. Dat heeft hij niet, hij gebruikt geen alcohol. Niet zozeer omdat de dokter hem dat afgeraden heeft, verduidelijkt hij, als wel omdat hij het zelf zo'n cliché vindt, een vent in een rolstoel die nog drinkt ook. *Cat on a Hot Tin Roof*, denkt ze. Maar Paul Newman had slechts een gebroken been, en Paul Newman was met krukken nog steeds onweerstaanbaar.

'Dan heb ik een heel verkeerd cadeau meegenomen,' zegt ze, doelend op de fles Chivas Regal die hij na haar binnenkomst heeft uitgepakt.

'Het is een prachtige fles om naar te kijken, en misschien kan ik er af en toe iemand een plezier mee doen.'

'Vind je het erg als ik de eerste ben?'

'Ga je gang, je zult wel een borrel kunnen gebruiken, lijkt me zo.'

In de keuken vindt ze een glas en een kannetje, dat ze met water vult. Op het aanrecht staat een plastic huishoudbakje, het deksel ligt ernaast en bevat een sticker met handgeschreven tekst: pruimenjam 2001. De zelfgemaakte jam in het bakje, tot de rand gevuld, is bedekt met een laag schimmel. Ze staart een poosje naar dat groengrijze dons, het in verband brengend met die ontzettend lieve meid van drieëndertig.

Terug in de kamer, opent ze de fles en mengt zichzelf een drankje.

'Was je al eens in Emmen?' vraagt hij.

'Nee,' zegt ze.

'Hoe is het mogelijk? Het dierenpark hier geniet landelijke faam. Mijn ouders hebben me er al zo'n keer of twintig mee naartoe genomen, ze hebben een jaarkaart. Als ik het hek binnenkom, beginnen de wolven mijn naam te huilen.'

Ze kan zich vergissen, maar het is alsof hij een onplezierige lucht verspreidt, alsof hij naar iets ruikt. 'Waarom Emmen?' vraagt ze.

'Om de doodeenvoudige reden dat hier plaats voor me was. En dat mijn hele familie hier woont. Zonder mijn familie ben ik niets. Grappig, vind je niet: ik heb me nooit ene moer aan hen gelegen laten liggen, en als straf ben ik nu het middelpunt van hun bestaan. Emmen is overigens zo gek nog niet, misschien is er wel geen betere plek om te dommelen. Zie je nog mensen van vroeger?'

'Rein Schmutz soms, en Thea zo één keer in de vijf jaar.'

'Thea? Wat doet die tegenwoordig?'

'Zwanger zijn in Baarn. En jij, heb jij nog contact met iemand?'

'Toen ik hier pas zat, heb ik een paar mensen gebeld of gemaild. Maar ze leven allemaal nog, al die verdomde klootzakken leven gewoon nog. Niemand gesneuveld voor het vaderland, niemand in het verkeer gevallen, niemand die aan een ongeneeslijke ziekte lijdt. Je wordt er niet vrolijker van.'

Aan het eind van de middag zwaait een deur in de keuken open en verschijnt een verpleegster. Zo te zien goedgeluimd duwt ze een karretje voor zich uit waarop een rechthoekige plastic doos ligt. Ze plaatst de doos voor hem op tafel.

'Ik had er twee gevraagd. Ik heb bezoek.'

'Wanneer heb je dat doorgegeven?'

'Vanochtend.'

'Dat had je gisterochtend moeten doen.'

'Daar valt toch nog wel iets op te bedenken?'

'Ik ben bang van niet, Erik. Het spijt me. Eet smakelijk,' zegt ze met geharnaste monterheid en verdwijnt weer zoals ze gekomen is.

Ze staren beiden naar de plastic doos.

'Ik heb geen honger,' zegt hij.

'Ik ook niet,' zegt ze.

'Nee, dat is *jouw* tekst: ik heb geen honger.'

'O. Ik heb geen honger. En wat zeg jij dan?'

'We delen.'

Hij opent de doos, in de voorgevormde vakjes liggen een bergje rode kool, een schnitzel, wat gekookte aardappelen. Verder is er een schaaltje met soep en nog een met iets dat op vlaflip lijkt.

'In de keuken zijn borden en bestek.'

'Ik heb geen trek, echt.'

'Toe! Laat me niet alleen eten.'

'Ik heb gewoon geen trek.'

Hij legt het deksel er weer op en schuift het blad van zich af. Ze zitten vrijwel hetzelfde, hun schouders licht opgetrokken, hun handen als verdoofde dieren op tafel. Ze staren naar de lichtblauwe kunststof doos alsof ze oog in oog staan met een mysterie, een buitenaards voorwerp dat hen verbindt in hun gemeenschappelijke nederlaag. De stilte wordt strakker en strakker, als een bankschroef die wordt dichtgedraaid. Als ze naar opzij kijkt richt hij zijn blik op haar en neemt hij haar, de kin omlaag zakkend, van onderaf op met zijn bolle ogen. Een zeehond, denkt ze. Een zieke zeehond.

'Je verwachtte natuurlijk een dineetje bij kaarslicht en daarna een nummertje voor de open haard.'

'Nee,' zegt ze. 'Zo is het niet.'

'En dan weer snel terug naar je grote, mooie huis, verwende trut die je bent. Met je sportautootje.'

'Ik woon er niet meer, ik heb ook geen auto meer. Ik ben gescheiden.'

'Je breekt mijn hart.' Een grimas bevriest op zijn gezicht, verandert zijn mond in een treurige snee.

'Dat hoeft niet,' zegt ze. 'Ik klaag niet.'

Als ze met haar jas aan voor hem staat om afscheid te nemen, zit hij in het halfduister van de kamer nog steeds op dezelfde stoel. Hij heeft zijn handen zo strak om de leuningen geklemd dat de knokkels als lijkkleurige eilandjes de huid markeren.

'Jij had alle talent, jij. Je schreef de beste scripts van ons allemaal, je was de beste regisseur. Maar je was gewoon te slap om het risico te nemen dat je onderuit zou gaan. Jij ging liggen nog voor er één klap was uitgedeeld.'

'Ik wilde gewoon een ander soort leven,' zegt ze en knoopt haar jas dicht.

'Ik hoop dat het de moeite waard is geweest.'

'Wat?'

'Het leven waarvoor je gekozen hebt, waarvoor je alles hebt laten vallen. Niets is zo laf als geen gehoor geven aan je roeping.'

Roeping, denkt ze. Welke roeping? Die van Elsschot, de obsessie die tot ontgoocheling zal leiden. Of die van hem, de eerzucht die het onderspit delft tegen een ziek zenuwstelsel.

'Ik geloof niet dat het een kwestie van lafheid was,' zegt ze.

'"Faalangst" is het woord,' zegt hij afgemeten.

'Faal*moed*,' zegt ze.

Hij neemt haar weer van onderaf op met zijn zeehondenogen, zijn hoofd in wankel evenwicht op de trillende nekspieren die de vermoeienissen van de laatste uren mooi weer spelen verraden. 'Heb je nooit spijt gehad?' De verbetenheid is nu uit zijn stem. 'Dat moet, je moet wel spijt gehad hebben.'

'Voortdurend. Maar eigenlijk niet meer spijt dan opluchting. Dat ik niet naar Canada ben gegaan, jou achterna, daar heb ik pas echt spijt van gehad.'

Hij neemt haar hand in de zijne en drukt hem tegen de ruwe huid van zijn wang, wrijft hem langs zijn lippen.

Zodra ze het gezegd heeft, weet ze zich een bedriegster. Gevoelens van twintig jaar geleden, woorden die er al die tijd over hebben gedaan om aan te komen. Te laat, veel te laat. Deze man begint al te ruiken.

ROGIER EN VERA DIE op de snelweg rijden, in tegenovergestelde richting van het begin van hun tocht, de weg terug naar huis. Marieke ligt als een doodvermoeid kind op de achterbank te slapen, haar bleke gezicht op Vera's schoot. Vera schuift de geblokte autoplaid over haar schouders, dekt haar voorzichtig toe.

Rogier neemt haar in de achteruitkijkspiegel op en maakt een hand los van het stuur, brengt die over zijn schouder tot hij tussen Vera's gezicht en de hoofdsteun van zijn stoel in de lucht hangt, geopend, uitnodigend. Vera sluit haar ogen en legt haar hand in de zijne. Hij trekt hem naar zich toe en kust haar vingers. Als hij haar weer loslaat, streelt ze Mariekes ongekamde lokken. Vera's pols steekt uit de mouw van haar jas. Aan de binnenkant, in het zachte vlees, tekenen zich vier kleine korstjes af, een kralenkettinkje van geronnen bloed. Ze blijft er even naar kijken alsof ze iets probeert te ontcijferen, trekt dan langzaam de mouw van haar jas omlaag en bedekt de tekentjes in haar vlees.

Ze sluit haar ogen, de weg naar huis suist onder de wagen door.

De geschiedenis zoals ze had kunnen zijn, zoals ze had moeten zijn. Dat is het aantrekkelijke van wat ze doet, de werkelijkheid herschrijven. Een onafzienbare reeks tweede kansen. Er was geen tweede kans, geen verzoening, geen hoop op hereniging voor haar en Leen toen ze uit de Ariège terugreden naar Nederland. Onverrichter zake en in volslagen onzekerheid over wat er gebeurd was – Bas was níet gevonden tijdens de zoektocht van Leen en de gids, Fanny's graf zou pas weken later door een gevoelige hondenneus ontdekt worden. Wel was er het besef dat ze hechter dan ooit aan elkaar vastzaten, dat ze hun verdwenen zoon alleen maar via elkaar konden bereiken. Een schakel, dacht ze, en stak een sigaret op, sterker dan die obligate, een keer per maand terugkerende etentjes van hen om te bewijzen dat ze 'verstandige, welwillende mensen' waren. Viergangenvrijwilligerswerk.

Sinds drie dagen hadden ze weer een gespreksonderwerp dat de starre vormelijkheid tussen hen overwon, openlijk praten in plaats van heimelijk geeuwen.

Ze herkende geen van de kleren die Leen droeg. Een blauwwit geruit hemd, een suède jasje, halfhoge zwarte laarsjes. Jeugdig, was het woord dat bij haar bovenkwam. Toch zag hij er met zijn grijzende slapen en lijnen onder zijn ogen ouder uit dan ooit. Ze vroeg zich af hoe hij háár dan wel niet zou zien.

Ook voor zijn gunstige, ronduit benijdenswaardige eigenschappen had ze oog. Hoe grijs en gegroefd hij ook mocht worden, een man van middelbare leeftijd, met de verongelijkte mopperstem van iemand die zijn eigen onbeduidendheid niet kon verkroppen, was niet zijn voorland. Granieten karakter. Charmant, evenwichtig en, vóór alles, zelfverzekerd. Zelfs toen, terwijl zij als een wrak naast hem de ene na de andere sigaret opstak. Zij zocht haar heil in een lethargische onderdompeling om dit soort stormen te doorstaan, terwijl hij het juist moest hebben van plannen, van opgepepte daadkracht. Waarschijnlijk kent hij geen echte pijnen, dacht ze, geen problemen waar hij niet tegen opgewassen denkt te zijn. Nog steeds niet. Of het moest het probleem van oudejaarsavond zijn, wanneer hij voor zijn Amerikaanse vriendin de conference van Freek zal moeten vertalen.

Ze was blij dat ze in Amsterdam woonde en niet in de buurt van O., waar ze onvermijdelijk op een dag haar opvolgster bij Albert Heijn zou treffen. Bij de kassa van een afstandje elkaar opnemen, loeren en beloerd worden, rimpels tellen. Overigens, dat liefdesnestje van die twee, een in *country style* gebouwd landhuis met veel houtwerk en krullen in de gevel, vond ze tamelijk nepperig. Niet het soort huis dat zij samen gekocht zouden hebben. Relevant was die overtuiging van haar natuurlijk niet, ze stelde het alleen maar vast, een gedachtegang om de tijd door te komen.

Toen ze ergens tussen Parijs en Lille stopten om te tanken kwam ze terug van het toilet aan de achterkant van het benzinestation. Leen wachtte al op haar in de auto, zijn blik gericht op een punt in de ruimte. Het vertrouwde gezicht was verwrongen tot een ander stelsel van lijnen, rimpels en schaduwen, zijn hele wezen was weggezogen tot voorbij de wanhoop. Voor het eerst besefte ze dat hij er misschien nog slechter aan toe was dan zij.

28

HIJ ZIT IN DE WOONKAMER naar het nieuws te kijken. Ze heeft een uur of twee in de slaapkamer aan het script gewerkt en neemt naast hem plaats. De onderzeeër ligt nog steeds op de bodem, het luik is nog dicht, de beelden beginnen al aan zeggingskracht te verliezen. Het geluid staat zacht, het niveau van gemurmel. Op zijn schoot ligt een boek. *Zondagen in augustus*, Patrick Modiano. Fictie: dat had ze niet verwacht.

'Wil je iets doen?' vraagt ze.

'Jij?'

'We zouden een wandelingetje kunnen maken.'

'Prima.'

Als ze eenmaal buiten zijn zit er weinig anders op dan dat ze 'ergens' naartoe gaan. Kies een richting, kies een doel. Ze heeft geen idee, dus lopen ze een poosje kriskras door de stad, die het ene moment in het zonlicht baadt en het volgende onder een grijze hemel aan helderheid inboet. De zondagse rust op de grachten, een tussenstop in een lunchroom, de file voor de parkeergarage van de Bijenkorf; na anderhalf uur naderen ze het vertrekpunt.

'Gaan we al terug?' vraagt hij.

'Als je dat wilt.'

'Wil jij terug?'

'Hangt ervan af wat je daaronder verstaat,' grapt ze, nietsvermoedend.

Tien minuten later bevinden ze zich ze in een taxi onderweg naar B. Hij wilde met de trein, maar daar voelde zij niets voor;

geld, ofschoon reeds lang geen bron der geneugten meer voor haar, geeft ze nog steeds moeiteloos uit. Ze laten zich aan de rand van het bos in de zon afzetten. Ze is vergeten hoe lommerrijk de glooiende lanen en tuinen in deze tijd van het jaar zijn. Vergeten hoe modderig de paden in het bos na de regen zijn, vragend om de waterdichte wandelschoenen die ze als eerste afdankte toen ze naar de stad verhuisde. Ze komt al meer dan een jaar niet meer in de natuur, zelfs niet in het stadspark. Op haar hoede tuurt ze naar de bomen. Ze betwijfelt of ze er goed aan heeft gedaan in te gaan op zijn voorstel voor deze *sentimental journey.*

Als ze het bos uit komen fietst een groepje in felkleurige wielerpakjes gestoken mannen voorbij, hun snorrende geluid ijlt nog even na in de stille lucht. De hemel is nu metaalgrijs, het licht ervan heeft iets aangenaams, de geborgenheid van een grijze dag. In plaats van de Ghanese werksters op hun plateauzolen en de aannemers in hun busjes op doordeweekse dagen eisen nu de recreanten de wegen en paden op: motorrijders, fietsers, trimmers, wandelaars, cabrioletrijders. Iedere dag is het hier zondag, behalve op zondag zelf. Het sterkst vertegenwoordigd zijn zij die in karavaan toerend zich verlustigen aan het totalitaire regime van de goede smaak. De zweepslag van het onbereikbare, de masochistische route. Achter de raampjes van hun auto's maken ze elkaar opmerkzaam op de kasten van huizen. Adequate rioleringsvoorzieningen en vuilophaal hebben ze thuis ook, daarvoor hoeven ze niet hierheen te rijden, denkt ze.

Ze voelt weer wat een luisterrijk, maar ook deprimerend plaatsje het kan zijn – een stille, in zichzelf gekeerde gemeenschap van eilandjes, afgebakend door hoge laat-ons-met-rust-heggen, de honden te doorvoed om serieus te waken, de bewoners te bemiddeld om met recht ergens over te zeuren. Wat soms, weet ze uit eigen ervaring, ook niet meevalt.

Ze passeren zijn oude lagere school, kijken naar de kleurige tekeningen en aquarellen aan de wand van de kleuterklassen. Ze noemen de namen van de juffen en de meesters. Daarna wandelen ze om het lange poeltje, waar hij vroeger op zijn buik langs de kant kikkervisjes ving. Het koppel zwarte zwanen zwemt er nog immer met eigenzinnig gebogen halzen rond.

'Weet je nog dat Kyra altijd de benen nam als ze naar de kant zwommen?' vraagt hij en voegt daaraan toe: 'Vroeger.'

'Ze was als de dood voor ze, van pup af aan. Al was het snikheet, ze weigerde hier te zwemmen, zelfs als die beesten in geen velden of wegen te bekennen waren.'

Op het donkere water ziet ze het beeld van hun beiden naast elkaar ontstaan, een ogenblik later valt het door een windvlaag in scherfachtige stukjes uiteen.

Vroeger. Ze probeert er woorden voor te vinden: de herinnering aan het benevelde gazon in de ochtend, de stemmetjes van haar kinderen op het voetpad, de aangevreten boterhammen met pindakaas die in de broodtrommeltjes terugkeerden, het zachte gieren van een dynamo op een winteravond. Vroeger moest zich ergens daartussen en -omheen ophouden.

Ze belanden in het andere deel van het bos, hij kuiert met zijn handen in zijn zakken naast haar. Eindelijk heeft ze de moed om erover te beginnen.

'Dat meisje uit Les Hautes, was je verliefd op haar?'

'Ik geloof het wel.'

'En zij? Was zij verliefd op jou?'

'Dat weet ik niet zeker. Verliefd worden daar was niet eenvoudig. In dit soort termen liet je je er niet over uit. Dat was niet de bedoeling.'

'Wat was het voor een meisje?'

'Heel rustig. Angstig ook.'

'Voor wat?'

'Dat weet ik niet, dat wist ze waarschijnlijk zelf ook niet. Weet jíj waar je bang voor bent?'

'Bén ik bang?'

'Je bent in ieder geval iemand die nooit over angst praat. En volgens mij ben je ook niet geïnteresseerd in wat anderen erover zouden kunnen vertellen. Dat wil je gewoon niet horen.'

Zijn blik dwaalt langs de struiken naast het pad, vandaar omhoog naar de bomen. 'Ze heeft me eens verteld dat ze alleen maar leegte zag. De leegte van de onvervulde verlangens, denk ik dat ze bedoelde.'

'Daar staan we allemaal voor. Leegte, onverschilligheid, het ware gezicht van de wereld.'

'Nee,' zegt hij, 'dat is te makkelijk, te negatief. Onbegrijpelijk misschien, maar niet onverschillig.'

'Zou kunnen,' zegt ze. 'Maar wat ik niet begrijp is die zelfopgelegde ernst op jullie leeftijd. Waarom? Er is zoveel te doen, zoveel om uit te kiezen. Ik heb dat nooit kunnen bevatten.'

'Ken je het gevoel dat je met open ogen ergens in omlaag stort, en dat je overal waar je vaste voet denkt te hebben gevonden weer verder wegzakt?'

Ze knikt. 'Accepteer dat je die vaste grond niet vindt, laat dát je vaste grond zijn.'

'De veilige weg. Zo zit ik niet in elkaar.'

Zij wilde dat hij een ander was en hij wilde dat zij een ander was. Wat een aandoenlijk simpele zielen, denkt ze.

'Ik zeg dit niet uit gebrek aan respect voor je, Bas, of dat ik de dingen waar jij in gelooft wil kleineren. In meer dan één opzicht bewonder ik je. Je non-conformisme, je wilskracht. Maar waarom je laten verteren door idealiseringen?' Bijna had ze gezegd: die dwaze idealiseringen van je.

'Die vraag zoeken we op,' zegt hij. In zijn toon klinkt tot haar opluchting door dat ze hem met haar woorden niet te hard is gevallen.

Ze lopen over het fietspad dat naar de grote, doorgaande weg voert. Daar aangekomen horen ze een mannenstem schreeuwen, iemand die, zo klinkt het, met weinig fiducie in het resultaat zijn hond terugroept. Tussen de struiken van het laatste randje bos aan de andere kant van de weg duikt een hond op, een jong dier nog, zwartbruin, met de fysieke kenmerken van een jachthond. Op twintig meter achter hem komt een zware man in jeans en polo aangelopen. 'Marco, kom hier,' roept hij. De hond negeert zijn stem en snuffelt met grote concentratie aan een esdoornscheut.

'Hierrrr!' Het commando ontbeert nu iedere overtuiging, waardoor het tafereel iets grappigs krijgt. De Voetveeg, denkt ze. Ze kent de categorieën hondenbazen nog precies. De God, met zijn behaagzieke bordercollie die de baas iedere seconde van de dag met zijn laserblik aanbidt; de Advocaat, die de trimmer met het bebloede been uiteenzet dat het niet aan zijn spaniël ligt, maar aan de korte broek, waar zijn hond nou eenmaal op reageert; de Bruut, met zijn op de ellebogen kruipende, van een wurgketting voorziene beste vriend naast zijn knie; de Stofzuiger, de eigenaar van de boxer die, neus op de grond, hem aan de riem meesleurt; en, dus – een exemplarisch geval maakt zich aan de overkant van de weg belachelijk – de Voetveeg.

Als de man zijn hond nadert is het dier met twee, drie lenige sprongen het bos uit en drentelt langs de weg. Op dat moment komt er van de ene kant een colonne motorrijders aan, vanaf de andere kant is een stroom auto's met zondagsrijders onder weg. Het is duidelijk dat de hond naar de overkant wil, maar ook dat de kans daar ongeschonden aan te komen gering is. Aan die notie heeft de hond geen boodschap. Hij begint aan zijn onheilszwangere overtocht, paradoxaal lichtvoetig en met de lange oren monter slingerend langs zijn glanzende bakken. Het eerste gevaar is een motor, waarvan de berijder net op tijd afremt en om de hond heen weet te sturen, dan is het dier op de andere weghelft. Van rechts komt een personenbusje, een schrille kreet van rubber op asfalt, de bumper schuift in de richting van de gewelfde ribbenkast van de hond, raakt hem, waardoor hij een zijwaartse zweeftocht maakt die hij acrobatisch voltooit met een zwabberende landing op alle vier zijn poten. Onaangedaan, op het parmantige af, legt hij de laatste meters naar de veilige zone af. Hij komt recht op hen toe. Bas knielt en lokt hem met een zacht klakkend geluid. Kwispelend schuift het dier zijn kop tussen zijn knieën. Hij aait zijn platte, kortbehaarde schedel, legt zijn vingers achter zijn halsband. De hond richt zijn kop op en likt zijn kin.

'Kom maar jongen,' zegt hij. 'Kom maar, kleine stommeling.' De ontwapende, vertederde uitdrukking op zijn gezicht doet het openbarsten langs oude, in onbruik geraakte lijnen. Met een schok beseft ze dat dit exact dezelfde plek is waar zij hem, vier jaar oud toen, een klap gaf omdat hij tegen alle afspraken in zomaar was overgestoken.

De man is inmiddels aan komen lopen en bedankt hen voor de hulp.

'Claire!' zegt hij.

Ze moet goed kijken, in gedachten het gezicht inclusief de met grijs doorschoten baard reconstrueren. De beeldhouwer, de zagende heer der schepping.

'Ik herkende je niet zonder baard,' zegt ze. 'Heb je een nieuwe hond?'

'Ja,' zegt hij. 'Moore is dood.'

Hij kijkt nu naar Bas, die nog steeds de hond aait en verder geen aandacht aan de man schenkt. Van Bas kijkt hij weer naar haar. Hij lijnt zijn hond aan en gaat verder. Zij lopen de laatste meters naar hun oude huis.

Veel is hetzelfde gebleven, maar het zijn de veranderingen die als eerste opvallen. Een grotere smeedijzeren brievenbus aan het hek. Het naamplaatje erop: J.M. & T.K. Westers.

Achter in de tuin staat een speeltoestel met klimrek, glijbaan en schommels. Rond de grote eik is een wit halfrond bankje geplaatst, de schaduwvlekken en lichtval doen denken aan Renoir.

De vogeltjes tsjilpen in de struiken. Op het gazon ligt een skippybal. Identificatie van het stoffelijk overschot, denkt ze. Nee, zo is het niet. Deze mensen hebben het overgenomen. Dit wat ze voor zich ziet is hun leven, hét leven.

Waarschijnlijk hebben ze van de buren wel iets over hen gehoord. Scheiding, twee kinderen, hun leeftijden, de vrouw naar Amsterdam verhuisd, de man met zijn liefje naar O.. Zij heeft ze nooit ontmoet, de overdracht bij de notaris heeft Leen voor zijn rekening genomen. Hij heeft haar niet verteld wat hij van de nieuwe bewoners vond, ze heeft hem er ook niet naar gevraagd.

'De spar naast de garage is weg,' zegt Bas.

Waarom is haar dat nog niet opgevallen?

'Daar deden we met kerst altijd de lichtjes in.'

'Je hebt gelijk,' zegt ze. 'Ik denk dat ze hem weggehaald hebben omdat hij zo dicht naast de muur stond.' Het klinkt alsof ze een verzachtende omstandigheid aanvoert.

Ze zoekt naar sporen die *zij* hebben achtergelaten, maar vindt die niet, ook al is er niet zo gek veel veranderd. Dat moet dan de verdienste van het huis zijn, het huis zelf, een niet te evenaren persoonlijkheid.

'ZK-24-TR,' zegt hij.

Ze neemt hem niet-begrijpend op.

'Jouw Spider, die rode.'

'WT-45-KR? Pa's BMW. DE-32-01, zijn Healey. XF-22-AX, jouw laatste auto.'

'Dat je dat allemaal nog weet.'

'5523142?'

'Ons telefoonnummer toch?'

Hij knikt. '5533156?'

Ze weet het niet.

'Nummer van Mart.'

'5516789?' zegt ze.

Hij denkt na, met glimlichtjes in zijn ogen. Schudt na enige tijd het hoofd.

'Dokter Everhuis.'

Even meent ze in de villa ernaast, het huis van John en Christine, iemand op de eerste etage achter het raam te zien staan. Misschien Christine, die juist terugkomt van haar zondagse partijtje tennis en zich nu omkleedt in de slaapkamer. In gedachten ziet ze het witte streepje aan de binnenkant van haar pols. John en Christine weten ongetwijfeld alles. Evenals de andere bewoners van de straat, de moeders en kinderen van school, de winkeliers, tot en met de vaagste kennis, en waarschijnlijk reikt die informatie nog veel verder. *De jongen die daar vroeger woonde.* Ga weg bij dat raam, denkt ze, ga daar weg.

'Zullen we?' vraagt ze.

'Wil je weg?' Hij kijkt nu ook naar het raam, waarschijnlijk vermoedt hij wat ze zojuist heeft gezien en wat haar door het hoofd speelt.

Vluchten, een voor een hebben ze dat gedaan. Die deur uit, dit pad af, dit hek uit. Ontsnappingen, de grenzen overschrijden waarachter ze elkaar niet meer konden ontwaren. Ellen naar het gastgezin in Maine, Bas naar de Ariège, Leen naar zijn tussenstation in H., en als laatste in de rij zij, met Gogol aan haar zijde, naar het appartement van Thea.

De dag dat Bas vertrekt, naast zijn vader in de auto hetzelfde grindpad afrijdt waar zij nu voor staan, met zijn kaalgeschoren hoofd achter het portierraam en zijn volgepakte rugzak op de achterbank, die dag begrijpt ze dat er iets voorbij is en iets begonnen, al kan ze met geen mogelijkheid onder woorden brengen wat dat nieuwe is. Nog niet.

Eerder die dag helpt ze hem met het pakken van zijn spullen, dat staat hij haar toe, zo voelt het, als een geste van inschikkelijkheid, meer verwacht ze niet. Naast elkaar zitten ze in zijn kamer op de vloer, gebogen over stapeltjes kleding, een matige imitatie van het vrolijke we-gaan-naar-zomerkamp-gevoel. Wat moet mee en wat kan hier blijven? Mammie weet raad. Hij pakt het nieuwe ondergoed en de trui in, *de* trui, die ze met zorg – niet te duur, niet te opzichtig – voor hem heeft gekocht, en bedankt haar. Ze zegt dat hij bij lange na niet voldoende spullen in die rugzak kwijt kan. Haar aanbod de grote

Samsonite met wieltjes te gebruiken slaat hij met een glimlach af. Even ziet ze het voor zich, hoe hij dat logge, ratelende gevaarte van zijn moeder de verblijfplaats van de Grote Vrede binnenrijdt voor wat zijn sprong voorwaarts op het spirituele pad moet worden. Wat zou Krishna daar wel niet van denken?

Wat niet in zijn rugzak past, gaat niet mee, is zijn simpele standpunt. Ze vraagt of hij nog iets wil eten voor hij gaat. Hij heeft geen honger, zegt hij. Dan begrijpt ze dat hij alleen gelaten wil worden.

Hij gaat zijn eigen weg, zegt ze tegen haar man, die zich bijna niet kan neerleggen bij Bas' vertrek. Zo kun je het zien, waarom niet, een zelfstandige jongen die weet dat hij, in tegenstelling tot zijn klasgenoten en zijn speelkameraadjes van vroeger, geen effectenmakelaar of echtscheidingsadvocaat wil worden. 'Het zijn niet de minsten die hun eigen koers bepalen,' zegt ze.

'Hij is zo weer terug,' beweert haar man. 'Het is weer zo'n bevlieging.'

'Hij is zo weer terug,' herhaalt ze.

Ze geloven er beiden geen woord van.

Ze zwaait hem uit als hij en zijn vader wegrijden naar H., het beginpunt van een lange tocht, die ten slotte moet leiden tot 'de weg van overgave en liefde', heeft ze zich laten vertellen. Natuurlijk beseft ze dat hij nergens naartoe gaat, hij loopt ergens voor weg. Hij draait zich nog een maal om en zwaait naar haar. Ze staat op het midden van het pad met twee handen boven haar hoofd. Ze denkt: ik had nog veel meer ondergoed voor hem moeten kopen.

Als ze de duinen bereiken keert onverwacht het volle zonlicht terug. Het helmgras, het zand, het schelpgruis op de paden, alles glinstert terstond. De felle stralen schijnen haar recht in het gezicht, verblinden haar, even maar, te kort om eraan te wennen, dan houdt de zon het weer voor gezien. Ook die weet vandaag niet wat hij wil. Ze lopen naast elkaar langs het fietspad. Wandelaars en fietsers komen hun tegemoet, terug van het strand, met volle tassen en kinderen op veiligheidszitjes. Misschien dat de Westersen er ook tussen rijden. Hier, kijk, denkt ze, daar gaan ze, door de duinen, langs het heuveltje met de zilveren populieren in nevelige groepen bijeen. Zij en Bas, ondanks alles wat er gebeurd is, weer onderweg naar de zee.

'Dit is onbetaalbaar,' zegt hij. 'Die wind en die lucht, ik heb dit nodig.'

'Dat is de onredelijkheid van het leven,' zegt ze, 'dat we niet krijgen wat we nodig hebben.'

'Een filosofische bui,' zegt hij.

'Onderschat me niet,' antwoordt ze en ze lachen er beiden om.

'Jij hebt altijd van de duinen gehouden. En van het strand.'

Hij knikt. 'Ik heb een hoop verprutst, al die tijd die ik verdoe.'

'Je bent eenentwintig. Volgens pa kom je met strafvermindering medio volgend jaar al vrij.'

'Terwijl je gewoon hier kunt lopen. Jij ook.'

'Wat?'

'Jij hebt ook een hoop verprutst.'

Ze geeft geen antwoord.

'Maar dat je alleen maar troep hebt gemaakt, dat neem ik terug. Dat is niet zo.'

'Nee?'

'Dat verhaal dat je had geschreven over dat meisje dat grote zwarte honden in de tuin ziet, als enige, de anderen kunnen ze niet zien, dat vond ik een heel mooi verhaal.'

En iedere herfst kwamen zij met meer, denkt ze.

'Heb jij dat gelezen?'

'En onthouden tot op de dag van vandaag. Het ging, dacht ik toen, over dingen die mij ook bezighielden, dat wat zich niet prijs geeft aan aanrakingen of woorden, iets wat daarboven uitstijgt. Daar ging het toch over?'

'Misschien, ik herinner me het niet meer zo goed. Maar wanneer heb jij het dan gelezen?'

'Nadat het teruggestuurd was door dat literaire tijdschrift, *Maatstaf* geloof ik.'

'Ik heb het nooit ergens heen gestuurd.'

'Nee, pa. Die vond het zonde dat jij het niet zelf had durven doen.'

'Met reden, blijkt nu,' zegt ze.

'Het was mooi.'

'Niet mooi genoeg.'

'*Ik* vond het mooi, voorzover dat iets betekent.'

'Veel,' zegt ze.

Als ze bij het strand aankomen daalt uit een egaalgrijze hemel motregen omlaag. Ook voor de hardnekkigste optimisten het teken om het strand te verlaten. Ze klimmen het steile duin omhoog naar hun fietsen, in gedachten al thuis. Meeuwen scheren loerend en klauwend over de schuimende golven, nemen daarbij een gepaste onderlinge afstand in acht. Tegen de stroom van mensen in dalen ze af naar de zee, die open tot aan de horizon voor hen ligt.

Ze herinnert zich die keer dat ze hier op deze zelfde plek aankwam en in zee een jongen van Bas' leeftijd, toen, zag staan, met zijn kleren aan, tot zijn middel in het water, stil en turend naar de wilde, zuigende leegte. In paniek had ze zich omgedraaid om snel terug te keren naar het zacht strijkende ochtendlicht in de duinen.

Ze lopen een poosje langs het water zonder te spreken. Zo eenvoudig moet het ooit geweest zijn, denkt ze. Aan het strand met hem, haar zoon, de jongen die haar altijd weer herinnert aan waar ze vandaan komt en waar ze ooit naartoe wilde. Twee verse sporen naast elkaar die langzaam vollopen met zeewater. Waarom wist ze dat toen niet, op dat moment? Waarom is het herinnering, waarom is het slechts achteraf?

De branding hijgt en sist, de regen maakt hun gezichten nat.

Een ogenblik lang voelt ze meer dan wat ook dat het in orde is niet te weten wat er allemaal gebeurd is in de Ariège, hoe het precies zat, dat ze genoegen kan nemen met wat hij haar verteld heeft en wat niet, en ook dat het in orde is om niet te weten hoe het verder moet. Ze zou hem nu een arm willen geven, maar ze durft het niet, bang als ze is voor dat lichtgeraakte in zijn ogen.

'Ik verwacht niets van je, Bas, ik wil dat je dat begrijpt,' zegt ze. 'Het is goed zo.'

Hij blijft staan. Vol onbegrip neemt hij haar op.

'Wat er gebeurd is met dat meisje,' verduidelijkt ze. 'Alles. We moeten het achter ons laten.'

'Je vergeeft me? Zo,' zegt hij. Ze hoort de ingehouden woede in zijn stem vibreren. 'Zijn we daarvoor hier, ben je daarom met me meegegaan? Zodat jij kunt zeggen wat je kwijt wilt, zodat je me kunt *vergeven?*

'Nee, of misschien ook wel. Ik bedoel dit in ieder geval goed. Het heeft niets met jou te maken, maar met mij. *Ik* laat het achter me. En ik wil dat je dat weet.'

'Hartelijk dank, ma. Geweldig.'

'Wat ik zeggen wil, wat ik eigenlijk zeggen wil is dat jij altijd mijn jongen blijft.'

Hij wendt zijn blik naar de zee, blijft zo een tijdje staan. Dan begint hij zich uit te kleden.

Even later waadt hij in onderbroek door de golven. Hij is goed gebouwd, denkt ze, het figuur van Leen, vroeger, iets langer, iets gestroomlijnder. Hij duikt en zwemt met krachtige slagen naar het diepere deel. Ze heeft een paar minuten nodig, maar dan kleedt ze zich ook uit, op haar onderhemd en broekje na. Het water is minder koud dan ze verwacht, toch moet ze zich vermannen om door te komen. Ze loopt tot haar middel het water in, maakt voorzichtig haar schouders nat, huivert, aarzelt, en laat zich ten slotte langzaam zakken. Eerst is er slechts de alarmerende schok, de strijd van het bloed tegen de kou. Dan het gevoel van stromend water op haar benen en armen, van, ja, bevrijding. Ze ontsnapt. Naar een herinnering, niet van haar geest, maar van haar lichaam. Ik herinner mij, zegt haar lichaam. En omdat het zo lang geleden is, wil ze dit bevrijdende, wiegende ogenblik, dit koele water, dit nieuwe oude leven laten voortduren, zodat ze het gevoel ervan kan vasthouden. Aangezien het, als het haar ontglipt, misschien te laat is.

Bas zwemt een meter of twintig bij haar vandaan, hij crawlt een stukje, draait zich op zijn rug en blijft dan drijven. De ogen gesloten. Hij ook, denkt ze. Waarom niet? Hij voelt het ook. Zoon, denkt ze, en vormt het woord geluidloos met haar mond.

Een klokvormige kwal met zwierende ruches drijft voor haar langs, instinctief deinst ze achteruit en draait zich om. Twee hoopjes kleren op het strand, de duinen, het land, de mensen, alles wat ze achter hebben gelaten. Alleen zij tweeën hier in zee. Ze draait zich weer om naar de grijze horizon, naar Bas, en waadt naar het diepere deel, tot ze nog net kan staan. Ze wil altijd bodem kunnen voelen, al is het maar met haar tenen, bang voor een plotselinge stroming, voor het onzichtbare dat in de duistere oneindigheid van het water op haar loert, kwallen, vissen, glibberige fantasieën. Grond onder haar voeten, zekerheid. Vroeger kon ze zichzelf wijsmaken dat het om de kinderen was – 'Ga niet te ver, blijf bij mij' – maar die redenering is nu onhoudbaar geworden. Ze beseft dat ze bang is om haar eigen lijf, terwijl Bas verder en verder zwemt.

Ze heeft geen behoefte meer aan woorden, noch die van hem, noch die van haarzelf. Alles wat er te zeggen valt heeft ze gezegd, gehoord of gedacht, ze ontslaat hen beiden van de woorden. Dan zet ze zich af. Ze kan op haar plekje blijven staan met de zanderige bodem onder haar voeten, maar ze zet zich af. Ze doet dat niet om iets te bewijzen, hem of haarzelf. Ze doet het uit respect voor wat haar overkomt, voor wat de golven haar schenken. Met kalme slagen zwemt ze de stroming en de diepte tegemoet. Ze nadert hem. Hij drijft met gestrekt lichaam en laat het water over zijn schedel en schouders glijden, de ogen gesloten. Zoon.

Ze zwemt het laatste stukje naar hem toe, tot haar gezicht dicht bij het zijne is, twee kopjes boven het gewoel. Hij opent zijn ogen. Even een taxerende blik, die, weet ze maar al te goed, haar op afstand kan houden. Zo fragiel kan genegenheid zijn. Maar dan verandert er iets, nauwelijks zichtbaar. Je moet haar zijn, zijn moeder, om het te kunnen zien. Ze dobberen in het diepe water, de golven slaan over hen heen. Een aangename, uitdijende bezieling en verheffing boven saboterende gedachten, een duizeligmakende warme tinteling tot in haar tenen, zoiets als marathonlopers moeten voelen als ze het stadion binnenkomen, voor de anderen uit. Dan, op dát moment, zegt hij met een plots verraderlijke, bijna wreedaardige blik in zijn ogen: 'Ze wilde niet, ze wilde het niet. En daarna heb ik haar vermoord.'

Ze verslikt zich en gaat kopje-onder. Als ze weer bovenkomt brengt hij zijn gezicht zo dicht bij het hare dat ze de pupillen in zijn opengesperde ogen kan zien. 'Ik heb haar verkracht, en daarna, daarna heb ik haar vermoord. Vergeef me maar, je lieve, kleine jongen. Probeer het maar.'

Ze grijpt zich vast aan het water en zakt weer weg, ze voelt hoe de bewegingen van haar lichaam moeizaam op gang komen. Een zacht voorwerp strijkt langs haar gezicht. Ze komt boven en haalt diep adem. Ze zwemt en zwemt tot haar knieën langs de bodem schuren.

ZE IS ZO LANG begraven geweest in die rokerige, geblindeerde kamer, dat ze totaal niet gerekend heeft op de frisse, zachte lucht die ze inademt, op de zinderende ochtendhemel van Zuid-Frankrijk die boven haar hangt, gloeiend als een motor. Het schijnt haar toe dat de tuin en het terras zweven in de ruimte, onder een stortvloed van licht dat in de glazen en het bestek op de tafeltjes weerkaatst. Geert en Johan zitten op het terras al op haar te wachten: de junta ontvangt. Naast hun kopjes cappuccino liggen de kopieën van de print die zij in alle vroegte bij Edna en Geert onder de deur heeft geschoven.

Johan staat op en kust haar op haar wangen. Hij draagt een helblauw hemd waarvan de bovenste knoopjes openstaan. Zijn achterovergekamde haar met ingebouwde zonnebril glanst diep en blond als een olievlek op het water. Hij trekt een stoel voor haar bij en schenkt haar zijn warmste blik.

'Ik ga niet in de zon zitten,' zegt ze.

Door de donkere glazen van haar zonnebril ziet ze de afkeurende, naar omlaag wijzende mondhoeken van Geert.

'Het duurt niet lang,' zegt hij.

'Kan me niet schelen,' zegt ze. Zenuwachtig is ze gek genoeg niet. Strijdlustig wel, strijdlustiger dan in jaren. Op grond waarvan is haar niet duidelijk, maar er is iets in haar gevaren. Een kracht.

Johan trekt een parasol van een naburige tafel uit zijn houder en steekt hem in de cementen voet naast haar stoel. Sol y sombra, net als de plaatsen in de arena. Claire in de schaduw, Geert en Johan in het licht. Zouden zij geweten hebben dat de schaduwplaatsen het kostbaarst zijn, dan zouden ze het niet van haar pikken, denkt ze.

Ergens uit de diepte van de hitte komt een motormaaimachine naderbij, het geluid ervan echoot over het terras en de parkeerplaats, insectachtig, gestaag aan volume winnend.

'Ik heb het gelezen,' opent Johan het gesprek, 'en ik, laat ik het maar meteen zeggen, ik vond het niet best.'

Oorlog is de vader van alles, de woorden van Heraclitus schieten haar te binnen. Haat en liefde, pijn en genot, leugen en waarheid, tegenstellingen die in constante strijd met elkaar verkeren. Johan en Geert aan de ene kant, zij aan de andere, een overzichtelijke situatie.

'Eigenlijk ben ik diep teleurgesteld.' Hij bladert door zijn set velletjes, waarbij hij er indrukwekkend droevig uitziet. Ze kent hem niet goed, maar goed genoeg om te zien dat hij helemaal niet teleurgesteld is. Hij is des duivels.

'De dingen die we hebben afgesproken, vind ik niet of nauwelijks terug. En daarbij komt ook nog dat je een cruciaal onderdeel hebt veranderd zonder dat er überhaupt overleg is geweest.'

'Ben je gek geworden, Claire?' vraagt Geert.

'Ik hoop dat ik het script naar een hoger plan heb getild. Daarvoor ben ik hier, om tekortkomingen om te zetten in verbeteringen.'

'Bernhard die blijft leven!' hoont hij.

'Het is beter zo. Zoals het was, is het gewoon te zwaar. Twee jonge mensen die sterven, eerst dat meisje in het ziekenhuis en dan Bernhard. Zo pathetisch. We hebben dat niet nodig, sterker nog: het leidt af van wat ertussen Vera en Rogier gebeurt. Dat moet centraal blijven staan, de vraag of zij in staat zijn om wat ze ooit voor elkaar gevoeld hebben weer op te pikken. Als Bernhard in leven blijft zal de film aan het eind ruimte laten voor een gevoel van hoop. *Upbeat endings*, het geheim achter het succes van Hollywood.'

'We hebben 73 toch al gedraaid: Bernhards moeder die Marieke verwijt dat ze te weinig heeft gedaan voor haar zoon.'

'Die moet over.'

'We lopen vijf draaidagen achter, vijf! Begrijp ik het goed dat jij nu voorstelt om nog twee draaidagen extra te gebruiken?'

'Een halve dag, het zijn drie scènes. Simpele scènes.'

'Ze gaan morgen terug naar Zwitserland, Ernst en Hildegard.'

'Probeer ze een dag langer te houden.'

'Het is geen verbetering, dáár gaat het om,' zegt Geert. Diepe, heldere ogen en de doorschouwende blik van een beroepsdictator. Op haar gericht.

'Nee?' vraagt ze, nog steeds met een kalmte die haarzelf misschien nog meer verbaast dan Geert.

'Nee. Ik zie niet in wat het oplevert.'

'De scène van het vinden wordt veel sterker: Bernhard die dood lijkt, maar nog leeft. In de helikopter, alle helikopterscènes moeten nog gedraaid worden, dus dat is geen probleem, wordt de situatie ook intenser, als ze zowel Marieke als Bernhard mee terugnemen. Zij die wilde blijven leven en hij die achter wilde blijven. En stel je het moment voor dat de wederzijdse ouders elkaar treffen op de parkeerplaats van het politiebureau. Ze stonden op het punt door dat opgelegde huwelijk aan elkaar geklonken te worden en nu keren ze, in de hoop elkaar nooit meer te zien, met hun kinderen terug naar huis. Bernhards ouders met een jongen die eigenlijk niet meer verder wil. Dat is hun gevecht, hun opgave. En Vera en Rogier met hun dochter die het klooster en haar goeroe achter zich laat.'

'Vergeet het, Claire,' zegt Geert. 'Vergeet het. We laten het zoals het is, en jij past die scènes waar we het over gehad hebben aan.'

'Dat nummertje in de hotelkamer vind ik echt waterverf,' zegt Johan, die in gedachten kennelijk al een voorsprong heeft genomen.

'Daar heb ik een goed alternatief voor,' zegt ze. 'Schoot me vanochtend te binnen. Rogier ziet Vera onder de douche staan. Hij kijkt naar haar en stapt dan bij haar in de douchecabine.'

'Wéér een extra scène,' roept Johan uit.

'Dan laten we 63, waarin ze ieder op hun bed in de hotelkamer liggen, vervallen.'

'Misschien niet zo gek, je mist niks,' zegt Johan. 'Het is alleen maar dialoog.'

'Precies. En in plaats daarvan hebben we Edna onder de douche, met haar nieuwe borsten.'

'Wat denk jij?' vraagt hij aan Geert.

'Je mist informatie.'

'Die verwerken we in de scène als ze de gids ontmoeten,' merkt ze op. 'Geen enkel probleem.'

'Oké?' Johan vraagt het aan Geert, die een bedachtzame stilte laat vallen. Het knikje dat volgt lijkt bedoeld om een doodstille, in spanning afwachtende menigte tot extatische vreugde te brengen.

'Maar Bernhard moet blijven leven,' zegt ze.

'Nee,' zegt Geert.

'Uitgesloten,' zegt Johan.

'Echt, de film wordt aangrijpender, intelligenter, én toegankelijker voor een groter publiek.'

'Ik wil het er niet meer over hebben,' zegt Johan en in zijn stem klinkt nu een onaantastbaar gelijk door. 'Volgende punt.'

'Nee,' zegt ze. 'Er is wat mij betreft geen volgend punt.' Als niet de argumenten maar de retoriek hier de dienst uitmaakt, dan zit er niets anders op dan dat ze het spel volgens hun regels meespeelt.

'Claire,' zegt Johan terwijl hij gaat verzitten en zich vooroverbuigt, 'je bent een eersteklas scenariste. Ik wil gráág nog met je werken. Ik heb de rechten op *Noodweer* gekocht en we hebben nog een idee van Geert waarvoor een uitwerkingssubsidie is toegekend. Gaan we samen allemaal doen.'

Later. Dat kent ze, later wordt het beter. Het uitgestelde leven, de vermaledijde tijd die het moet hebben van hoop.

'Nee,' zegt ze.

'Waarom doet ze niet gewoon wat er in haar contract staat?' vraagt Johan nu aan Geert. 'Waarom houdt ze zich verdomme niet aan de afspraken?'

'We zouden het haar kunnen vragen,' zegt ze, 'volgens geruchten zit ze hier aan tafel. Mevrouw Laatop, waarom houdt u zich niet aan de afspraken?' Ze neemt een trekje van haar sigaret en blaast de rook uit. 'Allereerst gaat het hier niet om afspraken maar om voorstellen, zo zijn ze althans door jullie gepresenteerd. En in de tweede plaats is het niet alleen mijn goed recht maar ook mijn eerste verantwoordelijkheid om mijn verhaal te beschermen. Ik heb het bedacht. Het is van mij.'

'En *jij* bent het nota bene die het nu wil veranderen.'

'Je gaat me, hoop ik, toch niet verwijten dat ik mijn verhaal wil verbeteren?'

Johan staat met een ruk op en blijft staan, zijn gezicht van haar afgewend. Hij is nog geen uur geleden hier in het Ibis-hotel gearriveerd, maar hij wekt sterk de indruk dat hij graag iemand de hersens zou inslaan en niet kieskeurig zal zijn wiens hoofd hij daarvoor zal gebruiken. Hij neemt weer plaats op zijn stoel.

'We gaan met of zonder jou verder, Claire. Er is geen tijd meer voor discussies of ideetjes uitproberen. Zeg het maar.'

'Mijn voorstel is zinnig, denk er in godsnaam nou even serieus over na.'

'Je weet wat er in je contract staat. Bij onoverkomelijke meningsverschillen kunnen we je vervangen of het script naar eigen inzicht aanpassen.'

'Ik ben niet de enige die het een goed idee vindt.' Ze haalt diep adem. 'Ik heb het er met Edna over gehad. Die is vóór.'

'Edna? Sinds wanneer bemoeit die zich met het script?'

'Ze is een intelligente actrice. Ze heeft meer scripts gelezen en meer seturen op haar naam dan wij allemaal bij elkaar.'

Van het ene op het andere moment is ze op. Haar strijdlust heeft geen armslag meer, de rek is eruit, haar strijdlust vindt vanaf nu iedere inspanning bij voorbaat al onbegonnen werk. De laatste gedachten die ze nog bij elkaar kan houden, brengt ze ijlings onder woorden.

'Neem de moeite om met haar te praten en denk er nog even over na. Echt, het is een goed idee. Alsjeblieft.'

Terug van het tribunaal gaat ze op de rand van haar bed zitten en wacht af. In haar mond gloeien de woorden nog na, bijtend zuur, gif: *alsjeblieft.* En even ziet ze zichzelf achter het door een zonnesteek getroffen raam, in de bestendige aircostroom, het hoofd omlaag, de bezwete rug gebogen, het lichtblauwe zomerrokje verkreukeld en snijdend in haar buik. Grotesk, denkt ze.

Het geluid van de motormaaimachine buiten zwelt aan en komt naderbij, sterft dan van de ene op de andere seconde weg. Het is volkomen stil, geen startende auto's, geen voetstappen, geen stemmen. De afwachtende, onbehaaglijke stilte vlak voor Hannibal Lecter uit de kast stapt. Haar oog valt op de televisie en voor het eerst sinds ze hier logeert, zet ze hem, aan, als gehoor gevend aan een dringende behoefte. Maar er verschijnt slechts een ruisend en korrelig beeld, waarin niets te onderscheiden valt. Ze probeert alle toetsen van de afstandsbediening uit, zonder het gewenste resultaat. Ze geeft het op, wil de televisie al weer uitzetten, maar juist op dat moment verschijnen een man en een vrouw in beeld. In het Frans houden ze een conversatie gaande. Wie wie interviewt, is haar niet duidelijk. Ironie, ernst? Ook dat valt niet op te maken. Ze gaat de kanalen langs, op zoek naar niets, tot haar blik wordt vastgehouden door beelden van de onderzeeër. Een reddingsteam van de Britse marine is begonnen aan de afdaling naar de bodem van de Barentsz-zee, vertelt een stem. De telefoon gaat. Als ze opneemt meldt Johan zich aan de andere kant van de lijn.

'Claire, het spijt me, maar Geert en ik hebben besloten dat we zonder jou verdergaan.'

'En het script?'

'Geert herschrijft de scènes waar je niet uit bent gekomen.'

'Ik ben er wél uit gekomen.'

'Ik ga niet meer met je in discussie.'

'Wat gebeurt er met Bernhard?'

'Die blijft dood. Daar hoeft dus niets aan te gebeuren,' zegt hij op vlakke toon, onverschillig bijna.

'Ga nou eerst met Edna praten.'

'Heb ik gedaan. Edna is niet voor jouw plan Bernhard te laten leven.'

'Je liegt. Ik hang nu op en ga naar haar toe.'

'Edna heeft op dit moment wel wat beters te doen. Ze zit bij Geert. Om hem te helpen met het uitwerken van de douchescène die hij bedacht heeft.' Ze hoort hem een slok nemen. 'Het spijt me dat het zo gelopen is, Claire.'

'Johan, dit kun je me niet aandoen. Gooi mij eruit, houd mijn honorarium voor de *rewrite* in, maar laat hem, ik smeek je, laat hem in godsnaam leven.'

Maar hij heeft al opgehangen. Langzaam staat ze van het bed op en loopt naar het raam om het te openen. Ze voelt de warme lucht die binnenkomt. Op de parkeerplaats klinken voetstappen, het gerucht van zacht jong gelach, portieren die dichtslaan. Daarna het geluid van een automotor die aanspringt. Ze kijkt langs het gordijn. Het is een stationcar met een oranje afdekzeil over de vol bepakte imperiaal, en twee jonge kinderen op de achterbank. Hij rijdt de parkeerplaats af en maakt vaart op de helling die naar de autoroute voert.

Ze herinnert zich de keer dat zij in één ruk uit de Dordogne terug naar huis reden en Bas op de achterbank tegen haar aan in slaap viel. Ze ging onderuit zitten en voelde urenlang zijn gezicht tegen haar wang. Het zweet dat ophoopte tussen hun huid. Dat zoete, simpele genot van zijn slapende gewicht tegen haar aan voelen. Toen ze, terug in Nederland, bij het pension stopten om de hond op te halen, rende hij voor hen uit naar het hek naast de boerderij. Zijn kinafdruk had hij in haar wang achtergelaten, een rode vlek in haar gezicht.

De auto met de imperiaal verdwijnt al bijna uit haar blikveld. Uit niets valt op te maken waar hij heen zal gaan, welke richting hij dadelijk zal kiezen: terug naar huis of nog verder naar het zuiden.

IN HAAR NATTE ONDERHEMD en broekje wacht ze bij hun kleding, zoals Kyra vroeger deed als zij in de golven dreven. Waakster. Achterblijfster. Niets zo taai als de hoop op een koekje voor goed gedrag. Ergens hoog in de lucht klinkt gebrom van een reclamevliegtuigje, dat telkens wegvalt alsof de motoren afslaan en weer aanspringen. *Lege batterijen, lever ze in!* leest ze.

Na een minuut of wat komt hij op haar toe, hurkt, lang en pezig, naast haar en zegt veelbetekenend niets, zijn blik gericht op de hemel. Stroperige, zilte druppels dalen langs zijn nek en schouders omlaag als hij gaat zitten. Hun voeten wijzen in de richting van de branding. Dezelfde eigenaardig gespreide tenen, dezelfde smalle, hoge wreef. Voor het eerst ziet ze de sterke overeenkomst. Hoe kan ze die nooit eerder opgemerkt hebben?

'Het is niet zo gegaan,' zegt hij zonder haar aan te kijken.

'Het maakt niet uit,' zegt ze, 'althans, dat zou het niet moeten doen. Dat wilde ik zeggen.'

'Hou jezelf niet voor de gek. Natuurlijk maakt het uit. Dan zou ik een verkrachter zijn, en dat ben ik niet.' Hij haalt diep adem. 'Jij,' zegt hij en schudt als een klein onmachtig jongetje met zijn hoofd.

'Ja,' zegt ze. Zij, altijd zij, ze weet het.

'Ik wil gewoon geen vergiffenis, begrijp dat toch.'

Is dat wat ze doet, vergiffenis schenken? Misschien wel. Maar in haar ogen probeert ze iets anders dan haar geloof in hem uit te spreken, het is meer dan dat. Onder haar natte koude huid voelt ze dat ze op een waarheid is gestuit die morgen misschien niet in rook zal opgaan.

'Wat wil je dan?' vraagt ze.

Hij trekt zijn schouders op. Onbewust pakt hij een stokje van de grond en trekt een streep in het zand, precies tussen hen in; zijn helft, haar helft. Ze kijkt er even naar en wist vervolgens de streep met haar vlakke hand. Het is alsof hij het niet opmerkt, hij is al verdiept in de volgende figuur die hij vlak voor hun voeten krast. Een haak, met daar aan vast een streep en daaronder weer een punt: een vraagteken. Ze houdt haar hoofd iets schuin om het beter te kunnen bekijken.

Een moeder, denkt ze, *een moeder met haar zoon aan zee. Zij wil hem iets geven wat hij niet wil hebben, nóg niet wil hebben. De jongen trekt een vraagteken in het zand.* En dan?

'Bas,' zegt ze.

'Ja?'

Ze slaat haar hand om zijn pols en houdt hem vast. Ze houdt hem vast en laat hem niet meer los.

EINDE